KB131449

꿀벌의 예언

꿀벌의 예언

1

베르나르 베르베르 장편소설   전미연 옮김

열린책들

LA PROPHÉTIE DES ABEILLES
by BERNARD WERBER

꿀벌이 지구상에서 사라지는 순간 인간에게 남은 시간은
4년뿐이다.

알베르트 아인슈타인[*]

제 1 막   **이전과 달라진 미래**   9

제 2 막   **구부러진 시간**   245

제1막   **이전과 달라진 미래**

1

앞으로 무슨 일이 벌어질까?

1099년 7월 15일.

「공격 준비 태세를 갖추어라. 화염과 피와 영광의 순간이 곧 우리에게 펼쳐질 것이다!」

쩌렁쩌렁한 목소리가 울려 퍼진다.

두렵고 떨린다.

푸른 기운이 흐르는 불그스름한 해가 평원 위로 솟아오르자 낮게 깔려 있던 은회색 안개가 걷히기 시작한다.

연결 부위마다 기름칠을 한 무거운 철제 갑옷을 둘러 입은 1440명의 기사가 더운 김을 내뿜는 말 등에 올라타 있다. 부동자세로 정면을 주시하는 그들의 체취에 흥분과 불안감이 뒤섞여 배어 있다.

앞에 보이는 도시의 높고 견고한 성벽은 난공불락으로 보인다.

그들은 지휘관의 지시가 떨어지길 조바심치며 기다린다.

휙 바람이 일자 깃발들과 군기(軍旗)들이 일제히 펄럭인다. 하늘을 덮은 까마귀 떼가 원무를 추며 깍깍 울어 댄다.

한 기사가 유독 안절부절못한다.

빨리 한판 붙어야 끝날 텐데!

그가 조바심을 누르느라 애를 쓴다.

새하얀 콧김을 내뿜으며 뒷발질을 하는 말을 기사가 가까
스로 진정시키면서 검을 든 손에 힘을 준다.

어머니, 제가 전쟁터에 온 건 오직 어머니를 위해서예요.

그는 간밤 꿈에 수호천사가 나타나서 했던 말을 떠올린다.
〈내일 거대한 운명에 맞설 마음의 준비를 하거라. 내가 너를
인도해 주마.〉

고향 집에서 어머니가 응원을 보내고 있을 것은 분명한데,
수호천사의 말에 뭔가 암시가 담긴 건지 아닌지는 확신이 서
지 않는다.

어쨌든 이 전투에서 반드시 이겨야 한다.

난데없이 불청객 하나가 등장한다. 꿀벌. 벌이 투구 앞을
오가며 왱왱거리더니 가로로 딱 하나 뚫려 있는 눈 구멍 위
에 내려와 앉는다.

기사가 벌을 쫓으려고 손을 내뻗다 멈칫한다.

괜히 잘못 건드렸다 투구 안으로 날아들어 쏘면 큰일이지.

태연하려고 애를 써보지만 자꾸 신경이 쓰인다. 꿀벌이
더듬이를 뻗으며 날개를 팔락거린다.

왱왱거리는 소리가 투구 안쪽까지 전해진다.

기사는 이제야 벌이 날아온 이유를 알아차린다.

어머니 향수 때문이었어.

몇 년 전 집을 떠나는 그에게 어머니는 장미 향수병 하나
를 주었다. 전장에서 어머니가 그리울 때마다 그는 머플러에
향수를 한 방울씩 떨어뜨려 향기를 맡곤 했다.

내가 꽃인 줄 알고 꿀을 빨러 왔어.

입김을 불어 벌을 날려 보내려고 그가 입술을 살짝 비틀어
바람을 만든다.

저리 개! 한가하게 널 상대하고 있을 시간이 없어!

기사가 조심스럽게 손을 뻗어 불청객을 쫓는 시늉을 한 게 그만 사달을 내고 만다. 놀란 꿀벌이 투구 안으로 날아들더니 코와 투구 사이에서 왱왱대기 시작한다. 꼼짝없이 갇힌 것이다.

이런, 젠장.

아무리 주변을 둘러봐도 이런 난처한 일을 당한 사람은 자신뿐인 것 같다. 그사이 해는 주홍빛으로 변해 있다.

기사가 불청객을 향해 혀끝을 살며시 내밀어 본다. 벌이 신경질적으로 왱 소리를 낸다. 소리가 갈수록 커진다.

잘못하다 큰일 나겠네.

그가 혀를 쏙 집어넣는다.

조금 떨어진 뒤쪽에서 장교의 우렁찬 목소리가 들려온다.

「발사!」

지렛대를 움직이자 팽팽히 당겨져 있던 밧줄이 퍽 소리를 내며 풀어진다. 투석기 수십 대에서 일제히 쏘아 올려진 바윗덩이들이 바람 소리를 일으키며 허공을 가른다. 곡선을 그리며 공중을 날아간 묵직한 발사체들은 성벽에 도달해 굉음을 내지만 구멍을 크게 뚫지는 못한다. 성첩에서 내려다보던 적들이 환호성을 터뜨린다. 언어가 달라 정확한 뜻을 알 길은 없지만 약을 올리고 욕하는 소리가 분명하다. 그 소리가 기사의 귀에까지 들린다.

「병기를 전진 배치하고 망루를 집중 포격하라!」

뒤쪽에서 다시 장교의 명령이 떨어진다.

나팔 소리에 기사가 몸을 소스라뜨린다.

알고 보니 기병대의 진격을 명령하는 소리가 아니라 공성

무기들을 전진 배치하라는 신호다. 아군 병사들이 투석기들을 성벽 가까이로 옮겨 다시 설치한다.

아직 투구 안에 있는 꿀벌이 간간이 왱왱 소리를 낸다.

손으로 쫓을 수도 혀를 내밀 수도 없으니 난감한 노릇이다.

어서 좀 나가라.

기사는 포병들이 투석기에 바위를 다시 장전하는 틈을 타 투구를 벗어 볼까 하다 포기한다. 턱에 가죽끈이 워낙 단단히 묶여 있어, 혹시라도 매듭을 풀었다 다시 묶는 사이에 성벽에 구멍이 뚫려 진격 명령이라도 떨어지면 큰일이니까.

꿀벌이 왼쪽 귀로 다가가는 게 느껴지더니 아예 귓구멍으로 들어가 버린다. 귓속에 꽉 찬 귀지를 꽃부리 속 꽃가루로 착각했는지 왱왱 소리가 커진다. 기사가 자기도 모르게 목을 움츠린다.

꿀벌은 틀림없이 장미 향이 맡아지는데 뭔가 이상하다고 생각하며 귓속을 날아다닌다. 빈손으로 돌아갈 수는 없으니 탐색을 계속해 보기로 마음먹고 귓구멍을 빠져나와 투구 안을 날아다닌다.

꿀벌이 목덜미를 타고 올라 뒤통수에 내려앉는가 싶더니 갑자기 정수리에서 왱 소리가 들린다. 머리카락과 투구 사이 좁은 틈에 끼어 발작하듯 소리를 낸다.

벗어야지 도저히 안 되겠어.

기사가 장갑을 벗고 턱 끈 매듭을 풀기 시작한다. 평소 손톱을 물어뜯는 나쁜 버릇까지 있어 손놀림이 민첩하지 못하다. 등 뒤에서 또다시 명령이 들린다.

「다시 장전하라!」

그리고 이어지는 우렁찬 소리.

「발사!」

바위 포탄들이 공중으로 치솟는다. 성벽과 충돌하는 순간 바위에서 떨어져 나온 파편들이 하늘을 뿌옇게 뒤덮는다. 먼지가 흩어지고 성벽에 뚫린 거대한 구멍이 보이자 1440명의 기사들이 환호성을 내지른다. 후미에 배치된 1만 2천 명의 보병들 사이에서도 일제히 함성이 일어난다. 이제 노란빛을 띠는 태양이 지평선 위로 쑥 솟아올라 있다. 시야가 환하다.

「진격하라! 신이 그것을 바라신다!」

장교의 목소리가 결의에 차 있다.

곧이어 나팔 소리가 터지고 사방에서 뿔 나팔 소리가 울린다. 둥둥 북소리가 병사들의 전투욕을 일깨운다. 창을 들고 긴 사다리와 충차(衝車)를 둘러멘 포병들이 진군하기 시작한다.

에이, 지금 꿀벌 따위에 신경을 쓸 때가 아니지.

기사가 벗었던 장갑을 다시 손에 낀다. 왼손으로 방패와 고삐를 움켜잡고 오른손으로는 검집에서 검을 뽑아 쳐들면서 말에 박차를 가한다. 그가 구호를 복창하며 성벽을 향해 질주한다.

「신이 그것을 바라신다!」

적진을 향해 말을 힘차게 달리면서도 그는 불안감을 떨치지 못한다.

꿀벌이 어디로 갔지?

그의 생각을 읽었는지 벌이 눈꺼풀에 내려앉는다. 난리통에 갈팡질팡하던 꿀벌이 본능적이고도 필사적으로 침을 찔러 넣는다.

기사가 날카로운 비명을 내지른다. 몽글몽글한 포도알 같은 눈동자에 독침이 와 박힌 걸 알 리 없는 그의 군마는 희고 높은 성벽을 향해 질주를 계속한다.

하나밖에 없는 침을 잃은 꿀벌은 앞일을 궁금해한다.

이제 나는 어떻게 되는 걸까?

2 므네모스: 존재의 세 가지 이유

우리가 태어나는 이유는 세 가지 때문이다.

1. 배우기 위해.

2. 경험하기 위해.

3. 실수를 바로잡기 위해.

3

「여러분의 미래는 어떤 모습일까요?」

르네 톨레다노가 무대에 서서 어두운 객석을 내려다본다.

관객 450명의 눈과 귀가 그에게 쏠려 있다.

「여러분은 모두들 자신의 존재가 이상적인 진화를 하길 바라실 겁니다. 그런 여러분께 오늘 새로운 경험을 선사해 드리려고 해요. 아까 여러분은 두 번의 유도 명상을 통해 과거에 다녀오셨어요. 첫 번째 명상에서는 젊은 시절을 다녀왔고, 두 번째 명상에서는 여러분이 선택한 전생을 다녀왔어요. 자, 지금부터는 더 독창적인 명상을 같이 해볼 생각이에요. 미래로 가볼 겁니다. 여러분은 미래의…… 30년 뒤의 자신을 만나 보고 싶지 않으신가요?」

객석에서 기대감 가득한 웅성거림이 들려온다.

「좋아요. 이제 눈을 감으세요……. 심호흡을 하시면서…… 몸의 긴장을 푸세요. 술을 드시고 오셨거나 평소 뇌 질환 약이나 향정신성 의약품을 복용하시는 분에게는 권하고 싶지 않습니다. 우울증이나 화병이 있으신 분도 이번 명상은 하지 않는 게 좋겠어요.」

아무도 손을 드는 사람이 없다.

「좋습니다. 아까 계단을 내려가 과거의 삶들이 펼쳐지는 복도에 섰다면, 이번에는 반대로 계단을 올라가 수십 년 뒤 미래가 펼쳐지는 복도로 갈 겁니다. 자, 그 복도에 도착했어요. 문마다 숫자가 쓰여 있어요. 그 숫자는 햇수를 가리킵니다. 10은 지금부터 10년 뒤를, 20은 20년 뒤를, 30은 30년 뒤를……. 이제 30이라고 적힌 문을 열겠습니다. ……아름다운 풍경이 보이죠? 여러분 모두의 눈앞에 똑같이 햇살 가득한 봄의 정원이 펼쳐지고 있을 겁니다. 정원 한가운데 아름드리 나무가 보이세요? 나무 밑에 서 있는 하얀 튜닉을 입은 사람도 보이세요? 이 사람의 생김새는 여러분 각자가 다 다를 거예요. 30년 뒤 여러분들의 모습이니까요.」

르네 톨레다노가 갈색 머리를 쓸어 넘기고 나서 가느다란 금테 안경을 위로 치킨다. 서른세 살의 전직 역사 교사는 공연 전문 최면사라는 새 옷이 이제야 겨우 편안하게 느껴진다. 그는 청바지에 검은색 티셔츠와 재킷을 걸쳤고 역시 검정색인 부드러운 소재의 신발을 신고 있다. 그가 천천히 또박또박 말한다.

「그 사람, 다시 말해 미래의 여러분은 지금의 여러분에게는 없는 지혜를 가지고 있어요. 그걸 느껴 보세요…….」

르네 톨레다노가 숨을 깊이 들이마신다.

무대 뒤쪽으로 검은색의 대형 벨벳 가리개가 걸려 있고, 거기에 직경이 1미터도 넘어 보이는 거대한 초록색 눈동자가 붙어 있다. 눈동자의 시선은 객석을 향하고 있다.

르네가 낮은 목소리로 다음 단계를 유도한다. 그의 음성이 마이크를 통해 공연장 안에 울려 퍼진다.

「자, 미래의 자신을 향해 다가가세요……. 인사를 건네세요. 말을 걸어 보세요. 그리고 인생의 조언을 구해 보세요……. 그 사람은 당신을 돕고 싶어 해요. 기꺼이 조언을 해

줄 겁니다. 짧은 한두 마디…… 하지만 지금까지 당신은 한 번도 해보지 못한 참신한 생각이죠. 행복한 삶을 위한 조언…… 그 말이 당신의 귀에 들리도록 해보세요.」

르네 톨레다노 옆에서 긴 빨강 머리를 찰랑찰랑 늘어뜨린 젊은 여성이 하프를 연주하고 있다. 마스카라를 칠한 커다란 초록색 눈이 인상적인 그녀의 이름은 오팔 에체고엔. 그녀의 손끝에서 흘러나오는 느리고 감미로운 하프 선율이 공연장을 가득 채운다. 그녀는 네이비블루 색상 드레스를 입고 있다. 옷엔 밤하늘의 반짝이는 별을 연상시키는 반짝이 장식이 촘촘히 박혀 있다. 옆트임 사이로 드러난 늘씬한 다리와 광택이 나는 빨간색 하이힐이 보는 이의 시선을 끈다.

「……다들 조언을 듣고 계시죠. 뜻을 잘 헤아리며 귀담아 들으세요…….」

르네와 오팔은 판도라의 상자라는 이름의 유람선 공연장 무대에 서 있다.

두 사람의 살림집이기도 한 이 목선(木船)은 오팔이 예전에 최면 공연을 했던 똑같은 이름의 유람선보다 규모가 훨씬 크다. 공연장 사면 벽에 늘어뜨려져 있는 검은색 벨벳 가리개들에는 마치 관객들을 응시하는 것 같은 작은 눈 모양이 수백 개 붙어 있다.

센강에 떠 있는 이 수상 공연장은 르네와 오팔이 전 재산을 털어 산 유람선을 개조해 만든 것이다.

저녁 공연이 있는 날인데 하필이면 오팔이 아침부터 목감기 증세를 보였다. 공연을 한 시간 앞두고는 아예 말을 못 할 만큼 증세가 심해졌다. 이미 450석 전 좌석이 매진됐고 마지막 순간에 취소되는 표를 기대하고 밖에서 기다리는 사람들까지 있었다.

공연을 취소할 수는 없다고 판단한 두 사람은, 오늘은 특별히 오팔 대신 르네가 공연을 이끌기로 결정했다. 그런 사정으로 지금 르네가 무대 중앙에 서 있게 된 것이다. 오팔은 옆에서 하프 연주로 공연을 도와주고 있다.

관객들의 집중력을 극대화할 적절한 톤을 찾았다고 판단한 르네는 그 기세를 몰아 새로운 최면 방식을 시도해 보는 중이다. 그는 관객들에게 과거가 아닌…… 미래를 보여 주려고 한다.

객석이 쥐 죽은 듯 조용하다. 눈을 감은 관객들의 입가에 미소가 번지는 게 보인다. 그들은 〈미래의 나〉를 시각화하는 중이다.

일단 힘든 고비는 넘겼어.

르네가 속으로 안도한다.

오팔 에체고옌이 하프 줄을 튕기면서 새로운 시도를 하는 그에게 격려의 윙크를 날린다. 그러고는 최면 상태의 관객들이 미래의 자신과 대화를 나눌 수 있게 얼른 다음 안내를 하라고 손짓한다.

오팔은 늘 아이디어가 넘쳐.

「지금부터 10분을 드릴 테니 각자의 미래와 대화를 나눠 보세요. 인생에 대한 조언을 구해 보세요. 여러분보다 경험이 아주 많은 사람이니까요…….」

자신이 처음 시도한 새로운 공연이 어떤지 궁금하기도 하고 하프 선율에 취하기도 해 르네 톨레다노도 직접 실험에 나선다.

그는 계단을 올라가 미래의 복도에 선다. 숫자가 적힌 수

많은 문들이 보인다. 르네는 숫자 〈30〉이 적힌 문을 열고 안으로 들어간다. 관객들에게 그가 암시한 대로 햇살 가득한 정원에 나무가 한 그루 있다. 튜닉 차림을 한 남자가 그를 알아보고 다가온다.

「반갑네, 르네.」

미래의 나?

「아……만나 뵙게 돼서 반갑습니다.」

「구분이 필요하니까 앞으로 자네는 스스로를 가리킬 때 〈르네 33〉이라고 하게. 자네 나이가 서른셋이니까. 나는 예순셋이니 간단히 〈르네 63〉이라 부르게.」

르네는 당혹스러울 만큼 자신과 닮은 눈앞의 남성을 뚫어져라 쳐다본다.

이목구비를 찬찬히 뜯어보기 시작한다. 코는 조금 길어진 것 같고 귀는 훨씬 커 보인다. 눈가에 주름이 가득하고 머리에는 서리가 앉았다. 허리가 살짝 굽고 배는 제법 나왔다. 앙상한 손등에 핏줄이 풀쑥풀쑥 솟아오른 게 보인다. 피부는 말갛지만 많이 얇아진 것 같다.

「민망하니 그만 좀 쳐다보게, 르네 33.」

「죄송합니다. 어떻게 지내세요?」

나이가 더 많은 상대를 향해 저절로 입에서 존댓말이 나온다.

「잘 지내네. 물어봐 줘서 고마워. 보다시피 이렇게 머리는 허옇게 세고 아랫배는 나오고 허리는 구부정하지만 그럭저럭 살 만해.」

「앞으로 인생을 살아가기 위해 저한테 어떤 지혜가 필요할까요?」

「운동을 해서 복부 근육을 강화하게.」

에계?

「예순셋이 되니 이렇게 나잇살이 붙는군. 우리끼리 얘기지만 불룩하게 나온 배는 보기 흉하지. 몸이 불으니 금방 숨이 차고 허리 통증을 달고 살아. 뱃살이 얼마나 쪘으면 서 있을 때 아랫도리도 내려다보이지 않을까, 나 참. 자넨 지금부터 당장 운동을 시작하게. 그래야 이런 골칫거리가 생기지 않아.」

「저한테 주는 지혜의 말씀이 〈복근 운동을 해라〉, 이 한마디란 말씀이세요?」

「그래. 그래 주면 참 고맙겠네. 자네 몸을 내가 물려받아야 하니까.」

「제가 알아야 할 게 더 있나요?」

르네 63이 정원에 있는 나무를 손으로 가리킨다.

「지금처럼 계속 미래에 관심을 가지게. 저 나무가 시간을 상징한다고 한번 생각해 봐. 뿌리는 과거를, 줄기는 현재를, 가지는 미래에 해당한다고 말이야. 과거는 땅에 묻혀 있어 보이지 않지. 그래서 우리가 실제로 보는 대상이 아니라, 머릿속에만 떠올리는 대상인 거야. 과거는 땅속 깊이 뻗어 있는 긴 뿌리들 속에 흩어져 있어. 이런 과거와 달리 현재는 단단하고 선명하지. 하나의 줄기 속에 들어 있거든. 미래는 나뭇잎이 달린 무수한 가지들로 이루어져 있어. 실현 가능한 미래의 시나리오를 의미하는 무성한 나뭇잎들은 서로 경쟁하듯 자라나. 그러다가 햇빛과 수액이 부족한 나뭇잎은 말라 죽게 되지. 나뭇가지 전체가 꺾여 떨어지는 경우도 있어. 이건 어떤 미래의 방향들이 사라지게 된다는 의미지. 하지만 하나뿐인 줄기에서 뻗어 나와 살아남은 다른 나뭇가지들은 눈에 보이는 단단하고 통합된 현재의 연장선에서 계속 자라게 되네. 나무는 계속 자라나. 하지만 이 미래의 나뭇가지들은 굵고 단단해질 수도, 가늘어져 꺾일 수도 있네.」

「무슨 말씀을 하시려는 건지?」

「르네 33, 자네가 하늘로 뻗어 올라가는 그 미래의 가지들에 영향을 미칠 수 있다는 뜻이야. 이번 짧은 방문에서 자네가 반드시 기억해야 할 게 있네. 우린 과거를 바꿀 수는 없지만 미래에는 얼마든지 영향력을 행사할 수 있다는 것. 시간이 얼마 없군. 관객들이 기다리고 있으니 어서 돌아가야지.」

르네가 천천히 눈을 뜬다. 관객들은 하프 선율에 몸을 맡긴 채 아직 어둠 속에 잠겨 있다.

오팔이 그에게 손짓을 한다. 비행기 조종사처럼 연착륙을 시도해 승객들을 현실의 자기 자신으로 돌아오게 하라는 것이다.

르네가 고개를 까딱해 보이고 난 뒤 마이크를 잡는다.

「자…… 헤어지기 전에 미래의 여러분과 한 번 더 눈을 맞추고, 상대의 조언을 앞으로 어떻게 삶에 적용하며 살아갈지 얘기해 주세요.」

오팔이 하프를 뜯자 천상의 멜로디가 울려 퍼진다.

「이제 현재로 돌아올 준비를 하겠습니다…… 당신의 정신이 다시 벗어 놨던 일상의 옷을 걸친다고 생각하세요. 자, 카운트다운을 시작합니다……. 다섯, 넷, 셋, 둘, 하나, 제로. 이제 눈을 떠도 좋아요.」

〈제로〉와 동시에 긴 아르페지오 선율이 흘러나온다.

르네가 스마트폰을 조작하자 필터가 부착된 공연장의 조

명 기기들에서 밝은 보라색 빛이 흘러나온다.

세 번째 유도 명상을 마친 관객들이 마치 꿈에서 깬 듯 눈을 깜빡거린다.

「일단.」

르네가 나지막하게 객석을 향해 말한다.

「여러분이 현재로, 그리고 이곳에 있는 자기 자신으로 돌아와 있는지 확인하기 위해, 심호흡을 한번 크게 하세요. 그러고 나서 얼굴을 만져 보세요. 자신의 이름과 성을 떠올리고 나서 이렇게, 쇄골을 살짝 두드려 보세요.」

그가 손가락 두 개로 어깨를 톡톡 쳐서 시범을 보이자 관객들이 재밌어하며 따라 한다.

「제가 첫 번째 질문을 드리겠습니다. 실패한 분들은 손을 들어 보세요.」

객석의 4분의 1가량이 손을 든다.

「이유가 뭘까 궁금하네요. 저쪽에 계신 여성분께서 한번 말씀해 보시겠어요?」

「눈을 감으니 오만 가지 잡생각이 나고 긴장을 완전히 풀 수가 없었어요.」

「이쪽에 계신 남성분은요?」

「난 최면 자체를 믿지 않아요. 이건 그냥 하나의 공연이라고 생각하죠. 혹시 당신이 객석에 심어 놓은 사람들과 짜고 관객들의 호응을 유도하고 있는 건 아닌지, 관객들이 당신 놀음에 놀아나는 건 아닌지 의심하는 중이에요.」

반박하지 말고 자연스러운 흐름을 이끌어 내자. 당황하는 모습을 보이지 말고 미소를 잃지 말자.

「전혀 불가능한 얘긴 아니죠.」

르네가 잠시 뜸을 들인 뒤 질문을 이어 간다.

「두 번째 질문을 드릴게요. 성공은 한 것 같은데 1백 퍼센트 확신은 없는 분들, 손을 들어 주시겠어요?」

이번에도 객석의 4분의 1가량이 손을 든다. 〈어중간한〉케이스도 계산에 포함시키는 걸 다들 신기해하는 눈치다.

「저쪽에 계신 여성분, 어떠셨는지 말씀해 주시겠어요?」

「몸과 마음의 긴장이 풀린 상태에서 분명히 뭔가 느끼고 보긴 했는데……. 그러면서도 혹시 이게 내 상상이 아닌가 하고 계속 의심하다 보니 온전히 몰입할 수가 없었어요. 말이 나왔으니 물어볼게요. 그 모든 게 제 상상력이 만들어 낸 것이었을까요?」

「글쎄요. 그렇다 아니다 확실히 얘기해 줄 수 있는 사람은 아무도 없을 거예요. 자, 마지막으로, 성공한 분들은 손을 들어 보세요.」

객석의 절반이 흐뭇한 표정으로 손을 든다.

「여기 계신 다른 분들과 자신의 경험을 나누고 싶은 분 혹시 있으신가요?」

예순 살가량 돼 보이는 여성이 자리에서 일어나 무대의 르네를 바라본다.

「미래의 나를 분명히 만났어요. 주름이 자글자글하긴 해도 분명히 내 얼굴이고, 내 몸이었어요. 나이가 아흔을 훌쩍 넘어 보이는데도 뭐랄까……. 유머가 넘치는 유쾌한 성격이었죠. 한마디로 삶의 활력이 넘치는 사람이었어요.」

객석에서 조용한 웃음소리가 들려온다.

「두 분이 어떤 얘기를 나누셨어요?」

르네 톨레다노가 묻는다.

「나한테 잘못하면 당뇨로 고생하니 단걸 좀 적게 먹으라고 하더군요. 반대로 물은 지금보다 훨씬 더 많이 마셔야 한다고 했어요. 〈하루 최소 1리터 이상〉이라고 정확한 수치까지 말했죠. 〈어차피 소변으로나 눈물로나 몸 밖으로 배출되니 많이 마셔도 아무 문제 없어〉 하고 농담까지 던지던걸요.」

객석 곳곳에서 웃음소리가 터져 나온다.

「경험을 나눠 주셔서 감사해요. 박수 한번 쳐드릴까요.」

관객들이 다 함께 박수를 치는 모습을 보면서, 르네는 손뼉을 마주쳐 함께 소리를 만들어 내는 단순한 행동만으로도 집단에 조화로운 기운을 불어넣을 수 있다고 생각한다.

「어떤 분이 또 얘기를 들려주시겠어요?」

「저요.」

한 여성이 수줍은 표정으로 자리에서 일어난다.

「나무 밑에서 한 노부인을 만났어요. 화장을 곱게 하고 몸가짐이 정갈한 분이었어요. 그런데 우아한 그분 입에서……좀 듣기 민망한 조언이…….」

「무슨 얘긴데 그러세요! 여기 계신 분들 모두가 비밀을 지킬 거예요. 밖으로 절대 새 나가지 않을 테니 걱정 말고 말씀하세요.」

객석에서 킥킥거리는 웃음소리가 들려온다.

「글쎄, 저더러 남편하고 헤어지래요. 계속 같이 살다 보면 속병을 얻을 테니 하루빨리 다른 배우자를 알아보라면서, 〈팔에 알통이 딱딱하게 배고 엉덩이가 탱탱한 젊은 남자〉를 찾으라고 하더군요. 〈배운 사람들 사이에서 찾느라 애쓰지 말고 사내들처럼 외모를 보고 고르라〉고 덧붙이기까지 했어요. 라스베이거스에 가서 치펀데일 쇼[1]를 보고 아이디어를 얻으래요.」

객석에서 왁 웃음이 터져 나온다.

정신적 경험을 공유하는 데는 웃음만 한 게 없어. 앞으로 공연할 때 이 점을 명심해야겠어. 관객들이 진지하기보다 편안해지는 게 더 중요해. 스스럼없이 농담을 섞어 가며 자기 경험을 다른 사람들과 나눌 수 있는 분위기를 만들어 줘야겠어.

여성이 한마디 꼭 덧붙이고 마쳐야겠다고 생각한 모양인지 수줍게 말한다.

「제 취향은 절대 그렇지 않아요, 정말이에요.」

젊은 남성이 바통을 이어 받는다.

「제가 만난 노인은 청바지 재질의 오버올을 입고 작은 모종삽과 전지가위를 혁대에 매달고 있었어요. 얼굴은 주름투성이인데 혈색은 노인답지 않게 검붉었죠. 안경을 끼고 백발을 단정하게 빗어 넘겼더군요. 그가 저한테 무능한 상사들 밑에서 고생하지 말고 지금 다니는 직장을 그만두라고 했어요. 나중에 회사가 파산하게 되니 지금 재정이 괜찮을 때 퇴직금을 받고 나와서 시골로 가라고 했어요. 유기농 과일과 채소 농사를 지어 판매하면 그게 더 장기적이고 확실한 생계수단이 될 거라고.」

남성을 향해 박수가 쏟아진다.

관객들의 목소리에서 갈수록 자신감이 느껴진다. 그들이 앞다투어 자신의 경험을 공유하고 싶어 한다.

「미래의 저한테서 여행을 더 많이 하라는 조언을 받았어요. 다른 삶의 방식과 사고방식을 접하는 데는 여행만 한 게

1 여성 관객을 주대상으로 한 선정적인 성인 쇼.

없다면서 인도에 한번 다녀오라고 했어요.」

「저는 악기를 배워 보라는 말을 들었어요. 뭔가 시작하기에 너무 늦은 나이는 없다고 미래의 제가 말하더군요. 하모니카를 배우는 게 어떠냐고 악기 종류까지 구체적으로 말해 주던걸요.」

「놀랍게도 미래의 저는 지금의 저와 성별이 달랐어요. 얼굴은 분명히 저처럼 남잔데 몸은…… 여자더군요.」

「미래는 놀라움을 선사하기 마련이죠.」

르네가 한마디 보탠다.

오팔이 다시 마이크를 잡고 공연을 이어 가라는 신호를 보내자 르네가 관객들을 향해 말한다.

「보아하니 여러분 모두가 자기 경험을 공유하고 싶어 하는 것 같군요. 지금부터 5분을 드릴 테니 옆자리에 앉은 분들과 경험을 나누세요. 이런 건 꿈과 비슷해서 즉시 얘기를 나누면 기억이 훨씬 선명해지죠. 잊어버리지 않게 지금 메모지나 스마트폰에 기록해 놓는 것도 좋은 방법이에요.」

장내가 시끌시끌해진다. 르네가 오팔 쪽으로 몸을 기울이며 묻는다.

「어때?」

그녀가 쉿소리를 내며 대답한다.

「미래의 자신을 만나는 최면은 난 지금까지 한 번도 시도해 본 적이 없어. 기발한 아이디어라고 생각해. 당신은 방금 퇴행 최면과 대비되는 일종의 선행 최면 기술을 선보인 거야. 어쨌든, 사람들이 저렇게 떠들게 놔두면 객석의 긴장이 풀려서 공연에 좋지 않아. 기수가 절대 말고삐를 놓으면 안 되는 것과 마찬가지 원리지.」

「어떻게 분위기를 수습하면 좋을까?」

「내가 아르페지오 선율을 크게 뽑을게. 관객들이 그 소리에 깜짝 놀라면 당신이 재빨리 객석을 다시 장악해. 장내가 조용해지면 궁금한 점이 있나 물어보고 질문을 받은 다음 공연을 끝내. 마무리 순서에 따라 관객들과 다 같이 박수를 치고, 나랑 나란히 손을 잡고 관객들에게 인사를 하는 거야. 커튼콜을 두 번 받고 나서 마지막으로 한 번 더 인사를 한 다음 퇴장하면 무대 조명을 끌 거야.」

오팔이 음향 장치의 볼륨을 조절하고 나서 하프에 손을 가져간다. 크고 긴 하프 소리가 실내를 휘감자 예상대로 객석은 순식간에 고요를 되찾는다.

「자, 이제 우리가 헤어질 시간이네요. 공연이 마음에 드셨길 바랍니다. 우리 이번 생에서 혹은 다음 생에서 곧 다시 만나요.」

그때 한 금발 여성이 손을 번쩍 들며 자리에서 일어난다. 검은색 가죽 치마에 가죽 재킷을 걸친 키 큰 중년 여성이다.

「저기, 선생님! 잠깐만요!」

「네, 무슨 일이시죠? 질문이 남았나요?」

「아니, 질문이 아니라 요청이 있어요.」

「말씀하세요.」

「제가 미래의 나에게서 들은 메시지는 앞서 이야기한 분들과 조금 달라요. 〈미래가 정말로 어떤지 궁금하거든 최면사한테 낙원을 연상시키는 인위적인 정원이 아니라 30년 뒤 이 세계의 실제 모습을 보여 달라〉고 요구하라고 했어요.」

하, 이건 예상 못 했는데 어쩐다.

르네는 놀란 티를 내지 않고 상황을 모면할 방법을 찾기 시작한다. 여성은 버티고 서서 도발적인 눈빛으로 그를 쳐다본다.

「전 그 체험을 꼭 해야겠어요.」

나 참. 주객이 전도돼도 한참 됐군.

「미안하지만 그건 불가능합니다.」

르네가 우물쭈물 대답한다.

「이유가 뭐죠?」

아랫사람에게 지시하고 명령하는 데 익숙한 사람의 딱딱한 어조로 여성이 묻는다.

「그건 한 번도 시도해 본 적이 없기 때문이에요. 그런 최면을 당신한테 걸면 어떤 상황이 벌어질지 예상할 수 없어요. 아예 최면이 걸리지 않을 수도 있고.」

젠장, 목소리부터 위축되는군.

「이해가 안 되는군요. 당신은 전문 최면사가 아닌가요?」

「물론 그렇죠. 하지만…….」

「그렇다면 당연히 할 수 있겠죠. 시도해 보지 않은 일이라 망설여진다면 내가 기꺼이 첫 번째 실험 대상이 돼줄 테니 한번 용기를 내봐요.」

「그러니까 그게…….」

「난 조금 더 도전해 보고 싶어요. 자신 있어요. 당신 덕분에 만난 미래의 내가 할 수 있다고 했어요. 오늘 한 세 번의 유도 명상도 완벽하게 성공했으니 걱정하지 않아도 돼요. 오늘 당신 덕분에 정말 대단한 경험을 했어요. 오감으로 모든 걸 생생하게 느낄 수 있었죠. 난 자아 인식과 자기 계발에 관심이 많아서 아침마다 한 시간씩 참선을 해요. 무술 유단자이기도 하죠. 미국까지 가서 정신 수련을 하고 오기도 했는데,

그때 맨발로 잉걸불 위를 걸어도 아무렇지 않았고 후유증 하나 안 남았어요. 내 정신의 힘으로 해낸 거죠. 그런 내가 미래를 두려워할 리 있겠어요.」

오팔이 르네에게 귓속말을 한다.

「한번 해봐.」

르네 톨레다도는 머뭇거리는 기색을 드러내지 않으려고 애쓴다.

되돌리기엔 이미 늦었어.

「의욕이 대단한 분이시군요. 이런 체험에 성공하려면 그런 강한 의지가 반드시 필요하죠. 자, 무대 위로 올라오세요. 다른 관객들이 지켜보는 가운데 선생님 혼자만 하시게 될 겁니다.」

여성이 이륙을 앞둔 로켓에 탑승하는 우주 비행사의 결연함을 연상시키는 걸음걸이로 뚜벅뚜벅 걸어 나온다.

「객석에서 이분께 응원의 박수를 보내 드리면 어떨까요.」

이렇게라도 시간을 좀 벌어 보자.

뜻밖의 일이 벌어지자 호기심을 느낀 관객들이 르네의 제안에 호응해 우레와 같은 박수를 보낸다.

「성함이 어떻게 되시죠?」

「베스파 로슈푸코예요.」

「네, 로슈푸코 씨. 이 의자로 와서 앉으시죠.」

르네의 목소리가 다시 가늘게 떨리기 시작한다. 오팔이 잘하고 있으니 걱정 말라는 뜻으로 계속 고개를 끄덕여 르네를 격려해 준다.

베스파 로슈푸코가 무대와 직각으로 놓인 빨간색 긴 의자에 앉아 가죽 재킷의 허리끈을 풀고 하이힐을 벗더니 몸풀기 동작처럼 발가락 끝을 꼼지락거린다.

「톨레다노 씨, 입에 발린 소리가 아니라 당신 덕분에 오늘 정말 환상적인 경험을 할 수 있었어요. 한 편의 영화처럼 생동감과 액션, 서스펜스가 넘치는 전생 체험이었죠. 아니, 영화는 절대 이만 못해요. 내 몸의 다섯 감각이 받은 생생한 자극은 말로는 형용할 수 없어요. 내 감정은 또 얼마나 강렬한 반응을 보였게요.」

아주 모범적인 관객이군.

「이제 30년 뒤 세계를 보고 나면 나는 한층 더 존재의 진화를 이룬 느낌이 들 것 같아요.」

그녀가 다소 격앙된 어조로 말끝을 단다.

「그렇게 되시길 바랍니다.」

「당신은 겸손이 지나쳐요, 톨레다노 씨. 당신은 누구나, 아무런 도구나 기술 없이 사용할 수 있는 타임머신을 발명했어요. 정신의 힘만으로 시간 여행이 가능하게 만들었단 말이에요! 왜 아무도 여태까지 그 생각을 못 했을까…….」

베스파 로슈푸코가 검은색 가죽 치마와 노란색 실크 블라우스의 단추를 하나씩 풀고 한층 편안한 자세로 의자에 눕자 르네가 무대의 조도를 서서히 낮춘다.

그녀가 눈을 감고 양손을 배꼽에 얹으며 말한다.

「난 준비 끝났어요.」

더 이상 물러설 수 없어.

당혹감을 감지한 오팔이 르네의 긴장감을 풀어 주려고 입김을 불어 키스를 날리는 시늉을 한다.

르네가 용기를 낸다.

「자, 다섯 칸짜리 나선형 계단을 시각화해 보세요……. 제가 숫자를 셀 때마다 한 칸씩 디디면서 올라가는 거예요. 계단을 올라갈수록 긴장이 풀리는 게 느껴질 거예요. 첫 번째 칸…… 두 번째 칸…… 세 번째 칸…… 네 번째 칸…… 다섯 번째 칸…… 자, 미래의 문 앞에 도착했어요. 이제 그 문을 여세요. 숫자가 쓰인 문들이 죽 늘어서 있는 복도가 나와요. 숫자 〈30〉이 쓰여 있는 문 앞으로 가세요. 문턱을 넘는 순간 당신은 30년 후 실제 세계 속으로 던져지게 됩니다. 문이 보이나요?」

잠시 말이 없던 베스파 로슈푸코가 고개를 끄덕인다.

「보여요.」

「문을 열고 안으로 들어가세요.」

「들어갔어요.」

「뭐가 보이죠?」

「아까 봤던 그 인공적인 배경에, 나무가 한 그루 있는 정원에 나를 꼭 닮은 노부인이 있어요.」

「그 풍경은 증발하게 놔두고 30년 뒤 실제 세계가 나타날 때까지 기다리세요.」

그녀가 미간을 찌푸린다. 눈꺼풀 밑에서 눈동자가 울뚝불뚝하는 게 보인다.

「됐어요. 거기 가 있어요.」

「뭐가 보이죠?」

「파리예요. 샹젤리제 거리. 인파가 넘쳐요. 내가 휴대폰을 내려다보고 있는데…… 화면에 11시 30분이라고 표시된 게 보여요. 날짜는 2053년 12월 25일이네요.」

놀란 좌중이 수런수런하는 소리가 들린다.

「아, 휴대폰 화면에 다른 정보도 보이네요.」

베스파 로슈푸코가 눈을 감은 채 말을 이어 간다.

「기온은 43.7도, 습도는 4퍼센트. 무더운 이유가 있었군요. 계절은 분명히 겨울인데 숨이 막힐 듯이 더워요. 인도가 사람들로 발 디딜 틈이 없어요. 사람들이 어깨를 부딪히고 몸을 밀치면서 빽빽한 인파를 뚫고 지나가요. 다들 뛰다시피 걸어요. 도로도 혼잡하긴 매한가지예요. 도로에 서 있는 차들이 울려 대는 경적 때문에 혼이 나갈 지경이에요. 사람들이 하나같이 거칠고 신경질적이에요. 간신히 인파를 빠져나와 옆길로 가보지만 붐비긴 마찬가지예요. 도로마다 승용차와 버스, 트럭이 뒤엉켜 있어요. 이제 신문 가판대 앞을 지나가요. 한 잡지 표지에 박힌 큼지막한 제목이 눈에 들어와요. 〈인구 폭발 시대. 과연 어디가 끝인가?〉 그 밑에는 이렇게 적혀 있어요. 〈이미 150억을 돌파한 세계 인구가 여전히 증가세를 멈추지 않고 있다. 지구가 과연 이 많은 수를 감당해 낼 수 있을까?〉 마치 섬뜩한 경고문처럼 읽히네요. 거리가 도떼기시장을 방불케 해요. 혼잡 시간대 지하철보다도 심해요. 난 숨도 못 쉬겠는데 사람들은 아무렇지 않나 봐요. 사방에서 나를 밀쳐요. 사람들한테서 시큼한 땀 냄새가 나요. 아, 난 이런 냄새 딱 질색인데. 빽빽이 밀집해 있던 사람들 사이에 틈이 조금 생기네요. 신호등이 파란불로 바뀌는 순간 사람들이 길을 건너가요. 정차해 있는 차들 사이를 빠져나가는 사람들을 뒤따라 나도 횡단보도를 건너는 중이에요. 바닥에서 열기가 뿜어져 올라와요. 굴터분한 땀 냄새와 악취 때문에 머리가 다 띵할 지경이에요. 아야! 덩치 큰 여자가 방금 어깨로 나를 세게 치고 지나갔어요. 내가 몸의 중심을 잃으면서 바닥에 넘어지는데도 미안하다는 말 한마디 없이 가버리네요. 길을 막지 말고 비키라는 신경질적인 목소리를 듣고 몸을 일으키려는데 도저히 일어날 수가 없어요. 사람들이 계속 나를 타 넘고 지나가요. 나는 또각거리는 구두 소리를 들으며 바닥에 쓰러져 있어요.」

베스파 로슈푸코가 빨간색 의자에 누워 몸을 뒤척인다. 손을 바들바들 떤다. 몸이 경련을 일으키며 들썩거리고 호흡이 가빠진다.

르네 톨레다노가 안 되겠다 싶어 말을 건다.

「자, 이제 그만 돌아올까요. 제가 카운트다운을 하면 현재로 내려오는 계단을 시각화하세요. 바로 시작할게요. 다섯…… 넷…….」

베스파 로슈푸코는 르네의 유도를 따르지 않는다.

「……행인들이 계속 날 타 넘고 지나가요. 내가 부랑자나 알코올 의존자인 줄 아나 봐. 얼른 일어나지 않으면 사람들이 날 밟고 지나갈 텐데 어떡하지. 인파가 끝없이 밀려와 몸을 도저히 일으킬 수가 없어요. 아야. 누가 내 손을 밟았어요. 악, 구둣발이 배를 누르네, 어쩌면 좋아…….」

그녀의 미래가 배를 밟혔는지 컥컥 숨 막힌 소리를 내기 시작한다.

그녀가 눈을 번쩍 뜬다. 혼이 나간 얼굴을 하고 있다.

「잠깐만요!」

르네가 그녀를 제지한다.

「잠깐만요, 기다리세요, 선생님! 단계를 하나씩 밟아서 올라오세요. 셋…… 둘…….」

순간 그녀가 몸을 벌떡 일으키더니 신발도 신지 않고 무대 밑으로 뛰어 내려간다. 맨발로 허둥지둥 출입구 쪽으로 뛰어

간다.

이런, 안 돼.

객석의 관객들이 경악한 표정으로 이 광경을 지켜본다.

르네는 자신 못지않게 당황한 오팔 쪽을 한 번 쳐다보고 나서 베스파 로슈푸코를 뒤따라 뛰기 시작한다. 일단 잡아야 한다는 생각에 방금 그녀가 내려간 좁은 계단을 통해 유람선 밖으로 뛰어나간다.

「기다리세요, 선생님! 이렇게 가시면 안 돼요! 잠깐만요, 거기 서세요!」

그녀는 신호등을 무시하고 교차로를 뛰어 건너기 시작한다. 이때, 부르릉거리는 소리와 함께 시커먼 형체 하나가 오른쪽에서 나타난다. 트럭 옆구리에 꿀벌 한 마리가 꽃잎에 앉아 있는 그림과 함께 광고 문구가 적혀 있다. 어둠 속에서도 글씨가 선명히 눈에 들어온다. 〈1백 퍼센트 수제 아카시아 벌꿀〉.

트럭이 경적을 울리면서 급정거한다. 타이어가 아스팔트에 마찰하며 끼익하고 소름 끼치는 소리를 낸다.

이런, 안 돼, 안 돼, 안 돼…….

르네는 눈을 질끈 감아 버린다.

비명 소리에 이어 둔탁한 충격음이 들려온다.

4

일주일 뒤, 파리 경범 재판소.

베스파 로슈푸코가 두꺼운 붕대를 머리에 감고 깁스한 팔을 어깨띠로 고정시킨 채 재판정에 앉아 있다. 그녀가 지팡이를 짚고 앞으로 걸어 나오자 법원 직원이 의자를 가져다 준다.

「너무 끔찍한 미래였어요! 어떻게 그럴 수가! 너무 끔찍했어요!」

그녀가 북받치는 감정을 억누르려고 심호흡을 한다. 진술을 이어 가기 위해선 마음을 다잡지 않으면 안 된다. 그녀가 앞에 놓여 있는 물잔의 물을 단번에 들이켠다.

「안 되겠어요. 죄송하지만 도저히 못 하겠어요. 그 끔찍한 이미지들을 다시 머리에 떠올리기만 해도, 나를 밟고 가버리던 그 빽빽한 인파와 악취를 생각만 해도…… 못 하겠어요, 도저히 안 되겠어요.」

베스파 로슈푸코가 자리로 돌아와 마치 마라톤 결승점에 도착한 사람처럼 의자에 주저앉는다.

그녀의 변호사가 변론을 시작한다.

「제 의뢰인인 로슈푸코 씨는 보통 사람이 아니라 아주 강인한 사람입니다. 건강한 몸에 건강한 정신이 깃들었죠. 중요한 국책 연구 기관의 수장이기도 합니다. 운동을 즐기고

무술 대회에서 우승한 적도 있는 뛰어난 운동 신경의 소유자
죠. 그런 의뢰인이 재수가 없어 이 두 사기꾼의 함정에 빠진
겁니다. 보다시피 팔이 부러지고 온몸에 타박상을 입었지만,
심적 고통에 비하면 이런 신체적 후유증은 아무것도 아니에
요. 그녀는 문제의 최면 실험에서 본 악몽 같은 장면이 다시
떠오를까 봐 잠도 자지 못하고 있어요. 이번 사건을 통해 우
리는 최면이 악용될 경우 무서운 심리 조작 도구로 변할 수
있다는 것을 알게 됐습니다. 저는 이 공판을 준비하는 과정
에서 비슷한 피해자를 여럿 만났습니다. 공포증이나 중독을
치료할 수 있다는 최면 치료사의 말에 혹하고, 〈정신의 힘만
으로〉 살을 빼고 불면증을 치료할 수 있다는 말에 현혹된 사
람들이었죠. 당연히 피해자들은 만족스러운 결과를 얻지 못
했고, 그러면 최면사가 추가 치료를 권하면서 계속 비용을
지출하게 했어요. 피해자들이 사기라는 걸 깨달았을 때는 순
진하게 속은 자신이 부끄럽고 창피해서 소송은 엄두도 내지
못했다고 하더군요. 사기꾼 최면사를 탓하지 않고 사기당한
자신을 원망한다니, 기가 찰 노릇 아닙니까! 존경하는 재판
장님, 최면은 이제 사기꾼들과 사교(邪教) 집단의 새로운 도
구가 되었습니다.」

　판사가 검사 측 논고를 듣겠다고 하자 강퍅한 인상의 남자
가 자리에서 일어난다.

　「존경하는 재판장님, 저는 오늘 이런 법정에서는 흔하지
않은 방식으로, 다시 말해 제 가슴과 감정에서 우러나는 논
고를 펼치려고 합니다. 허락해 주시겠습니까, 재판장님?」

　「허락합니다. 시작하시죠.」

　「일단, 제가 개인적으로 최면을 무척 싫어한다는 걸, 아니

혐오한다는 걸 말씀드리겠습니다. 부끄럽게도 제가 예전에 한 최면 공연에서 피험자를 자청한 적이 있습니다. 무대에 올라가자 최면사가 저한테 셔츠 소매를 걷으라고 했죠. 시키는 대로 했더니 헛소리를 늘어놓으면서 팔뚝에 긴 주삿바늘을 찔러 넣었어요. 〈오래된 파키르 정신 수련 비법〉이라면서 통증이 느껴지지 않을 거라나. 말 같지 않은 소리! 피가 뚝뚝 흘러 흰 셔츠가 금세 붉게 물들고 통증을 참을 수 없어 〈너무 아파요〉 했더니 최면사가 〈그럴 리 없어요. 당신은 아무것도 느끼지 못해요〉 하고 단호히 말하더군요. 시간이 가도 피는 멎지 않고 팔의 통증은 심해지기만 하는데도 최면사는 건들거리는 투로 〈세탁비는 제가 물어 드리죠〉 하는 겁니다. 그런데 더 기가 막힌 건 관객들의 태도였어요. 사람들이 무대를 향해 환호와 함께 뜨거운 박수를 보내더군요. 최면이 실패한 걸 아는 건지 모르는 건지. 최면사는 당연히 세탁비를 물어내지 않았어요. 감염된 바늘이 아니라서 파상풍이 걸리지 않은 걸 그나마 다행으로 여겨야죠. 〈파키르식 정신 수련〉? 〈통증을 이기는 정신의 힘〉? 이런 말은 귀가 얇은 사람들을 현혹하는 흰소리에 너스레일 뿐입니다.」

　통상 재판정에서는 들을 수 없는 얘기가 구체적인 사례와 함께 나오자 방청석의 긴장감이 사라진다. 간간이 킥킥 웃는 소리도 들린다. 자신감이 붙은 검사가 같은 어조로 논고를 이어 간다.

　「여기서 끝나면 얼마나 다행이겠습니까! 저는 그 정도에서 일이 마무리됐습니다만, 제 친구 중에는 아주 낭패를 당한 경우도 있습니다. 〈자가 최면을 이용한 정신 수련〉 훈련 중에 잉걸불 위를 걷는 체험을 하다 사고가 났어요. 그 친구

말을 듣자니, 다른 참가자들이 〈당신은 할 수 있어요! 우리가 당신 곁에 있어요! 포기하면 안 돼요! 당신은 해낼 수 있어요!〉 하고 소리를 지르며 그를 응원하더라는 겁니다. 친구 녀석은 불 위를 끝까지 걷고 나서 사람들의 박수갈채를 받은 다음에…… 결국 응급실로 실려 갔어요. 발바닥에 3도 화상을 입었죠! 그 불쌍한 친구는 아직도 발등을 덮는 신발은 신지 못합니다. 사시사철, 한겨울에도 샌들을 신고 다닌단 말이에요! 그 사고 이후에 관련 통계를 찾아봤더니 불 위를 걷는 체험을 한 사람들 대부분이 중화상을 입었답니다. 괜찮은 사람은 3분의 1도 되지 않았어요.」

이 특이한 검사가 들려준 두 가지 사례는 방청객들의 호기심을 자극하기에 충분했고, 더러는 자기 일처럼 여겨 분개하는 사람들도 눈에 띈다.

「다행히 제 친구는 그 최면사를 상대로 소송을 걸어 이겼습니다. 법원은 최면사에게 실형을 선고하고 제 친구에게 막대한 손해 배상금을 지급하라고 했어요. 이제 아시겠습니까, 여러분. 최면의 실체가 어떤 것인지…….」

검사가 피고석의 오팔 에체고옌과 르네 톨레다노를 무섭게 쏘아본다.

검사의 지적이 전적으로 틀린 건 아니야. 최면사들이 현실을 인정하지 않는 건 큰 문제야. 그들은 최면이 누구에게나 1백 퍼센트 가능하다고 주장하고 싶어 하지만, 내가 경험한 바로는 그렇지 않아. 성공 확률은 50퍼센트야. 그 이상은 절대 불가능해. 하지만 최면사들은 이런 진실을 외면하고 싶어 하지.

검사의 따가운 시선을 받으며 르네가 생각한다.

검사가 피해자 쪽으로 몸을 틀며 논고를 이어 간다.

「불쌍한 로슈푸코 씨, 잠시 공포에 떨고 치료 가능한 부상을 입고 불면증에 시달리는 정도로 끝났으니 그나마 불행 중 다행입니다. 잘못하면 더 심각한 일이 벌어질 수도 있었어요. ……목숨이 위태로울 수도 있었단 말입니다!」

검사가 방청객을 의식하며 연극배우 같은 말투로 말끝을 단다.

「저는 이번 재판을 최면, 자가 최면, 명상, 최면 코칭, 소프롤로지 등등 요새 유행하는 헛짓거리들을 근절하는 계기로 만들어야 한다고 생각합니다. 이런 것들은 사기꾼들이 사람들의 믿음을 악용해 제 배를 불리는 도구로 사용될 뿐입니다. 따라서 저는 여기 두 피고에게 1개월의 실형을 선고함으로써 따끔한 선례를 남길 것을 재판부에 요청드리는 바입니다. 존경하는 재판장님, 다시는 이런 사기꾼들이 활개 치지 못하게 본보기가 되는 판결을 내려 주시길 바랍니다.」

판사가 피고 측에 변론 기회를 준다.

「존경하는 재판장님, 두 피고는 어느 누구에게도 절대 해를 끼칠 의도가 없었습니다. 이 사실만은 판결에 참작해 주시길 간곡히 부탁드립니다.」

짧은 변론을 마친 변호사가 르네와 오팔에게 덧붙일 말이 있는지 묻는다. 그들이 없다고 대답하자 판사가 휴정을 선언하고 배석 판사들과 심의에 들어간다.

긴 기다림 끝에 드디어 검은 법복 차림의 판사 셋이 재판정으로 돌아온다. 판사가 판결문을 읽어 내려간다.

「재판부는 다음과 같이 선고한다. 피고 르네 톨레다노와 오팔 에체고엔은 피해자 베스파 로슈푸코에게 신체적 상해와 정신적 충격을 가한 죄가 인정되어 징역 3개월에 집행 유예를 선고한다. 이에 더해 5만 유로의 손해 배상금을 원고에게 지급하는 것은 물론, 유사 사고의 재발 방지를 위해 판도라의 상자 공연장을 즉각 영구 폐쇄해야 한다.」

방청석에서 선고를 듣던 기자들과 최면 치료사들이 과한 판결이라며 불만을 터뜨린다.

판사가 피고석을 향해 말한다.

「피고들은 앞으로 2주 안에 판결문에 적시된 내용을 집행해야 합니다. 그렇지 않으면 피고들 소유의 유람선은 압수 후 공매에 부쳐질 겁니다.」

판사가 전자식 벨을 누르면서 방청석을 향해 말한다.

「이상으로 재판을 마치겠습니다.」

방청석이 시끌벅적해진다. 방청객들이 판결에 관한 논평을 주고받으며 재판정을 빠져나가는 동안 기자들이 르네와 오팔을 향해 카메라 플래시를 터뜨린다.

검사가 그들 앞으로 다가오더니 어린 자식을 훈계하는 부모의 말투로 한마디 던진다.

「내가 당신들이라면 최면이니 전생이니 환생이니 하는 말은 다시는 입에 담지도 않겠어요. 당신들을 위해서 하는 소리예요. 실없는 장난은 당장 그만둬요.」

5 므네모스: 환생에 대한 한 가지 이론

인간이 환생을 믿었다는 흔적은 아주 오래전인 최소 1만 년 전부터 발견된다. 이는 인간이 농사를 짓기 위해 계절의 순환을 유심히 관찰했던 것과 관련이 있다.

한곳에 정주해 농사를 짓기 시작한 인간들이 파종과 수확 시기를 알기 위해 계절의 순환을 눈여겨본 것은 당연한 일이다. 최초의 농부들은 가을이 지나면 모든 활동이 멈추는 추운 겨울이 찾아온다는 것을 알게 됐다. 이때 나무는 꽃과 열매와 잎이 다 떨어지고 앙상해져 마치 죽은 듯한 모습이 된다.

조상들이 보기에 겨울은 끝을 의미했다.

하지만 시간이 지나면 다시 봄이 찾아왔고, 생명이 꺼진 것 같았던 나무에는 〈새살〉이 돋듯 잎과 꽃과 열매가 달렸다. 나무는 무성해지며 다음 겨울이 올 때까지 성장을 계속한다. 겨울은 새로운 죽음을 의미하지만 이 시간이 지나면 또다시 부활을 위한 봄이 찾아온다.

이러한 순환을 인식하는 존재는 누구나 자연스럽게 자신의 영혼 또한 겨울을 거쳐 새로운 봄을 맞을 거라는 생각을 하게 될 것이다.

6

「우린 다 잃었어. 파산했어. 망했다고.」

법원 앞 인도에 서서 오팔이 커다란 초록색 눈을 크게 뜨고 르네를 쳐다본다. 르네는 엉뚱하게도 오팔이 그 어느 때보다도 아름답다고 생각한다. 시련이 둘 사이를 더 가깝게 만들어 주리라.

우리가 서로 이해하고 마음이 맞는 한 아무것도 문제 될 게 없어.

하지만 그녀의 생각은 다른 모양이다.

「다 당신 탓이야. 그동안 쭉 전생 체험만 해왔는데 왜 뜬금없이 미래로 사람을 보내 이 사달을 일으켰냐고?」

「그 요구에 응하라고 한 사람은 바로 당신이야.」

르네가 응수한다.

「내 말을 듣지 말았어야지.」

젠장, 판단을 잘못했어. 오팔이 누군가에게 책임을 씌우고 싶어 하고, 그 대상은 나일 게 뻔한데 괜한 말을 해서 긁어 부스럼을 만들었어.

「미래에 그렇게 기온이 상승하고 인구가 폭발할 줄 내가 어떻게 알았겠어.」

「당신은 우리가 평소에 피험자에게 하는 〈편안하고 행복한 생에 다녀오세요〉라는 안전 지침도 내리지 않았어.」

틀린 말은 아니야. 새로운 유도 명상 형식을 개발했다는 흥분에 휩싸여 그 가이드라인을 얘기해 주는 걸 깜빡했어. 고통스러운 삶을 방문하지 않으려면 피험자가 반드시 안전 지침을 따라야 한다는 걸 알려 줬어야 했는데.

오팔이 속이 상해 고개를 푹 숙이자 붉은 머리채가 꽃물결처럼 일렁일렁한다.

「어떻게 그게 괜찮을 거라고 생각했어? 나 참, 미래로 가다니! 세상이 갈수록 나빠진다는 건 어린애들도 다 아는 사실이잖아…….」

「최면 공연을 하면서 내가 어떻게 그런 생각까지 할 수 있겠어?」

「비상책은 마련해 뒀어야지. 출근길 지하철 안보다 인파가 많은 그 찜통 속 파리 거리에서 얼른 그녀를 꺼내 현실로 불러 올렸어야 했어. 당신은 관객들이 다 지켜보는 앞에서 그녀를 생지옥으로 보내 버렸어! 그 아수라장에서 그녀가 행인들에게 무참히 짓밟히게 만들었다고! 사람이 어떻게 그렇게 경솔할 수가 있어?」

르네는 문득 예전에 아버지가 어머니와 부부 싸움을 하고 나서 했던 말을 떠올린다.

자신의 입장을 상대방에게 〈설명〉한다고 하지만 사실은 서로에게 화를 내는 것일 뿐이야. 입으로 한참 떠들고 나도 달라지는 건 아무것도 없어. 애초의 생각에서 단 한 걸음도 나아가지 않은 채 내가 옳다는 걸 이제 상대가 깨달았으려니 하면서 얘기를 끝내니까.

오팔이 긴 한숨을 내쉰다.

「하, 무려 5만 유로! 판사가 그 이상한 검사의 구형을 그대로 받아들였다는 게 말이 돼? 검사가 〈실제 경험 사례〉네 어쩌네 하며 감정에 호소한 게 먹혔던 거야. 반면에 우리가 고용한 변호사는 한심하기 짝이 없었어. 어쨌든 우린 이제 알거지가 됐어.」

「은행에 대출을 신청해 보자. 요즘 금리가 낮잖아.」

「우리한테 정기적인 수입이 있다는 걸 입증할 수 있어야 대출을 받지. 은행은 부자들한테만 돈을 빌려주는 거 몰라? 우리 밥줄인 판도라의 상자가 폐쇄된 마당에 대출은 언감생심 꿈도 꾸지 마.」

「그럼 하는 수 없이 예전에 하던 일을 다시 알아봐야겠네. 내 박사 논문을 지도한 알렉상드르 랑주뱅 교수가 소르본 대학 학장으로 선출됐다고 들었어. 만나서 일자리가 있는지 한번 알아볼게. 혹시 다시 학교에서 가르칠 기회가 생길지도 모르니까.」

오팔이 고개를 끄덕인다.

「나야 아는 게 최면뿐이니까 인터넷에서 전문 최면 사이트를 샅샅이 뒤져 볼게. 최면 치료사 보조 같은 자리가 있을지 모르니까.」

르네가 다가가 입맞춤을 하려 하자 오팔이 몸을 뒤로 뺀다.

「미안해, 르네. 지금은 그럴 기분이 아니야. 우리 사는 꼴이 어쩌다 이렇게 벌집 쑤셔 놓은 것처럼 됐을까?」

7

소르본 대학 건물의 우아한 전면에 거대한 시계가 높이 걸려 있다. 그 양옆으로 시계에 팔꿈치를 올린 두 여신이 서 있다.

르네 톨레다노가 걸음을 멈추고 두 무사Mousa의 조각상을 올려다본다.

시간을 이해하는 게 결국 모든 것의 핵심이야.

그가 보는 앞에서 개 한 마리가 건물 앞 나무에 대고 다리를 치켜든다.

동물과 인간의 결정적인 차이는 시간에 대한 인식에 있어.

저 개는 현재 속에서, 자신의 욕구와 순간적인 쾌락을 충족하기 위해서만 살 뿐이야. 먹고, 배설하고, 할 수 있으면 암컷을 찾아 생식을 위한 교미를 하는 게 삶의 전부지.

개는 과거에 관심이 없어. 자신이 태어난 날짜도 나이도 몰라.

자기를 낳아 준 부모는 기억에서 사라진 지 오래일 거야.

당연히 조상이 누군지도 몰라.

개는 미래에 대한 비전이 없어.

그러니 당연히 계획 같은 건 세우지 않지. 삶의 계획은 고사하고 오늘 하루에 대한 계획조차 없어.

개는 인간처럼 노화와 다가올 죽음에 대한 생각에 사로잡혀 있지 않아.

오로지 현재를 살 뿐이야.

삶을 대하는 순수하고 건강한 관점이긴 하지만 극히 제한적인 시각이지.

이런 관점은 자신을 둘러싼 세계를 변화시킬 결정적인 행동으로 이어지지 못하니까.

현재를 (오로지 현재를) 사는 저 개와 나의 차이만큼 나와 시간을 자유롭게 이동할 수 있는 보다 진화된 인간 사이에도 큰 차이가 있을 거야.

이제 막 그 진화의 길에 들어섰으니 난 아직 갈 길이 멀어.

그래, 내가 도달해야 할 목표는 분명해.

확장된 의식과 고양된 정신을 갖춘 인간이 되는 게 내 목표야.

정신의 힘을 통해 시간을 부리는 새로운 인간 유형으로 거듭나고 싶어.

공상에 잠겨 있던 르네는 이 캠퍼스에서 보냈던 시간을 회상한다. 그리 오래전 일이 아닌데도 아득하게만 느껴진다.

건물의 둥근 지붕에 솟아 있는 십자가가 햇빛을 받아 번쩍거리는 걸 보면서 르네는 예전에 한 교수가 소르본을 〈지식의 신전〉에 비유했던 것을 떠올린다.

학생들이 그와 조금 떨어진 곳에서 정치 유인물을 나눠 주는 모습이 눈에 들어온다. 그들이 입은 옷에 찍힌 약자(略字)를 보니 법과 대학에서 주로 활동하는, 르네도 이름을 아는 극우 단체 소속 학생들이다.

저들이 전통적으로 진보적 학풍을 지닌 소르본 대학에서까지 세력을 확장하려고 하는 모양이구나.

짙은 콧수염이 눈에 띄는 학생 하나가 르네에게 걸어와 결연한 표정으로 전단지를 건넨다. 종이 위에 검은 장갑을 낀 주먹 쥔 손이 인쇄돼 있다.

르네가 고개를 숙인 채 전단을 받는다.

그는 조금 걸어가다 종이를 구겨 돌돌 뭉친 다음 가까운 쓰레기통에 던져 넣는다.

르네 톨레다노는 대학 중앙의 안뜰을 천천히 걷는다. 건물은 웅장하고 분위기는 한가롭다. 회랑 곳곳에서 학생들이 담배를 피우거나 커피를 마시고 있다. 드물지만 조용히 책을 읽는 학생들도 눈에 띈다.

르네는 데카르트 강당으로 발걸음을 옮긴다. 조심스럽게 문을 열고 안으로 들어가자, 니스 칠을 해 광택을 낸 나무로 벽 전체를 장식한 엄숙한 강당 내부가 눈에 들어온다. 앞쪽에는 긴 테이블에 앉은 한 학생이 다섯 명의 심사 위원을 상대로 논문을 발표하고 있다. 르네는 조용히 심사를 지켜보는 사람들 사이에 가 앉는다.

르네 역시 여기서 르네상스에 관한 논문으로 심사를 받았었다. 구두 심사가 끝나자 심사 위원 다섯 명이 10분 정도 퇴장했다 돌아와 결과를 발표했었다. 〈심사 위원들은 이 역사학 박사 논문의 심사 통과를 결정했으며…….〉

긴장감 속에 긴 몇 초가 흐르고 나서 드디어 등급이 발표됐다. 〈……최우수 논문 등급을 부여하기로 했습니다.〉

매우 뛰어난 논문에 주어지는 등급이었다.

발표가 끝나자 지도 교수인 알렉상드르 랑주뱅이 다가와 축하 인사와 함께 덕담을 건넸었다.

「정말 훌륭한 논문이야. 자넨 내 수제자일세. 혹시 나와 일할 생각이 있거든 언제든 찾아오게.」

그 말을 잊지 않고 있던 르네는 지도 교수와 만날 방법을 궁리하다가 소르본 대학 박사 논문 심사 일정표에서 랑주뱅 교수의 이름을 찾아내 오늘 이 자리에 오게 된 것이다.

르네가 듣는 둥 마는 둥 하는 사이 한 시간에 걸친 논문 발표가 끝났다. 알렉상드르 랑주뱅이 심사 대상인 학생에게 다가가 악수를 청하고 나서 심사 결과와 함께 논문 등급을 알려 주는 소리가 들린다. 〈일반 등급 논문입니다.〉

모든 논문이 좋은 등급을 받는 건 아닌 게 분명해…….

르네 톨레다노는 알렉상드르 랑주뱅이 참석자들과 차례로 악수를 나눈 뒤 강당을 나설 때를 기다렸다 그에게 다가간다.

오랜만에 만난 두 사람은 잠시 어색하게 서로를 쳐다본다. 구릿빛 얼굴에 머리에는 서리가 하얗게 내린 르네의 은사는 핑크색 실크 셔츠 안에 고급 브랜드의 스카프를 멋스럽게 매고 리넨 재킷을 걸쳤다. 반짝반짝 광택이 나는 구두를 신고 손에는 알이 굵은 큼지막한 반지를 여러 개 꼈다.

르네가 학교에 다닐 때부터 알렉상드르 랑주뱅은 할리데이비드슨 오토바이를 타고 다니며 여학생들의 마음을 설레게 하는 걸로 유명했다.

가까이서 보니 뺨과 눈가 피부가 주름 하나 없이 팽팽하다. 하긴, 랑주뱅 교수는 영원한 청춘을 위해 의술의 도움을 받는다고 공공연히 말하곤 했다. 〈시간은 얼마든지 멈출 수 있어. 그건 능력 있는 성형외과 의사의 손에 달렸지.〉 르네의 눈앞에 있는 60대 학장의 하관은 매끄럽고 반질반질하다 못해 표정 변화가 느껴지지 않을 정도다.

예전에도 랑주뱅 교수는 학생들 사이에서 〈가짜 청춘〉으로 불리며 희화의 대상이 됐었어. 하지만 다들 그의 실력 하나는 인정했어.

그런 그가 소르본 대학의 학장이 된 건 전혀 놀랍지 않아.

「톨레다노 아닌가! 이런 반가운 우연이 있나!」

「안녕하세요, 교수님. 오랜만입니다.」

「교수님? 더 이상 강의에서 만나는 사이도 아닌데 그 호칭은 듣기 어색하군. 편하게 알렉상드르라고 부르게. 자네 이름은, 르네지? 아닌가?」

내 이름까지 기억하고 있어. 이건 좋은 징조야…….

「자넨 이제 내 학생이 아니고 나도 더 이상 자네 선생이 아니야. 우린 그냥 같은 행성에서 살아가는 두 인간일 뿐이야.」

상대가 말을 편하게 하기 시작했어.

「소르본 대학 학장에 임명되셨다는 소식을 들었어요. 축하드립니다.」

「책무의 막중함을 모르고 경솔하게 수락한 자리지. 내 손에 뜨거운 감자를 들려 주고 전임자는 요새 아마 발 뻗고 편히 잘걸? 막상 맡아 보니 보통 일이 아니군. 골칫거리 직원들을 마음대로 해고할 수 있는 민간 기업 경영자들이 정말 부럽네. 확 내쫓고 싶은 사람들이 몇 명 있거든……. 학생들과 학문의 열정을 나누던 평범한 교수 시절이 이따금 그리워지네. 내 얘긴 그렇고, 르네 자네는 요즘 무슨 일을 하나?」

「박사 학위를 취득하고 나서 조니 알리데² 고등학교에서 역사를 가르쳤습니다.」

「조니 알리데 고등학교?!」

랑주뱅 교수가 호탕한 너털웃음을 터뜨린다. 마치 기계가 최대 출력으로 뽑아낸 듯한 웃음소리가 공중으로 퍼졌다 서서히 잦아든다.

2 2017년 사망한 프랑스의 인기 대중 가수.

「머지않아 킴 카다시안 고등학교, 로아나 고등학교, 스티비 고등학교도 생기겠는걸? 하긴 요새 청소년들 꿈이 공부하지 않고 리얼리티 TV 쇼 속 스타들처럼 유명해지고 부자가 되는 거라고 하더군. 자, 내 사무실로 가서 조용히 밀린 얘기를 나누세.」

랑주뱅 교수가 앞장서 걷기 시작한다.

미술 작품과 금박 장식물과 조각상으로 화려하게 꾸며진 복도를 옛 스승과 제자가 나란히 걷고 있다.

「그래, 조니 알리데 고등학교에서 학생들을 가르치는 일은 어떤가?」

「그만뒀습니다.」

「왜?」

「누굴 만났거든요.」

「여자?」

「그녀를 만난 뒤로 혼란이 왔어요.」

「〈오리엔트로 가는 길을 잃다〉[3]라는 의미에서의 혼란 말인가?」

참, 단어 어원을 따지길 좋아하는 분이었지?

「오팔이라는 이름의 최면 치료사인데, 그녀의 최면 공연에 제가 피험자로 무대에 선 게 인연이 돼 사귀게 됐죠. 그녀에게 최면술을 배워 저도 조금씩 하게 됐어요. 처음에는 저 혼자 자가 최면만 했지만 이제는 공연도 할 수 있는 수준이 됐죠.」

그들이 걸음을 뗼 때마다 낡은 마룻바닥에서 삐걱삐걱 소

---

3 〈혼란을 일으키다〉라는 뜻의 프랑스어 단어 désorienter(dés-orient-er)를 가지고 말장난을 한 것.

리가 난다.

「최면이라고 했나? 최면이라는 단어는 그리스 신화 속 히프노스신에서 유래했지. 히프노스는 밤의 신인 닉스의 아들이자 죽음의 신인 타나토스의 쌍둥이 형제야.」

「꿈의 신인 모르페우스의 아버지이기도 하죠.」

르네가 덧붙인다.

랑주뱅이 입을 삐죽한다.

「사람들을 무대로 불러 올려 억지로 아기 흉내, 암탉 흉내, 개 흉내를 내게 해 웃음거리로 만드는 짓을 하는 사람들을 난 도무지 이해할 수가 없어. 심장 마비를 일으키는 시늉도 하라고 할 판이더군……」

「방금 말씀하신 건 전통적인 공연용 최면이고 제가 하는 건 무의식에 초점을 맞춘 최면이에요. 최면 치료사들이 치료 목적으로 행하는 최면과 비슷하다고 보시면 돼요. 저는 그걸 무대에 올릴 뿐이죠. 새로운 세대의 최면 형식이라고 할까요. 가령, 제가 하는 공연 포스터에는 이렇게 적혀 있어요. 〈당신은 누구인가요? 당신이 진정 누구인지 알고 있나요?〉 실제 공연에 들어가면 유도 명상을 통해 관객들이 전생의 행복했던 순간들을 시각화해 떠올리게 해주죠.」

큰 건물답게 복도가 끝없이 이어진다. 알렉상드르 랑주뱅이 르네를 다정하게 쳐다보며 입가에 웃음을 띤 채 말한다.

「돈을 내고 그런 체험을 하고 싶어 하는 사람들이 있다면 기회를 잡아야겠지? 예전에도 자네가 꾀가 많다고 느꼈어. 내 생각에 그런 마술적 효과를 이용한 오락은 인기를 끌 수밖에 없을 거야. 경이와 기적을 믿고 싶어 하는 건 인간의 오래된 본성인데 오늘날의 세계에는 주술이 사라지고 없잖아.

꿈을 꾸고 싶어 하는 사람들의 욕구는 그대로인데 말이야. 그런 면에서 최면은 현대적인 형태의 주술로 봐도 무방할 거야…….」

「그렇게 단순화할 순 없어요.」

「그건 자네가 정말로 최면을 믿는다는 말인가?」

「최면은 제 삶을 뒤바꿔 놓을 만큼 놀라운 발견이었어요. 저는 제 경험에서 가장 놀라운 것을 골라 관객들과 공유하는 거예요.」

알렉상드르 랑주뱅이 복도 한가운데서 걸음을 뚝 멈추더니 자기를 놀리냐는 표정으로 르네를 빤히 쳐다본다. 르네가 금테 안경 너머로 시선을 맞받아친다.

「그건 역사를 이해하는 한 가지 방식이기도 합니다.」

르네가 상대를 설득하기 위해 논리를 펼친다.

「저는 최면을 이용해 제 전생들의 배경이 된 시대와 나라와 문명에 다녀오죠.」

「하지만 말이야.」

랑주뱅이 다시 걸음을 놓으며 르네에게 말한다.

「자네처럼 역사 지식이 풍부한 사람이면 상상력으로 얼마든지 과거의 장면들을 시각화할 수 있지 않을까? 자네가 본 게 진짜 자네 전생들이라는 걸 어떻게 확신할 수 있나?」

「수없이 많은 세세하고 정확한 정보들이 확신의 이유예요. 전생에 다녀오는 건 영화 속으로 들어가는 것과 똑같아요. 거기가 어딘지 시대가 언젠지 심지어 제 나이가 몇 살인지도 모르는 상태에서 생생한 감각 정보를 얻을 수 있죠. 냄새와 소리, 맛, 손의 감각은 물론 세밀한 감정까지. 나중에 확인을 통해 이러한 정보들에 개연성이 있다는 걸 알게 되죠.」

「자네 뇌가 일으킨 환시 효과라고 생각하진 않나?」

「전생 여행을 통해 저는 농민, 상인, 장인, 병사, 노숙인, 여성 등등 역사가들의 사료 속에는 흔적이 많지 않은 평범한 사람들의 삶에 대해 무척 많이 배워요. 그들이 어떤 음식을 먹었는지, 현대에는 정복된 어떤 병을 앓다가 죽었는지도. 어떤 역사책에도 언급되지 않은 장소에 갈 때도 있어요. 기록으로써가 아니라, 정말로 몸을 통해 기근과 페스트를 겪기도 했어요.」

「아니면 자네가 그걸 상상했거나…….」

이 양반을 설득하는 건 불가능해. 하긴, 나조차 아직 의심을 완전히 떨치지 못한 마당에.

「네, 그건 인정해요. 그 전생들이 실제로 존재했는지에 대해 제가 절대적인 확신을 가질 순 없겠죠. 하지만 이 전생 체험이 우리의 정신을 풍요롭게 만들어 주는 건 확실해요.」

두 남자는 학장실 앞에 도착해 문을 열고 안으로 들어간다.

서로 다른 시대에 만들어진 검 열댓 자루가 벽에 가지런히 장식돼 있다. 르네가 학생일 때도 이미 랑주뱅 교수는 옛날 무기를 수집하는 취미가 있었다. 검 외에도 방패와 곤봉, 갑옷 일체를 입혀 창까지 손에 쥐여 놓은 마네킹이 방문객의 시선을 끈다.

「르네 자네가 이렇게 늙은 선생한테 인사를 하러 찾아와 주니 정말 기분이 좋네. 우린 졸업하고 교문을 나서는 순간 제자들이 우릴 기억에서 지운다고 생각하거든.」

「전 교수님께 신세를 참 많이 졌어요.」

「자넨 나한테 특별했네. 내가 가르친 가장 뛰어난 학생이라고 자네를 기억하지. 단어의 어원에 충실한 〈학생〉[4]이라는 의미에서 말이야. 선생으로서 그런 자네가 클 수 있게 옆에서 돕는 건 즐거운 일이었네. 겸손이 몸에 밴 자네 귀에는 이 말이 어떻게 들릴지 모르지만, 자넨 내 제자 중 가장 머리가 좋은 학생이었지. 그런 자네가 대학에 남아 커리어를 쌓지 않는 이유가 난 늘 궁금했어.」

진즉에 찾아와 이런 칭찬을 들었으면 자존감 낮은 나한테 도움이 됐을 텐데……. 나는 내가 대학에서 커리어를 쌓을 만큼 실력 있는 사람이라고는 꿈에도 생각해 본 적이 없어.

「교수님도 제가 배운 선생님들 중 최고셨어요. 늘 감사하게 생각하고 있어요. 그런데…….」

자신의 책상에 있던 페이퍼 나이프를 들고 만지작거리면서 웃는 얼굴로 얘기를 듣던 랑주뱅이 갑자기 정색을 하고 말을 끊는다.

「그건 그렇고, 자네가 온 목적이 뭔가, 르네? 전생 얘기를 하러 느닷없이 옛 선생을 찾아오진 않았을 텐데. 안 그런가?」

「시간상 다 말씀드릴 수는 없는 여러 사건들 때문에 급히 일자리를 찾아야 하는 처지가 됐어요. 혹시 저한테 일자리를 주실 수 있나요?」

「최면사로 말인가?」

「역사학 교수로 말입니다.」

알렉상드르 랑주뱅이 페이퍼 나이프를 내려놓고 의자에서 몸을 일으키더니 벽에 걸려 있던 검 한 자루를 손에 쥔다. 그가 아무 말도 하지 않는다.

4 학생élève이라는 명사와 (사람이나 동식물을) 키우거나 기른다는 뜻을 가진 동사élever는 어원이 같다.

「난데없는 부탁이라고 느끼셨을 줄 알지만…….」

능수능란하게 검을 다루는 멘토의 위엄에 압도당한 르네가 미안해하는 표정으로 말끝을 잇는다.

「가능할까요?」

알렉상드르 랑주뱅이 칼날을 유심히 들여다보며 미간을 살짝 찌푸리더니 대답한다.

「아니.」

이랬다저랬다 하니 도통 속을 모르겠네.

「강사 자리는 아예 불가능해. 두 가지 이유가 있는데, 하나는 지금이 한창 학기 중이어서야. 9월 학기에 강의를 맡으려면 6월에는 계약을 해야 하네. 또 하나는 새로운 강사 자리를 만들 예산이 학교에 없다는 거야.」

랑주뱅이 보이지 않는 적과 싸우고 있는 사람처럼 검을 휘두른다.

「실망했나?」

「불가능하다니 실망스럽네요. 혹시나 하고 기적을 기대했거든요.」

르네가 아쉬움을 표현한다.

랑주뱅이 검을 휙휙 돌리면서 물리네moulinet 동작을 선보인다.

「기적을 기대한 게 잘못은 아니지. 다른 요소도 얼마든지 고려할 수 있으니까. 난 본래 불가능한 도전을 좋아하는 사람이거든. 자네, 예전에 내가 펜싱 기초 동작을 가르쳐 줬던 거 기억나나?」

아, 그런 일이 있었지. 펜싱 체육관으로 몇 번 데려가서 공격 기술의 시범을 보여 준 적이 있었어……. 펜싱 역시 잘 가르친다고 생각했었는데.

알렉상드르 랑주뱅이 벽에 걸린 검 한 자루를 집어 르네 쪽으로 던진다. 르네가 거의 반사적으로 정확히 가드 자세를 취한 뒤 손잡이 부분을 잡아 검을 받는다.

「자네한테 신명 재판을 제안하지. 신이 내리는 이 판결은 다른 모든 판결들 위에 존재하는 최종 판결이네. 신이 주관하는 판결이니까 당연히 그렇지. 지금부터 우리 둘이 신명 재판 결투를 벌여 보면 어떤가. 자네가 이기면 정규 초빙 강사 자리를 주지. 강의가 배정되진 않지만 보수는 일반 강사보다 약간 많고 다른 활동도 자유롭게 할 수 있네. 혹시 하게된다면 첫 강연 주제를 무엇으로 잡겠나?」

얼른 대답해야 좋은 인상을 줄 텐데.

「정규 초빙 강사요? 흠…… 청중의 호기심을 자극하려면 아무래도 보편적이고 포괄적인 주제가 좋겠죠. 뭐가 있을까……. 〈역사를 다시 생각하다〉, 이건 어떠세요?」

르네가 임기응변으로 대답한다.

「나쁠 거 없지. 이제 자네가 결투에서 이겨 그 자리를 따내는 일만 남았네. 신의 결정만 남은 거야.」

알렉상드르 랑주뱅이 어리둥절한 표정으로 검을 들고 서있는 르네에게 별안간 칼끝을 겨눈다.

「앙 가르드En garde, 방어 자세를 갖춰. 절대 봐주지 않고 공격할 거야. 이건 진짜 신명 재판이야. 일자리를 얻으려면 자네 목숨을 걸어.」

「농담이시죠? 설마, 이 학장실 안에서요? 여길 난장판으로 만들어 놨다가 나중에…….」

르네 톨레다노가 미처 말을 끝맺기도 전에 스승의 찌르기 공격이 들어온다. 그가 간신히 공격을 피한다.

「난 진지해. 자네가 이기면 내가 무슨 수를 써서라도 자네를 채용하는 데 필요한 예산을 만들어 볼 거야. 만약 내가 이기면 그 자리는 물 건너가는 거고. 어때, 해볼 만하지 않나?」

랑주뱅이 다시 공격을 시도해 오지만 이번에도 르네가 막아 낸다. 하지만 셔츠가 찢기고 칼날에 베인 팔에서 피가 떨어진다.

「응수해! 살짝 베인 것뿐이야. 자네가 방어에 나서지 않으면 더 깊은 상처가 날 거야. 앙 가르드!」

공격 수위를 어디까지 잡고 있는 걸까? 설마 순수한 대결 도중에 나를 죽이는 무모한 짓을 저지르진 않겠지? 나도 저 양반을 다치게 하고 싶진 않아.

흥분한 랑주뱅이 갑자기 자신의 책상으로 뛰어오르더니 르네를 향해 뛰어내리며 검을 휘두른다. 정확하고 강한 가격이다. 칼끝이 스친 르네의 손목에 깊숙한 상처가 난다.

이때, 밖에서 똑똑 문 두드리는 소리가 난다.

「방해하지 말아요!」

알렉상드르가 소리를 지른다.

「우편물 가지고 왔어요.」

비서가 허락을 기다리지도 않고 방으로 걸어 들어온다. 그녀는 검을 들고 서 있는 두 남자를 보고 놀라지도, 예의 없다고 느끼지도 않는 눈치다. 비서가 난리 법석을 피해 우편물 둘 곳을 찾다가 책상 서랍을 열고 그 안에 편지 뭉치를 넣는다.

「학장님, 제가 방금 우편물을 어디에 넣었는지 기억하시겠죠?」

비서가 태연하게 한마디 던지고는 걸어 나가 다시 문을 닫는다.

르네의 집중이 흐트러진 틈을 타 랑주뱅이 재빨리 칼을 휘두른다. 재킷의 다른 쪽 소매에 칼끝이 스친다.

이건 실전이야.

르네가 마음을 다잡고 진지한 자세로 결투에 임한다. 공격 높이를 수시로 바꿔 가며 측면 찌르기를 연속 시도한다. 상대가 크게 소리를 지르며 그의 태세 전환을 반긴다.

「드디어 자네다운 모습이 나오는군, 르네!」

일자리를 얻으려면 이 길밖에 없어 보이니까.

젊은 강사가 태도를 돌변해 결투에 뛰어든 게 노교수의 에너지를 자극한 모양이다. 랑주뱅이 팡트fente를 시도해 르네의 종아리 뒤쪽 아래를 번개같이 가격한다.

「쿠 드 자르나크coup de Jarnac, 뒷무릎을 두 번 기습 가격해 베는 기술이지.」

랑주뱅이 득의만만한 표정으로 말한다.

「……파라드parade.」

르네가 검을 한 바퀴 세게 돌려 상대의 검을 막아 낸다.

리포스트riposte. 르네의 역습에 당한 랑주뱅이 손에서 검을 놓친다. 검이 반동에 의해 책상 위를 날아가 벽에 걸린 전직 대학 학장들의 초상화 중 하나에 가서 꽂힌다.

르네가 자신의 논문 지도 교수였던 랑주뱅의 가슴에 조심스럽게 칼끝을 갖다 댄다. 르네의 금테 안경이 살짝 비뚤어진 채 코에 걸쳐져 있다.

「이제 그 초빙 강사 자리는 제 거죠? 어쩔까요, 손에 힘을 좀 줄까요?」

8

육류용 나이프의 칼날이 등심 스테이크 속으로 쑥 들어가
자 선명한 진홍색 즙이 흘러나온다.

오팔 에체고엔이 정육면체 모양의 고깃점을 하나 떼어 내
더니 포크로 찔러 입으로 가져간다. 마주 앉은 르네가 그 모
습을 지켜본다.

두 사람은 카르티에라탱의 한 레스토랑에서 저녁 식사 중
이다.

「설마? 자기가 정말 소르본 학장을 죽일 뻔했다고?」

오팔이 반신반의하는 눈치다.

「그쪽에서 먼저 결투를 신청해 왔어. 그 양반이 전혀 슬렁
슬렁 할 생각이 없더라고. 하여튼 기인(畸人)이긴 해.」

오팔이 놀라는 얼굴을 하더니 스테이크에 곁들여 나온 감
자튀김을 손으로 집어 먹기 시작한다.

「결투가 끝나고 나니까 그제야 초빙 강사 하나가 심각한
건강상의 문제 때문에 내년 학기 시작 전까지 학교에 나올
수 없다고 말했어. 운때가 딱 맞았던 거지.」

웨이터가 겨자가 담긴 조그만 그릇을 테이블에 내려놓
는다.

「나도 새로운 일자리를 찾았어. 최면 치료사와 함께 일하
게 됐어.」

「고객은 어떤 사람들인데?」

「금연을 원하는 사람들이 주 고객이래. 최후의 수단으로 최면을 시도해 보려는 사람들.」

「치료사 이름이 뭐야?」

「마르쿠스. 닥터 마르쿠스.」

「〈닥터〉라고? 의학을 전공했나 보지?」

「아니, 닥터라고 하면 더 멋있고 진지해 보여서 그렇게 말하고 다닌대. 어차피 학위를 보여 달라고 하는 사람도 없을 거야. 그 사람 흰 가운까지 입어……. 솔직히 〈닥터〉라는 직함에 〈흰 가운〉까지 더해지면 나라도 뭔가 병이 나을 것 같은 느낌이 들 거야. 우리 잠재의식이 이미 그런 방향으로 프로그래밍이 되는 거지. 그의 최대 강점은 바로 목소리야. 카리스마를 풍기는 저음의 목소리가 상대방에게 확신을 줘. 또하나, 고액의 치료비를 받아. 한 번 상담에 190유로.」

「비싸도 너무 비싸네.」

「일종의 약속인 셈이지. 이만큼의 액수를 지불한 사람들은 당연히 그 대가를 원해. 엄청나게 동기 부여가 된 사람들이란 뜻이고. 이 말은 최면 치료를 받으러 병원 문턱을 넘는 순간 이미 절반은 치료가 된 거나 마찬가지라는 거야.」

「왠지 냉소적으로 들리네.」

「아니, 영리한 거지. 어쨌든 그 사람 입으로 말하길 성공 확률이 80퍼센트에 육박한대. 3개월 전에 예약을 해야 상담이 가능하다고 자랑하던걸.」

오팔이 감자튀김 몇 개를 더 집어 먹고 나서 르네를 쳐다보며 묻는다.

「소르본에서는 언제부터 일을 시작해?」

「당장 내일 아침부터. 알렉상드르가 주제를 하나 정해 준비하라고 했는데, 이미 생각해 둔 게 있어.」

르네가 오팔의 손을 잡고 손등에 입을 맞춘다.

「당신 덕분에 내가 최면의 세계에 입문하게 된 걸 늘 고맙게 생각하고 있어.」

화기애애한 분위기 속에서 식사가 계속 이어진다. 디저트로 바나나플랑베 두 개를 시켜 천천히 먹다가 오팔이 갑자기 르네를 빤히 쳐다본다.

「있잖아, 닥터 마르쿠스가 수시로 내 셔츠의 가슴 사이를 곁눈질로 흘끔거려…….」

「내가 질투하길 바라고 하는 말이야?」

오팔이 눈을 찡긋해 보인다.

「아무 걱정 안 해도 돼……. 난 파트너에게 충실한 사람이니까. 게다가 그는 내가 싫어하는 치명적인 결점이 있어. 입 냄새가 정말 심해. 지독한 골초거든. 흡연 중독을 치료하는 게 직업인 사람이 골초라니, 아이러니지.」

르네가 한쪽 눈썹을 치켜올린다.

「〈내가 하는 말은 그대로 믿고 따라 하되 행동은 따라 하지 말라〉. 이건가?」

「어쨌든 중요한 건 그가 날 채용했다는 거야.」

「월급은 얼마야?」

「1천6백 유로. 당신은?」

「1천8백 유로. 잠깐 기다려 봐…….」

르네가 휴대폰 계산기를 두드려 계산을 하기 시작한다.

「빚을 다 갚으려면 우리가 아무리 허리띠를 졸라매도 최소한 2년은 걸려.」

「그런데 그 손해 배상금은 당장 2주 안에 마련해 지불해야 하잖아.」

「방법이 찾아지겠지.」

커플은 음식값을 계산하고 식당을 나와 집, 다시 말해 센강에 정박해 있는 공연장이자 유람선에 있는 거처로 돌아온다.

오팔이 욕실에 들어가 화장을 지우고 이를 닦은 뒤 밖으로 나오자 르네가 그녀를 껴안으며 목에 입맞춤을 한다. 그녀가 슬며시 그를 밀어낸다.

「미안해. 재판에서 유죄를 선고받은 이후에 불안해서 그런지 몸의 긴장이 풀리지 않아.」

「아직도 날 원망하는 거야? 미래를 다녀오는 최면을 시도하는 바람에 생긴 일이라고?」

「시간이 지나면 괜찮아질 거야. 지금 벌어지고 있는 상황을 내가 받아들일 시간이 좀 필요해.」

오팔은 침대에 눕자마자 금방 잠이 든다. 팔다리에 긴장이 풀리는 게 보인다. 그녀가 몸을 모로 돌려 코를 골기 시작한다.

르네는 쉬 잠이 오지 않는다. 얼마 전부터 한 가지 생각이 그의 머리를 떠나지 않고 있다.

베스파 로슈푸코가 봤다는 미래는, 그 인구 폭발 시대는 대체 어떤 모습일까?

그는 파트너가 깊이 잠든 모습을 확인하고 조용히 몸을 일으켜 화장실로 향한다.

세면대 위에 적힌 문구가 눈에 들어온다.

온전히 편안함을 느낄 수 있는 공간은 여기뿐이다.

이 좁고 밀폐된 공간이 마치 요새처럼 안전하게 느껴진다. 르네는 문을 잠그고 변기 뚜껑을 내린 다음 그 위에 가부좌를 하고 앉는다. 척추를 반듯이 펴고 어깨를 뒤로 젖힌 다음 턱을 살짝 숙인다. 이 자세에서 눈을 감고 숨을 한 번 크게 들이쉰다. 천천히 심호흡을 하자 몸의 긴장이 풀린다.

그는 아름드리나무가 한 그루 서 있는 공터를 시각화한다.

어찌 된 일인지 나무 밑에 미래의 자신이 보이지 않는다.

그는 베스파 로슈푸코에게 최면을 걸었을 때처럼 인공적인 배경을 사라지게 한 다음 30년 뒤 세계의 실제 모습을 눈앞에 불러온다.

그는 이제 현대식 아파트에 있다. 지저분한 방에서 그의 감각이 가장 처음 느낀 것은 더위다. 그다음은 담배 냄새와 술 냄새. 하나뿐인 창문이 활짝 열려 있다. 눈대중으로 보니 10제곱미터가 넘지 않을 것 같은 원룸이다. 가구라곤 소파베드 하나, 노트북이 올려져 있는 책상 하나, 의자 하나가 전부다. 휴지통에는 빈 캔이 넘쳐 난다. 자동차 경적과 행인들의 소음이 창문을 넘어 들어와 가구 대신 빈 곳을 채우고 있다. 베스파 로슈푸코처럼 되지 않기 위해 르네는 일부러 외부의 시선으로 미래의 자신을 바라본다.

소파 베드에 앉아 있는 노인은 첫 번째 미래 방문 때 만났던 그 사람이 분명한데 왠지 딴사람처럼 느껴진다. 그는 펑크족들의 신조인 〈No Future(미래는 없다)〉가 크게 쓰인 티셔츠를 입고 있다. 면도를 하지 않아 수염이 텁수룩하고 백발은 헝클어져 있으며 주름이 깊이 팬 얼굴은 검붉은 빛을 띤다. 배는 전보다 더 불룩하다.

르네의 존재를 지각한 노인에게서 조바심이 느껴진다. 그는 이전 방문 때보다 훨씬 불안정해 보인다.

「어유, 드디어 왔군.」

그가 큰 소리로 말한다.

「자네가 오길 기다리고 있었는데 드디어 왔어. 자, 지금부터 내가 하는 말을 잘 듣게. 지금 당장 자네가 나서 주지 않으면 안 돼. 상황이 아주 심각해. 물론 다 자네 탓이야. 자네가 그 여자에게 미래를 보여 주지 않았더라면 이런 일이 벌어지지 않았을 거야. 자네 때문에 미래가 이전 같지 않아. 자네의 부주의에서 비롯된 일이니 상황을 바로잡아야 하는 책임도 자네한테 있어.」

「무슨 말씀이신지? 도무지 이해가 안 되는데요.」

「지난번에 내가 얘기해 주지 않았나. 시간은 마치 나무와 같아서 자네가 하기에 따라 고정된 현재에서 뻗어 나가는 가지가 달라질 수 있다고. 지난번에 자네의 정신이 찾아왔을 때 날 본 곳은 정원의 나무 밑이었지. 인공적인 배경이었단 말이야.」

「그랬죠. 그때 저는 당신의 실제 세계를 보지 못했어요. 그런데 베스파 로슈푸코는 자신이 다녀온 미래의 지구가 기온이 40도가 넘고 150억 명이 살고 있다고 했어요…….」

「맞아. 그래도 그때는 견딜 수 있는 수준이었어. 인구가 폭발하긴 했어도 평화로웠으니까. 최소한 굶어 죽을 걱정은 하지 않았지. 식수가 모자랄 일도 없었고.」

「지금의 이 평행 미래는 상황이 악화됐다는 뜻인가요?」

「그래. 인구는 150억 명 그대로인데 제3차 세계 대전이 벌어졌다네!」

르네 63이 노트북을 켜더니 어느 24시간 뉴스 채널의 인터넷 페이지를 열어서 보여 준다. 화염에 휩싸인 도시들, 거리에서 펼쳐지는 교전들, 대로를 행진하는 탱크 군단, 침공이 진행 중인 지점들이 표시된 세계 지도, 심지어 슬로 모션으로 포착한 버섯구름까지 생생한 동영상으로 르네의 눈앞을 지나간다.

아나운서가 강 건너 불구경하듯 건조한 목소리로 뉴스를 진행한다. 스크린 아래쪽으로 실시간 주가 정보가 지나가고 있다. 군수 산업 관련 종목들만 제외하고 대부분이 파란색을 띤 채 주가를 나타내는 화살표가 아래로 향해 있다.

르네가 믿기지 않는 듯 눈을 감았다 뜨며 중얼거린다.

「어쩌다 이 지경이 됐을까?」

르네 63이 노트북을 덮고 냉장고에서 맥주 캔을 하나 꺼내 들고 온다. 캔째 한 모금 넘기더니 참지 못하고 트림을 꺽 올린다.

「꿀벌 때문이야.」

「꿀벌이요?」

「꿀벌의 실종이 이 모든 것의 발단이네. 공식 기록에 따르면 2047년 7월에 살아 있는 꿀벌이 마지막으로 관찰됐다고 해. 그 후로 꿀벌은 자취를 감췄네. 널리 알려진 말처럼 4년 동안은 세상이 버텼지. 그런데 4년이 지나자 나비 한 마리의 작은 날갯짓이 태풍을 일으킨다는 〈나비 효과〉와는 급이 다른 〈꿀벌 효과〉가 나타나더군. 한 생물종의 멸종이 지금 자네가 본 결과를 초래한 거야.」

노인이 맥주를 한 모금 삼킨다.

「인간이 소비하는 식물의 80퍼센트가 꽃식물이네. 그리고 이 꽃식물의 80퍼센트가량의 수분을 담당하는 곤충이 바로 꿀벌이야. 그동안 꿀벌은 서서히 사라지는데 인구는 무서운 속도로 늘어났던 거야. 인간이 직접 손으로 하거나 로봇을 이용한 수분이 가능하다고 믿었지만 그 결과가 신통치 않았지. 조그만 원인 하나가 결국 치명적인 결과를 낳아 전 세계 농업 생산량이 급감했어. 그런 상태에서 기온까지 상승하니 곡물 생산은 더 줄어들었고. 지표면의 사막화 현상이 가속화하고 물 부족이 심화되다 보니 관개수에 드는 비용이 너무 커져 농민들은 이용을 할 수가 없었어. 엎친 데 덮친 격으로 아프리카와 아시아, 남아메리카 국가들에서는 메뚜기 떼가 창궐해 농사를 망쳐 버렸어. 식량은 부족한데 인구가 많아지면 배고픔을 참지 못한 사람들이 폭동을 일으키는 건 필연적이고 불가역적이지. 지구상 곳곳에서 벌어진 시위들은 무자비한 방식으로 진압됐네.」

「결국 식량 부족이 전쟁을 초래한 거군요?」

「이미 오래전부터 세계 도처에 정치적 긴장이 팽배해 있었는데 서아시아에서 그게 폭발한 거야. 이란과 사우디아라비아, 정확히는 시아파와 수니파가 충돌했지. 이건 세계를 둘로 나누는 뿌리 깊은 갈등 아닌가. 어쨌든 서아시아에서 전쟁이 발발하자 세계가 두 진영으로 나뉘었어. 한쪽은 러시아와 중국을 위시해 베네수엘라, 북한까지 가세한 이란 지지 세력이고, 다른 쪽은 미국을 주축으로 유럽과 이스라엘, 한국 등을 포함해 사우디아라비아를 지지하는 진영이지. 그런데 양쪽 다 핵무기를 보유하고 있었단 말이야! 늘어나는 핵무기가 언젠가는 이렇게 한번 쓰일 줄 알았네. 결국 핵전쟁이 일어나고 말더군. 세계 인구가 워낙 많다 보니 각국의 수도와 대도시가 대부분 파괴되고 나서도 중소 도시와 온갖 벽지에서 전쟁이 계속 이어지고 있네. 세계는 지금 한창 제3차 세계 대전 중일세. 2053년 12월에 말이야! 어디 전쟁뿐인가. 이 겨울에 다들 무더위로 고생하고 있어. 식수가 부족해 사람들이 죽어 가고 있네!」

노인이 맥주 캔을 단숨에 비우고 나서야 잠시 안도하는 표정을 짓는다.

「꿀벌이 사라진 이유가 뭔지 아세요?」

「내가 속해 있는 한 지식인 그룹이 인류의 자기 파멸을 막을 방법을 고심하던 중에 자네 질문에 대한 해답을 찾았네. 이 재앙을 초래한 근본 원인이 뭔지 알아냈어.」

그가 자리에서 일어나 에어컨 앞으로 가더니 고장인 걸 확인하고는 선풍기를 튼다. 선풍기가 시끄러운 소음을 일으키며 뜨거운 공기와 그 속의 모기들을 흩어 놓는다. 노인이 후줄근하고 지저분한 손수건을 꺼내 이마에 흐르는 땀을 닦는다.

「문제의 뿌리를 찾아낸 거야. 1960년대에 들어 제초제와 고농도 살충제를 대량 살포해 헥타르당 수확량을 높이는 소위 〈현대식〉 농법이 도입되기 시작했네. 농부들은 환호했고, 대형 유통업체들은 식품 가격을 인하해 판매할 수 있었지. 구매력이 높아지게 된 소비자들은 이것을 긍정적인 발전으로 받아들였어. 말이 발전이지, 무분별한 살충제의 사용으로 수분(受粉) 곤충의 70퍼센트가 사라졌는데도 말이야. 이런 상황에서 꿀벌 실종에 결정타가 된 일이 있었어. 2004년부터 프랑스에 대량 유입된 등검은말벌의 등장 말이야.」

「등검은말벌 얘기는 저도 알아요. 문제가 있다고는 들었지만 그것 때문에 꿀벌이 모두 사라지게 될 줄이야…….」

「믿기지 않겠지만 그런 일이 벌어졌네.」

「그런데 그게 왜 제 잘못이라는 거죠?」

「지금부터 내가 그 이유를 말해 주지. 내가 지병 때문에 복용하는 약과 술 때문에 기억력에 문제가 있는 건 사실이지만, 한 가지는 확실히 알아. 그 문제의 〈선행〉 최면이 사건의 발단이었다는 거 말이야. 자네가 판도라의 상자 공연장에서 오팔 대신 무대에 섰던 날을 기억하나?」

「물론이죠.」

「그때 검은색 가죽 재킷을 입은 금발 여자의 요청에 따라 자네가 그녀에게 미래를 보여 줬던 것도 기억하지?」

거리의 소음이 커지자 르네 63이 목소리를 살짝 높인다. 르네 33도 덩달아 목소리를 높인다.

「그게 무슨 관계가 있다는 거죠?」

「양자 물리학은 관찰자가 관찰 대상에 영향을 미친다는 것을 우리에게 가르쳐 줬지. 미래를 본 것만으로 미래를 바꿀 수 있다는 말이야. 그 금발 여성이 미래를 봤고, 그래서 미래가 바뀐 거야.」

「제가 이 사태를 초래한 장본인이라면 혹시 해결책도 찾을 수 있을지 모르겠네요. 제가 뭘 어떻게 해야 할까요?」

「그걸 난들 알겠나! ……요즘 난 정신이 그다지 맑지가 않아. 시간을 넘나드는 것도 잘 안 되고 집중력도 떨어지고. 약과 술 때문인 줄은 알지만 그 두 가지 없이는 살 수가 없네. 예전에는 담배가 그나마 생각을 가지런히 하는 데 도움이 됐는데 이제는 그렇지도 않은 것 같아.」

「그래도 우리 둘이 지금 이렇게 얘기를 할 수 있잖아요.」

「자네 쪽에서만 나한테 접속할 수 있어. 얼마 전부터 나는 무의식의 문을 여는 게 불가능해졌네.」

「제가 뭘 할 수 있는지 말씀해 주세요!」

르네 63이 일어나서 창문을 닫고 다시 의자에 앉는다. 실내는 더 후텁지근해졌지만 훨씬 조용하다. 그가 담배를 한 대 피워 물고 뭔가 생각하는 듯하더니 말문을 연다.

「아까 내가 한 지식인 그룹 얘기를 했었지. 그들이 사태 해결을 위한 방법을 찾고 있다고. 최근 있었던 모임에서 어떤 책에 관한 얘기를 들었네. 시간에 영향을 미칠 수 있는 책이 있다더군.」

「책이요? 어떤 책이죠?」

「내가 기억하는 건 제목뿐이야. 〈꿀벌의 예언〉이라는.」

9

르네는 자리에서 일어나 습관처럼 휴지를 조금 풀어 변기에 버린다. 역시나 기계적으로 물을 내린 다음 옆에 있는 욕실 세면대로 가서 손을 씻는다. 그가 거울 앞에 서 있다.

난 지금까지 뭘 했지?

또 하나의 질문이 꼬리를 문다.

나는 어떤 사람이지?

그는 어푸어푸 얼굴에 물을 적신 다음 양손으로 뺨을 쓸어내린다.

문득 아버지가 했던 말이 떠오른다. 〈미래를 이해하기 위해서는 과거를 기억해야 한다.〉

어떻게 지금의 내가 존재하게 된 걸까?

그는 소심한 성격에 학교 성적은 중간인 아이였다. 특별한 계기가 없었다면 그에게 지적 호기심을 물려준 부모님처럼 평범하고 조용한 삶을 살았을 것이다. 어머니 페넬로프는 과학 교사였다. 과학적 진실을 탐구하는 일은 범죄 수사와 비슷하다고 입버릇처럼 말하곤 했다. 역사 교사였던 아버지 에밀은 르네에게 역사적 진실을 향한 열정을 물려주었다. 아버지에게 역사의 진실 찾기는 일종의 사법 행위나 마찬가지였다.

두 분에게 과학과 역사라는 학문은 경이로움 그 자체였다.

이런 환경에서 자란 르네에게 학교가 요구한 것은 암기뿐이었다. 교사들은 왕들의 이름과 역사적으로 유명한 전투들의 명칭과 날짜, 다른 나라에 있는 강들과 각국의 수도 이름을 무조건 외우게 했다. 이러한 주입식 교육에서 성적을 잘받으려면 교사의 말을 앵무새처럼 따라 해야 했다.

교과 과정에 필독서로 들어 있는 책들을 억지로 읽다 보니어느 순간 독서에 대한 흥미까지 사라지는 느낌이 들었다.

억지로 읽게 하면 시금치처럼 반감부터 생기지. 베샤멜소스와같이 주면 얼마든지 맛있게 먹을 수도 있는데 말이야.

그래도 생각이 다른 교사들이 간혹 있었고 부모님이 자신들만의 확고한 교육관을 가지고 있었기 때문에 어린 르네는지식 습득이 단순한 정보 축적이 아닌 정신적 놀이임을 알게되었다.

〈우리를 둘러싼 세계가 얼마나 아름다운지 모른단다. 우리가 관심을 기울이지 않아 모를 뿐이야〉 하고 아버지가 말하면 〈우리를 둘러싼 세계가 얼마나 흥미진진한지 몰라. 우리가 그것의 작동을 이해하려고 애쓰지 않아 모를 뿐이야〉하고 어머니가 맞받았다.

이런 부모님 밑에서 르네는 자동차 보닛을 들어 올려 엔진을 관찰하고 냉기가 만들어지는 과정이 궁금해 냉장고 뒤쪽을 살피는 아이로 자랐다. 시간이라는 것의 정체를 알고 싶어 오래된 기계식 알람 시계를 분해해 들여다보기도 했다.

세상의 현실은 어머니에게 불안증을 야기했다. 아침에 라디오 뉴스를 듣고 나면 그녀는 치를 떠는 표정으로 무거운한숨을 내쉬고 나서 늘 담배를 한 대 피워 물곤 했다. 담배 연기와 함께 세상사의 절망도 날려 버리고 싶다는 듯이.

골초였던 어머니는 결국 폐암으로 세상을 떠났다. 혼자가 된 아버지는 쉰다섯 살에 알츠하이머병에 걸렸다. 사랑하는 사람을 떠나보냈다는 사실을 그런 방법으로라도 잊고 싶었던 게 아닐까.

아버지는 지금 전문 요양 시설에서 생활하고 있다.

르네는 가업을 물려받아 교사가 됐다.

부모님이 자신에게 그랬던 것처럼 역사는 재밌고 놀랍고 흥미진진하다는 걸 학생들에게 가르쳐 주고 싶었다. 우리보다 앞서, 우리와 다른 곳에서 살았던 무수하고 다양한 사람들이 좋은 일이든 나쁜 일이든 자신들의 시대에 했던 것을 통틀어 우리가 역사라는 이름으로 부른다는 걸 알려 주고 싶었다.

그러다 우연히, 이름까지 안성맞춤으로 〈판도라의 상자〉인 유람선 공연장에서 오팔 에체고옌을 만났다. 그녀의 최면 공연에 피험자로서 무대에 오른 게 인연의 시작이었다.

그는 자신이 경험했던 첫 최면을 떠올린다…….

전생의 문들이 늘어선 복도에서 109번 문을 열고 들어가 제1차 세계 대전 당시 가장 치열한 전장 중 한 곳이었던 슈맹데 담 전투에 참전한 젊은 병사였던 그를 만났다.

나는 내가 누군지 알고 있다고 생각했는데 과거의 나에 대해선 아무것도 몰랐다는 걸 그때 깨달았지.

첫 번째 최면 후 일상이 뒤흔들리고 고통스러운 날들이 이어졌다. 르네는 문제의 근원을 뿌리째 뽑기 위해 최면사 오팔을 다시 찾아갔다. 그녀에게 전생 여행이 일으킨 정신적 폐해를 바로잡아 달라고 했다.

하지만 그녀는 전생 자체를 바꾸는 것은 불가능하니 다른 전생들을 보여 주겠다고 제안했다. 끔찍한 전생을 기억에서 지우는 최선의 방법은 편안하고 행복한 다른 전생에 다녀오는 것이라면서.

오팔은 르네에게 최면을 의식적으로 활용하는 방법을 가르쳐 주었다. 그녀는 최면이 뇌를 탐험하는 새로운 도구임을 확신한다고 했다.

그렇게 르네는 퇴행 최면을 통해 여러 전생을 방문했고, 한때 자신의 현현이었던 다양한 존재들을 만났다. 가장 놀라운 만남은 그의 가장 오래된 전생, 그러니까 1번 문 뒤에 있는 존재와의 만남이었다.

그는 아주 오래전, 해안가 도시에서 살고 있었다. 현재의 르네가 과거의 그에게 접속해 들은 바에 의하면, 그가 살았던 도시는 아메리카 대륙과 아프리카 대륙 사이에 위치한 커다란 섬, 오늘날 사람들이 아틀란티스라고 부르는 섬에 있었다. 머지않아 이 섬이 사라질 것을 이미 알고 있는 르네는 상황의 긴박함을 깨달았다.

일분일초가 급해…….

그는 게브라는 이름의 전생에게 암시를 통해 대홍수가 일어나 섬의 문명이 물속으로 가라앉기 전에 서둘러 탈출하라고 얘기해 줬다.

귀한 조언에 고마움을 표시하는 게브를 떠나 르네는 현재로 돌아왔다.

르네는 이 잊지 못할 경험으로 자신의 눈과 정신을 열어 준 최면사 오팔과 사랑에 빠졌다.

그는 그녀와 함께 정신의 여행이 아닌 실제 여행을 떠나기로 했다. 르네의 전생이 숨겨 뒀던 금괴를 찾아 마련한 돈으로 두 사람은 게브가 도착했으리라 상상하는 이집트로 향했다. 게브의 흔적을 뒤쫓던 두 사람은 그가 피라미드 건축에 영향을 끼쳤다는 사실도 알게 됐다.

우여곡절 끝에 버뮤다 제도에 도착한 르네와 오팔은 친구들과 함께 전생에 초점을 맞춘 새로운 지식과 탐구의 공동체를 만들었다.

다시 파리로 돌아온 오팔과 르네는 새로 유람선을 한 척 사 공연장으로 개조한 뒤 퇴행 최면 공연을 무대에 올리기 시작했다.

모든 것이 순조로웠다. 베스파 로슈푸코와의 사건이 있기 전까지는.

2주 만에 5만 유로를 마련하는 건 불가능에 가까워.

르네는 낮은 한숨을 내쉬고는 잠든 오팔의 옆에 가서 조용히 눕는다.

몸을 뒤척이던 그는 문득 이집트에 당도한 게브를 생각한다.

10 므네모스: 영혼의 여행에 관한 고대 이집트인들의 생각

고대 이집트 신화에는 태초에 바다를 통해 이집트 땅에 도착했던 거인들에 관한 이야기가 나온다. 이들은 대홍수가 일어나 바다 밑으로 사라진 서쪽에 있는 한 낙원 같은 섬에서 살던 사람들이라고 했다. 이 최초의 신화들이 조금씩 변형을 거쳐 이집트 종교의 원형을 이루게 된다.

1822년, 프랑스 출신의 장프랑수아 샹폴리옹이 최초로 상형 문자를 해독한다. 이어 1842년, 독일인 카를 리하르트 렙시우스가 『낮에 나옴에 관한 책』을 번역한 뒤 제목을 〈고대 이집트 사자의 서〉로 바꾼다.

원제 속 〈낮〉은 생명을 상징하는 단어로 읽힌다. 어둠과 죽음과 망각에서 빛과 영혼의 불멸성으로 나아가는 길을 뜻한다. 고대 이집트인들은 무덤이나 석관(石棺)에 이 책의 내용이 담긴 파피루스 두루마리를 함께 넣어 묻어 주곤 했다. 이 사자의 서는 〈시간의 신〉이라는 이름으로 불리기도 하는 토트신이 썼다고도 전해진다.

이 책은 육신이 파괴된 사자의 영혼이 거치는 여정을 상세히 묘사하고 있다.

첫 번째 단계: 영혼이 물질에서 분리돼 나온다.

두 번째 단계: 사자가 환생에 임할 준비를 마치면 그는 자신의 〈본래 영혼의 이름〉을 되찾게 된다.

세 번째 단계: 사자는 마침내 존재의 정수를 깨달아 궁극적인 앎에 도달한다. 그는 이제 심판을 위해 신들 앞에 설 수 있게 된다. 신들은 그가 지상에서 행한 선업과 악업을 구분해 판결을 내린다. 심장의 무게를 달아 깃털보다 가벼우면 좋은 조건을 골라 환생할 수 있다. 그렇지 않으면 전생에서 저지른 악행을 속죄하기 위해 고통스러운 삶으로 다시 태어나게 된다.

네 번째 단계: 사자는 선택 가능한 환생의 문들 뒤에 무엇이 기다리고 있는지 설명을 듣는다. 그러고 나서 마침내 자신의 내생을 선택한다.

11

잠이 깬 르네는 오팔이 아직 자는 걸 보고 조용히 침대를 내려온다. 그는 소리를 내지 않으려고 애쓰면서 샤워를 마치고 옷을 입은 다음 아침 식사를 준비한다.

머릿속이 30년 뒤 자신과 나눴던 대화로 가득하다.

일을 하지 않는 것 같아.

은퇴했을 나이이긴 해.

마음이 짠하네…….

피폐한 모습의 예순세 살 독거노인이 미래의 내 모습이구나.

자취방 같은 곳에서 술을 입에 달고 사는 사람. 수면제 중독에 담배를 입에 물어야 마음이 진정되는 사람. 퇴행 최면 능력도 상실해 버린 사람.

르네가 복잡한 마음으로 스마트폰을 집어 든다.

커피를 마시면서 인터넷 검색 창에 〈꿀벌의 예언〉을 쳐보니 그런 책이 정말로 있긴 하다. 저자는 살뱅 드 비엔. 출판사 소개에 따르면 살뱅 드 비엔은 1099년 예루살렘 함락에 참가했을 것으로 추정되는 십자군 기사다. 그는 자신의 수호천사한테 계시를 받아 미래의 예언을 파피루스에 적기 시작해 서력 1121년에 집필을 끝낸다. 이렇게 만들어진 예언서는 현대에 이르는 동안 여러 사람의 손을 거친다. 가장 최근에 이 예언서를 손에 넣은 사람은 역사학자 파트리크 코발스키

교수다. 그는 1991년 모스크바에서 공개된 KGB 문서들 속에서 우연히 이 필사본을 발견하게 된다.

파트리크 코발스키에 따르면 러시아 정보기관이 제2차세계 대전 당시 나치가 보관하던 문서들 속에서 이 필사본을 발견했고, 나치는 1942년 폴란드 바르샤바의 유대인 게토에서 대규모 검거 작전을 펼치다 한 도서관에서 이 책을 발견해 보관하고 있었다고 한다.

코발스키는 서문에 이 과정을 자세히 기술한 『꿀벌의 예언』을 1994년 알뱅 미셸 출판사에서 출판한다.

르네는 책을 구하려고 온라인 고서적 및 중고 서적 판매 사이트들을 뒤지지만 결국 찾지 못한다.

이번에는 코발스키라는 이름으로 인물 검색을 시도하지만 흐릿한 사진 한 장조차 인터넷에 올라와 있지 않다. 이 이름이 언급된 출처 하나, 짧은 인터뷰 하나 없다.

이렇게 저렇게 검색을 해본 끝에 겨우 서평 하나를 찾는다. 저자는 장 빌랭이라는 이름의 기자다.

〈호기심에 가볍게 책을 읽기 시작했는데 페이지를 넘길수록 당혹감이 밀려왔다. 비논리의 결정판이었기 때문이다. 그중에서도 가장 당혹스러운 것은 아메리카 대륙의 발견을 암시한 내용이었다. 1121년에 살았을 것으로 추정되는 십자군 기사가 대서양 서쪽에 위치한 대륙의 존재를 어떻게 알 수 있단 말인가! 노스트라다무스의 예언을 흉내 낸 모작임을 정직하게 밝히지 않은 출판사의 태도가 무척 아쉽다. 하지만 이런 것들은 내가 지금부터 말하려는 것에 비하면 아무 것도 아니다. 나는 이 책의 저자인 살뱅 드 비엔이 1099년 예루살렘 함락에 참가한 십자군 병사로 소개된 것에 경악을 금할 길이 없다. 살뱅 드 비엔이라는 인물은 그 어떤 기록에도 나와 있지 않다. 실존 인물이 아닐 것이라고 의심할 수밖에 없는 이유다. 나는 파트리크 코발스키는 실명이 아닌 가명이며, 살뱅 드 비엔이라는 십자군 기사는 가공의 인물일 것이라고 추측한다. 『꿀벌의 예언』은 고대 주술서를 어설프게 흉내 낸 삼류 작품에 불과하다. 한마디로 결론을 말하자면, 이 예언서는 가짜다.〉

12

「무엇이 진실이고 무엇이 허위인가?」

르네는 바닥과 벽이 전부 나무로 된 소르본 대학의 계단식 소강당 한 곳에 서 있다. 왁스 칠이 잘된 벽은 함치르르 광택이 나고 오래된 마룻바닥은 밟을 때마다 주저앉을 듯이 삐걱댄다. 벽 상단에는 빙 둘러 복잡하고 정교한 벽화가 그려져 있다.

강당에 모인 1백여 명의 학생이 르네의 말에 귀를 기울이고 있다.

르네가 강연대 위에 노트북을 내려놓고 목청을 가다듬고 나서 말문을 연다.

「거대한 주제죠. 어떤 의미에서 우리는 누구나 거짓말을 해요. 그리고 모두가 자신이 하는 거짓말이 진실이라고 확신한다고 나는 생각해요. 어떤 사람들은 의식적으로, 또 어떤 사람들은 무의식적으로 거짓말을 하죠. 이유는 여러 가지일 겁니다. 악의를 가지고 일부러 하기도 하고 공포에 사로잡혀 하게 되기도 해요. 심지어는 지적 게으름이나 무지가 거짓말의 출발점이 되기도 합니다. 과거에 실제로 무슨 일이 벌어졌는지 모르니까 자기에게 유리한 방식으로 그럴듯한 얘기를 꾸며 내는 거죠. 우리는 다종다양한 정보의 퍼즐을 맞추어 역사를 해석하게 됩니다. 나폴레옹이 말했듯 〈역사는 우리 모두가 합의한 거짓말들의 집합〉입니다.」

여기저기서 작은 웃음소리가 들린다. 출발이 좋다.

「오늘날에는 역사를 조금 다르게도 정의할 수 있을 것 같아요. 역사는 전문가들의 공식 버전들과 인터넷에서 재생산되는 음모론들 사이에서 찾아지는 절충점이 아닐까요. 그리고 이 절충점을 결정하는 것은 소셜 네트워크의 〈좋아요〉 수일 겁니다.」

학생들이 재밌어하며 고개를 끄덕인다.

「앞으로 내가 하게 될 연속 강연의 주제는 〈역사를 다시 생각하다〉로 잡았어요. 그 첫날인 오늘은 여러분과 함께 역사학자라는 직업의 근간이 무엇인지 생각해 보려고 해요. 어떤 의미에서 역사학자가 하는 일은 범죄 수사와 비슷해요. 과거에 실제로 무슨 일이 벌어졌는지를 시대적 맥락 속에서 연구하는 것이니까요. 지난 세대들을 내려다보며 판단하는 우리 21세기 인간들의 관점이 아니라, 그 시대를 직접 살았던 선조들의 관점에서 연구하는 것이 바로 역사학이라는 학문이에요.」

필기하는 학생들이 간혹 눈에 띈다.

「본격적인 강연에 앞서 우리가 역사에 접근하는 방식에 대해 한번 같이 생각해 보죠. 가장 주된 방법은 기록이에요. 기록이 없다면 그 어떤 것도 불가능하겠죠. 〈선사〉라는 단어는 역사 이전의 역사, 즉 인간의 기록이 시작되기 이전의 역사를 말해요. 그렇다면 이 기록의 주체는 누구일까요? 지금까지 남아 있는 역사 기록의 대부분은 권력자들 밑에서 일하던 필경사들이나 작가들이 쓴 것입니다. 오늘날이라고 다르지 않죠. 공식 전기 작가에게 자신이 살아온 인생을 집필하게 하는 사람들은 유명 정치인이나 유명 배우, 은퇴한 조직 폭력배…… 이런 부류의 사람들 아닐까요? 물론 이 세 가지를 겸하는 사람도 적지 않을 겁니다. 서로 정체성이 충돌하는 직업들이 아니니까…….」

깔깔거리며 웃는 소리.

「문제는 여기서 비롯됩니다. 1백 년 뒤 우리 후손들은 우리 시대를 대표하는 인물로 이들을 떠올리게 될 테니까요. 한번 생각해 봅시다. 우리 조상들은 어떤 사람들이었을까요? 대부분은 도덕적으로 훌륭한 사람들이 아니었어요. 비윤리적인 행위를 서슴없이 저지르고 그런 사람들과 비겁하게 결탁한 사람들이었죠. 우리는 도둑질과 강간과 약탈과 살인을 저지르던 사람들, 근친상간과 식인을 일삼던 사람들의 후손입니다. 이게 바로 역사적 진실이에요. 편의상 만들어진 거짓말들 대신 이런 사실들을 똑똑히 기억해야 해요. 우리는 강간당하고 짓밟힌 여성들, 노예들, 대학살 희생자들의 후손입니다. 억울한 누명을 쓰고 부당한 처벌을 받고 온갖 차별에 희생된 사람들의 후손이에요. 이것이 역사적 진실이에요. 이런 관점에서 보면 역사학자는 정의를 구현하는 직업이라 해도 무방할 거예요. 우리는 세상에서 가장 멋진 직업을 가진 사람들입니다. 우리가 하는 일은 뒤틀린 것을 바로잡고 깨진 것을 붙여 맞추고 감춰진 것을 드러내는 것입니다. 편향적인 역사책들이 관습적으로 떠받드는 진실이 아닌 새로운 진실을 우리는 얘기해야 합니다. 그럼으로써 역사 속에서 희생된 사람들의 존엄을 되찾아 줘야 해요. 이런 측면에서 우리는 막강한 권력을 가졌다고도 볼 수 있어요. 우리는 우리가 가진 힘을 침략자들과 파괴자들의 거짓된 중상모

략과 선전 선동에 의해 왜곡되고 사라진 문명들의 위대함을 다시 알리는 데 써야 합니다.」

한 학생이 손을 번쩍 든다.

「그런데, 선생님, 실제로 무슨 일이 벌어졌는지는 어떻게 알 수 있을까요?」

「절대적인 진실에 도달할 방법은 없습니다. 단지 그것에 최대한 접근할 수 있을 뿐이죠. 그러기 위해선 세 가지가 필요합니다.」

르네가 몸을 돌려 연단 뒤쪽에 걸린 칠판 앞으로 걸어가더니 분필을 들고 큼지막한 글씨로 다음과 같이 쓴다.

〈두 가지 상이한 출처 + 내적 확신〉.

또 다른 학생 하나가 즉시 손을 들고 발언권을 요청한다.

「〈내적 확신〉이라는 개념은 어떻게 정의하시죠?」

「우리 누구에게나 존재하는…… 여성적인 〈직관〉이라고 생각해 보면 어떨까요?」

술렁술렁하는 분위기가 느껴진다.

「농담이 아니에요. 내 말을 농담으로 받아들이지 말아요! 난 우리에게 일종의 거짓말 탐지기가 있다고 생각해요. 어떠한 정보가 지닌 비논리성을 직감하게 해주는 무의식적 장치죠. 가령 1986년 체르노빌 원전 폭발 사고가 일어났을 때, 방사능 구름이 알프스산맥에 가로막혀 넘어오지 못한다는 뉴스를 들은 사람들은 그 순간 머릿속 거짓말 탐지기가 크게 울렸을 거예요. 아니, 모나코와 스위스, 벨기에에는 도달한 방사능 구름이 왜 프랑스에는 오지 못했을까? 여러분은 어떤 정보에 이런 즉각적인 반응을 보인 적이 없나요?」

여기저기서 고개를 끄덕인다.

「역사가들 중에는 정치적인 신념에 따라, 혹은 대가를 받고 행동하는 선전 선동가도 있지만 어리석고 무능한 사람도 적지 않아요.」

키득키득하는 소리.

「그런 사람들은 잘못된 해석을 내리면서도 자신이 옳다고 생각하죠. 실제로 무슨 일이 벌어졌는지 모르면서 다 안다고 착각해요. 여러분이 알아야 할 게 있어요. 우리 조상들은 대부분 자신들의 이해 범위 밖에 있는 현상과 사건을 마술적 시각으로 바라보았어요. 훗날에야 과학의 발전으로 이런 현상들의 실체가 설명될 수 있었죠.」

「예를 하나 들어 주시겠어요?」

학생 하나가 손을 든다.

「가령 일식이 그렇죠. 잉카 문명의 왕들은 정치적 결정을 내릴 때 일식을 매우 중요하게 고려했어요. 이 자연 현상의 본질을 이해하지 못했으니 신비주의적이고 정치적인 해석을 할 수밖에 없었던 거죠. 번개도 마찬가지예요. 그리스인들은 이것이 신들이 내리는 벌이라고 믿었죠. 유럽의 기독교인들은 어땠나요? 그들은 천사들이 비가시 세계에서 자신들을 지켜보고 있다고 생각했어요. 고딕 양식으로 건축된 유럽 대성당들의 팀파눔[5]에 새겨진 조각들이 바로 그 증거죠.」

「선생님 말씀은 과거의 역사가들을 모두 의심해야 한다는 것인데, 그럼 오늘날의 역사 전공자들은 뭘 어떻게 해야 하나요? 어떻게 해야 제대로 된 역사학자가 될 수 있을까요?」

같은 학생이 다시 손을 들고 질문하자, 또 다른 학생이 미

5 tympanum. 건물 정면의 문이나 창문 위쪽에 있는 삼각형이나 반원형의 부조 장식.

처 르네가 대답하기도 전에 큰 소리로 말한다.

「소르본 대학 초빙 강사의 강의를 들어야지. 진실과 거짓, 슬기로운 것과 어리석은 것, 미신과 과학을 구분하는 데 최고 권위자시니까…….」

밉살맞은 말에 기분이 상하지 않았다는 인상을 주려고 르네가 억지로 미소를 짓는다.

「뭐, 전적으로 틀린 말은 아니군요. 여러분은 그 누구의 말에도 절대적인 권위를 부여해서는 안 됩니다. 내 말도 예외는 아니에요. 난 완벽한 사람이 아니라 지극히 평범한 사람이에요. 세계를 바라보는 내 관점은 부모와 사회로부터 받은 교육의 영향을 받았어요. 내 관점은 당연히 주관적일 수밖에 없어요. 이 말은 우리 모두가 그러한 존재이기 때문에 어느 누구도 절대적인 객관성을 주장할 수 없다는 뜻입니다. 적어도 여기 모인 우리는 이 사실을 알고 있어요. 경계를 늦추지 마세요. 여러분의 생각을 조작해 거짓을 믿게 하려는 사람들이 곳곳에 존재한다는 걸 명심하세요.」

순간 르네는 이런 생각을 한다.

……살뱅 드 비엔이 썼다는 예언들도 그런 거짓 중 하나지.

13

한 줄기 햇살이 창문을 넘어 대학 구내식당 안으로 들어온다.

르네 톨레다노가 셀프서비스 레일 위에서 식판을 앞으로 밀면서 걸어간다. 그는 퓌레를 곁들인 생선튀김 한 접시와 요구르트 하나를 식판에 담아 구석 테이블에 가 앉는다.

음식이 학창 시절에 대한 향수를 불러일으킨다. 르네는 그 시절에 먹었던 음식의 감각이 입 속에서 되살아나자 아련함을 느낀다. 알렉상드르 랑주뱅이 그에게 다가온다.

「합석해도 될까?」

르네가 대답도 하기 전에 그가 식판을 내려놓고 옛 제자를 마주 보고 앉는다.

「벌써 오늘 아침 자네 강연에 대한 이런저런 얘기가 들리더군. 자유분방했다고. 어쨌든 청중의 반응이 좋은 것 같아 다행이야.」

「학생들이 자신만의 의견을 가질 수 있도록 생각의 도구를 쥐여 주고 싶지, 주입식 교육을 통해 앵무새처럼 따라 하게 하고 싶진 않아요. 모두가 제 방식에 호응했으리라고는 생각지 않아요. 충격적으로 받아들이거나 반발심을 느낀 학생들도 있으리라는 걸 모르지도 않고요.」

「잠자는 학생이 없었다는 것만도 어딘가. 난 요즘 열심히 강의를 하는데 꾸벅꾸벅 졸거나 문자 메시지를 주고받는 학생들이 보이면 어떡하나 하는 강박증까지 생겼어.」

알렉상드르가 슬쩍 르네에게 눈짓을 보내 주변 테이블들을 쳐다보게 한다. 음식을 앞에 놓은 학생들이 하나같이 스마트폰을 들고 있다. 일행이 있는데도 다들 휴대폰에 정신이 팔려 있다. 눈을 마주 보고 대화를 나누는 학생들은 거의 찾을 수 없다.

「우리가 할 수 있는 건 이야기꾼의 역할뿐이야…….」

알렉상드르가 르네와 같은 쪽을 바라보며 말한다.

「하지만 이보다 더 멋진 직업이 어디 있겠나? 미래는 뛰어난 재능을 가진 이야기꾼들의 것이라고 나는 확신해…….」

칼질을 하며 잠깐 몽상에 잠겼던 르네가 고개를 들며 묻는다.

「선생님, 하나 궁금한 게 있어요. 선생님께서는 중세 전문가이신데, 혹시 살뱅 드 비엔이 집필한 예언서에 대해 들어보신 적 있으세요?」

랑주뱅의 이마에 주름이 하나 잡혀 불편한 심기를 드러낸다.

「살뱅 드 비엔? 금시초문인데. 처음 듣는 이름이야. 그런데 그게 왜 궁금한가?」

이 양반이 전혀 모르는 이름을 내가 알 때도 있구나. 기분이 은근히 좋은걸.

「『꿀벌의 예언』이라는 예언서를 집필한 인물이라고 제 친구가 알려 주면서 관심을 가져 보라고 해서요. 1099년 예루살렘 함락에 참여했던 십자군 기사인데, 1121년에 쓴 자신의 예언서에서 2101년까지의 미래를 다루었다고 하네요.」

「노스트라다무스보다 450년 먼저 예언서를 쓴 인물이란 말이야?」

「인터넷에서 그 책에 관해 어느 기자가 쓴 서평 하나만 겨우 찾았는데, 그 인물과 책 모두 가짜라고 주장하더라고요.」

「자네한테 그 중세 시대 예언에 관한 얘기를 해준 친구는 믿을 만한 사람인가?」

「최근에 만난 친구예요. 말이 최근이고 친구지 사실은 만난 지 며칠밖에 안 됐어요.」

「그 친구도 역사학자인가?」

「역사를 가르치다 지금은 은퇴한 사람이에요.」

르네는 이 얘기를 이어 가고 싶은데 랑주뱅은 갑자기 무슨 딴생각이 들었는지 화제를 돌린다.

「마침 오는군. 자네한테 소개할 동료 교수들이네.」

키가 작고 아담한 체구의 젊은 여성이 테이블 앞으로 걸어온다. 헤이즐넛 빛깔의 눈동자가 매력적으로 느껴진다. 갈색 머리를 빨간색으로 부분 염색했고 옷도 빨간색 셔츠에 같은 색 바지를 입었다. 금방 그녀 옆에 한 젊은 남성이 식판을 들고 와 선다. 밤색 스웨터를 입고 니체를 연상시키는 두툼한 콧수염을 기른 사람이다.

르네는 단박에 그를 알아본다. 랑주뱅에게 부탁을 하러 찾아왔던 날 캠퍼스 입구에서 전단을 나눠 주던 그 남자다.

「멜리사, 르네 톨레다노를 소개하마. 르네, 이쪽은 내 딸 멜리사 랑주뱅이야. 그리고 여긴 브뤼노 무스티에, 멜리사의 애인일세. 둘 다 소르본에서 역사를 가르치고 있어.」

브뤼노가 르네에게 손을 내밀어 악수를 청한다.

「알렉상드르가 낙하산으로 임명한 새 강사가 바로 당신이군요?」

알렉상드르가 즉시 르네를 두둔한다.

「르네 이 친구는 보통 사람이 아니라 아주 특별해. 내가 지도한 박사 과정 학생 중에 가장 수재였지. 르네가 쓴 르네상스에 관한 논문은 정말 뛰어났어. 당연히 특별 대우를 받을 자격이 있다는 뜻이야. 그런 재능이 우리 학교를 위해 쓰이지 않는다면 엄청난 손해지.」

「경쟁자인 우리들에게 더 분발하라는 말씀으로 들리는군요.」

멜리사와 브뤼노가 식판을 내려놓으며 자리에 앉는다.

「내 딸도 어원에 관심이 많아. 나보다 더하면 더하지 덜하진 않을 거야. 모든 단어의 근원을 알고 싶어 하니까. 멜리사는 우리의 이름이 우리가 누군지 말해 준다고 믿어. 어떤 의미에서는 이름이 그것을 가진 사람의 운명을 만든다고 생각하지.」

「내 이름에 담긴 의미도 얘기해 줄 수 있겠군요?」

「르네? 이 이름은 〈두 번째로 태어나다〉라는 뜻을 가진 라틴어 레나투스renatus에서 왔어요. 르네상스 시대에 관한 당신의 관심은 그 이름과 무관하지 않을 거예요…….」

「우연 같지만 결코 싫지 않은 우연이네요. 당신 아버지 이름은 무슨 뜻이죠?」

「알렉상드르는 그리스어에서 온 이름이에요. 〈밀어내다〉라는 의미를 가진 동사 알렉소alexô와 〈인간〉을 뜻하는 안드로스andros가 이름에 들어 있죠. 합치면 〈인간을 밀어내는 자〉, 의미를 더 넓게 해석하면 〈적을 제지하는 자〉라는 뜻이 되죠.」

「나한테 딱 어울리는 전사(戰士)의 이름이지.」

브뤼노가 식판에 가지고 온 포도주병을 집어 모두에게 한 잔씩 따라 준다.

「점심시간인데 술을 마시나?」

알렉상드르가 놀라는 표정을 짓는다.

「프랑스의 모든 것이 다 사라져도 포도주와 치즈, 빵, 크루 아상만은 남을 거예요. 학교 식당에 나오는 이런 막포도주도 전 가리지 않고 마셔요. 포도주가 빠진 식사는 음악이 빠진 축제나 다름없죠. 자, 건배하시죠!」

브뤼노가 거무튀튀한 액체를 단번에 목으로 넘기고 나더 니 금방 한 잔 더 따른다. 못마땅해하는 멜리사를 르네가 곁 눈질로 쳐다본다.

「르네한테 자네 소개를 좀 더 해주지 그러나, 브뤼노.」

알렉상드르가 눈치를 채고 끼어든다.

「난 고대사를 가르치고 있어요. 그 시대가, 난 참 좋아 요⋯⋯. 로마인들과 그리스인들은 매일 방탕한 축제를 즐겼 죠. 부유한 남자들은 대개가 동성애자였어요. 술에 취하고 홍등가에 드나드는 게 하는 일의 전부였죠. 여자는 아이를 낳고 남자는 쾌락을 즐기기 위해 존재한다는 게 로마인들의 철학이었어요. 로마인들은 자질구레한 일상을 처리하느라 골머리를 썩일 필요가 없었어요. 그런 건 노예들이 해줬으니 까. 주인들이 꽃이 만발한 아름다운 정원을 거닐고 연못가에 서 으쓱대며 한담을 나눌 때 노예들은 그들의 뒤치다꺼리를 했어요. 일을 잘 못하는 노예는 죽도록 패거나 그냥 죽여 버 리면 그만이었어요. 참 좋은 시대였지. 폼페이 벽화 속 그림 들을 자세히 본 적 있어요? 그 도시는 온통 집창촌이었죠.」

결국에는 베수비오 화산이 폭발하면서 흘러내린 용암에 모두 타 죽고 화산재에 묻혀 버렸지.

　르네는 속으로 생각한다.

　「신기하군, 우리 네 명이 전공한 시대를 다 합쳐 놓으면 인류사 전체가 된다는 게! 또 하나 재미있는 건 각자가 좋아하는 시대가 그 사람의 사고 체계를 대변한다는 거야. 브뤼노는 고대, 나는 중세, 르네는 르네상스, 그리고 멜리사는 20세기.」

　접시에 담긴 음식을 게걸스럽게 먹어 치우면서 브뤼노가 말을 받는다.

　「방금 말한 이유들 말고 내가 고대를 전공으로 선택한 이유는 그 시대가 모든 것의 출발점이기 때문이에요. 민주주의, 철학, 수학, 연극, 스포츠…… 이 모든 것이 고대에서 시작됐잖아요. 그 이후에 인류가 새로이 발명한 것은 하나도 없어요.」

　알렉상드르가 한마디 덧붙일 필요를 느낀다.

　「내가 중세를 선택한 건 대성당을 건축하던 시대를 향한 애정 때문이야. 중세 시대에서 내가 가장 높이 사는 건 명예에 부여하는 가치야. 그때는 전쟁을 할 때도 기사도가 지켜졌지. 사람들은 약속은 반드시 지켜야 하는 것이라고 생각했어. 약속을 깨면 지옥에 가게 된다는 공포를 느낄 정도였지. 그만큼 말에 무게가 있었던 시대란 뜻이야. 그뿐만 아니라 연인 관계도 정중함과 존중에 기반하고 있었어.」

　「그 시대를 상징하는 농노제와 미신, 문맹은 어쩌고요! 중세인들 대다수는 그런 사회에서 지저분하고 불결한 삶을 살았다는 걸 모르시고 하는 말씀은 아니겠죠.」

입 안 가득 음식을 우물거리면서 브뤼노가 어깃장을 놓는다.

알렉상드르가 짜증스럽게 입을 실쭉하더니 표정을 가다듬으며 마주 앉은 르네에게 묻는다.

「자넨 어떤가, 르네?」

「제가 르네상스를 택한 건 그 시기에 인류가, 이렇게 말씀드려 죄송하지만, 몽매주의에서 실질적으로 벗어났기 때문이에요. 인류가 군사력 못지않게 예술이 중요하단 걸 깨달은 것도 르네상스 때죠. 그 덕분에 우리가 레오나르도 다빈치, 미켈란젤로, 플랑드르 화가들을 비롯해 위대한 예술가들을 보유하게 됐어요. 원근법이 탄생한 것도 이 시대예요. 그리고 이때부터 인류는 바깥세상을 향해 서서히 열리기 시작했어요. 그 결과 유럽인들은 아메리카 대륙과 중국에 도달하게 됐죠. 과학 분야에서도 큰 진전이 있었어요. 인간의 신체가 어떻게 작동하는지 알게 됐으니까. 인간이 가슴이 아닌 뇌로 사고하는 존재라는 걸 이때 깨닫게 됐죠. 지구가 우주의 중심이 아니라는 전복적 사고를 한 것도 르네상스 시대부터예요. 인쇄술의 발달로 책의 대중화가 시작된 거야 말이 필요 없겠죠.」

듣고만 있던 멜리사가 끼어든다.

「내가 20세기를 전공한 건 이 시기부터 인류 역사의 흐름에 가속도가 붙었기 때문이에요. 두 차례의 세계 대전과 러시아, 중국, 쿠바 혁명이 모두 이 한 세기 동안 일어났죠. 1970년대에 들어와서는 여성 운동이 분출하고 확산되기 시작했어요. 정보 통신 기술과 첨단 의학 기술, 항공 산업과 우주 산업이 비약적으로 발전한 것도 20세기예요. 인류가 달에 첫발을 딛기도 했죠. 문화적인 측면에서도 20세기는 놀라운 시기였어요. 로큰롤이 유행하고 사진과 영화가 대중화되는 동시에 질적 발전을 이루었죠. 르네상스 때부터 인간의 의식이 깨기 시작했다는 건 인정할게요. 하지만 이보다 한 걸음 더 나아가, 어떤 의미에서 순진한 이상주의적 관점이라고도 할 수 있는 인본주의에서 인류가 벗어나기 시작한 것은 20세기부터가 아닐까요. 다양한 형태의 불평등, 가령 노동자와 고용주, 여성과 남성, 국가 간의 불평등을 개선할 필요가 본격적으로 제기된 것도 이때부터죠.」

브뤼노가 접시의 콜리플라워를 엄지와 검지로 조심스럽게 집어 올린다. 핵폭발을 연상시키려는 눈치다.

「러시아에서는 혁명으로 2천만 명, 중국에서는 6천만 명이 죽은 걸로 추정돼! 미치광이 독재자들이 공산주의 이상을 실현한답시고 대학살을 자행했는데 그걸 진보라 부르니 참……」

「파시스트 독재자들을 좋아하는 당신이 할 말은 아니지!」
멜리사가 화를 내며 맞받아친다.

대화가 싸움으로 번지기 직전임을 감지한 알렉상드르가 흥분한 두 사람을 진정시키려고 일부러 르네에게 설명을 덧붙인다.

「멜리사는 진보적인 성향이 좀 강하네.」

「난 〈극좌〉라는 딱지도 전혀 두렵지 않아요. LCR[6] 소속인걸요. 브뤼노는 카이사르를 경애하지만 난 체 게바라를 존경해요.」

「정반대의 정치적 입장을 가진 너희들이 짝을 이뤄 지내

6 Ligue Communiste Révolutionnaire. 혁명적 공산주의자 동맹.

는 게 가끔은 기적처럼 느껴진단다.」

「브뤼노와 나는 큰 공통점이 있으니까요. 우린 둘 다 어정쩡한 합의나 중도파 정부 같은 개념을 경멸해요. 반드시 필요한 급진적인 결정을 내리는 대신 쉬운 타협을 선택하는 겁쟁이들과 팔자 늘어진 부르주아들도 우린 질색이에요.」

「멜리사와 난 혁명을 믿어요. 어중간하고 미적지근한 절충안보다는 혁명의 신속성과 효율성을 신봉하죠.」

단숨에 잔을 비우는 브뤼노의 얼굴에 흡족한 미소가 번진다. 자신의 정치적 견해를 속 시원히 밝혀 기분이 좋은 모양이다. 과음하는 애인이 못마땅한 멜리사가 어깨를 으쓱하더니 포도주병을 잡아 옆으로 밀어 버리려고 한다. 브뤼노가 재빨리 병을 들어 보란 듯이 한 잔 가득 따르더니 또 단숨에 마셔 버린다. 그가 동석한 사람들을 한 번씩 쳐다보고 나서 격앙된 어조로 말한다.

「샌님 같은 소리들 좀 그만해요! 역사를 나아가게 하는 건 강한 주먹이라는 걸 모릅니까?」

말끝에 브뤼노가 벌떡 일어나더니 냅킨을 바닥에 내동댕이치고는 인사 한마디 없이 자리를 뜬다.

남은 세 사람이 어안이 벙벙해 서로를 쳐다본다.

알렉상드르가 재빨리 화제를 바꾼다.

「르네가 1121년에 예언서를 썼다는 살뱅 드 비엔이라는 기사에 대한 정보를 찾고 있다는구나.」

멜리사가 가느다란 한숨을 내쉬고 나서 무표정한 얼굴로 말을 받는다.

「1121년이면 아빠 전공이잖아요. 아빠밖에 도와줄 사람이 없는 것 같은데요.」

「우리 대학은 3백만 권이 넘는 장서를 보유하고 있네. 기사가 파피루스에 쓴 책도 수백 권이나 되지. 거기서 찾아보면 혹시 해답의 실마리가 나올지도 몰라. 지금은 도서관이 보수 공사 중이라 문을 닫았지만 다음 주에는 다시 열 거야.」

르네는 건너편에 앉은 멜리사를 쳐다보다가 갑자기 이유를 알 수 없는 친근감을 느낀다. 마치 그녀를 어디서 만난 적이 있는 것처럼.

14 므네모스: 파라오 아케나톤

서쪽 바다에서 온 최초의 거인들이 나이가 들어 세상을 떠난다. 그들이 남긴 정신적 유산은 시간이 갈수록 변형되거나 희화화되어 잊힌다. 이때 한 사제 집단이 그 신비한 이방의 거인들의 후계자를 자처하며 권력을 잡는다.

아몬을 숭배한 이 사제들은 자신들이 고른 파라오를 내세워 나라를 통치한다. 그들은 허수아비 왕을 뒤에서 마음대로 조종하며 온갖 특권과 부를 누린다.

기원전 1355년, 젊은 파라오 아멘호테프 4세는 아몬의 사제들이 미신을 믿는 백성들의 순진함을 악용한다고 판단해 아버지 아멘호테프 3세의 정치 및 종교 철학과 거리를 두기로 결심한다.

젊은 왕은 이집트어로 아톤이라 불리는 태양신을 숭배하는 전통으로 돌아가야 한다고 생각한다.

그는 복잡한 다신교 대신 아톤이라는 신만을 숭배하는 종교 개혁을 단행한다.

파라오는 〈아몬이 만족하다〉라는 뜻을 가진 자신의 이름을 〈아톤에게 바친다〉를 의미하는 아케나톤으로 바꾼다.

파라오 아케나톤은 테베를 떠나 조금 더 북쪽에 새로운 도읍을 정한 뒤 〈아톤의 지평선〉을 의미하는 아케타톤이라는 이름을 붙인다.

파라오 아케나톤은 모든 면에서 선왕과 대비되는 통치 방식을 보여 준다. 그는 동서남북에서 전쟁을 벌여 국력을 소모하기보다 새로운 도시를 건설하고, 기존의 대도시들(헬리오폴리스, 카르나크, 멤피스)을 정비하고, 도로를 닦고 관개 시설을 설치하는 데 전력을 다한다.

아케나톤은 아몬의 사제들에게서 모든 특권을 박탈한다.

그는 아내인 네페르티티에게 (단순한 왕비가 아닌) 여파라오 자리를 줌으로써 역사상 최초의 여성 정치인을 탄생시키기도 한다.

아케나톤은 종교와 정치뿐만 아니라 사회와 예술 분야에서도 혁명에 가까운 변화를 일으킨 왕이다. 그는 예술이 왕실과 전쟁을 묘사하는 데만 치중할 것이 아니라 백성들의 일상과 자연 속 동물들의 모습을 담아내야 한다고 생각했다.

아케나톤은 뛰어난 문필가이기도 했다. 그는 문학 작품을 남긴 몇 안 되는 파라오 중 한 명으로, 그가 썼으리라 추정되는 「아톤에게 바치는 위대한 찬가」가 이탈리아인 고고학자 조반니 벨초니에 의해 1816년, 이집트 왕가의 계곡 서쪽에 위치한 원숭이 계곡에서 발견되었다.

파라오 아케나톤은 아몬신의 흔적을 깨끗이 지우기로 결정한다. 그가 선왕의 이름이 적힌 상형 문자 기록까지 없애게 한 것은 당대 사람들에게 큰 충격을 안긴다. 그의 주도로 종교 개혁이 단행되는 동안 아몬의 사제들은 신전에서 쫓겨나고 그들이 모시던 동물 머리가 달린 수많은 신들을 숭배하는 관습은 사라진다. 아케나톤은 수많은 신도들을 보유해 위세를 떨치는 대도시 근처의 폐쇄적인 대규모 신전들 대신 이집트 곳곳에 소규모의 개방된 신전들을 건축할 것을 지시한다. 신전은 지붕을 없애 아톤신을 상징하는 햇빛이 안으로 흘러넘치게 해야 한다고 그는 생각한다. 파라오 아케나톤은 당대에 벌어진 모든 일을 파피루스에 기록으로 남겨 후손들이 기억하게 해야 한다는 점을 강조한다.

15

르네 톨레다노는 파리 14구, 몽파르나스 대로와 같은 이름의 공동묘지에서 멀지 않은 위갱로(路) 22번지에 위치한 건물 앞에 서 있다.

지식의 신전에 이어 그가 찾은 곳은 책의 신전인 출판사. 알뱅 미셸이라는 간판이 눈에 들어온다.

그는 벨을 누른 다음 유리문을 지나 안내 데스크 직원에게 다가간다.

「안녕하세요. 책을 한 권 찾고 있는데 서점에도 인터넷 사이트에도 없네요. 판매 플랫폼과 수집가 사이트까지 다 뒤져 봤지만 찾을 수가 없었어요.」

「제목을 말씀해 주시겠어요?」

「『꿀벌의 예언』이라고, 이 출판사에서 1994년에 발간한 책이에요.」

「제가 도와드릴 방법이 있는지 알아보는 동안 저기서 조금만 기다려 주시겠어요?」

그녀가 출입문 옆에 위치한 방문객을 위한 로비를 가리킨다.

르네는 의자에 앉아 벽에 빼곡히 걸린 사진들을 쳐다본다. 이 출판사에서 책을 내는 유명 작가들의 초상화다.

유명인들이 자신을 내려다보며 관찰하는 듯한 기분이 들

자 괜히 몸이 움찔한다.

직원이 계속 전화를 걸거나 받고 있는데 그의 일을 처리하느라 그러는지는 알 길이 없다. 르네는 로비를 오가고 출입문을 드나드는 무수한 사람들 중에 혹시 작가가 끼어 있나 해서 유심히 살펴본다. 개중에는 그에게 고개를 까닥이거나 인사말을 건네는 사람들도 있다. 대부분은 그에게 눈길조차 주지 않고 지나간다. 르네는 한 현직 장관이 그의 앞을 지나가는 모습을 신기하게 쳐다본다.

사람들은 누구나 〈자신만의〉 소설을 쓰고 싶어지게 마련이야. 잊히는 게 두려우니까. 지금 내가 있는 이곳은 출판사이기도 하지만 불멸성의 공장인지도 몰라.

시간이 꽤 흘렀다.

그만 가는 게 좋겠어.

「『꿀벌의 예언』을 찾는 분이 당신인가요?」

알이 두꺼운 안경을 낀 키가 무척 작은 남자가 걸어온다. 두더지 같은 인상을 풍기는 그가 르네에게 자기소개를 한다.

「총서 담당 국장인 세르주 보나푸라고 합니다. 당신이 찾고 있는 책의 편집을 맡았었죠.」

「아, 안녕하세요. 괜히 번거롭게 해드린 것 같아요. 혹시 재고를 보유하고 계실까 해서 찾아왔습니다.」

「그 책은 구할 수 없을 거예요.」

「왜죠?」

키 작은 남자가 애를 써서 몸을 의자에 올린 뒤 르네와 마주 보고 앉는다.

「구할 수 있는 책이 아니거든요.」

그가 상냥한 어조로 대답하고 나서 르네 쪽으로 상체를 숙이며 말한다.

「그런데 말이죠, 선생, 그 책에 관심을 갖는 이유를 혹시 알 수 있을까요?」

「저는 소르본 대학에서 역사 강의를 하고 있어요. 마찬가지로 역사를 전공한 제 친구 하나가 이 책에 제가 궁금해하는 내용에 대한 해답이 들어 있다고 해서 한번 읽어 보려고요.」

「책 내용에 대해선 아시는지?」

「아…… 한 십자군 기사가 1121년에 쓴 예언서라고 알고 있어요. 파트리크 코발스키라는 학자가 1991년 러시아에서 공개된 기밀문서 속에서 발견했다고 하더군요.」

「아는 게 그게 전부인가요?」

「현대를 훌쩍 뛰어넘어 2101년까지의 예언을 담았다고 들었어요.」

「그 예언에 흥미를 느끼시는 건가요?」

편집자가 두꺼운 안경알 너머로 그를 빤히 쳐다본다.

그의 눈빛에서 영민함과 유쾌함이 엿보인다.

「아직 읽어 보지 않아 솔직히 책에 대해 뭐라고 말씀드리긴 불가능해요. 그래서 한 권 구해 읽어 보려고 왔어요.」

「책에 대해 더 아는 건 없나요?」

「인터넷에서 그 책에 관한 기사를 딱 하나 찾았는데, 다 꾸며 낸 이야기라고 하더군요.」

「장 빌랭이 쓴 기사 말씀이군요? 그 책에 대한 비평을 쓴 유일한 기자였죠. 그것 때문에 액운을 입었는지 기사가 나오고 얼마 있다 세상을 떠났어요.」

「그 책의 편집을 담당했던 선생님 의견은 어떤지 궁금하네요. 실제로 존재한 책인가요, 아니면 사기극인가요?」

세르주 보나푸가 힘든 도전을 앞둔 사람처럼 숨을 깊이 들이쉬더니 한참 동안 말이 없다. 그렇게 긴장감을 조성하고 나서 그가 말문을 연다.

「그 책의 아이디어를 낸 사람은 파트리크 클로츠였어요. 내가 담당한 최고의 작가들 중 한 명이었죠. 당시 출판계에서는 노스트라다무스식 예언이 큰 유행을 일으키고 있었어요. 우리와 경쟁 관계에 있는 몇몇 출판사에서 비슷한 성격의 책을 내 성공을 거두기도 했죠. 하루는 클로츠가 〈내가 노스트라다무스의 예언보다 훨씬 오래된 예언서를 한 권 써보면 어떨까?〉 하고 말하더군요. 파트리크는 카멜레온처럼 다양한 문체를 자유롭게 구사하고 방대한 역사 지식까지 갖춘 작가였죠. 그런 그가 〈자신의〉 예언서를 쓰겠다고 하니, 나는 그가 새로운 도전을 해보고 싶어 하는구나 하고 생각했어요.」

다작의 작가가 남긴 수많은 걸작을 떠올리다 향수에 젖은 그가 고개를 크게 끄덕인다.

「대작가 클로츠에게는 그라포마니아 증세가 있었어요. 그는 새벽 6시부터 정오까지 매일 여섯 시간씩, 하루에 30장을 써 댔죠! 휴가 한번 가지 않았어요. 그에게 글쓰기는 말하기와 전혀 차이가 없었어요. 말도 못 하게 수다스러운 사람이었던 셈이죠. 옆에서 누가 하루 종일 쉬지 않고 얘기한다고 상상해 봐요. 처음에야 그럴 수 있다 싶지만…… 시간이 갈수록 과하다는 생각이 들고 피곤하게 느껴질 거예요. 내가 아는 작가 중에 그런 그라포마니아 증세를 가진 사람이 한둘이 아니에요……. 그런 사람들과 같이 사는 배우자는 참 안됐어요. 쉬지 않고 글을 써대지, 쓰지 않을 때도 머릿속이 온통 집필 중인 원고로 가득하지, 결국에는 지쳐 나가떨어지지 않을까요?」

「그러겠죠…….」

「이런, 예언서에 관한 정보가 궁금해 찾아온 역사학자 앞에서 내가 쓸데없이 그라포마니아 작가들에 관한 넋두리만 늘어놓았네요. 당신은 관심도 없는 이야기일 텐데, 안 그래요?」

「아니에요, 괜찮습니다, 정말 괜찮아요.」

르네가 손사래를 친다.

보나푸가 엷은 한숨을 내쉬더니 진지한 어조로 돌변해 말을 이어 간다.

「클로츠는『꿀벌의 예언』집필을 일종의 게임이자 도전으로 여겼던 것 같아요. 그가 처음 얘기를 꺼냈을 때 나 역시 그런 대작가와 우리 같은 명성 있는 출판사가 손을 잡고 한번 해볼 만한 프로젝트라고 판단했죠. 그럴 가치가 충분히 있는 작업이라고 생각했어요. 클로츠와 나는 고심 끝에 파트리크 코발스키라는 가공의 인물을 만들어 냈어요. 로맹 가리가 에밀 아자르라는 필명으로『자기 앞의 생』을 출간했듯이 〈베일에 가려진 작가〉 이미지를 주려고 했죠.」

「선생께서는『꿀벌의 예언』을 읽어 보셨겠군요?」

「아뇨. 내가 담당하는 작가가 마흔 명도 넘어요. 그 많은 작가들의 원고를 내가 일일이 다 읽어 보고 편집하진 않아요. 더군다나 클로츠 같은 작가의 원고는 전혀 손댈 필요가 없을 만큼 완벽해요. 극히 드물긴 하지만 그런 작가들이 있긴 하죠. 그리고 클로츠는 쉼표 하나 손대는 것도 싫어하는 사람이었어요.」

「책 반응은 어땠나요?」

「나는 그 책이 먹힐 거라고 끝까지 믿었어요. 그런데 책이 나오자마자 장 빌랭이 아나크로니즘anachronism 운운하며 파트리크 코발스키의 존재까지 의심하는 비평을 내놓더군요. 아시는지 모르겠지만, 파리 비평가들은 파뉘르주의 양 떼[7]와 똑같아요. 한 사람이 호평을 하거나 혹평을 하면 나머지는 그냥 똑같이 따라 하죠. 이 손바닥만 한 세계의 평론가들은 어차피 책 읽을 시간도 많지 않아 한 사람이 견해를 내놓으면 그걸 정론으로 받아들여요. 에드거 앨런 포와 허먼 멜빌, 프란츠 카프카, 에밀리 브론테, 보리스 비앙 같은 대작가들도 그런 분위기의 희생양이 됐죠. 당대에는 비평가들의 관심을 전혀 끌지 못하다가 사후에야 인정을 받았어요. 쥘 베른도 마찬가지예요. 그는 생전에는 문학 비평가들 사이에 이름이 오르내리지도 못하다가 사후 50년이 지나서야 온전히 작가로 대접받았죠.」

「빌랭 말고 다른 기자들도 그렇게 악평을 퍼부었나요?」

「악평조차 없었어요. 빌랭의 비평 하나로 끝이었죠. 어떤 기자가 감히 평단의 거장에게 반기를 들어 가며 무명의 십자군 기사가 쓴 졸작을 엄호하는 글을 쓸 수 있겠어요? 게다가 그 책의 서문을 썼다는 전문가는 사진 한 장, 인터뷰 한 줄 공개된 게 없는 사람인데. 상황은 거기서 종료됐어요.」

「판매는 어땠나요?」

「빌랭 말고는 언론에서 기사 한 줄 써주지 않았으니 책이

---

7 맹목적으로 타인을 따르는 사람을 비유하는 말. 프랑스 작가 프랑수아 라블레의 소설에서 비롯된 표현이다.

팔릴 리가 있나요. 순식간에 매대에서 사라졌죠. 내 기억에 초쇄를 몇천 권 찍었던 것 같은데, 한 1백 권쯤 팔리고 나머지는 업계 전문 용어로 〈미판매 재고〉로 남았어요.」

「그 책들은 어떻게 됐나요?」

「파쇄업체로 보내졌죠. 펄프로 변해 새로운 책으로 다시 태어났겠죠……. 당시에 빌랭의 비평을 읽은 클로츠가 자신의 작품이 돼지 목에 걸어 준 진주 목걸이와 다름없다고 하면서 불같이 화를 냈어요. 그 책의 가치를 모르는 사람들은 읽을 자격이 없다면서 펄펄 뛰었죠.」

「그 후에 작가는 어떻게 됐나요?」

「2010년에 돌아가셨어요. 주무시다 편안히 가셨죠. 단 한 번도 자신이 살뱅 드 비엔의 예언서를 쓴 장본인임을 공개하지 않았으니 이제 그 책에 대해선 화젯거리가 될 만한 게 아무것도 없어요. 어쨌든 클로츠는 그 책을 통해 박학다식한 자신의 역사 지식과 그럴듯한 가짜 예언서를 쓰는 작가적 능력을 보여 주었어요. 그걸 아는 사람은 아쉽게도 나뿐이지만. 클로츠는 원작을 능가하는 위작을 만들어 낼 수 있는 천재 작가였어요.」

「저한테 한 권 빌려주실 수 있나요?」

「아니, 안타깝게도 그건 불가능해요. 이미 말했듯이 클로츠는 그 비평이 나오자 노발대발했어요. 나한테 원고와 교정지를 포함해 그 책의 흔적을 완전히 지워 달라고 요구했죠. 내가 알기로 그는 법에 정해진 대로 국립 도서관에 납본된 책들까지 모조리 훔쳐서 없앴어요. 책이 나오고 나서 15년에 걸쳐 그는 이미 판매된 책들을 다 찾아내 폐기해 버렸어요. 놀라운 게 뭔지 알아요? 그 책에 대해 나한테 물은 사람은 당신이 처음이라는 거예요. 그 말은 나 말고 이 얘기를 아는 사람은 당신뿐이라는 뜻이죠.」

세르주 보나푸가 잠시 말이 없다가 르네를 쳐다보며 한마디 덧붙인다.

「아, 한 가지 생각나는 게 있어요. 작가가 돌아가시기 얼마 전 함께 식사를 하다가 〈자네 말이야, 『꿀벌의 예언』에 관해 모르는 게 한 가지 있어. 그 책에는 엄청난 비밀이 얽혀 있다네〉 하고 말하고 나서 묘한 눈길로 나를 쳐다보더군요. 그때 마침 같이 식사 중이던 다른 사람들이 대화에 끼어드는 바람에 우리는 다른 화제로 넘어갔어요. 그가 무슨 얘기를 하려고 했는지 이제는 확인할 길이 없어졌죠.」

16

집으로 돌아온 르네 톨레다노가 때가 꼬질꼬질한 의자에 쓰러지듯 앉는다. 그가 착잡한 마음으로 긴 한숨을 내쉰다.

미래의 내가 막다른 골목으로 나를 안내한 이유가 대체 뭘까? 살뱅 드 비엔이라는 기사에 관한 건 모든 게 가짜인데 말이야.

유람선 안에 있는 그의 집 거실 벽에 다양한 시대와 나라에서 만들어진 가면들이 빼곡히 걸려 있다. 오늘따라 그 가면들이 자신을 내려다보며 비웃는 듯한 기분이 든다.

그건 한 편집자가 친 장난이었어. 엄연한 사기지. 게다가 독자들에게 먹히지도 않았어.

르네가 선창 밖으로 센강을 바라본다. 배가 몇 척 지나가는 게 보인다.

그런데 르네 63이 제3차 세계 대전을 중단시킬 수 있는 유일한 방법이라며 준 단서가 바로 그거잖아…….

그는 기분 전환을 위해 습관처럼 TV 리모컨을 집어 든다. 한참 동안 채널을 이리저리 돌리다 24시간 뉴스 채널에 고정시킨다.

아나운서의 건조한 음성이 스피커를 통해 흘러나온다.

「……파리에서 지구 온난화에 관한 국제회의가 열리고 있습니다. 선진국들은 개도국에게 온실가스 배출량을 관리해줄 것을 요구하고 있으나, 개도국들은 대기 오염의 주범인

선진국들이 자신들에게 온실가스 감축을 요구하는 건 동일한 경제 성장의 기회를 빼앗는 것이기 때문에 형평성에 어긋난다며 강력 반발하고 있습니다. 양측이 이렇게 큰 견해 차이를 보이는 사이 기온은 계속 상승하고 있습니다. 이미 여러 기상 연구소에서 몇 달 뒤 무서운 폭염이 찾아올 것이라고 경고하고 있습니다.

미국 소식입니다. 경찰의 일상적인 단속 과정에서 한 아프리카계 미국인이 사망하는 불상사가 벌어진 이후 미국 전역에서 이에 항의하는 시위가 벌어지고 있습니다. 〈Black Lives Matter(흑인의 생명은 중요하다)〉 운동이 조직한 행진에 수십만 명이 참가해 규탄 시위를 벌였습니다. 로스앤젤레스에서는 폭동이 발생해 상점들이 불타고 약탈이 벌어졌습니다.

박물관으로 변했던 아야 소피아를 2020년에 모스크로 되돌려 놓았던 튀르키예 정부가 이번에는 국내에 있는 모든 교회를 폐쇄하고 기독교 신앙을 금지한다는 결정을 내렸습니다. EU 이사회에서 강력히 항의했지만 튀르키예 대통령은 내정에 속하는 일이므로 어느 누구의 허락을 받을 건이 아니라고 답했습니다. 정교분리를 주장했던 야당 성향의 튀르키예 언론사 간부들과 기자 여러 명이 경찰에 체포됐습니다.

모리셔스섬 인근 해역에서 또다시 유조선 침몰 사고가 발생했습니다. 우크라이나 선주가 소유한 파나마 선적의 이 배에는 소말리아 선원들이 승선하고 있었습니다. 해양 부유 쓰레기를 투기 중이었던 것으로 보이나 파나마 선적인 이 배에 특별히 제재를 가할 방법은 없어 보입니다. 이번 환경 재난으로 인근 지역의 어류와 조류, 식물까지 막대한 피해를 입었습니다. 모리셔스 정부는 이번 사건을 생태계 파괴 범죄로 규정하고 관련 기관에 소송을 제기할 것이라고 밝혔습니다.」

자물쇠가 잘그락하더니 문 열리는 소리가 들린다. 오팔의 얼굴이 보인다. 조금 전 르네가 그랬듯이 그녀가 의자에 필썩 주저앉는다. 르네 옆의 때가 반질반질한 의자에 앉아 무거운 한숨을 내쉰다.

「그래, 출근 첫날이 어땠어?」

오팔이 하이힐을 벗어 던지더니 감각이 마비된 발가락을 양손으로 살살 마사지해 준다. 그런 다음 일어나 물을 한 잔 가지고 오더니 다시 의자에 등을 붙이고 앉는다.

「알고 보니 마르쿠스는 만성 우울증 환자였어. 그 사람은 만사를 부정적으로 봐. 금연에 성공하지 못하는 것도 그 때문이야. 제일 짜증 나는 건 그놈의 〈뭐 하러?〉라는 소리야.」

「뭐?」

「〈뭐 하러〉라는 말을 입에 달고 살아. 뭐 하러 아침에 일어나? 뭐 하러 일은 해? 뭐 하러 살아?」

「재밌네.」

「아니, 하나도 재미없어, 정말이야. 그건 혼란형 조현병이라는 일종의 정신병이야. 마르쿠스가 자기 입으로도 그랬어. 어떤 일에도 의욕을 느끼지 못하는 게 그 병의 대표적인 증세야.」

「누구나 그럴 때가 있잖아. 나도 그렇고. 하지만 오래가진 않아. 달콤한 과자를 먹거나 재밌는 영화를 보면 금방 기분이 바뀌지.」

「그 사람은 항상 그러니까 문제지. 자기 스스로 사기꾼이라고까지 하던걸.」

「혹시 가면 증후군은 아닐까? 자신의 성공은 순전히 운 때문이지 실력 때문이 아니라고 생각하는?」

「어쨌든 하루 종일 위로해 주다 왔어. 수시로 자살하겠다는 거야. 아니, 그가 했던 말을 그대로 옮기면, 자기는 세상에 해악만 끼치니까 세상을 위해 자기가 사라져야 한다는 거야. 치료사라는 직업을 가진 사람이 그런 소리를 하다니, 진짜 특이하지? 몇 번이나 나한테 물어보더라. 환자들의 약한 마음을 이용해 돈을 뜯는 자기 같은 사람 밑에서 일하는 게 부끄럽지 않냐고.」

르네가 허탈하게 웃는다.

「정신이 온전하다는 증거네. 최소한의 양심은 있는 사람 같아 보이는데.」

「잘못 봤어. 발작이 끝나는 순간 180도 다른 사람으로 돌변해. 얼마나 권위적인지 몰라. 섬뜩하게 느껴질 때도 있어.」

오팔이 의자에서 일어나 주방으로 걸어가더니 냉장고에서 간단한 샌드위치를 만들 재료를 꺼낸다. 햄, 토마토, 치즈, 피클. 르네도 그녀의 옆으로 가서 찬장에서 접시와 유리잔, 포크, 나이프 등을 꺼내 놓고 샌드위치를 만든다.

「난 현실주의자야.」

오팔이 동작을 멈추고 르네를 바라본다.

「힘은 안 들고 보수는 좋은 이런 일자리는 어쨌든 흔하지 않아. 내가 제일 두려운 건 말이야, 어느 날 출근해 진료실 문을 열었는데 그가 넥타이로 목을 묶은 채 천장에 매달려 있는 거야. 〈뭐 하러〉 증상이 극단으로 치달으면 얼마든지 가능한 일이야.」

르네가 오팔에게 뭐라고 위로도 해주기 전에 현관에서 벨 소리가 울린다.

르네가 나가 문을 열자 회색 외투에 둥그런 모자를 쓴 남자가 앞에 서 있다.

「늦어서 미안해요.」

그가 앞뒤 없이 사과를 하더니 한마디 덧붙인다.

「도저히 더 일찍 시간을 낼 수가 없었어요.」

「우린 기다리는 손님이 없는데. 댁은 누구시죠?」

「집행관이에요.」

남자의 목소리에 힘이 들어가는 게 느껴진다.

「유람선의 가치를 평가하고 당신들의 재산 목록을 작성하러 왔어요. 공매에 부칠 만한 게 있는지 살펴보기도 해야 하니까요. 하나 물어볼게요. 당신들이 쓰는 전자 제품은 220볼트예요, 아니면 통상 배에서 쓰는 것들이 그렇듯 12볼트예요?」

르네가 문을 닫아 버리기 전에 집행관이 안으로 들이닥친다. 그는 유람선 공연장 안에 있는 오팔과 르네의 사적인 주거 공간을 휙 둘러보더니 가방에서 태블릿 PC를 꺼내 사진을 찍기 시작한다. 그러고 나서는 다시 밖으로 나가더니, 따라 나온 르네와 오팔이 황당해하며 지켜보는 가운데 유람선 외관을 카메라에 담는다. 그가 흡족한 얼굴로 짧은 인사말을 남긴 뒤 두 사람의 시야에서 사라진다.

멍하니 그의 뒷모습을 바라보고 서 있던 르네와 오팔은 안으로 들어와 말없이 하던 식사를 마친 다음 욕실로 가서 씻고 침대에 눕는다.

르네가 오팔에게 몸을 붙이며 머리를 쓰다듬는다. 오팔은 이번에도 파트너의 애정 공세를 거부하며 그를 밀어낸다. 그녀가 다정한 목소리로 말한다.

「나중에, 오늘 밤은 아니야.」

그녀가 돌아눕더니 금방 잠이 든다. 르네는 뻘쭘해져 벽 시계를 쳐다본다. 야광 시곗바늘이 어둠 속에서 은은하게 빛나고 있다.

23시 23분. 두 사람이 예전에 날마다 퇴행 최면을 통해 전생에 다녀오던 시간이다.

갑자기 그 기억이 아련해진 르네는 몸을 일으켜 화장실로 향한다. 그는 빗장을 걸어 잠그고 〈온전히 편안함을 느낄 수 있는 공간은 여기뿐이다〉라는 문구 아래 있는 변기 뚜껑을 덮은 다음 그 위에 가부좌를 틀고 앉는다.

그는 무호흡 잠수를 준비하는 사람처럼 숨을 한껏 들이마신다.

눈을 감은 상태에서 천천히 숨을 내쉬었다 들이쉬었다 한다.

나선형 계단을 내려가는 그의 정신을 시각화한다. 잠시 후 무의식의 문이 나타난다.

그가 커다란 철제 자물쇠 속으로 열쇠를 밀어 넣어 천천히 돌린다. 스산한 소리를 내며 자물쇠가 열린다. 그가 문을 연다.

르네는 문턱을 넘는다.

익숙한 전생의 복도가 눈앞에 펼쳐진다.

마치 예전에 휴가를 보낸 적이 있는 오래된 호텔을 다시 찾은 느낌이다.

흰색으로 칠이 된 긴 복도에 빨간색 문들이 늘어서 있다. 문마다 금박을 입힌 숫자가 붙어 있다.

자, 이제 내가 바라는 바를 말할 차례지.

나는 2053년에 일어나는 제3차 세계 대전을 중단시킬 수 있도록, 해결책을 알려 줄 수 있는 지혜로운 사람이 있는 전생으로 가보고 싶어.

이내 문 하나에 불이 들어오며 깜빡거린다. 르네는 숫자 27이 적힌 그 문 앞에 가서 선다.

그는 문을 열고 안으로 들어간다.

안개가 자욱하다.

그의 정신이 전생의 몸에 깃들고 나자 르네는 가장 먼저 손을 살펴본다. 전생에 관한 세 가지 정보, 즉 피부색과 성별, 나이를 알 수 있기 때문이다.

백인 성인 남성의 손이야.

이제 하체를 내려다본다.

장화를 신었고 바지 위 무릎 아래까지 쇠사슬로 된 겉옷이 내려와 있다.

겉옷 위에 때가 잔뜩 묻은 밝은색 천이 늘어뜨려져 있는데, 그 위에 십자가 무늬가 그려져 있다. 어깨에는 망토를 걸쳤다.

혁대에 매달린 기다란 검집과 손에 들려 있는 방패도 눈에 들어온다.

시선을 위로 향하자 머리에 쓴 투구가 보인다. 눈높이에 옆으로 길게 눈 구멍이 뚫려 있다.

자신이 들어와 있는 몸을 둘러싸고 있던 안개가 서서히 걷히기 시작할 때 갑자기 심한 요동이 느껴진다.

이제 주변 세계에 관한 정보를 파악할 차례다. 낮인지 밤인지? 실내인지 실외인지? 혼자인지 다른 사람들과 함께 있는지? 정보가 순식간에 수집된다.

그는 자갈투성이 땅을 질주하는 말 등에 올라타 있다. 환한 대낮이고 주변에는 수천 명이 운집해 있으며 잿빛 먼지가 펄펄 날린다.

청각이 작동하자 철제 투구에 부딪혀 반향으로 되돌아오는 그의 거친 숨소리가 들린다. 투구 바깥에서는 온갖 날카로운 소리들이 뒤섞여 들려온다. 비명 소리, 금속성 물체가 부딪치는 소리, 히힝 하고 그의 말이 내는 신경질적인 울음소리, 그리고 멀리서 리듬을 불어넣고 있는 북과 나팔 소리.

그의 땀 냄새와 말이 내뿜는 짙은 체취가 바깥 공기에 실려서 투구 눈 구멍을 지나 안으로 들어온다. 오감이 곤두서는 게 느껴진다. 흥분과 공포가 동시에 밀려온다.

젠장, 무슨 일이 벌어지고 있는 거야?

17

신이 그것을 바라신다!

바로 옆, 갑옷을 입은 사내가 검을 높이 치켜들며 외친다.

투구 눈 구멍을 통해 자신과 똑같은 차림을 하고 말 등에 올라타 있는 수천 명의 사람들이 보인다. 그들의 옷 위에도 십자가가 그려져 있다. 함성 소리와 함께 그들이 탄 말들이 앞으로 내달리기 시작한다.

이 사람들이 나와 〈같은〉 편인 모양이구나.

신이 그것을 바라신다!

또다시 우렁찬 소리가 들려온다.

그리 멀지 않은 성벽 위 성첩 곳곳에 주변 병사들과는 다른 옷차림을 한 사내들이 포진해 있는 게 보인다. 그들은 머리에 터번을 두르고 끝이 뾰족하게 생긴 투구를 썼다.

저들은 적군인 게 틀림없어.

말을 탄 기사들이 성벽에 뚫린 구멍을 향해 일제히 달려간다. 하늘에는 찬란한 태양이 떠 있다.

그는 말고삐를 쥔 왼손에 매여 있는 방패의 각도를 조절한다. 검을 높이 치켜든 그의 오른팔 팔뚝이 살짝 드러나 보인다.

나는 공성전을 벌이고 있는 기사구나.

그러니까 르네 톨레다노는 지금 그 기사의 몸에 들어와 있는 것이다. 그의 눈으로 보고, 그의 귀로 듣고, 그의 피부로 감각하는 중이다. 하지만 아직 기사의 정신에 접속하지는 않았다. 비록 자신이기는 하지만 아직은 낯선 이 존재를 관찰하고 발견해 나가는 중이다.

「아아아아아!」

옆에서 비명 소리가 들려 돌아보니 한 기사가 말 등에서 몸을 뒤틀며 괴로워하고 있다. 꿀벌 한 마리가 웽 소리를 내며 그의 투구를 빠져나와 날아간다. 기사를 태운 말은 아랑곳하지 않고 질주를 계속한다. 기사가 금속 투구를 벗더니 장갑 낀 손으로 한쪽 눈을 문지른다.

투구 안에 들어온 벌에 쏘인 모양이구나.

상황이 급박한지라 르네는 얼른 다시 시선을 정면으로 향한다.

선두의 기사들이 적진에 도착해 보병들과 맞붙는 게 보인다. 적군 병사들이 칼날에 베이고 말발굽에 밟혀 쓰러진다. 적병들은 쓰러져서도 창을 손에서 놓지 않고 기사들이 탄 말에 얹힌 철제 보호판을 향해 창을 뻗는다. 아군 기사들은 허리를 숙여 마치 낫으로 풀을 베듯 검을 휘두른다.

신이 그것을 바라신다!

르네가 속한 군대의 병사들이 한층 가열하게 소리친다.

혹시 십자군인가?

그런데 어이없게도 성벽 밑에 먼저 도착한 1백여 명가량의 1진이 뒤이어 도착한 병사 천여 명의 진로를 가로막는 형국이 펼쳐지고 있다.

르네의 정신이 깃든 기사는 검을 휘두를 기회도 잡지 못한 채 제자리에서 빙빙 돌면서 앞쪽 병사들이 길을 터주길 초조하게 기다린다.

「좀 지나갑시다! 옆으로 비켜요!」

기사가 소리를 지른다.

다들 전투에 정신이 팔려 공간을 내줄 생각을 하지 않자 그가 버럭 화를 낸다.

「나리들, 우리 통 크게 합시다! 뒤에 있는 사람들한테도 싸울 기회를 줘야 할 거 아닙니까.」

하지만 전우들은 들은 체 만 체 한다.

뾰족한 투구를 쓴 적군들조차 1진을 막아 내느라 바빠 그에게는 눈길조차 주지 않는다.

나 참, 선수를 치는 놈들 때문에 최전선에 다가가 보지도 못하고 뒤에서 조바심치며 기다리는 기사의 심정을 과연 누가 알까?

그는 흥분해서 콧김을 내뿜으며 먼지 자욱한 바닥을 발굽으로 구르는 말을 가까스로 진정시킨다. 말 역시 공격에 가담하지 못하는 상황이 주인 못지않게 답답한 눈치다.

여전히 뒤쪽에서 들려오는 〈신이 그것을 바라신다!〉라는 외침이 대기를 흔든다. 서로 죽고 죽이는 적군과 아군 병사들의 헐떡거리는 숨소리가 그의 귓전을 맴돈다. 격렬한 전투가 이어진다.

죽음과 파괴의 춤사위가 펼쳐지고 있다. 악취와 먼지와 번쩍이는 칼날과 솟구치는 새빨간 피와 찢어지는 비명 소리가 뒤섞이며 빚어지는 혼돈.

「신이 그것을 바라신다!」

옆에 있는 보병이 이 외침을 내지르는 순간 그의 이마에 화살이 하나 날아와 박힌다.

문득 한 가지 생각이 르네의 머리를 스치고 지나간다.

이게 진정 신께서 바라시는 일일까?

그의 정신이 깃든 기사는 여전히 싸움판에 끼지 못해 애를 태우고 있다.

갑자기 돌풍이 불어 모래바람을 일으킨다. 투구 눈 구멍으로 모래 먼지가 날아들어 그가 세게 재채기를 한다. 투구에 부딪혀 메아리처럼 되돌아오는 재채기 소리가 귀에 몹시 거슬린다. 심장이 어찌나 세게 뛰는지 가슴뿐 아니라 목정맥과 손목에까지 쿵쾅거림이 전해진다. 핏줄이 불뚝불뚝한다.

더는 못 기다리겠다는 생각이 들자 그가 단독 행동에 나선다. 그는 상대할 적군을 찾아서 아군 병사들이 한데 뒤엉켜 있는 성벽 구멍에서 좀 떨어진 곳으로 향한다.

마침 성채 아래쪽 자그만 문으로 적병 몇이 밖으로 나오는 게 보인다.

그는 즉시 박차를 가해 그들 쪽으로 달려간다.

그는 〈신이 그것을 바라신다!〉를 쉴 새 없이 외치며 검을 휘두르기 시작한다. 이 외침이 그에게 힘을 준다. 검의 묵직한 중량감이 그의 굵은 팔에 차오른다. 그는 절도 있고 정확한 동작으로 검을 쥔 팔을 뻗는다.

그가 상대의 턱을 겨냥해 화살처럼 검을 찌른다.

그는 자신을 휘감는 원초적인 흥분감을 느낀다. 죽임이 가져다주는 쾌감.

입으로 〈신이 그것을 바라신다!〉를 외치는 순간 그가 빠져 있는 살육의 트랜스 상태는 정당성을 얻는다.

신이 그것을 바라신다면, 생면부지의 사람들을 죽이는 이 행위는 필요하고도 올바른 행위가 아니겠는가. 이것은 밭에 난 잡초를 뽑아 버리는 것과 다를 바 없는 행위 아니겠는가.

기사는 속으로 뇌까린다.

저놈들은 야만인이야.

저놈들은 이교도야. 세례도 받지 않은 저놈들의 영혼은 분명히 지옥에 갈 거야.

살육이 초래한 흥분과 여전히 살아 있다는 특권을 동시에 느끼며 그가 신들린 듯이 검을 뻗는다.

지금까지 몇 놈이나 죽었을까? 족히 열 놈은 될 듯하다. 말조차 등에 태운 주인의 치명적인 검술을 자랑스러워하는 게 느껴진다. 말이 히힝 소리와 함께 앞다리를 들어 올려 다가드는 적들을 뒷걸음질 치게 만들고 날아오는 창들을 부러뜨려 버린다.

말도 상황을 파악하고 내가 이기기를 바라는 거야.

갑자기 등 뒤에서 날카로운 창의 감촉이 느껴진다. 다행히 쇠사슬 갑옷에 막혀 창끝이 살을 파고 들어오지는 못한다. 재빨리 고개를 돌려 상대를 확인해야겠다는 생각이 드는 순간 르네는 속으로 중얼거린다.

기사들이 쓴 투구가 싸울 때 얼마나 시야를 가리는지 사람들이 알기나 할까? 고개를 크게 돌리지 않고서는 좌우를 볼 수가 없어. 눈 구멍이 좁아 시야도 무척 제한적이지. 앞에 있는 적을 상대로 싸우기에는 실용적일지 몰라도 전방위적 시야를 확보하는 건 불가능하게 만들어졌어.

말이 뒷발질로 날아오는 창을 막아 내 그의 목숨을 살려 준다.

또 다른 적병 하나가 눈치 빠르게 몸을 숙여 그의 시야에서 사라지더니 말의 배에 칼을 찔러 넣는다. 놀란 말이 비명 소리와 함께 내장을 바닥에 쏟으며 쓰러진다.

어떤 망할 놈이 내 말을 죽였어!

기사는 모로 쓰러지는 말에 깔리기 직전 가까스로 등자에서 발을 빼고 뛰어내린다. 어깨가 땅에 세게 부딪치는 순간 투구가 벗겨지면서 얼굴이 드러난다.

그 즉시 터번을 두르고 뾰족한 투구를 쓴 적병들이 그들의 말로 〈신이 그것을 바라신다!〉일 것으로 짐작되는 구호를 외치며 달려든다.

르네 톨레다노는 자신의 정신이 깃든 기사가 장렬히 전사하겠다는 각오로 검을 휘두른다고 느낀다.

그가 능수능란하게 큰 동작으로 검을 휘두르며 적들의 접근을 막아 보지만 역부족이다. 적병 몇 명이 그를 에워싸고 거리를 좁혀 온다.

다친 어깨의 통증이 심해지고 검을 쥔 손이 떨린다. 시큼한 땀이 속눈썹을 타고 그대로 눈 속으로 흘러든다. 호흡이 갈수록 짧고 거칠어진다. 심장이 몸 밖으로 튀어나올 듯 쿵쾅거린다.

아무래도 때를 잘못 골라 온 것 같아.

검을 든 팔에 강한 충격이 온다. 가드가 조금씩 내려간다. 그는 땀이 흘러들어 따가운 눈을 연신 깜빡인다. 눈꺼풀이 공포로 파들파들한다.

별안간 그의 앞에 방패가 하나 나타나더니 그 위에 쇠뇌촉이 날아와 꽂힌다. 그의 오른쪽 눈에서 불과 몇 센티미터 거리다. 자칫하면 화살촉이 그의 머리를 관통했을지도 모른다.

「올라타!」

위에서 목소리가 들린다.

역광 속 투구를 쓴 기사의 모습이 보인다. 누군지 알 수 없는 그 기사가 말에 탄 채 손을 아래로 뻗는다.

그는 끌어 올려져 구세주의 뒤쪽, 말 엉덩이에 올라탄다.

그는 여전히 왼손에는 방패를 들고 오른손으로는 검을 휘두르기 시작한다. 앞에 탄 기사는 화살촉이 꽂힌 방패를 내던진 손에 말고삐를 잡고 다른 손으로는 르네와 마찬가지로 적병들을 상대한다.

르네가 깃든 기사는 신기하게도 어깨 통증이 온데간데없이 사라진 것을 느낀다. 생존 본능이 뇌를 자극해 전력을 다해 싸우도록 활성 물질을 분비한 탓일까.

그는 별안간 자신의 몸이 어떤 충격도 견딜 수 있는 튼튼한 근육의 구조물이라고 느낀다.

인간 둘을 태우고 질주하는 말은 마치 머리 세 개 달린 괴물을 연상시킨다. 이 무시무시한 괴물에게서 뻗어 나온 장검두 개가 찌르고 베고 죽이면서 앞으로 나아간다.

가슴에 십자가 무늬가 박힌 두 기사가 휘두르는 검에 적군 보병 수십 명이 맥없이 쓰러진다. 기사들은 적병이 입은 흉갑 보호판들 사이 말랑한 틈으로 정확하게 칼끝을 찔러 넣는다.

벌써 태양은 하얀 빛을 내며 하늘 높이 걸려 있다. 더운 기운과 함께 피로감과 갈증이 몰려온다.

전투 시간이 이렇게나 길고 병사들이 또 얼마나 지루해하는지 사람들은 상상도 못 할 거야. 소설이나 영화에서는 항상 극적인 순간만 짧게 묘사되니까. 전투는 벌목꾼의 일과 똑같아. 나무를 베서 쓰러뜨리는 건 진을 빼는 일이지. 갈증은 또 왜 이렇게 심해. 갑옷을 입고 계속 땀을 흘리다 보니 탈수가 일어나는 것 같아.

그들은 이제 함락된 도시 안에 들어가 있다. 함께 타고 온 말이 쓰러져 일어나지 못하자 버리고 걷기 시작한다.

구세주 기사가 투구를 벗어 손에 든다. 그제야 생명의 은인의 얼굴이 보인다.

긴 금발에 턱수염이 덥수룩하고 눈동자는 잿빛이다. 투구속 열기에 시달린 데다 적병들을 상대하느라 애를 쓴 탓에 눈 흰자위가 눈구멍 밖으로 튀어나올 듯이 뒤집혀 있다. 관자놀이에는 굵은 힘줄이 서 있다.

거울을 보면 나도 딱 저런 모습일 거야.

금발 기사가 혁혁 가쁜 숨을 몰아쉰다. 몸 전체가 김을 뿜어내는 것 같다.

「당신은 쇠뇌촉을 막아 내 목숨을 구한 생명의 은인이오.」

르네의 정신이 깃든 기사가 그에게 말한다.

「쇠뇌라는 무기를 난 아주 싫어하오. 맞붙어 싸우지 않고 비겁하게 멀리서 사람을 죽일 때 쓰는 무기지. 자, 어서 성묘(聖墓) 교회를 해방시키러 갑시다!」

방금 성묘라고 했어. 그렇다면 내가 와 있는 이 도시는 혹시…… 예루살렘? 아군 병사들 옷에 십자가 무늬가 박힌 이유를 이제 알겠어. 우린 십자군이야…….

전투가 여전히 계속되고는 있지만 서서히 마무리 단계로 접어들자 그는 편안한 마음이 되어 숨을 들이쉰다. 뜨거운 공기 속 피비린내와 매캐한 연기 사이로 재스민 향기가 난다. 주변을 휘둘러보는 그의 눈에 하얀 석회를 벽에 바르고 둥그런 지붕을 얹은 집들과 발코니에 피어 있는 꽃들이 보인다.

꽃을 보는 게 얼마 만인지.

감정이 북받쳐 우뚝 멈춰 서 있는 그를 금발 기사가 어서

가자며 재촉한다. 인간사에 무심한 고양이들이 무리를 지어 거리를 돌아다니면서 죽거나 부상당해 길에 누워 있는 병사들에게 다가가 피를 할짝거리는 모습이 보인다.

느닷없이 골목에서 적병 셋이 튀어나온다.

두 기사는 다시 검을 휘두르며 그들을 상대한다.

르네의 정신이 깃든 기사는 오른쪽 어깨에 심한 통증을 느껴 왼손으로 검을 옮겨 잡는다. 오른팔만큼 편하진 않지만 통증이 줄어드니 한결 낫다. 그는 거친 숨을 몰아쉬며 검을 휘두른다.

순식간에 적병 셋을 모두 해치우고 나서 그들은 다시 걸음을 재촉한다.

사람을 죽이는 일도 보통 힘든 게 아니야.

르네가 숨을 가다듬으며 생각한다. 이번에는 그들 앞에 터번에 뾰족한 투구를 쓴 적병들이 아니라 공포에 질린 민간인들이 나타난다. 사람들은 르네와 금발 기사를 마주치는 순간 닭장 안으로 들어온 늑대를 대하는 암탉들처럼 비명을 지르며 달아난다.

왜 우리를 두려워하지?

르네의 전생이 고개를 갸웃한다.

쇠사슬 갑옷 아래 땀에 전 축축한 몸에서 나는 쉰내가 전의를 자극하는 걸 느끼며 그는 빠른 걸음을 더욱더 채쳐 옮긴다.

그들 앞에 적병들과 아군 병사들과 평범한 백성들이 번갈아 등장한다. 서로 다른 사람들이지만 뜻을 정확히 알 수 없는 비명과 울부짖음으로 소통한다는 공통점이 있다. 단어 몇개, 문장 하나도 전투 중에는 사치다. 그야말로 대혼돈의 시간이다.

난리 통에도 성묘 교회로 가는 길을 정확히 아는 듯 금발 기사가 앞장서 재빨리 걸음을 옮긴다.

예루살렘의 좁은 골목길들이 펼쳐진다. 사방에서 여전히 비명 소리가 들려온다. 십자군 병사들이 비무장 상태의 민간인들을 때리고 죽이는 소리다. 여자들이 울부짖는 소리가 들린다. 불타는 노점 앞에서 절규하는 소리가 들린다. 십자군 병사들이 약탈한 게 분명한 카펫과 도자기, 구리를 망치로 두드려 만든 쟁반과 직물을 한 아름씩 안고 지나간다. 옷가지와 신발까지 손에 들려 있다.

르네는 자신과 같은 편인 이들의 행동을 지켜보며 충격까진 아니지만 큰 실망을 느낀다.

신은 그것을 바라시지 않아. 그걸 바라신다면 사랑을 베푸시는 신이 아니지.

검은 까마귀 떼가 하늘에 떠서 병사들을 내려다보며 깍깍거린다. 벌써 파리들이 윙윙거리는 소리가 귓전에 크게 들린다. 전투가 벌어지면 제일 신나는 동물들이다.

세상사라는 게 그래. 누구의 불행이 다른 사람에겐 행복이 되지.

한 골목 어귀에서 아군 병사들이 예배당으로 짐작되는 건물을 밖에서 봉쇄하고 있다. 건물 안에서 사람들이 세게 문을 두드리는 소리가 들리는데도 십자군 병사들은 아랑곳하지 않고 독한 냄새가 나는 검은 액체를 벽에 빙 둘러 뿌리고 있다. 인화성 송진이 분명하다.

「어이! 나리들! 무슨 일입니까?」

「유대인 놈들이라네! 시너고그 안에 가둬 산 채로 불태울 생각이오. 그렇게 죽어 마땅한 놈들이지!」

우두머리로 짐작되는 붉은 턱수염을 기른 기사가 대답한다. 한쪽 눈에 머플러를 칭칭 감고 있다.

「우린 기사들이오. 비무장 상태인 사람을 죽이는 건 기사도에 어긋나지 않소.」

르네의 전생 곁에서 금발 기사가 응수한다.

「난 위르쉴랭 드 그라블린 남작이다. 무슨 일인 줄 알고 감히 자네들이 끼어드나?」

「우리들 일이오, 위르쉴랭 나리.」

「저들은 죄인이네. 유대인들이니까. 예수 그리스도를 죽인 놈들이니 마땅히 벌을 받아야지.」

「벌써 1천 년도 더 지난 일이오.」

「그게 무슨 상관인가. 놈들은 우리 주 예수에게 형벌을 내린 자들의 후손이야.」

르네의 전생이 한마디 한다.

「나리께서 잊고 계신 것 같은데, 예수 그리스도도 유대인이지 않습니까⋯⋯.」

「그런 헛소리는 어디서 들은 것이냐?」

「성경에 따르면 그리스도는 여기서 멀지 않은 베들레헴에서 태어났소. 어머니 마리아, 아버지 요셉 모두 유대인이었소. 예수님은 할례를 받고 시너고그에서 히브리어로 기도를 했지. 살아 계셨다면 지금 당신들이 죽이려는 저들 속에 섞여 있었을지도 모를 일이오. 그러니 당신은 지금 예수님을 죽이려는 것이나 마찬가지요.」

「이런 육시랄 놈을 봤나, 네가 감히 나를 그리스도 살해범 취급을 하는 거냐? 네 목숨을 거두어 내 치욕을 갚아 주마, 이 발정 난 수캐 같은 놈!」

눈에 머플러를 감은 사내가 검집에 손을 올린 채 그를 향해 다가온다. 장미 향이 코에 훅 끼쳐 온다.

위르쉴랭 드 그라블린이 몸에 장미 향수를 뿌리나 보지?

그는 향수를 가지고 상대를 약 올려 볼까 하다가 적의에 찬 그의 외눈을 보고 이내 마음을 접는다.

「내 검을 받아라, 이 후레자식!」

위르쉴랭 드 그라블린이 악을 쓰며 검을 뽑아 휘두르기 시작한다. 그는 간신히 칼날을 피한다.

두 기사는 터번과 뾰족 투구를 쓴 자들을 상대할 때와 똑같은 결의로 외눈의 남작과 그의 수하들을 상대한다. 르네의 정신이 깃든 기사가 검을 잡은 손목을 휘돌리자 쨍하는 소리와 함께 위르쉴랭의 검이 땅에 떨어진다.

위르쉴랭이 검을 집기 위해 재빨리 몸을 숙이지만 이미 르네의 전생이 검날을 발로 누르고 서 있다. 당혹해하는 우두머리를 지켜보며 부하들은 차마 검집에서 검을 꺼낼 용기를 내지 못한다.

무기를 빼앗기고 뒷걸음질 치며 위르쉴랭 드 그라블린이 소리친다.

「십자군이 감히 유대인들을 감싸다니! 너희는 부끄러움을 모르느냐, 이 배신자들아! 네놈들은 내가 반드시 반역의 대가를 치르게 해주마!」

그는 큰소리를 치면서도 달아나기에 바쁘다.

두 기사가 문을 막은 기둥을 치우자 교회 안에 갇혀 있던 유대인들이 밖으로 나온다.

대부분 평범한 농민과 장인인 듯한 사람들이 겁에 질린 얼굴을 하고 있다. 대장장이로 보이는 사람과 히브리어가 수놓인 옷을 걸친 랍비도 끼어 있다. 문턱에 서서 예배당 안을 들여다보니 채색 유리가 끼워진 창문 위를 가로지르는 상인방에 다윗의 별이 그려져 있다. 앞쪽 제단에는 가지가 일곱 개 달린 촛대가 올려져 있다.

난생처음 시너고그 안을 구경한 르네의 전생은 교회와 크게 다르지 않다고 생각한다.

기적적으로 목숨을 건진 젊은 유대인 여성 하나가 그를 빤히 쳐다보며 다가온다. 그녀의 등 뒤에서 길게 기른 풍성한 검은 머리채가 찰랑인다. 고급스러운 옷과 몸에 걸친 보석으로 보아 귀족인 게 분명하다. 눈꼬리가 올라간 크고 검은 눈으로 그를 응시하면서 그녀가 입을 열어 한마디 내뱉는다.

「메르시.」

프랑스어를 할 줄 아는구나.

그녀가 상큼한 오렌지 향 향수가 맡아질 만큼 바짝 다가와 까치발을 하고 그의 이마에 입을 맞추더니 도망치듯 사라져버린다.

폭력의 난무를 겪은 그에게 이방의 여인이 이마에 남기고 간 부드러운 감촉은 혼란을 불러일으킨다.

금발 기사가 잿빛 눈을 찡긋하며 그의 어깨를 툭 치더니 샘물터로 안내한다. 그들은 성묘를 향해 다시 발걸음을 옮기기 전에 시원한 물로 목을 축인다. 한 모금 목으로 넘어갈 때마다 짜릿한 쾌감이 느껴진다. 샘물에 르네의 전생이 비친다. 아래 턱이 뾰족한 역삼각형 얼굴. 짧게 깎은 가느다란 턱수염. 파란 눈.

뺨에 있는 Y 모양 흉터.

생명의 은인이 그에게 손을 내밀며 걸걸한 목소리로 말

한다.

「난 가스파르라고 하오, 가스파르 위멜. 고결한 기사, 존함이 어떻게 되시오?」

「……살뱅, 살뱅 드 비엔이오.」

르네가 눈을 번쩍 뜬다.

이럴 수가, 내가 살뱅 드 비엔이었다니.

갑자기 21세기로 돌아오게 된 르네는 하마터면 변기 뚜껑에서 떨어질 뻔한다.

그는 몸의 중심을 잡고 놀란 마음을 진정시키려고 애쓴다. 호기심과 흥분으로 그의 심장이 빠르게 뛰고 있다.

그는 1099년 7월 15일, 예루살렘 함락에 참여한 실존 인물이었어!

생각이 꼬리를 물기 시작한다.

그게 사실이라면…… 살뱅이 실제로 존재했다면…… 그가 실제로 그 결정적 전투에 참여했다면, 당대에 실제로 『꿀벌의 예언』을 썼을 가능성이 얼마든지 있어. 파트리크 클로츠가 예언서에 얽힌 비밀이 있다고 한 게 바로 이거였는지도 몰라.

클로츠는 자기가 쓴 게 패러디 작품이라고 했지만 사실은 중세에 쓰인 예언서 필사본을 손에 넣었던 것인지도 몰라!

오래전 내 전생은 현대의 인간인 나도 아직 모르는 미래에 관한 귀한 정보를 접했던 거야.

그렇다면 『꿀벌의 예언』이 세계 대전을 중단시키는 단초라는 르네 63의 말이 맞을 수도 있어. 정말 그럴까?

르네가 초조하게 거실을 서성인다.

하지만 내가 깃들었던 그 기사의 뇌에서는 아직 어떤 단서도 발견되지 않았어. 그가 아무것도 모르고 있다는 뜻이야. 아직은 그저 평범한 십자군 기사 중 한 명이야.

르네가 생각을 정리하기 위해 크게 심호흡을 한다. 그가 직접 겪은 치열한 전투의 장면들과 감각들이 아직 몸과 머리에 그대로 남아 있다. 마치 생생한 꿈에서 막 깨어난 듯한 기분이다.

극적인 장면들이 그의 머릿속에서 다시 펼쳐지기 시작한다. 말에서 떨어져 죽음의 위기에 처했던 일. 바로 눈앞까지 날아온 쇠뇌촉. 자신의 목숨을 구해 준 기사의 말 등에 올라타 함께 검을 휘두르던 일. 외눈의 남작과 결투를 벌이던 일.

그리고 십자군 기사들로부터 유대인들을 지켜 냈던 일.

18 므네모스: 야훼를 숭배한 민족

1995년, 고고학자들은 지금으로부터 4천5백 년 전, 성서에 세일산이라고 기록된 (흑해와 홍해 사이에 위치한) 산악 지대에 인류 최초의 야금술을 발명한 민족이 살았다는 것을 발견했다.

광석에서 금속, 특히 구리를 추출하기 위해서는 높은 온도의 가마가 필요했다.

고고학자들의 발굴을 통해 흔적이 발견된 이 민족은 잉걸불에 바람을 불어넣음으로써 가마의 온도를 높이 유지할 수 있다는 사실을 발견했다. 그렇게 해서 잉걸불 통과 풀무가 있는 최초의 가마가 만들어지게 되었다.

농업과 목축이 자연의 요소들을 한곳에 모으는 행위에 그친 반면, 야금술의 발견은 인간에게 어마어마한 창조의 권력을 갖게 했다. 가마에 광석을 녹여 자연 상태에서는 존재하지 않는 새로운 물질을 만들 수 있었기 때문이다.

야금술을 발명한 민족은 숨이라는 개념을 숭배하고 신격화하기에 이르렀다. 그들은 가마의 풀무가 내는 소리에 착안해 〈야훼〉라는 이름의 신을 만들었다.

이 야훼라는 숨결의 신을 숭배한 민족에 대해 남아 있는 가장 오래된 기록은 기원전 2100년에 새겨진 한 이집트의 상형 문자판으로 거슬러 올라간다. 거기에 〈야훼의 숭배자

들이 살았던 가나안 땅의 루샬림이라는 도시)에 대한 언급
이 나온다.

이후 파라오 아케나톤 재위 시에 작성된 문서에도 이 민족
에 대한 기록이 있다. (훗날 히브리어로는 예루샬라임, 우리
말로는 예루살렘이라 불리게 되는) 루샬림이라는 도시에 살
면서 유일신을 숭배했던 한 대장장이 민족이, 아케나톤의 아
버지 파라오 아멘호테프 3세가 가나안 땅을 침공했을 당시
격렬한 저항을 펼쳤다는 내용이다.

선왕과 달리 아케나톤은 숨의 신을 숭배하는 이 이방의 민
족을 적대시하지 않았다. 아케나톤은 전쟁을 벌여 그들의 땅
을 정복하기보다 그들에게 자신이 새 도읍으로 정한 아케타
톤에 와 정착할 것을 권유했다. 이 새로운 도시에는 아직 인
구가 많지 않던 터였다.

19

「믿기지 않아!」

알렉상드르 랑주뱅은 터무니없다고 생각하면서도 르네 톨레다노의 이야기에 빨려 들어가 있었다.

그가 르네를 빤히 쳐다보더니 껄껄 소리 내어 웃는다.

「나 참! 정말 오랜만에 들어 보네. 그런…….」

말 같지 않은 얘기?

「……놀라운 얘기는. 자네가 자가 퇴행 최면이라는 기술로 1099년에 벌어진 예루살렘 공성전에 갔다 왔다는 말이야?」

그들 앞에 놓인 점심이 차갑게 식고 있다.

「이제 저는 어느 정도 숙련 단계에 도달했어요. 정신의 힘을 활용한 이 체험은 마치 해양 잠수와 같아요. 해저로 내려가지 않고 뇌의 회색질층을 지나 무의식의 문을 여는 게 다를 뿐이죠. 컴퓨터에 빗대 말하자면 기억 장치를 뒤져 숨겨진 정보를 찾아내는 일이에요. 특수한 프로그램만 있으면 얼마든지 가능하죠.」

그들은 그제야 물기 없는 노란 쿠스쿠스와 미르까즈 소시지 하나, 닭고기 토막 하나가 덩그러니 놓인 접시를 포크로 공략하기 시작한다. 너무 삶아 물컹거리는 베이비당근 두 개, 동그랗게 자른 말랑한 호박 세 쪽, 일회용 하리사소스가 쿠스쿠스 요리 접시에 곁들여 놓여 있다.

「그 특수한 잠수 프로그램이 자네가 하는 퇴행 최면이라는 얘기잖아…….」

「다른 것도 얼마든지 가능해요. 무당이 접신할 때 치는 북소리, 메블레비 수도승들의 회전 춤, 페루 전통 음료 아와야스카, 환각 버섯, LSD, 갖가지 마약…… 이런 게 모두 그 프로그램에 해당할 수 있어요. 다만 제가 하는 퇴행 최면은 배드 트립이나 정신 착란적 발작, 편집증적 망상 같은 후유증이 없다는 장점이 있죠. 구토를 유발하지도 않고 돈이 드는 것도 아니고요. 게다가 조용한 장소만 있으면 언제 어디서든지 할 수 있어요. 원할 때 바로 끝낼 수도 있고. 중독 위험도 없고 기억력에 해를 끼치지도 않아요. 아니, 도리어 기억력 향상에 도움이 되죠.」

알렉상드르가 반신반의하며 입을 삐쭉 내민다.

「그게 누구한테나 통한다고?」

「이 최면도 다른 것과 똑같아서 의지가 있어야 성공할 수 있어요. 그동안 관객들을 상대로 실험해 보니 절반 정도가 전생에 다녀오더군요. 나머지 절반은 두려움 때문에 실패해요. 생각이 너무 복잡하고 의심이 많은 사람들이죠. 이런 사람들은 긴장을 풀 줄 몰라 최면에 잘 걸리지 않아요.」

「자넨 어땠나?」

「저는 신기한 경험을 한번 해보자 하는 생각으로 무작정 물에 뛰어든 경우예요. 어차피 일어날 일은 일어나게 돼 있어요. 저는 전생 체험이 주는 디테일들과 감각의 생생함을 즐길 뿐이에요.」

알렉상드르가 여전히 납득할 수 없다는 듯 고개를 갸웃거리자 르네가 그를 설득할 다른 논리를 찾는다.

「이건 파스칼의 내기와 비슷해요. 파스칼은 신이 존재한다는 쪽에 내기를 걸었죠. 그런 생각으로 살면 삶이 훨씬 쉬워진다고 여겼기 때문이에요. 저는 전생이 있다는 쪽에 내기를 걸었어요. 물론 그 진위는 아무도 알 수가 없어요. 전생이 존재한다고 절대적인 확신을 갖는 사람들은 그 반대를 주장하는 사람들만큼이나 어리석다고 저는 생각해요. 그걸 진짜로 알 수 있는 사람이 누가 있겠어요?」

「그런데도 자네가 그걸 하는 이유는 뭔가?」

「저한테 더 많은…… 가능성을 열어 주기 때문이에요.」

알렉상드르가 미르까즈를 꼭꼭 씹으면서 어깨를 으쓱 추어올린다.

「그건 자네 생각이고.」

르네는 설득을 포기하지 않는다.

「전생에 가면 뭐가 제일 먼저 느껴지는지 아세요? 가려움이에요. 옛날에는 지금만큼 위생과 청결이 중요하지 않았으니까. 그다음은 배고픔이에요. 음식이 풍족하지 않던 시절이었죠. 저는 기근도 경험해 봤어요. 그러고 나니 〈식욕을 느끼는 상태〉와 〈허기진 상태〉가 어떻게 다른지 알겠더라고요. 굶주린 상태에서는 흙이라도 파 먹겠더라니까요! 퇴행최면을 해보지 않았다면 허기진 몸의 감각이 어떤 반응을 보이는지 절대 몰랐을 거예요.」

르네가 하얀 닭고기 살점을 포크로 찔러 입으로 가져가더니 눈을 지그시 감고 맛을 음미하며 씹는다.

마주 앉은 알렉상드르가 그를 흉내 내 눈을 감고 호박 한쪽을 천천히 먹는다.

「그러니까 자네가 어제저녁에 1099년의 예루살렘을 다녀왔다는 얘기가 아닌가. 그것도 십자군이 예루살렘을 함락하던 바로 그 순간에. 날씨는 화창하던가? 분위기는 어땠나?」

르네는 맞받아치지 않고 진지한 목소리로 대답한다.

「저는 전속력으로 질주하는 말 등에 올라타 있었어요.」

「퇴행 최면은 일반적인 꿈과 어떻게 다른가? 혹시 자네 무의식이 자네가 거기에 있었다고 믿게 한 것 아닐까. 그래서 꿈을 꾸게 한 것 아니냔 말이야…….」

틀린 지적도 아니야. 그게 꿈이 아니라는 어떤 증거도 나한테는 없어. 하지만 내가 그걸 인정하는 순간 이 대화는 끝나 버릴 거야.

「많이 달라요. 사실적이고 세세한 요소들이 얼마나 있는지가 다르죠. 퇴행 최면에는 그런 게 무수히 많아요.」

알렉상드르가 아무 대꾸도 하지 않는다.

그들은 말없이 식사를 마친다.

멜리사와 브뤼노가 두 사람을 발견하고 다가와 쿠스쿠스 접시가 담긴 쟁반을 테이블에 내려놓으며 앉는다.

「무슨 얘기 중이셨어요?」

멜리사가 자신의 아버지를 쳐다보며 묻는다.

「르네한테 퇴행 최면으로 전생에 다녀온 얘기를 듣던 중이었어. 최면을 통하면 과거에 실제로 무슨 일이 벌어졌는지 알 수 있다고 해서 말이야.」

알렉상드르가 옆집에 새로 이사 온 사람 얘기를 하듯 태연한 어조로 딸에게 말한다.

쿠스쿠스를 막 떠먹기 시작하던 브뤼노가 고개를 뒤로 젖히며 웃음을 터뜨린다. 침이 섞인 노란색 알갱이들이 마주 앉은 르네의 얼굴로 날아간다.

「미안해요.」

브뤼노가 르네에게 냅킨을 건네며 말끝을 단다.

「무슨 최면이라고요?」

「퇴행 최면.」

르네가 얼굴을 닦으며 대답한다.

「애들한테도 설명을 해주게, 르네.」

당황하면 안 돼.

「흠…… 어떻게 설명하는 게 좋을까? 왜, 우리가 아침에 잠에서 깨면 꿈이 거의 생각나지 않잖아요? 즉시 메모해 놓으면 나중에도 기억할 수 있지만 그러지 않으면 잊어버리게 되죠. 퇴행 최면도 이것과 비슷해요. 꿈이 아니라 전생에 관한 기억인 게 다를 뿐이지.」

「내 귀엔 무척 비과학적인 소리로 들리네요. 좀 심하게 말하면…… 황당무계한.」

이 사람도 베스파 로슈푸코의 변호사와 똑같이 말하네.

「멜리사, 네 생각은 어떠니?」

알렉상드르가 딸 쪽으로 고개를 돌린다.

헤이즐넛 빛깔의 눈동자를 가진 젊은 여성이 아버지의 눈치를 살핀다.

「저도 브뤼노와 생각이 같아요. 그런 건 절대 믿지 않아요. 저는 죽고 나면 아무것도 없다고 생각해요. 그러니 당연히 태어나기 전에도 아무것도 없겠죠.」

애인의 지지를 업은 브뤼노가 쐐기를 박는다.

「슬픈 현실이긴 하지만, 우리는 정자와 난자의 결합을 통해 태어나서 마지막에 썩은 고깃덩어리로 변해 벌레들의 먹이가 돼요. 이런 가혹한 진실을 외면하기 위해 사람들이 이런저런 얘기를 만들어 내는 것뿐이에요.」

브뤼노는 자신이 내놓은 간단명료한 설명이 아주 흡족한 눈치다. 그가 토론을 여기서 종결하자는 뜻으로 적포도주를 한 잔 가득 따라 입에 털어 넣는다.

점심 식사는 대화 한마디 없이 조용히 이어진다. 멜리사와 브뤼노가 오후 강의가 있다면서 먼저 자리에서 일어난다. 그들이 멀어지자 알렉상드르가 잠시 머뭇거리다 말을 꺼낸다.

「결론적으로 말하자면 나는 브뤼노처럼 그게 전적으로 황당무계한 얘기라고 확신하진 않네. 그래서 한번 시험해 보고 싶어.」

「태도를 바꾸신 이유가 뭐죠?」

「음, 자네 눈엔 내가 성공한 사람으로 비칠지 모르지만 나한테는 어떤 갈증이 있어. 물론 나는 권위 있는 대학의 학장이고, 남들이 인정하는 중세 시대 최고 전문가 중 한 사람이야. 하지만 나한테는 후대에까지 걸작으로 남을 글을 쓰고 싶은 욕구가 있네. 남들한테 말은 안 하지만 21세기의 쥘 미슐레가 되고자 하는 야망이 있단 말이야. 그걸 실현하려면 독창적인 사료를 확보해야 하지. 하지만 기존의 수많은 책과 논문이 이미 다 다뤄 새로운 게 더 이상 없네. 자네의 그 시각화 기술을 사용하면 혹시 새로운 정보에 접근할 수 있을지 모른다는 생각이 들어. 가능성이 희박해도 한번 시도는 해보고 싶네.」

브뤼노의 비아냥도 이유로 작용했겠지…….

「언제 하실래요?」

「기다릴 거 뭐 있어? 자네만 괜찮으면 오늘 저녁에 당장 하세. 오늘 저녁 우리 집으로 와 함께 식사를 하고 실험을 해

보세. 자네, 시간이 괜찮겠나? 캠퍼스에 있는 학장 관사로 오게. 동관 끝에 있어.」

「그러시다면 오팔한테 오늘은 저녁을 같이 못 먹게 됐다고, 늦을 수도 있다고 연락해야겠네요.」

20

소르본 대학 캠퍼스에 땅거미가 내려앉았다.

르네가 벨을 누르자 크게 종소리가 울린다.

알렉상드르가 반갑게 달려 나와 르네를 맞는다. 학장은 실크 가운을 걸치고 목에는 트레이드마크나 다름없는 스카프를 감았다.

문턱을 넘자 넓은 실내가 펼쳐진다. 학장 관사는 그의 집무실과 바로 붙어 있다.

알렉상드르가 손님을 가장 먼저 안내한 곳은 받침대를 받친 전시용 테이블들이 나란히 늘어선 방이다. 그 테이블 위에 역사적으로 유명한 전투들이 축소되어 놓여 있다.

공간마다 조그만 병정 모형들이 세워져 있는 것은 물론 석고를 빚어 만든 언덕에 초록색 이끼를 풀처럼 깔아 놓고 앙증맞은 플라스틱 모형 나무들까지 올려놓았다. 정성스럽게 재현해 놓은 전투 테이블마다 수백 개의 모형 병정이 꽂혀 있다.

「지금 자네는 역사를 향한 내 열정의 출발점을 보고 있네. 전동 기찻길 세트에 푹 빠져 있던 어린 나의 관심이 시간이 가면서 모형 병정들로 옮겨 갔지.」

「이건 아쟁쿠르 전투네요!」

르네가 허리를 숙여 병정들을 가까이서 들여다본다. 일일이 손으로 색칠을 하고 얼굴에 눈과 입까지 세심하게 그려 넣은 게 보인다.

「와, 정말 대단해요!」

르네가 감탄사를 연발한다.

손님의 반응을 보고 흐뭇해진 알렉상드르가 또 다른 전투 모형 앞으로 자리를 옮겨 설명을 이어 간다.

「자네는 이 전투에 가장 관심이 많겠지.」

알렉상드르가 십자군 기사들의 모형이 서 있는 진열대를 가리킨다. 이들 건너편에는 서아시아식 복장을 하고 뾰족한 투구를 쓴 병사들의 모습이 보인다.

「1099년 예루살렘 공성전이군요?」

르네가 더 자세히 들여다볼 수 있게 알렉상드르가 돋보기를 건넨다. 학장은 친구 앞에서 장난감을 자랑하느라 신이 난 어린 소년 같은 모습이다.

「위에서 내려다볼 때 포착되는 장면을 재현하려고 애썼네. ……신의 관점 말이야.」

돋보기를 받아 들고 허리를 숙여 전투 모형을 들여다보는 르네의 귓가에 〈신이 그것을 바라신다!〉라는 함성 소리가 쟁쟁히 들리는 듯하다.

만약 신이 그것을 바라셨다면, 자신의 영광을 구현하기 위해 숭배자들이 전력을 다하는 모습을 흐뭇하게 내려다보셨다면, 분명히 이런 각도였겠지.

「십자군이 급히 만들었던 이동식 목재 탑들까지 그대로 재현해 놓으셨네요. 이쪽 것은 고드프루아드 부용이 지휘했던 탑이고 여기 이건 툴루즈 백작 레몽 4세가 지휘했던 탑이겠죠. 바로 이 구덩이에 레몽 4세의 탑이 빠져 지체되는 바람에 고드프루아 드 부용이 먼저 성안으로 진격해 승리의 주역이 될 수 있었다고 하죠.」

「정확하네. 전문가와 얘기를 나누니 좋긴 좋군.」

내가 있던 곳에서는 그 이동식 탑이 보이지 않았어. 난 투석기가 성벽에 뚫어 놓은 구멍도 못 봤어.

「어떤 자료를 기반으로 예루살렘을 재현하셨어요?」

「당시 도시 지도를 참조했네. 말해 보게, 자넨 뭘 봤나? 아니, 뭘 봤다고 믿나?」

「제 기억엔 우리 군대가, 다시 말해 프랑크인 십자군이 성벽의 이 지점을 뚫었어요. 저는 그때 이 근처에서 조그만 문을 하나 발견하고 거길 통해 성안으로 들어가 이쪽 거리를 지나갔어요.」

르네가 여러 지점을 손으로 가리킨다.

알렉상드르가 펠트펜을 들고 르네가 문이 있던 자리라고 가리킨 곳에 네모나게 표시를 한다.

「그리고 여기, 이 위쪽 고지대에 제가 목숨을 구해 준 유대인 민간인들이 갇혀 있던 시너고그가 있었어요.」

「이제 그만 내 집무실로 가세. 얼른 최면을 시도해 보고 싶어. 아무래도 식사 전이 낫겠지? 배가 비어 있는 상태가 몸이 가볍고 정신도 맑을 테니까.」

「맞아요. 이런 명상을 앞두고는 가급적이면 술과 고기도 피하는 게 좋아요.」

르네가 고개를 끄덕인다.

두 사람은 전신 갑옷과 검, 방패, 도끼, 창, 곤봉으로 가득 찬 방으로 들어간다. 얼마 전 그들이 결투를 벌였던 알렉상드르의 집무실이다.

알렉상드르가 긴 보라색 가죽 의자에 자리를 잡는다.

「여기서 하면 되겠나?」

「편안한 의자면 돼요. 불편해서 집중하는 데 방해만 되지 않으면 되니까요.」

알렉상드르가 초조하게 주먹을 쥐었다 폈다 한다.

「긴장하지 말고 마음을 편히 먹으세요.」

르네가 알렉상드르에게 말한다.

「신발을 벗고 혁대를 푸세요. 시계도 벗으시고.」

알렉상드르는 르네가 시키는 대로 한다. 그가 배를 압박하는 느낌을 없애기 위해 바지의 단추를 하나 끄른다.

「눈을 감으세요. 이제 신나는 경험을 하러 떠날 거예요. 자, 전생으로 즐거운 여행을 다녀올 준비가 되셨나요?」

「됐네.」

르네가 부드러우면서도 확신에 찬 목소리로 몸의 긴장이 완전히 풀렸으면 다섯 칸으로 된 나선형 계단을 시각화해 보라고 알렉상드르에게 말한다. 그 계단을 내려가면 무의식의 문이 나오는데, 열쇠를 넣어 문을 열고 안으로 들어가면 각각 다른 번호가 매겨진 전생의 문들이 양옆으로 늘어선 긴 복도가 펼쳐질 것이라고.

「복도에 도착했어.」

「좋아요. 이제 어떤 전생에 가보고 싶은지 구체적인 소원을 말할 차례예요. 한 가지 명심할 것은, 긍정적인 전생만 시각화해야 한다는 거예요. 가령 일생일대의 사랑을 경험했다든가, 득도의 경지에 이르렀다든가, 봉사하는 삶을 살았다든가. 비참한 삶이나 고통스러운 죽음, 끔찍한 경험 같은 건 제외하셔야 해요. 행복했던 전생에 관광을 다녀오신다는 마음으로 임하세요, 아시겠죠? 자, 소원을 말해 보세요.」

「르네 자네를 만났던 전생에 가보고 싶네.」

최면사 역할을 하고 있는 르네는 당황한 기색을 감추려고 애쓰며 군말 없이 다음 단계로 넘어간다.

「우리가 처음으로 만났던 전생의 문에 불이 켜지게 해달라고 소원을 말하세요.」

잠시 후, 알렉상드르가 다소 흥분한 목소리로 말한다.

「불이 들어와 깜빡거리는 문이 하나 보이네.」

「번호가 뭐죠?」

「15.」

「그 문 앞으로 가서 서세요. 열쇠를 자물쇠에 넣고 돌리세요. 무의식의 문인 만큼 저항이 느껴지면 억지로 열지 말고 돌아 나와 다시 나선형 계단을 통해 현재로 돌아오세요. 아직은 때가 아니라는 뜻이니까.」

몇 초 뒤 알렉상드르가 말한다.

「문이 저항 없이 열렸어.」

「그럼 안으로 들어가세요. 문턱을 넘는 순간 안개가 몸을 휘감을 거예요. 자, 이제 문을 다시 닫으세요.」

「됐어. 닫았네.」

「여전히 안개 속에 계시죠?」

「응.」

「지금 열다섯 번째 전생의 몸속에 들어가 계신 거예요. 그 사람에 대해 알 준비가 되셨나요?」

「물론이지.」

르네는 다음 단계로 넘어가기 전에 피험자의 동의를 받아야 한다는 원칙을 철저히 적용하고 있다.

「자, 이제 손을 앞으로 뻗는다고 상상해 보세요. 손이 보이시죠?」

「응, 보이네.」

「손을 보고 세 가지 정보를 얻으세요. 1. 피부색, 2. 성별, 3. 대략의 나이.」

알렉상드르가 미간을 모은 품새가 꼼꼼히 확인하느라 애쓰고 있는 눈치다.

「백인, 남성, 성인.」

「좋아요. 손을 더 자세히 들여다보면서 추가 정보를 얻으세요. 손이 어떻게 생겼죠?」

「아주 지저분해. 손톱 밑에 때가 새까맣게 끼어 있네.」

「반지를 꼈나요?」

「방패 꼴 문장이 새겨진 큼지막한 반지를 하나 꼈군.」

「몸에 난 털이 보이죠?」

「응. 머리 색과 똑같은 굽슬굽슬하고 굵은 털이 많이 나 있어.」

「좋아요. 이번엔 발을 내려다보세요. 뭐가 보이죠?」

「뒤꿈치에 박차가 붙은 가죽 신발을 신고 있네.」

「시선을 조금 위로 올리면 뭐가 보이죠?」

「발목까지 내려온 바지와 그 위에 걸친 흰색 튜닉이 보여. 튜닉 밑에는 쇠사슬 갑옷을 입었어. 허리에 두른 굵은 혁대에는 다리 길이만큼 긴 검집이 매달려 있어.」

「또 뭐가 보이죠?」

「손에 방패를 하나 들고 있군. 베이지색 망토도 걸쳤어. 가만, 베이지색이 아닌가, 원래는 흰색이었는데 때가 껴서 그렇게 보이나 보군. 어쨌든 그 망토 위에 십자가가 그려져 있는 게 보이네. 쇠로 만든 투구를 머리에 쓰고 있어. 지금 내 숨소리가 투구에 부딪혀 되돌아오는 게 들려. 머리부터 시작해 온몸에 땀이 비 오듯 흘러내리고 있어. 수염이 덥수룩한 턱은 가려워 미칠 지경이군.」

「좋아요. 이제 안개가 물러가게 만든 다음 주변을 자세히 살펴보고 세 가지 질문에 답해 보세요. 1. 낮인지 밤인지? 2. 실내인지 바깥인지? 3. 혼자인지 다른 사람들과 함께 있는지?」

알렉상드르가 잠시 말이 없더니 또박또박하게 대답한다.

「첫째, 낮이고, 둘째, 바깥이고, 셋째, 수많은 사람이 내 주변에 있어. 더 상세하게 말하자면, 난 왼손에는 방패를, 오른손에는 검집에서 꺼낸 검을 들고 말 등에 올라타 있어. 앞이 잘 보이지 않을 만큼 먼지가 자욱해.」

「소리는 어떤 소리가 들려요?」

「내가 탄 말의 거친 숨소리. 멀리서 들리는 함성 소리. 그래, 큰 함성 소리가 계속 들려와. 비명 소리도 들리고.」

「좋아요. 지금 정신의 시각화 능력을 통해 다른 시공간에 가 계신 거예요. 무슨 일이 벌어지는지 말씀해 주세요.」

알렉상드르의 눈꺼풀 밑이 울뚝불뚝 움직이는 게 보인다. 그의 양손이 경련을 일으키듯 작게 떨린다.

성공했어.

「이게…… 꿈인지 생신지. 나는 지금 묵직한 마구를 달고 질주하는 말 등에 올라타 있어. 마구도 갑옷도 무기도 다 너무 무거워. 날은 찌는 듯이 더워. 검을 쥔 손에 땀이 차 혹시라도 검이 손에서 미끄러질까 봐 조마조마해. 내 거친 숨소리가 투구에 부딪혀 메아리로 돌아오고 있어. 내 앞뒤와 양옆에서 나와 똑같은 복장을 한 기사들이 말을 타고 달리고 있어. 그들의 망토에도 십자가 무늬가 박혀 있어. 공중에 휘날리는 군기들에는 성모와 예수 그리스도의 모습이 그려져 있어. 멀리서 둥둥거리는 북소리가 들려. 보병들의 진격을 재촉하는 소리야. 북소리가 빨라지니 덩달아 내 심장 박동도 빨라지는 것 같아. 당장 튀르크족과 맞붙고 싶네. 물론 경솔하게 행동해선 안 돼. 상대는 뛰어난 전사들이니까. 그들을 절대 과소평가해선 안 돼. 난 언제 죽을지 모른다는 걸 잘 알고 있어. 그걸 모르고 전쟁터에 왔겠나. 그건 신께서 결정하실 일이라고 나는 믿고 있네. 나는 〈신이 그것을 바라신다〉를 목이 터져라 외치고 또 외치는 중이야. 신께서는 성벽 위에 있는 자들의 죽음을 바라시지, 내 죽음을 바라시지는 않을 거야. 우리는 빽빽한 밀집 대형을 이루어 진격하고 있어. 전군이 일제히 성벽에 난 구멍을 향해 달려가고 있어. 그러다 보니 정체가 빚어지고 아군 병사들끼리 서로 뒤엉켜 꼼짝하지 못하는 어처구니없는 상황이 벌어지고 있어. 공간이 생기길 초조하게 기다리고 있는데 어떤 기사가 말을 타고 성벽 좌측으로 이동하는 게 보여. 성안으로 진입할 통로를 찾는 모양이야. 좋은 생각이다 싶어 나도 말고삐를 당겨 그를 따라 움직이기 시작했어. 마침 적군 보병 무리가 성 밖으로 나오는군. 아까 그 기사가 검을 높이 들고 적들을 향해 말을 몰기 시작해. 그런데 잘 싸우던 도중에 그만 그가 탄 말이 적군의 창에 맞아 쓰러지고 기사도 바닥에 나뒹굴고 말아. 튀르크족 병사들이 그를 에워싸는 걸 보고 나는 지금 그를 구하러 달려가고 있어. 젠장, 성첩 위에서 적병 하나가 쇠뇌를 들고 그 기사를 겨냥하고 있어. 내가 몸을 날리다시피 하면서 방패를 뻗어 그의 얼굴을 가리는 동시에 쇠뇌촉이 두꺼운 금속 방패에 날아와 꽂혀.」

이럴 수가! 알렉상드르가 내 생명의 은인이었다니.

알렉상드르가 예루살렘 함락에 참여한 십자군 기사의 몸에 깃들어 있는 동안 르네 역시 직접 경험해 보지 않고는 알수 없는 전투의 긴장감과 흥분을 다시 느낀다.

눈을 감은 알렉상드르가 무아지경에 빠져 이야기를 이어간다.

「우리는 지금 내 말을 함께 타고 달리면서 검을 휘두르고 있어…….」

알렉상드르가 장면 하나하나를 상세히 묘사할 때마다 르네 역시 전날의 경험을 떠올리며 새삼 흥분에 젖는다.

십자군 기사였던 전생으로 돌아간 지 30분이 지나고 알렉상드르의 전신이 땀에 젖어 있다. 호흡은 가빠지고 몸은 경련을 일으킨다.

「이제 그만 돌아올 시간이에요.」

르네가 그에게 말한다.

「아니, 조금만 더 있게 해주게. 부탁이야.」

소르본 대학 학장이 달뜬 표정으로 쉬지 않고 말을 쏟아낸다.

「……얼굴에 차가운 샘물이 닿는 이 황홀한 감촉이라니. 어, 물에 내 모습이 비치는군. 피곤한 기색인데 난 정말로 아무렇지 않네. 온몸에 짜릿한 쾌감마저 느껴지는걸. 우리는 마침내 성지를 수복했어. 어서 주점으로 달려가 취하도록 마시면서 사람들과 어울려야겠어!」

여전히 눈을 감고 있는 알렉상드르의 입꼬리가 올라가면서 유쾌한 웃음소리를 내뱉는다. 눈꺼풀이 달싹거리고 손끝이 파르르 떨리는 게 보인다.

행복한 시간을 보내는 중인 모양이야. 나도 조금 더 머물다 올걸 잘못했어.

알렉상드르의 팔다리가 점점 큰 동작을 보이더니 허공을 휘젓기 시작한다.

춤을 추는가 보네.

그때처럼 승리의 축제를 즐기고 있어.

한참이 지나서야 동작이 멈춘다.

「자, 이제 돌아와야죠?」

「아니, 조금 더.」

르네가 10분을 더 기다려 주고 나서 다시 말한다.

「그만 돌아오세요.」

「조금만 더.」

「아니, 더 이상은 안 돼요.」

「부탁이야, 조금만 더 이 순간을 만끽하게 해주게. 난 이 도시와 이 사람들과 이 시대를 너무도 사랑하네.」

또 10분이 흐르자 르네가 짜증 섞인 반응을 보이며 최면을 중단시키기로 한다.

「알렉상드르, 그만 돌아와요.」

「싫어.」

「시키는 대로 하세요, 명령이에요. 원하면 다음에 언제든지 다시 갈 수 있어요.」

학장이 체념한 얼굴로 실망 섞인 한숨을 내쉰다.

「좋아요. 이제 뒤쪽에 15번 문이 나타나게 한 다음 여세요. 아 참, 그 시공간을 떠나기 전에 기념품을 하나 가져오세요. 그 문 뒤에 무엇이 있는지 떠올리게 해줄 수 있는 물건으로.

뭘 가져오시겠어요?」

「당연히 내 검이지.」

「좋아요. 문밖으로 나와 검을 문 앞에 놓고 문을 잠그세요. 이제 복도를 되돌아 나와 무의식의 문 앞으로 다시 오세요. 문을 열고 문턱을 넘은 다음 다시 잠그세요. 이제 현재로, 알렉상드르 랑주뱅의 현생으로 올라오는 나선형 계단이 보일 겁니다. 맨 아래 다섯 번째 칸에 발을 올리세요. 이제 올라옵니다. 넷…… 셋…… 손가락과 발가락을 살살 움직여 보세요. 둘…… 손과 발의 감각이 완전히 되살아난 게 느껴지죠. 이제 마음대로 움직여져요. 하나…… 제로! 이제 눈을 뜨세요.」

알렉상드르의 얼굴에 황홀한 미소가 번진다.

이렇게 감격스러울 수가!

알렉상드르가 열에 달뜬 눈을 하고 있다. 그가 몸을 일으켜 앉더니 바로 옆 의자에 앉아 있는 르네의 손을 덥석 잡는다.

「고맙네! 다시없을 경험이었어! 이런 황홀한 순간은 난생처음이었네! 고맙네! 정말 고마워! 진심이야!」

그가 르네의 목을 끌어당겨 안는다.

「이태까지 살면서 이런 게 있는 줄도 몰랐다니! 내가 중세시대에 그토록 끌리는 이유가 뭔지 이제야 밝혀졌어! 내가 기사였으니까! 그 기사가 나였다니, 세상에, 그 기사가 바로 나였다니! 내 이름이 뭐였더라? 그래, 가스파르 위멜!」

흥분을 좀 가라앉혀 줘야겠어.

「어디서 읽었는지는 기억이 안 나는데 〈우리의 정신은 기회가 주어질 때마다 산책을 즐긴다〉라는 문구가 떠오르네요. 방금 정신의 산책을 하고 오신 거예요. 잠시 다른 시공간으로 관광을 다녀오신 거죠.」

「산책이란 말로는 약해! 나는 현재, 이곳에 있는 내 존재의 비좁은 감옥에서 벗어나 역사상 가장 결정적이었던 전투에 젊은 십자군 기사로 참여했다 돌아왔네.」

최면사 입장에선 참 〈모범적인 고객〉이군.

열광한 모습이 보기 좋긴 해.

알렉상드르가 이마에 맺혀 있는 땀방울을 손으로 닦아낸다.

「가슴이 벅차오르는군! 9백 년도 더 전의 나를 기억해 내다니! 자네 덕분이야, 르네! 그리고 말이야, 내가 아까 자네를 만나고 싶다고 했었으니 그 살뱅 드 비엔이라는 기사는 당연히 자네일 거야. 틀림없어.」

그가 가쁜 숨을 몰아쉬며 기억을 다시 소환하려는 듯 눈을 감는다.

「어쨌든 제가 본 걸 확인해 주신 셈이 됐어요.」

르네가 빙그레 웃는다.

「가스파르 위멜이라…… 인터넷에 이 사람에 관한 정보가 있는지 당장 확인해 보세.」

알렉상드르가 노트북을 들고 와 검색을 해보지만 아무 정보도 나오지 않는다.

「저도 인터넷을 찾아봤지만, 제 이름 역시 예루살렘 함락에 참여한 유명한 기사들의 명단에서 발견하지 못했어요.」

르네가 아쉬움을 표시한다.

「그 공성전에 참여한 기사가 1440명이었다는 사실을 감안해야죠.」

「정확한 이름이 있으니 희망을 걸어 본 건데, 자네 말이 맞

아. 너무 오만한 생각이었어. 전생의 나는 대부분의 동시대인들처럼 잊혀 사라진 존재가 된 거야.」

「역사가가 기록으로 남겨 주지 않으면 누구나 망각된 존재가 될 수밖에 없어요. 자식이라도 있으면 우릴 기억해 주겠죠. 손자, 그리고 증손자 정도까지는. 하지만 그 후에는 〈우리 선조 중에 이러저러한 사람이 있었다더라〉고만 언급될 거예요. 그다음 세대는 우리 이름이 뭐였는지, 우리가 뭘 했던 사람인지조차 기억하지 못할 거예요.」

알렉상드르의 눈에서 여전히 별이 빛나고 있다.

마약을 복용하고 환각 상태에서 완전히 벗어나지 못한 사람처럼 보여. 그가 사용한 강력한 환각 물질은 물론 그의 기억이야. 깊숙한 곳에 감춰져 있다 수면 위로 떠오른 그의 기억.

알렉상드르는 여러 전문가 사이트에 접속해 전투에 관한 내용을 확인하느라 분주하다.

「엊그제 제가 살뱅 드 비엔이라는 인물을 아시냐고 물어봤던 거 기억하세요?」

「물론이지. 그때 자네 태도를 보고 나는 자네가 그 사람이 실존 인물이라는 강한 확신이 없다고 생각했어.」

알렉상드르가 예루살렘 함락에 참여한 십자군 기사들의 정보를 확인하느라 모니터에서 눈을 떼지 않은 채 대답한다.

「그때 말씀드리지 않은 게 있어요.」

「그 살뱅 드 비엔이 1121년에 예언서를 썼다고 했잖아. 그렇지?」

「맞아요. 그런데 제가 그 사람과 그가 쓴 예언서에 대해 어디서 들었는지는 말씀 안 드렸어요.」

「은퇴한 역사 교수 친구한테서 들었다고 했잖아.」

「그랬죠. 하지만 그 친구가 어떤 사람인지는 자세히 말씀 안 드렸죠. 그가 저한테 살뱅 드 비엔이라는 인물에 대해 알려 준 이유가 무엇인지에 대해서도 어물쩍 넘어갔죠.」

이왕 이렇게 된 거 다 털어놓자.

르네가 천천히 또박또박 말한다.

「그 예언서에는 2053년에 일어날 제3차 세계 대전을 중단시킬 방법이 적혀 있어요.」

「뭐? 제3차 세계 대전? 2053년에? 이거 흥미진진하군.」

알렉상드르는 르네의 얘기를 건성건성 듣는 눈치다.

「그 전쟁이 꿀벌의 실종과 관련이 있다고 해요. 그래서 그 예언서의 제목도 『꿀벌의 예언』이고.」

「재밌군.」

상대는 내 얘기에 아무 관심이 없어. 그의 머릿속은 자신과 자신의 전생에 관한 생각으로 가득 차 있을 뿐이야.

「죄송하지만 그만 가봐야겠어요. 내일 아침에 좋은 컨디션으로 강의를 하려면.」

르네가 자리에서 일어서지만 알렉상드르는 눈길도 주지 않는다. 십자군 관련 사이트들을 돌아다니며 클릭하느라 정신이 없다.

「같이 저녁을 먹고 가지 그러나. 냉동 음식을 데워 줄 테니 좋은 부르고뉴산 포도주를 한잔 곁들여 먹고 가게.」

그가 지나가는 말로 한마디 한다.

「배고프지 않아요. 안녕히 계세요.」

르네가 재킷을 걸치고 학장의 집무실을 나와 조용히 문을 닫는다. 그가 머릿속이 복잡한 상태로 긴 복도를 따라 걷는다.

유람선에 도착하자 불이 모두 꺼져 있다.

오팔이 아직 안 온 모양이네?

그녀의 휴대폰으로 연락을 해보지만 받지 않는다.

그는 다시 걸어 보려다 포기하고는 찜찜한 기분을 안고 잠을 청한다. 21세기를 사는 현재의 자신에게 뭔가 좋지 않은 일이 벌어지고 있음을 직감한다.

한 가지 생각이 그의 머리를 떠나지 않는다.

내 현재의 문제들을 해결할 방법은 과거 속에 있어.

내 미래의 문제들을 해결할 방법도 과거 속에 있어. 비단 내 문제들뿐만이 아니야…….

21 므네모스: 요셉과 파라오

히브리인 야곱은 열두 명의 아들 중 특히 요셉에 대한 애정이 각별했다. 그러자 질투를 느낀 형제들이 요셉을 노예상에게 팔아 버린다. 요셉은 노예상을 따라 서쪽에 있는 이집트로 가서 파라오의 친위대장이던 보디발 장군의 집에서 살림살이를 맡아 하는 집사가 된다.

그는 야무진 일 처리로 주인의 재산을 불려 준다. 어느 날, 보디발의 아내가 그를 유혹하려 하고 요셉은 이를 단호히 뿌리친다. 화가 난 그녀는 도리어 요셉이 자신을 욕보이려 했다고 남편에게 거짓말을 하고, 보디발은 그를 감옥에 가둔다.

요셉은 다른 수형자들에게 꿈풀이를 해줘 감옥에서 인기를 얻는다. 그의 뛰어난 해몽 실력이 왕궁에까지 알려지자 하루는 파라오가 요셉을 불러 꿈자리가 뒤숭숭하다면서, 꿈에 나타난 살찐 암소 일곱 마리와 마른 암소 일곱 마리가 무엇을 뜻하는지 알고 싶다고 한다. 요셉은 그 꿈이 7년 동안 풍년이 이어지고 나서 7년 동안 극심한 흉년이 찾아올 것을 예고하는 꿈이라고 설명해 주고 나서, 왕에게 기근에 대비해 곡식을 저장해 두라고 한다. 요셉의 해몽을 믿은 파라오는 그를 양곡의 저장과 관리를 책임지는 대신에 임명한다. 요셉은 맡은 임무를 완벽히 해내지만 가나안 땅에 있는 가족들이 굶주려 사경을 헤맨다는 걸 알게 된다. 그는 가족들을 이집

트로 데려오게 해달라고 파라오에게 간청해 승낙을 얻어
낸다.

　성경에는 요셉이 이집트에 머물렀던 시기가 정확히 언급
돼 있지 않지만, 최초의 유대인 공동체가 이집트에 만들어졌
을 것으로 추정되는 기원전 1340년경일 것으로 보인다.

　그렇다면 이 시기는 개혁가였던 파라오 아케나톤의 재위
시기와 겹칠 것으로 추측된다.

22

르네는 아침에 잠이 깨면 본능적으로 손을 뻗어 오팔의 보드라운 살갗의 감촉과 온기부터 찾는다. 오늘은 손이 허공으로 툭 떨어진다.

그가 놀라서 눈을 번쩍 뜬다. 르네는 커다란 침대에 깔린 구깃구깃한 시트 위에 혼자 누워 있는 자신을 발견한다.

오팔이 외박을 했구나.

그는 잠이 덜 깼나 싶어 눈을 비벼 댄다.

무슨 일일까?

오팔이 여자 친구들과 밤늦게까지 파티를 하고 술이 제법 취해 새벽 두세 시에 귀가한 적은 더러 있었지만 이번처럼 아예 들어오지 않은 건 처음이다.

어디서 잤을까?

르네는 침대에서 내려와 잠을 확 깨려고 찬물로 샤워를 하면서 자기도 모르게 최악의 경우를 상상한다. 설마 사고가 난 건 아니겠지?

파티를 한 친구 집이 너무 멀어서 자고 오는 걸까?

르네는 옷을 걸치고 간단한 아침 식사를 준비하면서 비타민과 기억력에 좋다는 간유 캡슐을 식탁에 꺼내 놓는다.

그는 어제저녁 알렉상드르와 보낸 시간을 다시 떠올린다.

알렉상드르는 젊을 때와 마찬가지로 여전히 놀라고 감탄하는 능력을 간직한 사람이야.

그는 권력에 목말라 오직 정상에 도달하는 것만을 목표로 삼는 사람이 아니야. 그 목표를 위해 암투와 음모를 일삼는 높은 사람들과는 근본적으로 달라. 그런 사람들은 성공을 거머쥐는 순간 매사에 무감해져 버리지. 자신을 떠받드는 아랫사람들 위에 군림하겠다는 생각밖에 없어.

그는 아침 습관대로 라디오를 켜 뉴스를 듣는다.

아나운서의 음성이 흘러나온다.

「……파리에서 지구 온난화에 관한 국제회의가 열리고 있습니다. 환경 오염을 유발하는 생산 시설에 세금을 부과하고 벌목을 금지하자는 제안에 이어 기온 상승을 막기 위한 새로운 아이디어들이 계속해서 나올 것으로 보입니다.

국내 소식입니다. 최고 행정 법원에서 사탕무 재배업자들에게 금지했던 네오니코티노이드 사용을 당분간 재허용한다는 결정을 내렸습니다. 〈꿀벌 잡는 살충제〉라는 별명이 붙은 네오니코티노이드는 사용이 금지되어 있었는데, 그동안 병충해로 피해를 입었다며 예외를 인정해 달라는 사탕무 재배업자들의 요청을 법원이 받아들인 것입니다. 네오니코티노이드는 사탕무에 황화 바이러스를 퍼뜨리는 진딧물 구제에 효과적인 살충제로 알려져 있습니다.

카슈미르 지방에서 인더스강의 통제권을 둘러싸고 인도 정부와 파키스탄 정부의 갈등이 고조되고 있습니다. 두 나라 모두 극심한 가뭄에 시달리고 있는 상황에서 수자원이 최대의 정치 현안으로 떠오르고 있는 것입니다. 양국 간에 거친 설전이 오가는 중인데, 우려스럽게도 인도와 파키스탄은 핵무기를 보유하고 있습니다.

나이지리아에서 보코 하람이 여학생 6백 명을 납치하는 사건이 벌어졌습니다. 이 조직의 우두머리는 납치 배경을 이렇게 설명했습니다. 〈학교에 가는 것은 우리의 종교에 반하는 행위다. 특히 여성에게는 죄악에 해당한다. 학교 교육은 여성의 관심을 아내와 어머니의 역할에서 다른 곳으로 돌리기 때문이다. 우리는 아직 이슬람교도가 아닌 학생들을 개종시킨 후 모두 노예로 만들 것이다. 학업은 정신을 혼탁하게 만들 뿐 아무짝에도 쓸모없는 것임을 깨닫게 해줄 것이다.〉 나이지리아 정부는 납치된 여학생들을 석방하기 위해 보코 하람과 협상을 개시했습니다.

아제르바이잔이 나고르노카라바흐 지역 아르메니아 정교회 교회들을 향해 미사일 공격을 계속하고 있습니다. 갈등을 중재하기 위해 나선 러시아 대통령은 현 상황에 우려를 표명하면서도 아제르바이잔 정부의 미사일 공격을 비난하지는 않고 있습니다. 아제르바이잔이 지정학적으로나 경제적으로나 러시아에 매우 중요한 나라이기 때문입니다. 러시아의 가스관이 통과하는 아제르바이잔은 풍부한 에너지 자원을 보유하고 있습니다.

파리 라 빌레트에 위치한 과학 박물관에서 국립 농업 및 식품, 환경 연구소INRAE의 주최로 생태계 교란 종에 관한 전시가 개최되고 있습니다. 전시장에 가시면 프랑스 연못을 침범한 붉은귀거북과 도로가를 점령한 가중나무를 보실 수 있습니다. 다음 주부터는 전 세계 전문가들이 한자리에 모여 생태계 교란 종에 관한 연속 강연을 펼칠 예정입니다.」

자물쇠가 찰칵하는 소리를 듣고 르네가 라디오를 끈다. 오팔이 옷을 어깨에 걸치고 손에 작은 손가방을 들고 들어온다.

「좋은 아침!」

르네가 인사를 건넨다.

「좋은 아침!」

오팔이 건조한 음성으로 대답한다.

그녀가 코트와 가방을 내려놓더니 그의 맞은편에 앉아 커피를 잔에 따른다.

「잘 잤어?」

르네가 그녀의 반응을 살핀다.

오팔이 한 모금 꿀꺽 마시고 자리에서 일어나더니 빵을 토스터기에 넣고 냉장고에서 버터를 꺼낸다.

르네는 그녀가 자신의 시선을 피하는 것을 느낀다.

「어제저녁에 당신이 상사와 저녁을 먹고 온다고 나한테 문자 메시지를 보냈잖아. 내 상사가 그걸 어깨 너머로 보더니, 나 혼자 쓸쓸한 저녁을 보내게 됐으니 자기가 저녁을 사겠다고 하는 거야.」

「그랬어?」

「식사가 끝나고 디저트를 먹으면서 내가 그에게 퇴행 최면을 해보겠냐고 물었어.」

그냥 한번 물어봤다는 얘기를 하고 싶은 거지?

「어쩜, 지금까지 한 번도 해본 적이 없다더라. 우리는 자리를 옮겨 마르쿠스의 집에서 최면을 하기로 했어. 그렇게 그의 집에 갔는데…….」

그녀가 머뭇머뭇하고 있는데 토스터기가 요란한 소리를 내며 구운 빵을 토해 낸다. 핑곗거리가 생긴 그녀가 얼른 자리에서 일어나더니 구운 빵을 버터, 꿀과 함께 식탁으로 가지고 돌아온다.

「마르쿠스가 갑자기 우리가 만났던 전생으로 가보고 싶다고 하는 거야. 나를 보는 순간 전에 만난 적이 있던 사람이란 걸 직감했다면서.」

그녀가 빵에 버터와 꿀을 바르면서 말을 이어 간다.

「최면은 성공했어. 그는 동굴에서 벽에 그림을 그리고 있는 전생을 만났어. 비릿한 피 냄새가 나는 적갈색 액체에 붓 대신 손가락 두 개를 찍어 사냥하는 장면을 그리고 있었대. 머리를 길게 기른 그는 짐승 가죽으로 만든 옷을 걸치고 있더래. 동굴 안쪽에서는 한 여성이 불 앞에서 음식을 만들고 있었고. 그녀는 장작불 위에 나무토막 두 개를 Y 모양으로 세우고 가죽을 벗긴 토끼 한 마리를 꼬치에 끼워 걸쳐 놓은 다음 천천히 돌려 익히고 있었다고 해. 그런데 그 여자가 바로 나였다는 거야. 지글지글 기름 떨어지는 소리가 동굴 벽에 부딪혀 되돌아오는 가운데 우리는 아무 말 없이 각자의 일에 집중하고 있었지. 밖에는 비가 억수같이 퍼붓고 있었어. 천둥이 으르렁거리고 번개가 하늘을 찢어 놓았지. 그런 날씨에 안전한 동굴 안에서 따뜻한 불 옆에 있을 수 있다는 것에 우리는 감사함을 느꼈어.」

오팔이 커피를 더 따라 빵과 함께 마신다.

「그 장면이 그가 한 퇴행 최면의 첫 장면이었어. 나는 그에게 시간을 건너뛰어 조금 더 앞으로 가보라고, 어린 시절의 행복했던 순간으로 가보라고 암시했어. 그러자 그가 갓 태어난 자신을 아버지가 팔에 안아 높이 치켜올리는 모습이 보인다고 했어. 주변에 있던 여자들이 환호성을 지르며 어머니에게 축하 인사를 건네는 장면이 보인다고 했어. 그게 어느 시대였는지, 어느 나라였는지는 확실히 모르겠어. 농사를 짓지 않고 동굴에서 생활했다면 지금으로부터 1만 5천 년 전쯤이 아닐까 하고 짐작만 할 뿐이야.」

「그렇다면 혹시 라스코 동굴 암벽에 벽화가 그려졌던 시기가 아닐까……?」

르네가 떠오르는 대로 말한다.

「그가 태어났을 때 부족 사람 쉰 명가량이 함께 살고 있었대. 그에게 우리가 만난 순간을 시각화해보라고 하니까 자신이 열세 살쯤이었던 것 같대. 나 역시 비슷한 나이로 보였고. 우리는 부족이 달랐는데, 두 부족의 결속을 위해 양쪽 부모님들이 정혼을 결정했대. 우리가 결혼하던 날, 성대한 축제가 열렸어. 부족 사람들이 모두 모여 고기를 먹었지. 식이 끝난 뒤 우리는 하객들을 뒤로하고 가까운 호수에 가서 알몸으로 헤엄을 쳤어. 그러고 나서 고사리 덩굴 사이에서 사랑을 나누었어.」

「열세 살짜리들이?」

「그 시대엔 다들 지금보다 일찍 철이 들었어. 평균 수명이 짧았으니 당연하지. 있잖아, 그 경험이 정말 강렬했어. 처음에는 그도 나도 서툴러서 어떻게 해야 하는지 잘 몰랐어. 그런데 서로 애무해 주다 보니 자연스럽게 알아지더라. 환상적인 순간이었어. 하지만 너무 짧게 끝났어……. 아니, 처음에만 그랬어. 그가 곧 다시 시도했을 때는 훨씬 나아졌어.」

그녀가 커피를 한 모금 목으로 넘긴다. 르네가 그녀를 빤히 쳐다본다.

「……그래서 어땠는데?」

오팔은 여전히 르네의 눈길을 피하고 있다. 르네는 냉정을 잃지 않으려고 토스트를 집어 한 입 문다.

「……오르가슴을 느꼈어.」

르네가 사레가 들려 캑캑거린다.

「현재, 여기에 있는 당신이? 아니면 막 식을 올린 선사 시대의 열세 살짜리 신부가?」

「……둘 다.」

르네가 계속 콜록거린다.

「아니, 셋이, 아니 아니, 넷이.」

오팔이 고쳐 말한다.

「그와 그의 전생도 마찬가지였으니까.」

퇴행 최면이 이런 용도로 쓰이리라고는 상상도 못 했어. ……오르가슴을 느끼게 할 수 있으리라고는. 전화나 컴퓨터, 인터넷 같은 현대 기술이 본래 용도와 다르게 자극적인 욕구 충족에 쓰이고 있다는 걸 모르는 바는 아니지만 퇴행 최면이…… 성교 용도로 쓰일 줄이야.

「어쨌든 난 그걸 하나의 징표로 받아들이기로 했어. 우리가 우연히 만난 게 아니고, 우리 두 영혼이 오래전부터 연결돼 있었다고. 다음 생에서 다시 만나기로 약속한 사이였던 거지. 마르쿠스와 나는 여러 생을 거치며 인연을 이어 오다 지금 다시 만난 거야.」

「우리 둘은? 그럼 우린 뭐야?」

「일종의 〈중간 단계〉였지. 당신은 내가 그와 만나도록 준비를 시켜 준 사람이야. 그가 아내와 헤어질 때까지 난 당신이라는 〈대기실〉에 있었던 거야. 그가 과거의 인연을 깔끔히 정리했으니 이제 우리의 시간이 온 거야.」

내가 〈대기실〉이었다고? 이걸 어떻게 받아들여야 할지 모르겠네.

「미안하지만 어쩔 수 없는 진실이야. 나한테는 너무도 명백한 진실. 퇴행 최면 덕분에 나는 그 진실에 눈을 뜨게 됐어. 어제 내가 경험한 건 단순한 퇴행 최면이 아니라…… 재회의 순간이었어.」

「우리 인연은 어떡하고? 그건 아무 의미도 없어?」

오팔이 딴 곳을 쳐다본다.

「당신이라는 사람의 문제는 말이야, 사랑이 뭔지 모른다는 거야.」

그녀가 작심한 듯 말을 쏟아 낸다.

「당신은 감정을 억제할 줄만 알아. 거기에 휘둘릴까 봐 두려운 거지. 그런데 그 감정이 당신이라는 존재를 고양시켜 줄 수 있다는 걸 알아야 해. 자신에 대한 통제력을 잃지 않으려다 의미 있는 경험을 항상 놓치고 만다는 걸 당신은 깨달아야 해.」

또 〈네 탓이오〉가 시작되는군. 날 버리는 걸로 모자라 문제의 발단이 나라고 우기고 있어. 모든 게 내 잘못이라고.

「다소 급작스러운 일이라는 건 인정해.」

오팔이 말끝을 단다.

「하지만 내 결심은 이미 섰어. 한순간도 더 낭비하고 싶지 않아. 난 마르쿠스 집에서 같이 살 생각이니까 유람선은 당신이 써도 좋아. 짐을 옮기는 건 그가 차를 가지고 도와주기로 했어.」

「언제 옮길 건데?」

「지금 당장. 그가 밖에 와 기다리고 있어.」

르네가 유리창으로 다가가 밖을 내다본다. 레인지 로버

한 대가 바로 문 앞에 정차해 있는 게 보인다. 운전석에 누군
가 앉아 있다.

「저 큰 차를 몰고 온 사람이 마르쿠스야?」

「응. 짐을 최대한 많이 싣는 데 유용할 것 같아서. 그래도
한 번에 다 옮기진 못할 테니까 나중에 다시 들를게.」

침착하자. 절대 감정을 드러내선 안 돼. 그래 봤자 상황을 악화
시킬 뿐이야.

「좀 성급한 결정이라고 생각하지 않아? 머리를 맞대고 더
얘기를 해보는 게 어때?」

「내 머릿속에선 이미 모든 게 깔끔해. 더 이상 왈가왈부할
게 없어. 매도 먼저 맞는 놈이 낫다는 말도 있잖아.」

파국을 막으려면 지금 당장 논리적으로 설득할 말을 찾아야 해.

「당신 생각엔 말이야⋯⋯.」

말이 목구멍에 걸려 넘어오지 못한다.

「당신이 그렇게 말을 끝맺지 않는 게 상대방을 얼마나 짜
증스럽게 하는지 모를 거야! 새로 생긴 그 이상한 습관을 더
는 못 참겠어. 어쨌든 〈반전〉은 없을 테니까 기대하지 마. 당
신은 날 이해 못 해. 사랑이라는 감정이 뭔지 모르는 사람이
니까. 이런 말 하기 뭐하지만 당신이 관계를 정리하는 데 도
움이 될 것 같아 한마디 할게. 난 당신이 진정으로 날 사랑한
다는 느낌을 단 한 번도 받아 본 적이 없어. 당신과 달리 마르
쿠스는 어제저녁에도, 밤에도, 그리고 오늘 아침에도 사랑
한다고 말했어. 당신은, 당신은 나한테 그 말을 몇 번이나
했지?」

「음⋯⋯.」

재판에 이어 선고까지 내려진 마당에 내가 변호에 나서는 건 무

의미한 일이지.

「**단 한 번도** 하지 않았어! 〈사랑해〉라는 말이 그렇게 하기가 어려워?」

오팔의 기억이 틀렸을 거야. 난 분명히 한 적이 있는 것 같은데. 아닌가. 에잇, 나도 잘 기억이 나지 않아.

「사랑해…….」

르네가 웅얼거린다.

「이미 너무 늦었어. 그러게 진즉에 하지 그랬어.」

르네는 넋이 나간 얼굴로 그녀가 짐을 싸러 방으로 들어가는 모습을 바라본다.

아무래도 내 접근 방식이 틀린 것 같아.

그는 열린 문 너머로 그녀의 움직임을 좇는다. 오팔이 커다란 여행 가방에 셔츠와 치마를 가득 채워 넣고 있다.

아무 말이라도 해서 일단 잡고 보자.

「이렇게 하루아침에 나를 내동댕이치면 어떡해.」

「깨달음이 왔으니까. 마르쿠스와 내가 영혼의 형제라는.」

「그럼 나는?」

「우린 얼마든지 친구 사이로 남을 수 있어. 〈애프터서비스〉라고 생각할 테니까 내가 필요하면 연락해. 언제든지 도와줄 수 있으니까. 비록 우리 몸은 지금 헤어지지만 영혼의 인연은 앞으로도 계속될 거야.」

오팔이 짐을 가득 채운 가방을 들어다 차 트렁크에 싣더니 조수석에 올라타 문을 세게 닫는다. 차가 매연을 내뿜으며 멀어지기 시작한다.

르네는 순간 예루살렘 성벽 아래서 살뱅 드 비엔의 몸에 깃들어 있던 자신을 떠올린다. 말 등에 올라타 〈신이 그것을 바라신다!)를 외치며 검을 휘두르던 자신을. 지금 눈앞에 그 갑옷과 방패와 검이 있다면, 목을 날려 버릴 적들이 있다면 얼마나 좋을까. 그는 달리 울분을 풀 방법이 없어 소리를 지른다. 존재의 밑바닥에서 올라오는 긴 울음 같은 소리. 지난 전생들에서도 분명히 터져 나왔을 소리. 그간 쌓였던 긴장을 한꺼번에 폭발시키는 짐승의 울부짖음 같은 섬뜩한 소리.

「아아아아아아아!」

그는 제풀에 지쳐 풀썩 주저앉는다.

고립무원의 외톨이에 인생 낙오자가 됐다는 생각이 드는 순간 르네는 아버지가 했던 말을 떠올린다. 〈혼자면 더 빨리 갈 수 있고 함께면 더 멀리 갈 수 있지.〉 오팔이 없으니 이제 멀리 가진 못할 것이다. 대신 더 빨리 가게 될까?

르네는 마음을 다잡고 강연을 하러 학교로 갈 준비를 한다. 일상의 리듬을 다시 찾아야겠다는 생각에 라디오를 켠다. 아나운서의 음성이 흘러나온다.

「오늘 전국 모든 학교에서는 2020년 10월 16일 살해된 역사 교사 사뮈엘 파티를 추모하는 묵념이 있을 예정입니다.」

23

「역사가들은 영웅입니다. 진실을 듣고 싶어 하지 않는 수많은 사람들을 상대로 진실을 옹호하는 고독한 영웅이죠.」

르네 톨레다노는 소르본 대학 강당에 모인 학생들과 함께 사뮈엘 파티를 위해 1분간 공식 묵념을 한 후 강연을 시작한다.

「이 자리에 모인 우리는 묵념을 했지만 다른 곳에서는 낄낄거리고 조롱을 내뱉었을지도 몰라요. 〈죽어 마땅해, 죽을 짓을 했어〉하고 말이에요. 지난 강연에서 우리는 역사가들에게 있어 진실과 거짓이란 무엇인지 살펴봤습니다. 제가 역사가들을 범죄 사건을 수사하는 수사관에 비유했죠. 오늘은 그들이 투사이기도 하다는 점을 강조하려고 해요. 진실을 듣고 싶어 하지 않는 사람들에게 자신이 찾아낸 진실을 전파해야 하는 역사가의 일은 투쟁이나 다름없죠. 제 아버지가 예전에 이런 말씀을 하신 적이 있어요. 〈거짓 속에 사는 데 익숙해지다 보면 진실이 의심스러워 보이게 마련이다.〉」

르네가 뒤로 돌아 까만 대형 칠판 앞으로 다가가더니 분필을 들고 또박또박 쓴다.

〈역사가들의 역사〉.

「인류 최초의 역사가는 아마도 이렇게 말한 사람이 아니었을까요. 〈자, 지금부터 우리 조상들에게 실제로 무슨 일이 벌어졌는지 들려줄게.〉 지금으로부터 1만 5천 년 전 무렵 라스코 동굴에 그려진 벽화가 아마도 이런 최초의 역사적 기록의 흔적일 거예요. 사냥과 부족 간의 전쟁을 그린 그림이 〈이게 우리 조상들이 살았던 모습이야〉라고 말해 주는 거죠. 그게 그 그림의 의미일 거예요.」

순간 전생의 마르쿠스가 동굴 벽에 그림을 그리는 모습이 르네의 머리에 떠오른다.

참, 하다 하다 내 애인을 도둑질해 간 놈한테 역사가 대접을 해 주고 있네.

「시간이 흘러 문자가 발명되죠. 지금으로부터 6천 년 전, 세 곳에서 동시에 문자가 출현합니다. 발굴 순서에 따르면 제일 먼저 지금의 이라크 땅인 수메르에서, 그다음은 이집트, 그 뒤에는 오늘날의 이스라엘인 유대 땅에서 문자가 탄생했어요.

이 세 곳에서 발명된 문자는 당연히 서로 다른 형태를 띱니다. 하지만 수메르의 설형 문자, 이집트의 상형 문자, 고대 히브리 문자는 모두 표의 문자라는 공통점이 있죠.

우리에게 알려진 최초의 역사가는 〈길가메시 서사시〉의 주인공인 수메르인 길가메시입니다. 그는 기원전 2600년에 벌써 우루크 왕국 왕들의 영웅담을 사람들에게 들려주었죠. 그다음은 이집트의 파라오 아케나톤일 거예요. 아케나톤은 기원전 1350년 위정자들의 삶이 아닌 민초들의 삶을 필경사에게 받아 적게 하죠. 기원전 1300년에는 선지자 모세가『구약 성서』의 첫 다섯 권, 이른바 〈모세 5경〉을 기록해요. 〈창세기〉에서는 세상이 창조된 이야기를, 〈출애굽기〉에서는 이스라엘 민족이 이집트를 탈출하는 이야기를 다루죠.

이제 시간을 훌쩍 건너뛰어 기원전 480년으로 가볼까요? 그리스 출신의 역사학자이자 지리학자 헤로도토스가 이때 태어납니다. 그는 자신이 살던 시대에 벌어지는 일들을 기록하는 데 평생을 바칩니다. 각 사건이 벌어진 장소와 시간을 정확히 기록하죠. 그는 외부의 입김에 휘둘리지 않고 자유롭게, 그리고 어떠한 정치적 의도도 없이 역사를 기록해 나갑니다.」

르네가 칠판에 할리카르나소스의 헤로도토스라고 적은 뒤, 생몰년을 쓴다.

「자, 또 한 명의 그리스 출신 역사가 크세노폰의 이름도 여러분이 같이 기억해 줬으면 해요. 그는 아테네와 스파르타가 격돌한 펠로폰네소스 전쟁사를 쓰면서 헤로도토스의 〈객관적〉 기술 방식을 발전시키려고 애썼어요. 마지막으로 언급할 그리스 역사가는 폴리비오스입니다. 역사적 사건들을 연대기 형식으로 기록하는 방법을 택했던 사람이죠.」

르네 톨레다노가 의자들 사이 공간을 왔다 갔다 하며 말을 이어 간다.

「이번엔 모든 면에서 그리스인들을 베끼기만 하는 로마인들 얘길 해볼까요. 수에토니우스는 열두 황제의 전기인 『황제전』을 집필해 위인전의 유행을 불러온 역사가죠.」

그는 청중이 필기할 시간을 갖게 잠시 말을 멈췄다 다시 잇는다.

「이번에는 2천 년의 시간과 2천 킬로미터의 공간을 뛰어넘어 1833년 프랑스로 와봅시다. 이해는 쥘 미슐레가 총 여섯 권으로 구성된 대작 『프랑스사』의 첫 책을 선보여 역사에 대한 프랑스인들의 인식을 새롭게 한 중요한 해입니다. 미슐레의 책은 이때부터 프랑스 역사 교과서 집필의 바탕이 되죠. 하지만 위정자들은 1871년 세당 전투에서 프로이센에 패배하고 몇 년이 지나서야 젊은 세대에 대한 역사 교육의 중요성을 깨달았어요. 그렇게 1877년에 전공자가 대학 역사 강의를 맡도록 하는 법률 개혁안이 통과됐죠. 이전에는 역사 교육이 부차적으로 여겨져 다른 과목에 통합돼 있었어요. 종교나 철학을 전공한 교수들이 역사 강의를 함께 맡아 했었죠. 1877년 개혁안 덕분에 소르본 대학을 비롯한 프랑스 각 대학에서 역사 교사들을 양성해 다음 세대를, 그 세대는 또 그다음 세대를 가르칠 수 있게 됐습니다.」

르네 톨레다노가 강연을 슬슬 마무리한다.

「역사를 가르치는 건 결코 쉬운 일이 아닙니다. 무슨 얘기를 해도 다른 관점을 가진 사람들이 거슬려 하거나 공격으로 받아들이기 때문이죠. 따라서 역사 교사는 남들에게 이해받지 못할 수도 있다는 마음의 준비를 늘 하고 있어야 합니다. 오스카 와일드의 말을 빌려 여러분에게 조언을 하나 드리면서 강연을 마치도록 하겠습니다. 〈사람들에게 진실을 말해 주고 싶으면 무조건 그들을 웃게 만들어야 한다. 그러지 않으면 그들이 당신을 죽이려고 달려들 것이다.〉」

173

24

강의가 끝난 정오. 르네는 알렉상드르와 함께 소르본 대학 앞뜰을 거닐고 있다.

입구에서 학생들이 전단지를 나눠 주고 있다. 이번에는 극우가 아니라 극좌 성향 단체에 소속된 학생들로 보인다.

한 학생이 그들에게 다가와 전단지를 내민다. 전단지에는 〈시온주의에 반대한다, 팔레스타인이 승리할 것이다〉, 〈핍박받는 민중과 연대하자〉, 〈점령지들을 해방시키자〉라는 문구가 적혀 있다.

이번 전단지에도 주먹 쥔 손이 그려져 있다. 검정색이 아닌 빨간색 손이라는 게 지난번 전단지와 다를 뿐이다.

알렉상드르가 난처해하며 말한다.

「딸 친구들이야. 극단주의자들은 우파와 좌파가 쓰는 용어는 달라도 닮은꼴이지.」

「극과 극은 맞닿게 마련이니까요…….」

르네가 한마디 한다.

「제2차 세계 대전 중 1939년에 독소 불가침 조약이 체결될 때 실제로 일부 극좌 인사가 독일 편에 섰던 극우 세력과 손을 잡은 경우가 있었지. 자크 도리오 말이야. 프랑스 공산당 간부였던 그는 나치와 협력하자고 공공연히 주장하는 운동 세력을 조직했어. 스탈린도 비슷해서, 히틀러에 대한 존

174

경심을 감추지 않았지.」

알렉상드르가 전단지를 구겨 돌돌 뭉치더니 농구 선수 흉내를 내며 휴지통에 던져 넣는다.

학생들이 뜰에서 담배를 피우거나 커피를 마시거나 노트북으로 과제를 하고 있다.

「표정이 안 좋아 보이는데, 자네 기분을 잡치게 하는 건 파시스트들인가 아니면 공산주의자들인가?」

알렉상드르가 나지막한 음성으로 묻는다.

「그런 거 아니에요. 솔직히 그들에게 별 관심 없어요.」

「그럼 뭐야?」

르네가 고개를 가로젓자 알렉상드르가 담배를 한 대 건넨다. 르네가 담배를 받아 든다.

「오팔한테서 오늘 아침에 결별 통보를 받았어요. 새로 취직한 직장의 상사가 그녀의 새 애인이에요. 설상가상으로 엊그제 집행관까지 찾아왔어요. 지금 제가 살고 있는 유람선을 공매에 부친다고 하더군요.」

「첩첩산중이군.」

「인생이 해결해야 할 과제의 연속인 줄은 알지만 요즘 들어 문제가 한꺼번에 터지네요.」

알렉상드르가 담배 파이프를 꺼내 불을 붙이고 나서 방풍 라이터를 르네에게 건넨다. 두 남자는 담배를 뻐끔거리며 말없이 서 있다.

「멜리사한테 어제저녁에 자네와 한 퇴행 최면 얘기를 해줬어. 1099년 예루살렘 함락 시에 십자군으로 참전했던 내 전생을 만났다고.」

「여전히 회의적이던가요?」

「중세 시대에 매료된 나머지 내가 기사와 공주와 드래건이 등장하는 동화 같은 이야기를 믿게 됐다고 하더군.」

「어제의 흥분이 사그라들었겠군요?」

알렉상드르가 아쉬운 표정으로 고개를 끄덕인다.

「섭섭한가?」

「아뇨.」

르네가 대답한다.

「그 말씀을 들으니 플라톤의 동굴 우화가 생각나요. 동굴 안에 갇혀 있다 바깥세상을 보고 온 사람들이 자신들의 눈으로 본 것을 말하자 동굴에 남아 있던 사람들은 그들을 비웃고 거짓말쟁이 취급을 하죠. 그러자 밖에 나갔다 온 사람들은 자신들이 세상의 빛을 봤다는 사실조차 의심하게 돼요. 우리는 스스로 한 경험을 믿기보다 주변 사람들 다수가 가진 견해를 더 믿기 마련이에요. 그런 게 인간이죠.」

알렉상드르가 담배 연기를 푸우 내뿜는다.

「어쨌든 자네가 보여 준 그 전생의 문들이 있는 복도는 대단한 것이기는 해.」

「직접 경험하지 않았다면 저도 믿지 않았을 거예요.」

르네가 인정한다.

「그런데 그게 진실이라는 걸 자네는 어떻게 알지?」

「지난번에도 말했듯이, 저도 확신할 수는 없어요. 하지만 지구 위에 사는 사람들 중 4분의 3이 한 번도 보지 못한 신의 존재를 믿는다는 걸 한번 생각해 보세요……. 그에 비하면 퇴행 최면은 우리에게 너무도 세밀하고 생생한 감각의 기억을 남기죠.」

알렉상드르가 르네의 어깨를 툭 친다.

「멋진 대답이군. 솔직히 우리 애가 날 좀 짜증스럽게 하긴 해. 내가 너무 들떠 보이니까 제 깐에는 흥분을 좀 가라앉혀 주려고 했던 모양이긴 하지만. 나한테 그런 권력을 휘두를 수 있는 사람은 걔가 유일하거든. 포커와 비디오 게임, 데이팅 앱도 멜리사가 못 하게 했어! 〈아빠, 그런 어린애 같은 짓 할 나이는 이제 지났어요〉라는 말이 걔 입에서 나오면 난 꼼짝 못 해…….」

르네가 빙그레 웃는다.

「아빠에 대한 통제력을 잃기 싫은 거예요. 딸들한테도 오이디푸스 콤플렉스 같은 게 있어요. 아들이 엄마를 사랑하는 것처럼 딸은 아빠를 사랑하는 거죠.」

「아버지를 사랑하는 딸 얘기는 오이디푸스 신화가 아니라 오비디우스의 『변신 이야기』에 나오는 미르라 신화지.」

알렉상드르가 르네의 말을 바로잡는다.

두 사람은 뜰을 가득 채운 학생들이 얘기를 나누거나 스마트폰에 코를 박고 화면을 두드리는 모습을 물끄러미 바라본다.

「하지만 말이야.」

알렉상드르가 말문을 연다.

「멜리사가 나한테 절대적인 의심을 심어 놓지는 못했어. 왠지 아나? 세 가지 때문이야. 첫째는 생생한 오감의 경험, 둘째는 직접 체험하지 않으면 알 수 없는 무수한 디테일, 셋째는 냄새. 말이 나왔으니 말이지, 중세 시대는 웬 악취가 그렇게 심한가! 코를 막아도 소용이 없더군! 사람들이 자주 못 씻어서 그렇겠지만, 병사들한테서는 아주 썩은 내가 나더군! 게다가 어딜 가나 분변 냄새가 진동하니 살 수가 있나!」

말끝에 두 사람이 와르르 웃음을 터뜨린다.

「진동하던 피 냄새와 시체 썩는 냄새는 또 어떻고.」

알렉상드르가 돌연 미간을 모으며 굳은 표정이 된다.

내 이마에 입맞춤을 해주던 여인의 몸에서 나던 그 오렌지꽃 향기의 아찔함을 난 결코 잊지 못할 거야.

알렉상드르가 르네를 향해 느닷없이 윙크를 날린다.

「그것이 진실인지 허위인지 누가 확신할 수 있겠나. 중요한 건 그게 나한테 행복한 경험인가 아닌가가 아닐까? 내 대답은 그렇다야. 게다가 그 경험은 나한테 유용하기까지 했어. 과거에 대한 내 인식이 그 경험을 통해 한층 깊어졌으니까 말일세.」

갑자기 학생들 사이에 고성이 오가 두 사람은 깜짝 놀란다. 슬쩍 귀동냥을 해보니 반정부 시위에 관한 입장 차이가 격론을 부른 모양이다.

25 므네모스: 아케나톤의 몰락

기원전 1337년 5월 14일, 개기 일식이 일어났다. 아몬의 사제들은 이 사건을 태양 숭배, 다시 말해 아톤신 숭배의 종말을 예고하는 징표로 받아들인다. 사제들은 자신들의 뜻에 동조하는 무장(武將)들과 공모해 파라오 아케나톤을 독살하기에 이른다. 다시 권력을 잡고 예전의 특권을 되찾은 아몬의 사제들은 왕비 네페르티티에게 남편과 태양신 숭배를 부정할 것을 강요한다.

그들은 태양 숭배를 폐기하고 짐승의 머리가 달린 거대한 신들을 모시는 다신교 전통을 부활시킨다.

사제들은 당시 아홉 살에 불과했던 아케나톤의 후계자인 (이름이 〈아톤의 살아 있는 형상〉을 뜻하는) 투탕카톤을 왕위에 앉혔다. 그들은 어린 왕에게 공개적으로 죽은 선친에 대해 부정할 것을 강요했으며, 투탕카톤이라는 이름 대신 투탕카몬이라는 새 이름을 지어 주었다.

새 왕은 선친이 정한 새 도읍 아케타톤을 떠나 이전 도읍인 테베로 돌아와야 했다.

사제들은 호렘헤브를 총리대신 자리에 앉혀 어린 파라오 투탕카몬 대신 나라를 다스리게 했다. 호렘헤브는 아케나톤의 업적을 철저히 부정했다. 기원전 1327년, 투탕카몬이 열여덟의 나이에 (역시 선왕처럼 독살되었을 것으로 추정된

다) 세상을 떠나자 호렘헤브가 왕위에 올라 파라오 아케나톤의 흔적 지우기에 나선다.

호렘헤브는 〈담나티오 메모리아이damnatio memoriae〉, 즉 기록 말살형을 선포한다(수 세기가 흐른 뒤 로마 원로원에서 이것을 극형의 한 방식으로 채택하게 된다). 다시 말해 아케나톤과 그의 통치에 관련된 모든 기록과 흔적을 없애고 그가 존재했다는 사실조차 지우려고 했다. 이 선포로 인해 그의 이름을 언급하기만 해도 대역죄로 사형에 처해졌다.

하지만 이로부터 3천 년이 흐른 뒤, 고고학자들은 (나중에 아마르나로 불리게 되는) 아케타톤에서 〈이단〉 파라오의 재위 기간에 만들어진 무수한 문서와 각종 판화, 조각, 회화 작품을 발굴했다. 아케나톤과 친분이 있는 이들이 숨겨 놓았던 예술품과 고문서였다.

아톤을 유일신으로 섬겼던 사제들과 파라오 아케나톤의 보호를 받던 히브리인들 또한 담나티오 메모리아이의 광풍에 희생되어 노예로 전락하고 말았다.

이로써 이집트의 태양신 숭배는 막을 내리게 된다.

26

개와 늑대의 시간. 태양의 빛이 점차 사그라든다. 흰색이 던 원이 노랑, 주황, 분홍, 빨강의 스펙트럼을 펼쳐 보인다.

「어제랑 똑같이 할 건가?」

알렉상드르가 아직 잔광이 머물러 있는 창밖에 시선을 둔 채 묻는다.

르네는 관사의 거실을 가득 채운 중세 시대의 물건들에서 눈을 떼지 못한다.

네……. 사실은 저도 제 전생에 관해 궁금한 게 많아요. 살뱅 드 비엔에 대해 알아봐야 할 게 한두 가지가 아니에요. 르네 63이 했던 말의 의미가 뭔지, 12세기를 살았던 인물이 어떻게 21세기에 일어날 제3차 세계 대전으로부터 인류를 구할 수 있다는 건지 알아내야 해요.

「이번엔 내가 좀 다른 제안을 해보고 싶네.」

알렉상드르가 운을 뗀다.

「시간을 건너뛰어 더 과거로 가보면 어떻겠나. 우리 각자 전생의 어린 시절을, 그들이 1099년 7월 15일 아침 예루살렘 성문 앞에 이르기까지의 인생 역정을 살펴보면 어떨까.」

「좋은 아이디어예요.」

알렉상드르가 방해받지 않게 방문을 잠그고 스마트폰의 전원을 끈다. 두 사람이 나란히 놓인 큰 의자 두 개에 각각 자.

리를 잡고 앉아 신발을 벗는다. 안경을 벗고 혁대를 느슨하게 한 다음 몸의 긴장을 푼다.

「처음에만 제가 해양 잠수 교사처럼 안내를 조금 해드릴 테니까 그다음부터는 스스로 전생인 가스파르 위멜의 어린 시절을 탐험해 보세요. 일단 그 전생으로 간 다음 시간을 건너뛰어 결정적인 순간들로 가시면 돼요. 동영상 역재생이라고 생각하시면 간단해요. 그동안 저는 제 전생인 살뱅 드 비엔의 어린 시절과 청년 시절에 다녀올게요. 방문을 끝내고 돌아와 서로 경험을 나누기로 해요.」

「식은 죽 먹기보다 쉬운 것처럼 말하는군.」

알렉상드르가 농담을 던진다.

르네가 손목시계를 내려다본다. 저녁 8시 31분.

「준비되셨어요? 자, 이제 다섯부터 카운트다운을 시작할게요.」

르네는 한시바삐 현재와 자신의 문제들에서 벗어나고 싶은 조급증을 느낀다. 오팔의 이별 통보, 당장 필요한 5만 유로, 그리고 유람선을 찾아왔던 집행관까지.

그는 눈을 감는다.

두 남자는 오로지 정신의 제어를 통해 중세 시대로 다시 시간 여행을 떠난다.

27

르네가 다시 눈을 떠보니 시곗바늘이 밤 9시 45분을 가리키고 있다.

먼저 최면에서 깬 알렉상드르가 파이프 담배를 뻐끔거린다. 강한 캐러멜 향이 나는 연기가 방 안으로 퍼진다. 조용한 실내에 그의 차분한 숨소리만 들린다. 알렉상드르가 희색이 가득한 얼굴로 상념에 잠겨 있다. 막 일생일대의 경험을 마친 사람의 모습이다.

「성공하셨어요?」

르네가 의자에서 몸을 일으키며 조심스럽게 묻는다.

알렉상드르는 얼이 나간 표정으로 천장을 올려다볼 뿐 대답이 없다.

「괜찮으세요?」

르네가 재차 묻는다.

「첫 잠수 때의 불안감이 사라져서 그런지 훨씬 좋았네. 아주 과감하게 했어. 마치 내가 영화감독이라도 된 듯 관점을 수시로 바꿔 가며 어떤 때는 주인공의 눈으로, 어떤 때는 외부 관찰자의 시선으로 상황을 바라봤네. 시점 숏, 롱 숏, 클로즈업, 저속 촬영, 고속 촬영 등등 내가 아는 영화 기술을 다 활용하면서 말이야. 이제 내 전생 탐험이 어느 정도 경지에 이른 것 같네.」

방 안이 캄캄해 앞이 보이지 않지만 알렉상드르는 불을 켜지 않는다. 그가 몸을 일으키더니 대형 촛대를 하나 들고 와 테이블에 올려놓는다. 스무 개가량의 초에 하나하나 불을 붙인다. 그러고 나서는 장식장에서 코냑 한 병과 잔 두 개를 꺼내 온다.

그가 코냑을 따라 르네에게 건넨다.

「자네 제안대로 가스파르 위멜의 어린 시절로 돌아갔어. 가장 먼저 본 건 그의 작고 낡은 집이었지. 어머니와 단둘이 사는 그의 누추한 집은 잡동사니로 가득했어. 지저분한 옷들이 바닥에 아무렇게나 내팽개쳐져 있고 여기저기 술 항아리가 보였어. 어느 날 한 사내가 집으로 찾아오니까 그가…… 안 되겠어, 이젠 도저히 가스파르를 〈그〉라고 지칭하지 못하겠어, 그냥 〈나〉라고 할게. 내가 얼른 몸을 숨겼어. 그러고는 그 낯선 방문자와 엄마가 몸을 섞는 모습을 숨어서 지켜봤어. 사내가 엄마에게 몇 푼 던져 주고 돌아가는 걸 보고 그 길로 집을 나왔어. 걷고 또 걷다 보니 큰 도시가 나오더군. 스트라스부르였어. 밤에는 다리 밑에서 잠을 자고 낮에는 소매치기를 했어. 손바닥에 칼날을 숨기고 있다가 돈주머니를 찬 사람이 지나가면 슬쩍 다가가 바닥을 찢는 수법을 썼지. 뜀박질을 잘해 단 한 번도 붙잡히지 않았어. 그러다 간이 커져 강도짓을 시작했지. 담쟁이덩굴이나 물받이를 타고 올라가 창문을 통해 집 안으로 들어간 다음 돈과 물건을 훔쳤어.

어느 날 한 산적 무리를 만났어. 난 금방 그들과 한패가 됐지. 우리는 나무를 베어 길을 막아 놓고 숲속에 숨어 여행자들이 탄 말이나 수레가 지나가길 기다렸다가 기습해 돈과 귀중품을 빼앗았어. 심지어는 그들을 인질로 잡아 가족에게 몸값을 요구하기까지 했어. 그건 한마디로 꿩 먹고 알 먹는 일이었지. 그러다 한 번 거래가 틀어진 적이 있었어. 도시 민병대가 일부러 파놓은 함정인 줄 몰랐던 거야. 가까스로 도망쳐 목숨을 건졌지. 그렇게 십년감수하고 나서는 좀 더 오래되고 체계가 잡힌 산적단에 들어갔어. 그들은 인질을 잡아 몸값을 요구하는 대신 〈사냥한 고기〉라면서 인육을 시장에 내다 팔았지. 그때 산적 두목한테서 온갖 무기 쓰는 방법을 배웠어. 비도(飛刀), 활, 쇠뇌, 창, 도끼 창, 철퇴, 곤봉, 도끼 등등. 나는 특히 검투에 소질을 보였어. 가출할 당시에 비하면 키가 엄청 자랐고 근육도 탄탄해져 있었지. 몸이 날렵했던 나는 파스 아방passe avant과 파스 아리에르passe arrière를 절묘하게 결합하는 기술로 상대를 압도했지. 동료들이 나를 우러러봤어.

기사들이 간혹 병사들과 부하들을 데리고 잠복하는 일이 있었기 때문에 우리는 한곳에 오래 머무르지 못하고 늘 옮겨 다녔어. 주로 산속에서 지내면서 가끔가다 한 번씩 산 아래 마을에 내려가 조용히 돈을 쓰고 올라오곤 했지. 그런데 말이야, 그때 내 가장 큰 고민이 뭐였는지 아나? 내가 까막눈이라는 사실이었어. 두목에게 글을 가르쳐 달라고 했더니 자기도 모른다고 하더군. 배운 놈들이 얼마나 부러웠으면 가끔이유 없이 죽이기까지 했겠나. 한번은 어떤 놈을 죽여 뇌를 먹어 보기도 했어. 혹시 그걸 먹으면 똑똑해질 수 있을까 해서. 내 한계를 느껴 항상 괴로웠지. 어떤 감정이 일어날 때 그걸 표현할 단어가 없다고 생각하면 미칠 것 같았어. 나도 모르게 술이 늘고 성격이 거칠어졌어. 툭하면 싸움질을 벌이고 감정을 표현할 단어가 찾아지지 않으면 욱해서 사람을 죽이기까지 했어.

내 검술은 날이 갈수록 늘었지만 난 이 재능을 배운 놈들을 향한 적개심을 표현하는 데 썼네. 죄 없는 수도사들까지 내 화풀이 대상이 됐지. 그러다 결국 도시 민병대에게 붙잡혀 감옥에 들어갔어. 그때 갇혀 있던 수감실에는 창살이 박힌 작은 창이 하나 있었는데, 그 너머로 처형장이 보였지. 감옥 안에서도 태형이나 거열형을 당하던 죄수들의 비명 소리가 들렸어. 신기한 건 죄수들이 죽음의 문턱에서 신음과 비명을 내지를 때마다 군중이 박수와 환호성으로 답했다는 거야. 거칠고 가혹한 시대였지. 기독교의 사랑이나 연민은 말뿐이었어.

마침내 신부님이 옥으로 찾아와 내 차례가 왔다고 알렸어. 나는 순순히 내 운명을 받아들였네. 도둑질, 강탈, 살인, 심지어 식인까지 잔인한 짓을 두루 저지른 놈이 어떻게 용서를 바랄 수 있겠나? 인생의 첫 단추부터 잘못 끼워 결국 나쁜 길로 들어서게 됐고, 거기가 내 종착지라고 생각했어. 죗값을 치르는 건 너무도 당연했지. 처형장에 오르는 순간 내 머리에는 한 가지 생각뿐이었어. 읽고 쓸 줄 모르는 채 죽는 게 억울했지. 사형 집행관들과 조수들이 막 처형이 끝난 죄수를 형틀에서 끌어 내리는 게 보였어. 오 하느님, 사람을 어떻게 그 지경으로 만들어 놓을 수 있을까! 내가 본 건 커다란 고깃덩어리였어. 다음 차례가 나라는 걸 알고 군중이 증오에 찬 야유를 보내기 시작했지. 앞줄에 있던 사람들은 나한테 침을 뱉기도 했어.

나는 세상 사람들에 대한 분노와 증오를 간직한 채 체념하는 마음으로 형틀을 향해 걸어갔어. 사제 둘이 형장에 도착해 회개하고 병자 성사를 받겠냐고 묻더군. 살아오면서 내가 저지른 모든 악행을 후회한다고, 다시 살 수 있다면 그리스도의 메시지를 충실히 이행하겠다고, 주 그리스도의 메시지를 이제야 깨달았다고 나는 한 사제에게 말했어. 내 곡진하고 절박한 참회에 마음이 혼란스러웠던지 그 사제가 함께 온 사제의 귀에 대고 뭔가를 속삭이더군. 잠시 후 두 번째 사제가 내게 물었어. 〈너의 회개는 참된 것이냐?〉 나는 대답했어. 〈저한테는 그동안 저지른 악행을 바로잡고 싶은 바람만이 있을 뿐입니다.〉 그 사제가 말했지. 〈다른 죄수들한테 들으니 네 검술이 보통이 아니라고 하더구나. 네가 속한 산적단 중에 가장 뛰어났던 모양인데, 그게 사실이냐?〉 〈저는 결투 상대에 두려움이라곤 느껴 본 적이 없습니다. 하지만 저는 그 재능을 더러운 일에 허비하는 죄를 저질렀습니다.〉 내가 뉘우치며 말했지.

두 신부가 한참 동안 속삭이며 상의를 하더군. 형장에 모인 군중이 속히 형이 집행되길 기다리며 웅성거리기 시작했어. 영문을 모른 채 기다려야만 했던 나는 그 시간이 억겁처럼 느껴졌어. 드디어 두 번째 신부가 내게 말했어. 〈지금 튀르크족이 기독교 성지 순례자들의 예루살렘 진입을 가로막고 있네. 그래서 교황께서는 이교도들과의 전쟁에 참여할 모든 이들에게 면벌부를 주려고 하시네. 놈들을 성도(聖都)에서 몰아내려면 군대를 일으켜야 하고, 그러려면 싸울 줄 아는 병사가 무수히 필요해. 너도 그 일원이 되겠느냐?〉 나는 신심을 담아 대답했어. 〈제 영혼을 구원할 수 있는 일이라면 기꺼이 하겠습니다.〉 불행의 사슬이 툭 끊어지는 순간이었지. 신부들이 호위병들을 시켜 나를 형틀에서 풀어 줬어. 형리들이 나 대신 함께 잡혀 온 내 산적 동료를 수레바퀴에 묶어 돌리기 시작했어. 쇠로 된 바큇살이 돌자 그의 사지가 찢겨 나갔지.

그다음 날, 나는 한 수도원으로 보내졌어. 처음에는 문지기를 맡았지. 〈노상강도〉 출신이다 보니 도적들의 수법을 꿰뚫고 있었던 나는 수도원의 경비를 강화하는 데 온 힘을 쏟았지. 도적 떼의 침입에 대비해 수도사들을 훈련시키는 일도 했어. 금방 십자군 원정길에 오를 줄 알았는데 예상보다 기다림이 길어졌지.

수도사들에게 부탁해 읽고 쓰는 법을 배웠어. 그야말로 모범생이었지. 갈증을 느끼던 내 영혼이 드디어 샘물을 만났으니까. 수도원장이 수도사가 되는 게 어떻겠느냐고 하더군. 더없이 기쁠 것이라고 대답했지. 길 잃은 양을 구하는 마음으로 한 그 제안이 내가 받은 일생 최고의 선물이었네. 나는 은인의 손에 오랫동안 입을 맞추고 나서 올바르게 살겠다는 다짐을 밝혔네. 그때부터 미친 듯이 책을 읽기 시작했지. 진주 목걸이를 만들 진주알을 모으는 심정으로 새로운 단어를 수집했어. 단어 하나하나가 내겐 귀한 진주알이었네. 문법을 깨우치고 나니 낱알 같았던 단어들이 모여 의미를 만들어내더군. 시를 읽을 때는 수시로 황홀경에 빠졌지. 시를 암송하다 행복에 젖어 잠이 들던 시절이었네.

세상에 나 같은 행운아가 또 있을까! 수레바퀴에 묶인 채 사지가 찢겨 죽을 뻔했던 놈이 세상에서 가장 고귀한 물건인 책을 손에 잡을 수 있다니. 나는 음식 냄새를 맡듯 킁킁거리며 책 냄새를 맡았어. 아, 그 양피지와 가죽 장정 특유의 냄새! 아침 일찍 일어나 기도를 드린 다음 책을 읽었어. 오후에는 십자군 원정에 대비해 수도사들에게 검술을 가르쳤지. 밤에는 직접 시를 써보기도 했어. 예전과 또 하나 크게 달라진 건 욕정을 해소하는 방법이었어. 예전에는 여행하는 여자들을 강간하는 방법밖에 몰랐다면, 수도원에 온 뒤로는 다른 수도사들을 통해 섬세하고 색다른 방법을 발견했지.

그런 배움의 시간이 10년간 계속됐어. 수도원에서 보낸 1087년부터 1096년까지, 그러니까 내 나이 열여덟부터 스물여덟까지는 내 인생에 가장 행복한 시기였어. 그러다 드디어 십자군 원정길에 올랐지. 우리는 1096년 8월 위그 드 베르망두아의 지휘 아래 길을 떠났어. 이탈리아 북부를 거쳐 1년 만에 콘스탄티노플에 당도했어. 1097년 니케아 함락에 성공했지. 튀르크족이 한 달 만에 항복하는 바람에 전투는 내 기대와 달리 좀 싱겁게 끝났네. 다시 원정길에 오른 우리 십자군은 룸 셀주크와 도릴라이움 전투에서 맞붙었어. 그 전투에서 내가 고드프루아 드 부용의 눈에 들었네. 화살이 날아오는 걸 보고 그를 옆으로 밀어내 목숨을 살려 줬거든. 그가 내 공로를 인정해 기사로 서임해 줬지. 감격의 순간이었네. 나한테 말과 갑옷과 날이 잘 드는 검이 한 자루 생겼지. 십자군은 동맹인 킬리키아 군대와 합류한 뒤 1097년 11월 안티오키아 공성전에 돌입해 이듬해 6월에 도시를 함락시키지. 이런 거야 자네도 다 아는 내용일 테고. 어쨌든 2년간의 원정 기간 동안 나는 수많은 튀르크족을 죽였네. 밤에는 시를 쓰면서 심란한 마음을 달랬지. 그렇게 마침내 예루살렘에 당도했고, 전투가 벌어졌던 그날 자네를 만나 함께 성문을 넘었던 거야.」

현재로 돌아온 알렉상드르는 학장 관사의 거실 의자에 앉아 과거로의 잠수에서 길어 올린 감각들과 감정들이 일으키는 감미로운 전율에 몸을 소스라뜨린다.

그는 자신의 얼굴 윤곽이 그대로인지 확인하려는 사람처럼 손으로 얼굴을 쓸어내린다.

그러고 나서는 파이프에 다시 담배를 재고 불을 붙인다. 그가 촛대를 향해 푹 담배 연기를 내뿜자 불꽃들이 춤을 추며 방 안 사물들에 일렁이는 그림자를 드리운다.

르네 톨레다노는 최면에서 복귀하는 랑주뱅의 방식을 존중해 주기로 한다. 그는 아무 말 없이 상대의 정신이 현재로 온전히 돌아오길 기다린다. 알렉상드르가 한참 만에 말문을 연다.

「그래, 르네 자네는 어땠나? 자네 전생의 어린 시절로 가 보니 어떻던가? 몹시 궁금하군…….」

르네가 코냑을 한 모금 천천히 넘겨 입 안을 적신다.

「살뱅의 어린 시절로 돌아간 저는 넓은 식당에 놓인 큰 식탁에 형 넷, 누이 셋과 함께 둘러앉아 있었어요. 곳곳에 놓인 커다란 촛대들이 실내를 밝히고 있었죠. 식탁 상석에는 근엄한 모습의 아버지가 앉아 있었어요. 아버지 뒤쪽으로 멧돼지 그림이 그려진 우리 가문의 문장이 보이더군요. 그 반대편에는 어머니가 웅장한 벽난로를 등지고 앉아 있었어요. 당신의 가스파르가 홀어머니 밑에서 가족의 따스함을 못 느끼고 자란 게 상처로 남았다면, 전 그 반대였어요. 지나친 사랑이 독이 됐죠.

아버지 비엔 백작은 지역 유지였어요. 거구에 눈빛이 매서운 분이셨죠. 아버지는 매사를 탐탁지 않은 눈으로 바라봤어요. 비엔 가문은 라 비엔이라는 강의 이름에서 왔다고 해요. 쥐라산맥에서 발원해 흐르는 큰 강이죠. 우리 가문이 대대로 살고 있던 성은 프랑슈콩테 지방의 생클로드시에서 멀지 않은 곳에 위치해 있었어요. 가족들은 나를 숨 막히게 했어요. 아버지는 내가 유약해서 큰일이라며 수시로 야단치고 훈계하셨죠. 형들과 누이들 역시 막내인 나를 틈만 나면 놀려 댔어요. 아버지는 자식들에게 어릴 때부터 망아지와 노새, 말을 타고 사냥을 하게 한 것은 물론 검술도 가르쳤어요. 하지만 난 몸을 움직여 하는 일에는 관심도 재주도 없었죠. 내가 흥미를 느낀 건 단 하나, 책뿐이었어요. 그중에서도 특히 성경. 요새 세대가 SF 소설을 읽듯 나는 성경을 읽었어요. 나한테는 일종의 환상 문학이었죠. 천국에서 쫓겨난 아담과 이브, 서로를 증오하다 결국 살인에 이르게 되는 카인과 아벨, 노아와 대홍수, 신에게 닿기 위해 세운 바벨탑, 소돔과 고모라, 소금 기둥으로 변한 롯의 아내 이야기…… 성경 속 이야기들은 나를 공상의 세계로 이끌었죠. 그 이야기들의 배경이라는 이스라엘에 꼭 한번 가보고 싶어졌어요. 그 수많은 신화들의 출발점인 마법의 장소에.

철이 들면서 앞으로 집안에서의 내 상황이 쉽지 않겠다는 걸 알게 됐어요. 장자 상속 원칙에 따라 큰형이 성과 토지를 다 물려받을 테니 다른 형제들은 각자 살길을 찾아야 했죠. 아까도 말했지만 난 매사에 서툴고 요령이라곤 없었어요. 어머니가 허약한 막내아들을 감싸고돌기만 하자 아버지가 선언했죠. 〈이놈은 애초에 실패한 놈이니 신부로 만듭시다.〉

그렇게 해서 열다섯 살에 보주 지방 남쪽에 위치한 뤽쇠유 수도원에 들어가게 됐죠. 다행히 그곳에는 어마어마한 장서를 갖춘 도서관이 있었어요. 잘 아시다시피 그 시대에 수사

본은 무척 귀하고 비쌌어요. 그런데 그 도서관에는 수백 년도 더 된 필사본들이 책장마다 꽂혀 있었죠. 난 성경을 원서로 읽고 싶어 히브리어를 배우기 시작했어요.

책에 대한 내 열정을 눈여겨본 높은 신부님들이 필경 수도사가 되어 보지 않겠냐고 하셨죠. 나는 스크립토리움에서 일하기 시작했어요. 스무 명 남짓한 수도사들과 함께 온종일 서적대 앞에 앉아 필사에 몰두했죠.

사본 장식을 할 때는 수시로 물감이 번졌어요. 글씨를 잘 쓰려면 거위 깃털의 오목한 부분에 잉크를 많지도 적지도 않게 적당량 묻혀야 했는데, 그걸 잘못 해 잉크를 뚝뚝 흘렸죠. 그러면 아르마리우스[8]가 호통을 치고 나서 그 부분을 수정해 줬어요. 그는 온종일 스크립토리움이 떠나가라 꽥꽥 소리를 질러 댔죠.

아르마리우스는 비품 관리에 철저했어요. 잉크와 양피지, 장정용 표지는 귀했기 때문에 각별히 유의해서 사용해야 했죠. 장식 대문자를 쓰면서 실수를 하거나 알아보기 어렵게 글씨를 쓰면 호되게 야단을 맞았어요. 능력을 인정받은 필경사들에게는 귀하디귀한 재료인 청금석 가루나 순금이 주어졌죠.

수전증이 있는 필경 수도사의 외로움을 누가 알까요? 그런 사람들은 질책만 받다가 끝내는 필경 업무에서 배제돼 재활용해야 하는 낡은 양피지의 글자를 긁어내는 일을 했죠. 솔직히 나는 책의 장식미에는 전혀 관심이 없었어요. 내가 흥미를 느낀 건 오직 책의 내용, 그 안에 담긴 이야기였죠. 하루 일과가 끝나면 밤마다 몇 시간씩 책을 읽었어요. 수도원

8 armarius. 수도원 도서관에서 관장 역할을 하던 직위.

에는 성서 외에도 수많은 그리스와 로마 시대 작가들 책이 있었어요. 내가 제일 좋아한 사람은 서기 2세기 그리스 작가인 루키아노스였어요. 우연히 도서관 서가에서 그의 소설 『진실한 이야기』를 발견하고 읽기 시작했는데, 손에서 놓지 못했어요. 이 소설에는 달에 도착해 거대한 거미처럼 생긴 외계 생명체들과 싸우는 이야기가 나오죠.」

「로마 시대에 벌써 SF 작가가 있었던 모양이군?」

알렉상드르가 놀라움을 감추지 못한다.

「루키아노스는 제게 많은 영감을 주었어요. 그를 모방해 우주에서 벌어지는 황당무계하고 기상천외한 전투 이야기를 지어내기도 했죠. 독서를 통한 나 혼자만의 정신적 탈출에 비하면 집단적인 종교 의식들은 따분하기 짝이 없었어요. 나한테 일말의 의미도 없는 기도문을 매일 반복해서 암송해야 하는 이유를 이해할 수가 없었어요. 진저리를 느껴 결국 수도원에서 도망쳤어요. 다행히 수도원은 감옥이 아니라서 나를 붙잡으러 뒤쫓아 오는 사람은 없었어요. 수도사들은 성스러운 장소에 사는 걸 다들 특권으로 여겼죠. 안전하죠, 먹여 주고 재워 주죠, 게다가 어마어마한 장서까지 갖추고 있는 수도원을 떠난 내가 다른 수도사들의 눈에는 배은망덕하게 보였을 거예요. 설령 내가 마음을 바꿔 돌아갔다 해도 다시 받아 주지 않았을 거예요. 나는 수도복을 걸친 채로 마을을 떠돌며 구걸을 했죠. 수도복 차림이 많은 도움이 됐어요. 다리 없는 걸인들과 팔이 없는 걸인들 눈에는 내가 부당하게 자신들의 밥그릇을 뺏는 놈으로 보였는지 가끔 나를 공격하기도 했어요. 구걸의 세계에도 경쟁 관계가 존재하고 걸인 각자 각자에게는 엄격히 구획된 활동 영역이 있다는 걸 그때 알았죠.」

「걸인들끼리의 전쟁이라, 하 그거참……..」

알렉상드르가 얕은 한숨을 내쉰다.

「아무튼 나는 먼 곳으로 여행을 떠나기로 결심했어요. 수도원 도서관에서 읽은 대서사시들의 감동과 흥분을 떠올리며 항상 꿈꿔 왔던 장소인 성지로 향하기로 했죠. 성경 속 무수한 기적들의 배경이 되는 그곳에 꼭 가보고 싶었어요. 그렇게 무작정 동쪽을 향해 걷고 있는데 어느 날 대규모 군대가 옆을 지나가더군요. 다가가 물으니 예루살렘을 해방시키러 가는 길이라고 했어요. 원정길에 성체 성사, 고해 성사, 병자 성사 같은 걸 해주고 장례식을 집전할 신부가 필요할 테니 내가 함께 가겠다고 제안하자 그들이 기꺼이 수락했죠. 그런데 수레에는 탈 자리가 없으니 말을 타고 이동하라며 한 필을 내주더군요. 그렇게 장도에 오르게 됐어요. 〈거기〉에 도착해서는 전투를 해야 한다며 병사들이 검술을 가르쳐 줬어요. 어릴 때는 그렇게 서툴던 내가 신기하게도 그럭저럭 검을 쓸 수 있게 됐죠. 내 목숨이 달린 일이라는 걸 알아 절박한 심정으로 배웠기 때문이 아닐까요. 튀르크족 땅으로 들어서니 해골들이 산더미처럼 높이 쌓여 있었어요. 경악을 금치 못하는 내게 한 기사가 1차 십자군 원정에 참여했던 〈군중〉 십자군의 해골이라고 설명해 줬어요. 광신주의에 사로잡혀 원정에 나섰던 어중이떠중이가 가는 곳마다 살상과 약탈을 일삼다 결국 튀르크족의 손에 비참한 최후를 맞았다고요. 튀르크족은 기독교인들이 다시는 자신들의 땅을 침략하지 못하도록 공포를 불러일으키기 위해 그런 죽음의 탑을 세워 놓았던 거예요.

그때 나는 원정 일지를 썼어요. 우리가 만난 다양한 민족들과 그들의 풍습, 건축물, 현지인의 생김새까지 상세히 기록해 놓았죠. 저녁이 되면 기사들이 내 옆으로 모여들었어요. 나는 그들에게 수도원 도서관에서 읽었던 수많은 이야기들을 들려주었죠. 시인이었던 당신과 달리 나는 이야기꾼이었어요. 거미 생명체가 사는 달나라를 정복하는 이야기와 그리스 신화를 들려주면 기사들은 눈을 반짝이며 들었어요. 내설교보다 이야기가 훨씬 인기가 많았죠. 다 루키아노스 덕분이었어요. 그렇게 소중한 존재가 된 나를 잃고 싶지 않았던 기사들은 전보다 더 열심히 검술을 가르쳐 주었고, 전투가 시작되면 나를 보호하기 위해 애를 썼어요. 나도 어느 만큼은 검을 다룰 수 있게 됐죠. 몸에 근육도 탄탄히 붙어 혼자서도 얼마든지 내 몸을 지킬 수 있었어요.

전투에 돌입하면 난 영웅이 된 듯 흥분감에 휩싸였어요. 한편으로는 놀라운 일이었죠. 비엔 가문의 다섯 아들 중 막내인 그 소심한 소년이, 한때 수도원에 몸담았던 내가 검을 손에 잡으면 순식간에 전사로 변했으니까요. 기사들이 내가 수도사라서 수호천사가 특별히 지켜 주는 거 아니냐고 농담반 진담 반으로 말하면, 나는 〈당연히 그렇죠, 내 옆에는 수호천사가 있어요〉라고 허세를 떨며 받아치곤 했어요.

원정길에 라인강 유역 게르마니아에서 십자군의 유대인학살을 목격하기도 했어요. 지금의 불가리아와 헝가리 땅을 통과할 때도 마찬가지였죠. 물론 십자군 병사들이 다 그렇게 민간인들을 잔인하게 죽인 건 아니에요. 어쨌든 나는 사제신분을 이용해 그들을 만류했어요. 여자들을 강간하고 아이들과 비무장 상태인 민간인들을 공격하면 지옥행을 면치 못

할 것이라고 강한 어조로 설교를 했죠. 그렇다고 내가 전투 자체를 두려워한 건 아니에요. 일단 튀르크족과 맞붙으면 인 정사정없이 검을 휘둘렀죠. 다른 기사들한테서 어려운 검법 들, 가령 도피네식 속임수, 이중 나선 형태 휘두르기, 브르타 뉴식 찌르기를 배워 실전에 쓰기도 했죠.

나는 결투를 좋아하는 사람이 됐어요. 내 가슴을 뛰게 하 는 무언가가 그 속에 있었거든요. 내게 결투는 사람을 죽이 는 행위라기보다 두 개의 정신이 펼치는 경쟁에 가까웠어요. 체스 게임과 비슷해서, 상대방 검법의 허점을 찾아내 그걸 무력화시킬 전략을 짜는 게 핵심이었으니까요. 한동안 나를 눈여겨보고 있던 위그 드 팽이 어느 날 기사 서임을 제안했 어요. 그는 명망 있는 기사 중 한 사람이었죠. 위그 드 팽은 서임식 자리에서 내게 날이 매서운 고급 검 한 자루를 하사 했어요.

나는 그 검을 들고 마라트 알누만을 포위해 함락시켰죠. 그러고 나서는 툴루즈 백작 레몽 드 생질의 지휘하에 다시 원정길에 올랐어요. 우리는 남쪽을 향해 계속 진군하면서 트 리폴리, 베이루트, 티레, 베들레헴을 지나 드디어 예루살렘 에 도착하게 됐죠. 그리고 역사적 결전이 있던 1099년 7월 15일, 성벽 앞에서 가스파르 위멜이라는 기사를 만나게 된 거예요…….」

르네가 다시 코냑 한 모금을 목으로 넘긴다.

「이제 어떠세요? 여전히 우리의 상상력이 만들어 낸 장면 들이라고 생각하세요? 만약 그렇다면 우린 소설가가 돼야 하지 않을까요?」

알렉상드르가 호쾌하게 껄껄 웃더니 몸을 일으켜 창가로

다가간다. 그가 별이 박힌 하늘을 올려다보며 말한다.

「정말 신기한 건 말이야, 자네와 내가 정반대의 길을 걸었다는 거야. 자넨 수도사에서 출발해 기사가 됐고, 난 싸움을 하다가 수도사가 됐으니.」

「우리 둘은 삶의 중심에 책과 검술이 있다는 커다란 공통점이 있었죠.」

이때, 현관에서 종소리를 내는 벨이 울린다.

「이 늦은 시간에 대체 누굴까?」

알렉상드르가 의아해하며 스크린을 확인한다. 선글라스를 쓰고 여행 가방을 든 여성의 실루엣이 화면에 잡힌다.

28

「멜리사! 한밤중에 웬 선글라스냐?」

알렉상드르가 현관에서 딸을 맞으며 깜짝 놀란다.

멜리사의 뺨에 시커먼 마스카라 자국이 번져 있는 게 보인다. 그녀의 숨소리가 거칠다. 충격에 휩싸인 모습으로 주저주저하던 그녀가 선글라스를 벗는다. 부어오른 눈두덩에 화장으로도 가리지 못한 시퍼런 피멍이 들어 있다.

「누가 너한테 이런 짓을 했어?」

그녀가 안으로 들어와 문을 닫고는 현관에 서서 아버지를 바라본다.

「그를 나무랄 수도 없어요. 술을 마시면 가끔 폭력적으로 변해서 그러는 거니까.」

「그? 누구…… 브뤼노? 내 이놈을 죽여 버려야겠어!」

알렉상드르가 버럭 하며 옷걸이에 걸려 있던 재킷을 집어든다. 멜리사가 뛰어가 그의 팔을 붙잡아 제지한다.

「안 돼요. 잠깐만요, 아빠…….」

「누구도 감히 내 딸한테 손찌검을 할 순 없어! 어느 누구도!」

「브뤼노가 원래 그래요. 가끔 이런 일이 생기긴 하는데 금방 괜찮아져요. 이번은 평소보다 조금…… 돌발적이었을 뿐이에요.」

「뭐! 이번이 처음이 아니란 말이야?」

「그러고 나면 늘 나한테 진심으로 사과해요. 그리고 모든 게 다시 정상으로 돌아와요. 한바탕 천둥이 치고 나서 하늘이 맑게 개는 것과 마찬가지예요. 과음했을 때만 가끔 그러니 자주 있는 일이라고 오해하진 마세요. 완전히 딴사람으로 변했다가 돌아와서는 잘못을 뉘우치고 미안해해요. 내 앞에 무릎을 꿇고 용서해 달라고 사정을 하죠. 못난 자신을 원망하면서.」

지킬과 하이드 신드롬인 모양이군.

거실까지 들려오는 부녀의 대화를 들으며 르네는 생각한다.

「그건 이유가 안 돼, 젠장!」

주먹을 불끈 쥐고 문 쪽으로 향하려는 알렉상드르를 멜리사가 급히 제지한다.

「이미 익명의 알코올 의존자들 모임[9]에도 나가고 있어요. 가끔씩만 이렇게 재발하는 거예요.」

「어쨌든 그놈은 당장 해고야!」

「그건 절대 안 돼요. 그거야말로 최악이 될 거예요. 사람들이 다 알게 될 테니까. 난 알려지는 걸 원하지 않아요……..」

「뭐가 말이냐? 네가 피해자라는 사실이?」

멜리사가 울음을 쏟는다.

「아빠, 제발요. 이번 한 번만, 아빠가 날 사랑한다면 내가 하자는 대로 해요. 난 이 일이 남들한테 알려지는 걸 원하지

---

9 Alcooliques anonymes. 알코올 의존에서 벗어나고 싶은 사람들끼리 익명성을 원칙으로 만나 서로 도움을 주고 정보를 교환하는 소모임. 미국에서 시작된 이 모임은 현재 전 세계에서 이루어지고 있다.

않아요. 계속 고집을 부리시면 앞으로 아빠한테는 더 이상 아무 얘기도 안 할 거예요.」

폭발 직전이었던 알렉상드르가 이 말에 갑자기 차분해진다. 멜리사가 그의 가슴에 얼굴을 묻는다.

「아빠, 제발 부탁이에요. 날 사랑한다면 내 말대로 해요.」

「하지만 녀석이 너한테…….」

「사람들이 이 일을 알게 돼 날 이상한 시선으로 보는 게 싫단 말이에요! 아빠, 제발요. 난 도움이 필요해서 왔지, 상황을 복잡하게 만들려고 온 게 아니에요. 오늘 밤 여기서 신세 좀 져도 돼요?」

「어떻게 넌…….」

「우리 커플 문제니까 내가 알아서 할 일이에요. 그와 나 둘 외에 다른 사람은 끼어들어선 안 돼요. 아셨지요?」

알렉상드르는 감정을 자제하려고 애쓰지만 쉽지 않다. 그가 흥분을 가라앉히지 못한 채 말한다.

「내 딸, 아빠가 미안하구나.」

그가 딸을 꼭 껴안고 빨간색으로 부분 염색이 된 그녀의 긴 갈색 머리를 쓰다듬는다. 체구가 작은 딸이 그의 두 팔에 폭 감싸인다.

「여기까지 오느라 얼마나 많은 용기가 필요했는지 아빤 아마 모를 거예요…….」

「하지만 이 일은…….」

「제발, 아빠, 말씀 그만하세요. 부활절 휴가 동안 여기서 며칠 지내다 갈 거예요. 그가 걱정을 하겠죠. 더 이상 이대로는 안 된다는 것도 깨달을 테고요. 짐도 싸가지고 왔어요.」

「하지만 그 녀석을…….」

「그 사람 얘긴 이제 그만해요. 알코올 의존은 병이에요. 그 사람은 비난할 게 아니라 불쌍히 여길 대상이에요.」

부녀가 다정한 포옹을 나눈다.

피해자가 오히려 수치심을 느끼면서 자기 탓이라고 하는 저런 상황이야말로 최악이지.

여전히 거실 의자에 앉아 얘기를 듣고 있던 르네가 꼬았던 다리를 푸는 순간, 마룻바닥이 삐거덕 소리를 낸다.

현관에 서 있느라 안에 다른 사람이 있다는 걸 몰랐던 멜리사가 황급히 다시 안경을 써 멍 자국을 가린다. 자리에서 일어난 르네가 현관 쪽으로 걸어가 그녀에게 인사를 건넨다.

「잘 지냈어요, 멜리사? 내가 있다는 걸 알렸어야 했는데 두 분 대화에 끼어들 타이밍을 놓치는 바람에 그만.」

멜리사가 한숨을 내쉰다. 그녀가 말없이 신경질적으로 담배에 불을 붙이더니 의자에 털썩 앉는다.

르네가 재킷을 집어 들고 돌아갈 채비를 한다.

「가지 말고 그냥 있어.」

멜리사가 뽀얀 담배 연기를 내뿜으며 말한다.

그녀가 느닷없이 반말을 하는 건 여기가 아버지 집이라는 사적 공간이기 때문일 것이라고 르네는 속으로 생각한다. 알렉상드르가 어깨를 으쓱 추어올리면서 르네에게 다시 자리에 앉으라는 신호를 보낸다.

「내 딸이 지금 배가 고플 것 같으니 셋이 요기할 거리를 좀 만들어 보마.」

알렉상드르가 뚝딱 만들어 낸 음식을 앞에 놓고 세 사람이 주방 식탁에 둘러앉는다. 음식이 들어가자 멜리사는 한결 긴장이 풀리고 편안해진 모습이 된다. 알렉상드르가 디저트로

티라미수를 내놓는다.

그가 사랑스럽게 딸의 얼굴을 쳐다보며 말한다.

「어원에 관심이 많은 내 딸이니 혹시 〈티라미수〉가 〈내 기분을 좀 좋게 해줘요〉라는 이탈리아어 표현에서 왔다는 걸 알지 않을까?」

멜리사가 울다 웃다 하며 아버지를 향해 다정하게 손사래를 친다.

단어의 힘은 이렇게 강력한 거야. 이 와중에도 어원에 대한 공통된 관심이 두 사람을 하나로 묶어 주면서 긴장을 풀어 주고 있어.

멜리사가 물을 한 잔 가득 따라 들이켜고 나서 르네에게 다소 어색해하는 목소리로 말을 건넨다.

「르네, 혹시 찾고 있다던 그 중세 예언서는 찾았어?」

알렉상드르가 대신 끼어들어 대답한다.

「르네가 얼마 전에 애인이랑 헤어졌어.」

「왜, 알코올 의존자인 그녀가 폭력을 휘둘렀나 보지?」

여전히 눈가에는 눈물이 어려 있는 멜리사가 입을 실쭉하며 희미하게 웃는다.

르네는 갑작스럽게 날아온 농담에 반응하지 않는다.

「농담이야. 농담 소재로라도 삼아 익숙해지려고 하다 보니 나온 소리야. 아침마다 극미량의 비소를 먹어 그 물질에 대한 저항력을 키우려고 했던 미트리다테스왕의 심정이랄까. 비소는 말고, 아빠, 혹시 집에 포도주 있어요? 나도 극약에는 극약 처방을 써보려고요.」

알렉상드르가 보르도 포도주 한 병을 가져와 딸에게 따라 준다. 멜리사가 잔을 들어 올리며 소리친다.

「미트리다테스왕을 위하여!」

한 모금씩 넘기고 나자 금세 다시 분위기가 가라앉는다. 르네는 좌불안석이다.

「내가 오기 전에 두 분이서 뭘 하고 있었어요?」

알렉상드르가 잠시 망설이다 대답한다.

「퇴행 최면을 통해 우리 둘의 〈중세 시대 전생의 젊은 시절〉에 다녀왔어.」

「또 그 최면이랑 전생 얘기예요? 오늘 아침에도 그 얘기만 하시더니.」

「이제 난 그걸 믿게 됐어.」

알렉상드르가 진지한 표정으로 말한다.

「아빠도 르네 못지않게 상상력이 풍부한가 봐요.」

「나한텐 그게 통하더구나. 너도 한번 해보면 어떨까? 시도해서 손해 볼 건 없잖니?」

그녀가 고개를 가로젓는다.

「마지막 남은 자존심이라는 게 있죠. 아니, 두 분은 정말로 이성을 포기한 것 같아 보여요. 대학 교수라는 분들이 어떻게······. 두 분이 하는 건 신비주의 체험일 뿐이에요······. 그건 일종의······.」

〈주술 행위〉라고 말하겠지.

「······어설픈 뉴에이지 흉내예요! 다른 사람들이 알면 어쩌려고 그러세요. 소르본 대학 학장이 강사와 이런 짓을 한다는 게 교육부 장관의 귀에라도 들어가면 뒷감당을 어떻게 하시려고요?」

르네는 그녀의 과격한 반응에 깜짝 놀란다.

경황없는 가운데에서도 비방할 힘은 남아 있는 모양이야. 그래, 이렇게 함으로써 자기 확신을 강화하려는 거겠지. 예전에 아버지가 하신 말씀대로 〈우리는 이해가 안 되면 일단 판단부터 하려고 들어. 그렇게 해야 상대를 제압한다는 느낌을 가질 수 있으니까〉.

「그렇게 의심만 하는 이유가 뭐니?」

알렉상드르가 딸에게 묻는다.

「그게 현실 도피의 한 방법에 불과하다고 생각하기 때문이에요.」

이 말이 거슬렸는지 알렉상드르가 갑자기 몸을 일으켜 주방 창문 앞으로 다가가 밖을 내다본다. 그가 파이프에 불을 붙여 신경질적으로 빠끔거리기 시작한다.

「우리가 거기로 가보면 어떨까?」

그가 한마디 툭 던진다.

「거기? 어디요?」

르네가 영문을 몰라 하며 묻는다.

「성지 말이야. 우리 두 사람의 전생이 남긴 흔적을 찾아가는 거야. 〈기시감〉이 느껴지는지 직접 가서 확인해 보는 게 어때?」

르네와 멜리사는 아무 대꾸도 하지 않는다.

「난 진지하게 하는 말이야. 내일부터 부활절 휴가가 시작되잖아? 휴일 열엿새를 그렇게 활용해 보자는 거야. 서둘러 이스라엘로 떠나자.」

농담이 아니었구나.

「멜리사, 너는 네 얼굴에 난 멍 자국을 보고 사람들이 물으면 이렇게 저렇게 둘러대기 싫어서 집 밖으로는 나가지도 않을 거잖아. 그리고 르네 자네, 자넨 애인한테 차이고 집행관까지 집에 찾아온다고 했어. 그건 일종의 징조야. 여길 떠나라는 뜻이지.」

「이스라엘로요? 죄송한 말씀이지만 전 비행기표를 살 돈도 호텔 숙박비를 낼 돈도 없어요.」

르네가 난처한 표정을 짓는다.

「일체의 경비는 내가 부담할 거야. 아니, 정부가 부담할 거야. 난 소르본 학장이기도 하지만 국립 과학 연구소CNRS 연구원이기도 하네. 나한테는 고고학 발굴을 진행할 예산이 주어지지. 발굴 작업에 필요한 조수도 두 명 고용할 수 있고.」

「하지만 아무런 준비 없이 어떻게 가요.」

멜리사가 회의적인 반응을 보인다.

알렉상드르가 태연하게 웃으면서 말한다.

「이스라엘에 친한 동료가 하나 있어. 예루살렘 대학 학장인 메넬리크 아야누라고. 발굴 현장에 접근할 수 있게 그가 방법을 찾아 줄 거야.」

멜리사 역시 아버지의 돌발 제안에 놀란 눈치다.

「어떤 생각이 떠오를 때 즉시 실행에 옮기지 않으면 영영 못 하는 수가 있어.」

알렉상드르가 스마트폰을 들여다보며 말한다.

「음, 내일 밤 11시 50분이 가장 빠른 비행 편이군. 좋아. 벤 구리온 공항까지 비행시간이 다섯 시간이니까 비행기 안에서 자면 되겠네.」

29 므네모스: 물에서 건져 올린 아이

아케나톤이 살해된 후 태양신을 모시던 사제들은 이단으로 몰려 핍박을 받는다. 하지만 그들은 은밀하게 숨어 아톤 신을 계속 숭배한다. 히브리인들은 박해를 피해 도망친 사제들에게 피난처를 내준다. 아톤신을 모시는 사제들과 히브리인들에는 각기 태양의 신과 숨결의 신이라는 유일신을 섬긴다는 공통점이 있었다.

요셉의 시대에 이 두 영적 세계가 어느 정도까지 융화되었는지는 알 수 없으나, 〈나의 주〉, 즉 신을 뜻하는 히브리어 〈아도나이Adonai〉의 어원 〈아돈Adon〉이 〈아톤Aton〉과 발음이 비슷하다는 점은 눈여겨볼 만하다.

이뿐만이 아니다. 아톤에게 바치는 찬가와 비슷한 내용이 성경 여러 구절에 나온다. 가령 아톤 찬가들 중 동물에 관한 노래는 동식물을 만드신 하느님을 찬양하는 시편 104편과 유사해 보인다.

아케나톤 재위 시절에 (〈레위인들의 도시〉라는 뜻인) 말 레위의 레위 지파는 아톤 신전에서 그들의 신을 모실 수 있었다. 하지만 아케나톤 암살 후 아톤신 숭배가 금지되면서부터는 더 이상 이 특권을 누릴 수 없게 됐다. 아톤의 사제들에 대한 박해와 아케나톤의 보호를 받았던 유대인 공동체에 대한 핍박은 그렇게 궤를 같이하는 것으로 보인다.

파라오 세티 1세는 한 점성가로부터 히브리인이 낳은 한 아이가 훗날 역사상 유례가 없는 대규모 반란을 주도할 것이라는 예언을 듣는다. 이 불길한 예언을 진지하게 받아들인 파라오는 즉시 히브리인이 낳은 사내아이를 모조리 죽이라는 명령을 내린다.

이런 가운데 레위 지파 사람인 아므람과 그의 아내 요게벳 사이에서 사내아이가 태어난다. 요게벳은 3개월 동안 아기를 몰래 숨겨 키우다 발각될 위기에 처하자 바구니에 담아 나일강에 띄워 보낸다. 마침 파라오의 딸 바트야 공주가 강물에 떠내려오는 바구니를 발견하고 아기를 건져 양자로 삼는다. 공주는 아기의 이름을 〈물에서 건져 올린〉이라는 뜻의 모슈이Moshui라고 짓는다.

30

밤늦게 유람선으로 돌아온 르네는 여행에 대한 생각으로 들떠 잠을 이루지 못한다. 하지만 일단 잠이 들고 나서는 근심 걱정을 싹 잃고 곯아떨어진다.

그는 아침에 인기척을 느껴 잠이 깬다.

오팔이 나머지 짐을 커다란 여행 가방 세 개에 담고 있다.

나와 헤어지겠다는 결심이 너무도 확고해 보여.

마르쿠스가 운전석에 앉아 있다. 차 앞 유리창을 지나가는 르네와 그가 주고받는 시선에서 불꽃이 튄다.

「됐어, 이걸로 짐은 다 챙겼어!」

오팔이 빨간 머리채를 흔들며 말한다.

「이 선택에 후회 없겠어?」

아직 잠이 덜 깬 르네가 괜히 오팔의 속마음을 한번 찔러 본다.

「내 인생에 변화를 주고 싶은 생각이 너무나 간절해.」

그녀가 차 트렁크를 닫으면서 대답한다.

이때 누군가 그들을 향해 걸어오는 게 보인다. 3일 전에 왔던 젊은 집행관이다. 그때 입었던 회색 코트와 둥근 모자 차림 그대로다.

「안녕하세요. 죄송한데, 지난번에 왔을 때 몇 가지 깜빡한 게 있어요. 몇 분이면 끝나는데, 괜찮을까요?」

르네가 체념한 듯 눈을 질끈 감는다.

오팔이 그런 모습을 보더니 조금 더 같이 있어 준다.

「날 그런 눈으로 쳐다보지 마. 당신의 시선에서 원망이 느껴져. 바뀌어야 하는 건 자기 자신이지 다른 사람이 아니야. 이렇게 한번 생각해 봐. 〈행복해지기 위해선 내가 뭘 어떻게 바꿔야 하지?〉」

「그게 무슨 소리야. 지금 당신 때문에 나한테 벌어지는 이 상황은…….」

오팔이 엄마 같은 손길로 르네의 턱을 쓰다듬으며 말을 끊는다.

「당신한테 이로우면 이로웠지 해로울 게 하나도 없는 상황이야. 앞으로 나보다 당신과 더 잘 맞는 여자를 분명히 만날 수 있을 거야. 내가 마르쿠스를 만났듯이 말이야.」

나한테 그 여자와 짐승 가죽이 깔린 동굴에서 선사 시대식 야한 장면이라도 연출하라는 거야?

오팔이 다정한 미소를 짓는다.

「당신한테 딱 어울리는 사람을 만나 멋진 사랑을 할 수 있을 거야. 당신도 나처럼 영혼의 형제를 만나게 될지 누가 알겠어? 진심으로 그렇게 되길 바랄게.」

그녀가 재우쳐 말한다.

그러고 나서는 그의 뺨에 후다닥 입을 맞추고 차에 올라타 문을 쾅 닫는다. 전속력으로 내달리는 차의 뒤꽁무니를 르네가 멀뚱히 바라보고 서 있다.

집행관이 그에게 다가오며 말을 건다.

「선생도 연인 관계에 문제가 생겼나 보죠? 나도 까다로운 여자를 만나 보통 골치가 아픈 게 아니에요. 사사건건 걸고 넘어지고 모든 게 내 탓이라는 여자죠. 그래서 정신 분석 상담까지 받고 있어요……..」

내가 참자.

「미안하지만 내가 선생 사는 얘기를 들어 줄 처지가 못 돼요. 볼일 끝났으면 얼른 가줘요.」

「호의를 그렇게 받으니 섭섭하네요. 위로가 될까 해서 한 말인데.」

〈참을 인〉 자 셋이면 살인도 피한다고 했어.

르네는 남자가 떠나는 걸 확인하고 나서 유람선으로 들어와 거실 한가운데 선다. 벽에 걸린 가면들을 올려다보니 다들 입을 헤벌리고 있다. 그들도 지금 벌어지는 상황이 자신처럼 어처구니없게 느껴지는 걸까.

르네도 가방에 짐을 싸기 시작한다. 옷가지 몇 개를 포함해 간단히 짐을 꾸린 후 때가 잔뜩 낀 거실 의자에 책상다리를 하고 앉는다.

살뱅 드 비엔과 그가 쓴 예언서, 그리고 미래에 발생할 꿀벌의 실종 사이에 무슨 관계가 있는지 밝혀야 제3차 세계 대전을 중단시킬 수 있어.

이 일의 열쇠는 당연히 과거에 있어. 살뱅의 삶에서 예언서와 관련된 시기로 가보고 싶다고 소원을 빌어야겠어.

31

십자군의 예루살렘 함락 이후 한 달이 지났다. 평화를 되찾은 성도(聖都)의 구불구불한 골목길을 산책하던 살뱅 드 비엔의 시선이 멀리 보이는 한 실루엣에 가 꽂힌다.

시너고그에 갇혔다 그의 도움으로 살아 나온 유대인 여성. 그에게 감사의 입맞춤을 해주고는 오렌지꽃 향기를 남기고 달아난 그녀. 등 뒤에서 긴 검은 머리가 찰랑찰랑하는 게 보인다. 그녀는 섬세한 문양이 수놓인 노란색과 검은색이 섞인 원피스를 입었다. 그가 얼른 달려가 앞에 서자 그녀가 걸음을 멈춘다.

젊은 두 남녀의 시선이 맞부딪친다. 르네는 아무 말이라도 해서 침묵을 깨야 한다고 느낀다.

「날 알아보겠어요?」

그가 히브리어로 말한다.

「우리 말을 할 줄 아시네요?」

그녀가 놀라서 되묻는다.

「십자군이 되기 전 수도사로 지낼 때 예수님의 언어인 히브리어를 배웠죠.」

「나도 당신들 말을 할 줄 알아요.」

그녀가 프랑스어로 대답하더니 다시 걸음을 옮긴다. 그녀를 붙잡아 세우려고 그가 얼른 자기소개를 한다.

「내 이름은 살뱅이에요. 살뱅 드 비엔. 우리 같이 얘기를 나눌 수 있을까요?」

그녀가 그를 빤히 쳐다본다. 놀라는 듯하더니 금방 재밌어하는 표정을 짓는다.

「사람들이 나와 함께 있는 걸 볼까 봐 두렵지 않아요?」

「동료들 반응은 전혀 관심 없어요. 하지만 당신이 동족들 눈을 의식해 거절하는 건 얼마든지 이해할 수 있어요.」

그녀가 빙그레 웃으면서 대답한다.

「내 이름은 드보라, 드보라 스마자예요. 홀아버지를 모시고 살아요. 장을 보러 시장에 가던 길인데 괜찮으시면 이따 저기 보이는 주점에서 다시 뵙죠.」

그녀가 히브리어로, 그리고 그 밑에는 라틴어로 〈베짜타 주점〉이라는 상호가 적힌 술집을 가리킨다.

그가 좁은 주점 안으로 들어간다. 한쪽에서 병사들이 주사위 놀이에 한창이다. 바로 옆에서는 술에 잔뜩 취한 사내들이 드르렁거린다. 매춘부들이 미처 옷도 갈아입지 못한 지친 카라반 상인들에게 추파를 던지고 있다. 살뱅은 창문가 구석진 자리에 앉아 포도주 한 단지와 잔 두 개, 그리고 병아리콩 후무스를 곁들인 밀전병 두 접시를 시킨다. 족히 몇 시간은 지난 것 같을 때 그녀가 문턱에 모습을 나타낸다. 고개를 들이밀고 안을 둘러보더니 그를 발견하고 걸어온다.

그녀가 그와 마주 앉으며 대뜸 말한다.

「나랑 무슨 얘기를 나누고 싶으신가요?」

「당신에 대해 알고 싶어요, 드보라.」

「나에 대해 알고 싶다고요?」

그녀가 환하게 웃고 나서 덧붙인다.

「프랑크인 기사께서 유대인 여자에게 왜 관심을 보이실
까요?」

아까 길에서 만났을 때처럼 그녀가 그윽한 시선으로 자신
을 바라보자 그는 몸 둘 바를 모른다. 그녀가 먼저 말을 꺼내
그의 긴장을 풀어 준다.

「포도주 좀 따라 주세요.」

그는 그녀가 내미는 잔에 얼른 술을 가득 채운다. 분위기
가 한결 편안해진다.

「동료들과 싸우면서까지 우리를 구해 준 당신의 용기에
감탄했어요. 우리한테 목숨은 그다지 중요한 게 아니에요.
아니, 그렇게 믿었었죠. 당신이 위험을 무릅쓰고 우리 일에
개입하기 전까지는. 이제껏 우리 편이 되어 주는 사람이 아
무도 없었거든요.」

「언젠가 우리 모두가 평화롭게 공존할 날이 올 거예요. 그
때를 대비해 내가 할 수 있는 거라면 뭐든 소박하게라도 해
야 한다고 생각해요. 내가 한 일은 그런 조화로운 세상을 구
현하는 데 필요한 행동이었을 뿐이에요.」

그녀가 빙그레 웃는다.

「우리 아버지가 미래에 벌어질 일을 예언하는 사람들에
관한 얘기를 하나 해준 게 있는데, 들어 볼래요?」

「기꺼이.」

그녀가 흘러내린 검은 머리를 우아하게 위로 쓸어 올린다.

「한 남자가 길을 가다가 우연히 페스트의 현현을 만나요.
페스트에게 어딜 가냐고 물으니 〈1만 명을 죽이러 바그다드
로 향하는 중이오〉라고 대답하고 다시 발길을 재촉하죠. 몇
달이 지나 남자는 그 길에서 다시 페스트의 현현과 마주쳐

213

요. 이번에는 반대 방향으로 오고 있었죠. 페스트가 그의 앞에서 걸음을 멈추더니 〈일을 끝내고 오는 길이오〉라고 말하죠. 남자가 페스트에게 대들어요. 〈당신은 나한테 거짓말을 했어. 1만 명을 죽인다고 해놓고 10만 명을 죽였으니까.〉 그러자 페스트가 대답하죠. 〈아니, 난 1만 명만 죽였소. 나머지 9만 명은 내가 당도한다는 소리를 듣고 지레 공포에 질려 죽었지.〉」

살뱅이 흥미로워하는 표정으로 묻는다.

「그래, 드보라 당신은 그 페스트의 현현 얘기가 무슨 뜻이라고 생각해요?」

「우리의 최대의 적은 미래에 대한 공포예요. 십자군이 당도한다는 소문은 동족들 사이에 오래전부터 퍼져 있었어요. 하지만 우린 스스로를 지키기 위해 무장을 할 생각도, 그렇다고 달아날 생각도 하지 않고 기도만 하면서 죽음의 순간을 기다렸어요. 정말로 지레 공포에 떨다 죽은 사람들도 있을지 몰라요. 우리 민족은 타고나길, 뭐랄까…… 불안감이 심해요. 그런데 당신의 행동이 그런 정신 상태에 대한 자각을 일깨웠죠. 요즘 모이면 다들 그 얘기를 해요. 이젠 아무도 당신들을 싸잡아 비도덕적인 야만인이라고 비난하지 않아요. 당신처럼 생명의 위협을 무릅쓰고 동료들과 싸워 가면서까지 우리를 살려 준 사람이 있다는 걸, 대가를 바라지 않고 그런 행동을 하는 사람이 있다는 걸 알게 됐으니까. 우리 민족이 공포를 물리치고 희망을 되찾은 건 당신 덕분이에요, 드 비엔 기사님. 당신이 부정적인 감정을 긍정적인 감정으로 바꿔 놓는 마법의 힘을 발휘했기 때문인 거죠. 우리 민족은 이제 스스로를 지키려 조직하기 시작했어요. 방어가 불가능하다면 도망치기라도 할 거예요. 끝없이 찾아오는 재난을 전처럼 체념한 상태로 기다리고 있지만은 않을 거예요. 당신의 바로 그 소박한 행동 덕분에 우리 민족은 불안감에서 벗어날 수 있었어요. 이 자리에 온 건 당신한테 이 얘기를 해주고 싶어서예요.」

뭔가 의미심장한 말을 한마디 건네고 싶은데 마땅한 말이 떠오르지 않자 살뱅이 아까 했던 말을 쑥스럽게 반복한다.

「조화로운 세상을 구현하기 위해 내가 해야 할 일을 했을 뿐이에요.」

드보라가 손으로 머리를 쓸어 넘기는 순간 살뱅에게 오렌지꽃 향기가 끼쳐 온다.

「당신은 미래의 일에 정말로 흥미를 느껴요?」

그녀가 살뱅을 건너다보며 묻는다.

「주전 160년경 루키아노스라는 사람이 쓴 책에는 인간이 달나라에 가서 거미와 비슷하게 생긴 거대한 생명체를 만나는 얘기가 나와요.」

그녀가 배를 잡고 웃는다.

「달나라에 거미가 산다고요? 미래에 정말로 그런 일이 벌어질지 궁금해지긴 하는군요.」

그녀가 병아리콩 후무스를 조금 떠먹고 나서 그의 잔에 포도주를 채워 준다.

「우리 아버지는 의사세요. 난 아버지 밑에서 조수로 일하죠. 카발라를 믿는 아버지는 정신의 제어를 통해 시간 여행이 가능하다고 늘 말씀하세요.」

그녀가 가방에서 파피루스 한 장을 꺼내 테이블에 올려놓더니 갑자기 집게손가락을 깨문다. 손가락 끝에 새빨간 핏방울이 맺힌다.

그녀가 손가락을 파피루스에 대고 누르자 빨간색 동그라미가 하나 찍힌다. 그리고 손가락을 옆으로 옮겨 빨간 점을 하나 더 찍는다. 그다음 두 동그라미의 가운데를 축으로 종이를 반으로 접자 동그라미가 포개진다.

「우리 아버지가 이게 시간을 여행하는 정신의 비밀이라고 하셨어요.」

살뱅이 미간을 모으면서 고개를 갸웃거린다.

「이것도 히브리인들의 주술 같은 건가요?」

「그렇게까지 부를 것도 없는 아주 간단한 마법이에요. 가운데를 접기만 하면 동그라미 두 개가 만나니까.」

「그런데 당신 아버지는 이것이 미래를 볼 수 있는 방법이라고 하셨단 말이죠?」

그녀가 고개를 끄덕인다.

「이 그림이 내포한 수수께끼에 시간 여행의 비밀이 들어 있다고 하셨어요.」

두 사람은 포도주를 마시면서 시간 가는 줄 모르고 얘기를 나눈다. 그는 수도원에서 읽은 온갖 신기한 책 얘기를 해주고 그녀는 의학과 카발라에 대한 얘기로 그의 호기심을 자극한다.

늦은 밤이 되어 그들은 다음 날 다시 이 자리에서 만나기로 약속하고 헤어진다. 유쾌한 대화를 나누다 보니 서로에게서 많은 공통점을 발견할 수 있었다. 가끔은 자신들이 서로 연결된 존재일지 모른다는 원초적 직감마저 느껴진다.

그들은 하루도 거르지 않고 한 달 동안 매일 만난다. 동그라미 두 개가 겹쳐지는 수수께끼가 화제에 오를 때마다 그가 궁금증을 내지만 그녀는 비밀을 알려 주지 않고 이렇게 말을 맺곤 한다.

「스스로 비밀을 알아내야만 효력이 발생해요.」

어느 날 저녁, 정신없이 웃고 떠들던 두 사람이 갑자기 조용해진다. 그들은 말없이 상대방을 쳐다본다. 드보라가 그를 향해 손을 뻗는다. 살뱅이 서슴서슴하다 그녀의 손 위에 자기 손을 포갠다.

「난 아직 여자를 경험해 본 적이 없어요.」

그가 눈을 내리깔고 수줍게 고백한다.

「이전에는 수도사였으니 당연한 일이었고, 기사가 되고 나서는 다른 사람들처럼 여자를 강제로 취하는 게 내키지 않았어요. 돈을 주고 사는 건 더 끔찍하게 느껴졌고.」

드보라가 잡은 손을 놓지 않은 채 그를 빤히 쳐다본다. 프랑크인 히브리인 할 것 없이 주점 안 손님들이 모두 그들을 못마땅하게 쳐다본다. 다른 부류에 속하는 사람들의 사랑이 그들 눈에 곱게 비칠 리 없다. 그러나 이 적대적인 분위기가 도리어 두 연인을 단단히 결속해 준다. 살뱅은 누가 자신들을 강제로 갈라놓을까 봐 주변을 경계하며 검 손잡이에서 손을 떼지 않는다. 다행히도 그런 불상사는 벌어지지 않는다.

살뱅의 머릿속에 온갖 목소리가 뒤죽박죽 들려온다. 그를 눈에 차 하지 않던 아버지 드 비엔 백작의 목소리. 〈넌 약한 놈이라서 절대 그녀를 얻지 못할 거야.〉 걱정 많은 어머니의 목소리. 〈그런 이방인 여자는 우리 집안과 어울리지 않는단다.〉 그를 무시하던 형의 목소리. 〈너한테는 과분한 미인이야.〉 그를 놀리던 누이의 목소리. 〈그 여자는 네 재산을 노리고 접근한 거야.〉 그리고 마지막으로 고드프루아 드 부용의

목소리. 〈열 번 찍어 안 넘어가는 나무 없네.〉

살뱅이 조심스럽게 말문을 연다.

「내가 아는 얘기도 한번 들어 볼래요? 한 남성 여행자가 좁은 골목길을 걷다 사랑의 현현으로 보이는 여성이 지나가는 걸 봐요. 다가가 어디로 가는 길이냐고 물으니 〈시장에 가는 길이니 장을 보고 나서 이따가 만나요〉 하고는 가던 길을 계속 가죠. 몇 시간 후에 그녀가 돌아와 〈볼일 끝났어요〉 하고 말해요.」

「그래, 그 이야기는 결말이 어떻게 돼요?」

드보라가 재밌어하며 묻는다.

「두 사람은 수많은 대화를 통해 서로를 알아 가면서 문화적 차이를 극복하죠. 여행자는 여행을 중단하고 정착하기로 결심해요.」

말끝에 살뱅이 그녀 바로 앞에 얼굴을 들이밀고 눈을 감는다. 그녀의 입술이 그의 입술에 닿는 느낌이 든다. 그녀는 얼굴을 뒤로 빼거나 고개를 돌리지 않는다. 주변에서 적대적인 침묵이 감지된다. 매춘부들이 술집에서 병사들과 노닥거리는 거야 놀랄 것도 없지만, 단아한 차림의 유대인 여성이 프랑크인 기사와 입을 맞추는 건 있을 수 없는 일이라고 생각하는 것이다. 살뱅은 감정이 북받쳐 오르는 것을 느낀다.

형제들과의 갈등, 아버지와의 불화, 수년간의 수도 생활 끝에 떠난 십자군 원정, 그리고 전쟁. 스물여섯 해 동안 겪은 지난한 일들이 주마등처럼 눈앞을 스쳐 간다. 그는 삶에 고통만 있지는 않다는 것을, 자신이 죽지 않으려면 적을 죽여야 하는 생존의 몸부림만 있지 않다는 것을 이제 깨달았다. 그의 삶의 여정에 한 여성이 느닷없이 등장해 새로운 가능성

을 열어 주었다. 그녀의 이름은 드보라 스마자. 그는 난생처
음 자신을 이해해 주는 사람이 생겼다고 느낀다. 그녀가 자
신이 몰랐던 삶의 비밀들을 가르쳐 주리라는 기대를 갖는다.

그토록 와보고 싶었던 이 땅이 그에게 약속을 지켰다. 이
곳이 계시의 땅일 것이라는 그의 본능적인 예감이 적중한 것
이다.

32 므네모스: 약속의 땅

모세는 성인이 되어 자신이 유대인 출신이라는 사실을 알게 된다. 그는 피라미드 건축 현장에 갔다가 노예로 일하고 있는 자신의 동족들이 학대당하는 모습을 목격한다. 하루는 한 유대인 일꾼이 죽도록 두들겨 맞는 모습에 분개한 모세가 경비병을 살해하고 땅에 묻은 뒤 미디안 땅으로 도망친다. 거기서 그는 시뽀라라는 여성을 아내로 맞아 양을 치며 살아간다.

그는 인생의 대부분을 목자(牧者)로 살고 나서 여든 살에 꿈에서 하느님으로부터 몇 가지 소명을 부여받는다.

1. 유대 민족을 노예 상태에서 해방할 것.

2. 그들을 가나안 땅으로 인도할 것.

3. 하느님과 구원을 위한 계약을 맺을 것.

4. 율법을 가르칠 것.

성서에는 힘들고 어려울 일임을 예상한 모세가 처음에는 거절했다고 기록돼 있다. 그러나 하느님이 그에게 파라오를 설득할 방법을 일러 주자 결국에는 받아들인다. 그 방법이란 다름 아닌 이집트에 내리는 열 가지 재앙이다. 모세가 (세티 1세의 아들인) 람세스 2세에게 유대 민족을 해방해 주지 않으면 재앙이 내릴 것이라고 경고하지만 파라오는 꿈쩍도 하지 않는다. 람세스 2세가 모세의 열 번째 경고까지 받아들이

지 않자 열 가지 재앙이 연이어 닥친다. 나일강이 핏물로 변하고, 개구리 떼가 창궐하고, 등에가 들끓었으며, 이집트 땅이 모기로 뒤덮였다. 감염병이 돌아 가축이 모두 폐사하고, 사람들에게도 무시무시한 돌림병이 돌았다. 사람과 농작물 위로 우박이 쏟아지는가 하면 메뚜기 떼가 농작물을 먹어 치웠다. 3일 동안 밤이 계속되었으며(훗날 유대인 역사가 플라비우스 요세푸스의 기술에 따르면 이 시기 다른 나라들에서도 비슷한 현상이 나타났다고 한다) 이집트인들이 낳은 맏아들이 모두 죽었다.

자신의 맏아들도 이 열 번째 재앙에 희생되고 나서야 람세스 2세는 모세의 제안을 받아들여 히브리 노예들이 이집트 땅을 떠날 수 있게 허락한다. 이때가 대략 기원전 1250년경으로, 성서에 따르면 60만 가정, 약 2백만 명이 넘는 히브리인들이 이집트 땅을 떠나게 된다. 이른바 출애굽길에 오른 것이다.

동족들을 이끌고 시나이산에 도착한 모세는 홀로 산 정상에 올라가 다음과 같은 십계명이 적힌 율법 판을 받는다.

1. 너희를 이집트 땅에서 탈출시킨 내가 너희의 주 하느님이다.

2. 결코 우상을 섬기지 말라.

3. 내 이름을 허투루 부르지 말라.

4. 엿새 일하고 일곱 번째 날은 안식일로 삼으라.

5. 부모를 공경하라.

6. 사람을 죽이지 말라.

7. 간음하지 말라.

8. 도둑질하지 말라.

9. 이웃에 해가 되는 거짓 증언을 하지 말라.

10. 남의 재물을 탐하지 말라.

출애굽 기간에 일부 히브리인들이 금송아지를 숭배하는 사건이 벌어지고 반란도 수차례 일어났지만, 때로는 배고픔에, 때로는 목마름에 시달리는 속에서도 히브리인들은 지도자 모세를 따라 북쪽을 향해 고단한 여정을 계속한다.

이 여정은 40년 동안 계속된다. 성서에 따르면 하느님은 이집트 땅에서 태어난 이들이 약속의 땅을 밟는 것을 허락하지 않으셨다고 한다. 출애굽이 이뤄지는 동안 갖가지 죄를 저질렀기 때문이었다. 오직 그들의 자손들만이 약속의 땅에 들어갈 수 있었다.

모세 역시 가나안 땅을 밟지는 못하고 그곳이 눈에 보이는 느보산에서 120살의 나이로 생을 마감한다.

기원전 1210년경, 히브리인들은 마침내 약속받은 가나안 땅에 도착한다.

33

르네 톨레다노가 비행기에서 창밖으로 별이 총총한 밤하늘을 내다본다. 1차 십자군 원정대가 1년이 걸린 거리를 다섯 시간 만에 왔다고 생각하니 기분이 묘해진다.

알렉상드르는 코를 골며 잠들어 있고 멜리사는 옆에서 신문을 읽고 있다.

르네가 볼펜으로 동그라미 두 개를 그린 다음 종이를 반으로 접어 원을 포갠다.

「그게 뭐야?」

멜리사가 건너다보며 호기심 어린 눈으로 묻는다.

「수수께끼.」

「나 수수께끼 좋아하는데, 문제가 뭐야?」

「이건 문제가 있는 게 아니야. 어제저녁에 전생으로 퇴행 최면을 했다가 내 배필이 되는 여자를 만났는데, 그녀가 이 동그라미 두 개 속에 시간 여행의 수수께끼가 들어 있다고 했어.」

「이 동그라미 두 개가 수수께끼라고? 숱한 수수께끼를 알지만 이건…… 글쎄, 통 모르겠네.」

멜리사가 동그라미 두 개가 그려진 종이를 접었다 폈다 하면서 고개를 갸웃거린다.

「1100년경에 널리 유행했던 수수께끼인데 우리가 지금은

223

그 해답을 잊어버린 걸지도 모르지.」

르네가 농담을 던진다.

멜리사는 진지한 얼굴로 동그라미가 맞닿게 종이를 접었다가 다시 펴곤 한다.

승무원이 기내식을 가지고 다가오자 그녀가 아버지를 깨우지 말라고 부탁한다. 식사를 마치고 식판이 치워지자 멜리사가 르네를 보며 말한다.

「도저히 잠이 올 것 같지 않은데, 그 퇴행 최면이라는 거 나도 한번 시험 삼아 해보고 싶어.」

「여기서? 비행기 안에서?」

「아직 비행시간이 두 시간이나 남았어. 그 정도면 충분하지 않아?」

멜리사가 의자에 앉은 채로 편안하게 몸가짐을 한다. 르네가 평소 순서대로 최면을 유도한다. 눈을 감는다. 몸의 긴장을 푼다. 다섯 칸으로 된 나선형 계단을 시각화한다. 계단을 한 칸씩 내려간다. 계단 끝에 무의식의 문이 보인다. 열쇠를 집어 자물쇠에 넣고 돌린다.

「열려?」

그녀가 인상을 찡그린다.

「아니.」

「조금 더 애써 봐…….」

「꿈쩍도 안 하는데.」

젠장.

「그럼 억지로 열려고 하지는 마. 아직 때가 아니라는 뜻이야. 되돌아 나와 의식을 향해 계단을 반대로 올라와. 내가 카운트다운을 끝내면 눈을 뜨는 거야. 다섯, 넷, 셋, 둘, 하나,

제로.」

그녀가 눈을 깜박거리며 실망스러운 표정으로 르네를 쳐다본다.

「왜 안 됐을까?」

「된다고 확신해야 성공할 수 있어.」

그녀가 신경질적으로 머리를 턴다.

「괜히 엉뚱한 짓에 시간을 허비했네. 그런 비합리적인 게 될 리가 있나.」

그녀가 벌써 머리를 매만지며 냉정을 되찾으려 애쓴다.

「비과학적이야.」

르네가 어깨를 으쓱해 보이고 나서 말한다.

「사람들이 새로운 것에 전형적으로 보이는 반응이 어떤지 알아? 이렇게 다섯 단계를 거쳐 반응한대. 1. 조롱한다. 2. 말도 안 되는 가설이라며 그것을 주장하는 사람들을 비난하고 공격한다. 3. 가능성까지는 인정하지만 여전히 개연성은 낮다고 본다. 4. 진실임을 받아들이고 나서 왜 미처 그런 생각을 못 했는지 궁금해한다. 5. 너무도 명백한 진실이라고 여기기 때문에 처음엔 그것을 의심했다는 사실조차 잊어버리게 된다. 지구가 둥글다는 것과 인간이 유인원의 후손이라는 것도 이런 단계를 거쳐 받아들여졌어.」

「그랬지. 어쨌든 나한테는 그 최면이 통하지 않아. 미안.」

뭐, 한 번 실패했다고 끝은 아니니까.

「만약에 무의식의 문을 넘는 데 성공했다면 어떤 전생에 가보려고 했어?」

「왜 남자관계가 잘 풀리지 않는지, 왜 번번이 나랑 맞지 않는 남자들과 인연을 맺어 고생하는지 알 수 있는 전생으로 가보고 싶었어.」

이때, 비행기가 난기류를 만났으니 안전벨트를 착용해 달라는 승무원의 안내 방송이 흘러나온다. 기체가 좌우로 요동을 친다.

멜리사가 아무것도 모르고 자고 있는 아버지를 그윽한 눈으로 쳐다본다.

「신기해.」

그녀의 목소리가 한결 순해져 있다.

「당신과 우리 아버지한테는 최면이 통한다는 게 정말 신기해. 두 사람이 그걸 믿고 그래서 최면에 성공한다면, 내가 굳이 그 경험을 의심하고 폄하할 이유는 없다고 생각해.」

멜리사가 우릴 전혀 부러워하지 않는 건 아니구나.

르네는 그녀가 꾸벅꾸벅 졸기 시작하는 걸 보고 이 틈에 과거에 다녀오기로 한다. 이번에는 살뱅 드 비엔의 삶에서 『꿀벌의 예언』과 직결되는 지점으로 가볼 생각이다.

34

십자군의 예루살렘 함락 후 14년이 지났다.

예루살렘의 거리들에 땅거미가 깔리기 시작한다. 살뱅 드
비엔은 아내 드보라, 그리고 친구 가스파르와 그의 아내 미
리암과 함께 베짜타 주점에서 저녁을 먹고 있다.

두 기사는 20대에 처음 만나 이제 40대를 눈앞에 두고 있
다. 두 사람 다 슬하에 자식은 없다.

그들은 대규모 성지 순례단과 상인들을 보호하기 위해 길
에 오를 때가 아니면 대부분 아내와 함께 한가로운 시간을
보낸다. 드보라는 의사인 아버지의 조수를 그만두고 여동생
과 같이 액세서리를 만들어 팔고 있다.

「지난밤 내 꿈에 수호천사가 다녀간 것 같아.」

살뱅 드 비엔이 조심스럽게 운을 뗀다.

가스파르가 호기심을 보이며 꿈 얘기를 자세히 묻는다.

「얼굴은 보이지 않고 목소리만 들렸는데, 분명히 내 수호
천사였어. 〈성 르네〉라고 자신을 소개하더군.」

「그래, 당신의 그 〈성 르네〉가 뭐라던가요?」

드보라도 몹시 궁금해하는 눈치다.

「아직도 얼떨떨해⋯⋯. 수호천사가 나한테 한 가지 조언을
했다고 〈느껴졌어〉. 수도사들을 모아 기사단을 만들라고 말
이야.」

「우린 그런 어마어마한 일을 도모할 입장이 못 되지. 그건 권세 있는 귀족이 나서야 가능한 일일 거야. 내 눈엔 저기 계신, 자네 후원자인 위그 드 팽이 딱 적임자로 보이는데.」

살뱅과 가스파르가 자리에서 일어나 위그 드 팽이 다른 기사 여섯 명과 카드놀이를 하고 있는 테이블로 다가간다. 나무를 잘라 만든 카드에 곤봉, 검, 동전같이 생긴 추상적인 무늬들이 그려져 있다. 돈을 걸고 게임을 하는 일곱 기사들의 얼굴에 긴장감이 팽팽하다.

게임이 한 판 끝나기를 기다렸다가 살뱅이 위그 드 팽에게 다가가 수도사 기사단에 대한 아이디어를 말한다.

위그 드 팽은 물론 동석한 기사 모두가 회의적인 반응을 보인다.

「그런 취지의 단체가 이미 있네.」

위그가 말한다.

「제라르도 신부가 창립한 성 요한 구호 기사단이라고, 교황 파스칼 2세께서 설립 인가를 내주시고 직속 기관으로 삼으셨지. 자네가 한발 늦었군, 친구. 다른 사람이 벌써 그 아이디어를 낚아채 갔어.」

「하지만 구호 기사단은 본부가 로마에 있지 않습니까.」

가스파르 위멜이 끼어든다.

「저희도 얼마든지 그리스도께서 돌아가신 도시인 이 예루살렘에서 기사단을 설립할 수 있다고 생각합니다. 두 기사단은 엄연히 다르죠.」

「한번 검토해 볼 만한 아이디어군. 어쨌든 국왕 보두앵 2세와 교황 파스칼 2세께서 허락을 해주셔야 하네.」

위그 드 팽이 진지한 얼굴이 된다.

그렇게 열띤 토론이 벌어지고 있는데 느닷없이 살뱅의 얼굴에 썩은 과일이 날아와 퍽 소리를 내며 터진다. 발원지는 바로 옆 테이블, 범인은 붉은 턱수염을 기르고 한쪽 눈에 가리개를 한 사내다.

위르쉴랭 드 그라블린 남작.

세월이 이렇게 흘렀는데도 여전히 원한을 품고 있는 모양이다. 그가 자리에서 일어나더니 기사 열댓 명을 거느리고 살뱅 일행을 향해 걸어온다.

「유대 놈들을 비호하고 유대 여자들과 자는 건달 놈들이 여기 있군!」

위그 드 팽이 분위기를 진정시키려고 농담을 던진다.

「하하, 기사께서 눈이 하나 달려 혹시 사람을 잘못 보신 건 아니오?」

살뱅이 아무 말 없이 얼굴을 닦는다.

「이교도 놈들에게서 이 도시를 되찾기 위해 싸우다 꿀벌에 한쪽 눈을 쏘여 이 모양이 됐지.」

위르쉴랭이 격분해서 말한다.

「우리 주 하느님의 영광을 위해 내가 기꺼이 치른 대가라고 여기고 있소. 하지만 이 음험한 자들의 얼굴은 내가 똑똑히 알아볼 수 있지. 이 배신자들은 내 칼을 받아 마땅한 자들이야.」

위르쉴랭 드 그라블린이 검집에서 검을 꺼내 든다. 그를 호위하는 기사들도 검을 손에 쥐고 위협적으로 다가온다.

위그 드 팽이 황급히 중재에 나선다.

「진정하시게들. 같은 기사들끼리 왜 이러시오. 튀르크족을 상대하기도 벅찬데 같은 편끼리 싸워서 쓰나.」

「자네가 낄 일이 아닐세, 위그. 저 두 배교자 놈들과 내 문 제니까.」

위르쒈랭이 소리를 지른다.

「기사 양반들! 설마 열세 명이서 우리 두 명을 상대하려는 건 아니겠지!」

그때 가스파르가 분을 참지 못해 끼어든다.

「나도 당신이 누군지 똑똑히 알고 있소. 비무장 상태의 아 녀자와 노인을 무차별 폭행하던 그 졸렬한 기사 양반 아니 시오.」

「아무렴! 장미꽃 향수를 몸에 뿌리고 다니던 그 양반이시 로군.」

살뱅 드 비엔이 한마디 거든다.

냉정을 되찾은 척하던 위르쒈랭이 갑자기 돌변해 미처 검 을 꺼내 들지 못한 위그 드 팽을 밀치고 가스파르에게 달려 든다. 살뱅이 재빨리 검을 뽑아 친구의 머리통을 두 쪽 낼 뻔 했던 검을 쳐낸다. 그러자 위르쒈랭이 숨겨 뒀던 단검을 꺼 내 살뱅의 왼팔에 찔러 넣는다.

위르쒈랭의 수하들이 살뱅과 가스파르를 에워싸자 위그 드 팽은 물론 그와 함께 카드놀이 중이던 기사 여섯까지 즉 시 싸움에 끼어든다.

비로소 힘의 균형이 잡힌 상태에서 싸움이 펼쳐진다. 테 이블과 의자와 벤치가 뒤집혀 주점 바닥에 내동댕이쳐진다. 도자기 접시와 사발이 와장창 깨져 나뒹군다. 손님들이 공포 에 질려 구석으로 몸을 피한다. 엉망진창이 된 술집에서 한 바탕 전투가 벌어진다.

이때, 호각 소리와 함께 보두앵 국왕의 문장이 새겨진 복장을 입은 병사 수십 명이 주점 안으로 들이닥친다. 그들이 쇠뇌를 겨누어 싸움을 중단시킨 후 기사들에게 모두 무장을 해제하라고 명한다.

두 무리의 십자군 기사는 성전산 위, 이전에 알아크사 모스크가 있던 자리에 위치한 왕궁 안 감옥에 격리 수감된다.

위그 드 팽이 함께 수감된 기사들을 향해 말한다.

「문제가 있을 때 외교를 통해 아무리 풀려고 해도 답이 보이지 않다가, 어려움이 닥치고 나서야 갑자기 해답이 떠오르는 경우가 있지. 이번이 딱 그래. 소동을 겪으면서 곰곰이 생각해 봤네. 살뱅, 자네가 말한 수도사 기사단의 창립을 한번 진지하게 고려해 보세.」

팔에 입은 상처를 제대로 치료하지 못해 심한 통증을 느끼고 있던 살뱅이 희미한 목소리로 대답한다.

「고맙습니다.」

「십자군이라고 해서 다 같은 가치를 공유하는 건 아니니 이참에 엄격한 도덕적 규율을 존중하는 기사들을 하나의 깃발 아래 모아 보세. 이왕 이 안에 갇혀 있게 된 김에 머리를 맞대고 함께 기사단을 창설해 보는 거지. 기사단 이름은 〈밀리티아 크리스티〉, 즉 그리스도의 군대라고 짧게 부르면 어떻겠나.」

다른 기사들이 일제히 고개를 끄덕인다.

「자, 이제 서로 통성명을 합시다. 나는 샹파뉴에서 온 위그 드 팽이오.」

위그 드 팽이 먼저 자기소개를 한다.

「플랑드르에서 온 고드프루아 드 생토메르요.」

「부르고뉴에서 온 앙드레 드 몽바르요.」

「피카르디에서 온 파엥 드 몽디디에요.」

「포르투갈에서 온 공드마르 다마랑트요.」

「에노에서 온 조프루아 비솔이요.」

「오베르뉴에서 온 아르샹보 드 생타망이요.」

마지막으로 말썽꾼 둘이 자기소개를 한다.

「프랑슈콩테에서 온 살뱅 드 비엔이오.」

「알자스에서 온 가스파르 위멜이라고 하오.」

기사들이 서로 주고받는 눈빛에서 엄숙함이 읽힌다. 위그가 흥분에 찬 목소리로 말한다.

「지금 우리가 잡혀 와 있는 왕궁 안 이 감옥은 예전에 솔로몬 성전이 있었고 그리스도께서도 모셔졌던 곳이오. 그리스도의 군대를 창설하기에 이만큼 최적의 장소가 어디 있겠소! 형제들, 국왕 폐하와 교황 성하의 공식 인정을 기다리면서 먼저 충성 서약을 합시다.」

모두가 감격에 북받쳐 그의 말을 따른다.

「제가 기사단의 상징 문양을 하나 생각해 냈는데요.」

가스파르가 단검으로 손가락을 그어 피를 내더니 하얀 석회가 발린 벽에 십자가를 하나 그린다. 끝으로 갈수록 넓게 벌어지는 빨간 십자가 모양이 완성된다.

「그리스도의 피처럼 붉은색이고 힘을 상징하는 의미에서 끝부분을 넓힌 십자가입니다.」

「제대로 고른 것 같소. 검은 바탕에 흰 십자가가 그려진 구호 기사단의 문양과 확실히 구별도 되고.」

「내가 좌우명을 하나 생각해 냈는데 형제들 생각을 듣고 싶소. 〈믿음, 힘, 지혜, 그리고 가치〉. 어떻소?」

다들 흡족한 얼굴로 고개를 끄덕인다. 아홉 명의 기사가 칼을 꺼내 손바닥을 그은 뒤 손을 맞잡고 둥그렇게 모여 서서 좌우명을 합창한다.

「믿음! 힘! 지혜! 가치!」

위그드 팽이 눈을 감고 엄숙한 목소리로 선포한다.

「주후 1113년 2월 18일인 오늘, 이곳에서, 수도사 기사단 밀리티아 크리스티의 탄생을 선포하노니, 시간과 공간을 뛰어넘어 영원히 존속하면서 그 고유한 목소리를 세상에 울려 퍼지게 할지어다.」

병사 하나가 열쇠 꾸러미를 짤랑거리며 나타난다. 그가 쇠창살로 된 문을 열더니 안에 있는 사람들에게 밖으로 나오라는 시늉을 한다.

「운이 좋은 줄 아시오. 보두앵 국왕 폐하께서 당신들의 헌신과 노고를 감안해 더 오래 가둬 두지 않겠다고 하셨소. 그리고 이번 사건은 과음으로 인한 불상사로 여기겠다고 말씀하셨소. 이건 내 생각인데, 십자군이 예루살렘 한복판에 있는 주점에서 술에 취해 자기들끼리 치고받으면 전체 기독교인의 이미지에 나쁜 영향을 주지 않겠소? 압수한 무기는 돌려줄 테니 받아 가시오. 이거 하나만은 명심하시오. 한 번 더 이렇게 볼썽사나운 소란을 일으키면 그땐 감옥에서 고생깨나 하게 될 거요.」

풀려나 밖으로 나온 기사들에게 위그드 팽이 주점으로 돌아가 기사단 창설을 자축하자고 제안한다. 난장판으로 변한 텅 빈 실내를 주인 혼자 청소하는 걸 보고 기사들은 그를 도와 함께 주점을 정리한다. 그러고 나서 테이블 하나와 의자 몇 개를 따로 빼 빙 둘러앉는다.

「형제들, 기사단의 창설을 축하하며 잔을 듭시다.」

위그드 팽이 건배를 제안하고 나서 주점 주인에게 단호하게 말한다.

「시몬, 우린 지금부터 포도주는 일절 입에 못 대니 꿀물을 주게. 이제 꿀물이 우리 단골 음료가 될 걸세.」

그들이 풀려났다는 소식을 들은 드보라가 주점으로 달려온다. 그녀가 살뱅을 힘껏 껴안자 그가 인상을 찡그리며 고통스러워한다.

「어디 봐요!」

그녀가 호통치듯 말한다.

살뱅이 옷소매를 찢어 보여 주자 생각보다 상처가 깊은 걸 보고 그녀가 깜짝 놀란다.

「아버지를 모셔 와야겠어요. 아버지가 보셔야 어떻게 할지 아실 거예요.」

잠시 후 장인이 사위의 상처를 꼼꼼히 살펴보고 나서 말한다.

「절단 외에 다른 방법이 없네. 당장 하지 않으면 살이 썩어 들어갈 거야.」

기사들이 순식간에 주점을 수술실로 바꿔 놓는다.

살뱅이 알코올 도수가 높은 벌꿀 술 한 단지를 통째 들이켠다. 동료들이 그의 몸을 긴 의자에 단단히 결박한 다음 입에 나뭇조각을 하나 끼워 악다물 수 있게 해놓는다. 드보라의 아버지가 뜨거운 물을 한 대야 가지고 오게 하더니 물에 손을 담근다.

「수술하기 전에 손을 씻는 이유는 뭐요?」

고드프루아 드 생토메르가 어리둥절한 표정을 짓는다.

「이것도 당신들이 하는 정결 의식[10]과 비슷한 미신이오?」

10 몸을 씻어 정결하게 하는 의식. 유대교의 미크바를 가리킨다.

늙은 의사는 대꾸하지 않고 수술 준비에 몰두한다.

「초를 켜 실내를 환하게 밝히고 톱을 한 자루 가지고 오시오.」

「유대인들의 의술은 고대 이집트 땅에서 익힌 것이라고 들었네.」

위그드 팽이 작은 목소리로 말한다.

「이제 화로에 불을 피우고 그 안에 검을 집어넣어 빨갛게 달구시오. 내가 뼈를 절단하고 나면 즉시 달군 검으로 절단 부위를 지지시오.」

드보라가 남편의 손을 꼭 잡아 준다. 의사가 환자의 상처 윗부분을 묶어 압박한 다음 톱을 움직이기 시작한다. 괴기한 소음을 내며 톱이 왔다 갔다 하는 사이 피부에 이어 뼈가 잘려 나간다.

피가 솟구쳐 바닥으로 뚝뚝 떨어진다. 통증이 거대한 파도처럼 살뱅을 덮친다. 그는 머리가 터지는 것 같아 고통스러워하며 몸을 뒤튼다. 암전.

35

르네 톨레다노가 팔에 따끔한 통증을 느낀다. 그는 꾸벅꾸벅 졸다 얼굴을 옆으로 떨군 채 잠이 든다. 비행기 안에 다시 불이 들어오고 잠시 후 착륙을 알리는 기내 방송이 흘러나온다. 창밖으로 예루살렘 시가지가 펼쳐지고 있다. 거대한 케이크에 수를 헤아릴 수 없는 촛불이 꽂혀 있는 듯 도시의 불빛이 명멸한다.

「잘 잤나?」

알렉상드르가 르네에게 묻는다.

「선잠이 들었나 봐요.」

비행기가 서서히 하강하기 시작한다. 바퀴가 활주로에 닿는 소리가 들린다. 자리에서 일어나도 좋다는 안내가 나오자 승객들이 짐칸에서 짐을 내리기 시작한다. 르네 일행은 트랩을 지나 밖으로 나온다.

벤구리온 공항. 르네 톨레다노는 땅에 발을 디디는 순간 기이한 감정에 휩싸인다.

여기가 익숙하게 느껴져.

그가 무릎을 꿇고 바닥에 엎드린다.

이 땅이 발산하는 특별한 자기장이 손바닥에 느껴지는 것 같아.

브르타뉴의 브로셀리앙드 숲[11]과 몽생미셸에 갔을 때와 비슷해.

---

11 아서왕의 전설에 등장하는 마법의 숲.

그 두 곳이야 화강암에서 방사선이 나오니 그랬겠지만, 이 땅에서 느껴지는 이 느낌의 정체는 뭘까.

사람들이 자신을 이상하게 쳐다보는 것 같아 르네는 얼른 몸을 일으킨다.

세 프랑스인 여행자는 세관을 통과한 다음 가방을 찾아 예루살렘 시내로 가기 위해 택시를 탄다.

새벽 6시. 환히 동이 트기 시작한다. 르네 일행은 예상과는 다른 풍경이 눈앞에 펼쳐져 신기한 표정으로 차창 밖을 내다본다. 온통 사막일 줄로만 알았는데 초록의 숲과 경작지가 번갈아 나타나는 게 마치 에스파냐나 이탈리아의 풍경이 연상된다.

르네는 부드러운 곡선으로 이어지는 나지막한 초록빛 구릉들에서 시선을 거두지 못한다.

9백 년 전에도 이런 모습이었을까?

살뱅이 본 것도 이 풍경이었을까?

잠시 후, 그들을 태운 택시가 킹 데이비드 호텔에 도착한다. 〈유서 깊은 도시의 유서 깊은 호텔〉이라면서 이곳에 묵자고 고집한 사람은 알렉상드르였다. 고급 호텔이지만 숙박비를 소르본 대학 학장 경비로 처리할 수 있다고 했다.

안으로 들어가자 시원하게 에어컨을 튼 드넓은 로비가 나온다.

예전에 여기서 묵은 적이 있는 알렉상드르가 신이 나서 여행 가이드라도 된 듯 호텔의 역사를 상세히 알려 준다.

「이 호텔은 1929년에 건축됐어. 시온주의 무장 저항 단체인 이르군이 여기 있던 영국군 사령부에 폭파 테러를 감행하면서 전 세계에 알려졌지. 영국이 예루살렘을 위임 통치하던 시절의 일이야.」

알렉상드르가 벽에 걸린 흑백 사진들을 손으로 가리킨다.
킹 데이비드 호텔의 변천사가 한눈에 들어온다.

알렉상드르가 설명을 이어 간다.

「1946년 7월 22일, 이르군이 유대인 2천5백 명이 체포된
데에 대한 보복을 감행하기로 하고 〈호텔에 폭발물이 설치
됐으니 즉각 대피하라〉는 경고 메시지를 보내. 당시 이 호텔
에 영국군의 사령부가 있었거든. 하지만 메시지를 받은 사령
관 존 쇼 경은 비웃듯이 휘하 장교들에게 말하지. 〈우리는 유
대인들의 명령을 받지 않는다.〉 그는 아무도, 심지어 호텔 직
원들까지도 건물 밖으로 나가지 못하게 해. 정오가 되자 작
은 규모의 첫 폭발이 일어나. 주변에 있는 행인들을 해산시
키기 위한 목적이었지. 이르군은 아랍인 웨이터들과 요리사
들을 건물 뒤쪽 문을 통해 대피시켰어. 그 후 12시 37분에 일
어난 본 폭발로 영국인 스물여덟 명, 아랍인 마흔한 명, 유대
인 열일곱 명을 포함해 아흔 명이 사망했어. 테러 현장에
서 기적적으로 살아남은 사람들 중에는…… 존 쇼 경도 끼어
있었지. 어쨌든 이 사건은 영국이 이스라엘에서 서서히 철수
하기 시작한 계기가 됐어. 자기들은 빠질 테니 유대인과 아
랍인끼리 서로 죽여 보라는 거였지.」

로비에 걸린 사진 중에는 입에 파이프를 물고 깔끔한 제복
차림으로 의자에 앉은 영국군 장교들의 모습도 있다. 그들
옆에는 브랜디병과 위스키병이 놓인 쟁반을 들고 웨이터들
이 서 있다.

「1년 뒤 1947년에 인도를 떠날 때도 영국은 그런 식이었
죠. 무슬림과 힌두교도끼리 남아 실컷 싸워 보라는 식.」

멜리사가 한마디 한다.

「이 성스러운 땅에 그토록 많은 피가 뿌려졌다는 게 믿기지 않아.」

알렉상드르의 얼굴이 어둡게 변한다.

「그래서 성지인지도 모르죠.」

르네가 말을 받는다.

「그렇다면 난 성지보다 차라리 세속의 땅이 더 좋아요.」

멜리사가 비꼬듯이 말한다.

「자, 얼른 방으로 가서 짐을 풀고 10분 뒤에 수영장에서 다시 만나는 게 어때.」

알렉상드르가 민감한 주제로 딸과 논쟁을 벌이기 싫어 즉시 화제를 바꾼다.

세 사람은 각자의 방으로 가서 잠깐 더위를 식히고 수영복으로 갈아입은 다음 호텔 수영장에서 다시 만난다. 키 큰 야자수가 드리운 그늘에 앉아 신선한 과일스무디를 홀짝거리며 시간을 보낸다.

「어제 말한 예루살렘 대학 학장인 메넬리크 아야누와 수영장에서 만나기로 약속했어. 곧 도착할 거야.」

르네 톨레다노는 알렉상드르의 주도면밀함이 놀라울 뿐이다. 그는 만 하루 만에 퇴행 최면에 성공하고 바로 이스라엘 여행을 결정했다. 그러고 나서는 비행기표를 사고, 킹 데이비드 호텔에 방을 예약하고, 현지에 있는 친구와 약속까지 잡은 것이다.

르네의 생각을 꿰뚫어 본 멜리사가 한마디 한다.

「우리 아빠는 항상 뭔가에 쫓기듯이, 당장 죽을 사람처럼 행동해. 처음에는 감탄할지 모르지만 같이 있다 보면 숨이 막히는 것 같을 거야. 쉴 틈을 좀 주면 좋겠어.」

「쉴 틈을 달라고? 지금 쉬고 있잖아, 이 멋진 수영장에서 맛있는 칵테일을 즐기면서.」

알렉상드르가 화를 내는 척하며 인상을 찡그린다.

「아빠, 이번 한 번만은 제발 좀 긴장을 풀고 편안히 현재를 즐기면 안 될까요? 뭔가를 더 해야겠다는 생각을 버리고 말이에요. 아빠는 늘 신기루를 뒤쫓는 것 같은 인상을 줘요.」

멜리사가 호응을 기대하고 르네를 쳐다본다.

「우리 아빠는 모든 게 다 궁금하고 모든 걸 다 배우고 싶어 하는 사람이야. 그러고 나서는 자신의 유식함을 드러내고 싶어 하지. 아무래도 아빠의 이런 나쁜 기질을 더 부추기는 사람을 만난 것 같아.」

「나 원, 듣다 듣다 이젠 호기심이 많아서 문제라는 타박까지 듣네!」

알렉상드르가 실소를 터뜨린다.

「잠시 숨을 돌리고 현재를, 지금 가진 것을 즐길 줄 모르니까 답답해서 그래요. 과거와 미래 말고도 현재가 존재한다는 걸 기억하시라고 말하는 거예요. 제발 지금, 여기에서, 이 순간을 즐기시라고!」

「맙소사, 내가 그러지 못하는 사람이라는 건 인정하마.」

알렉상드르가 겸연쩍어하며 말한다.

「저는 어쨌든 다음 일을 생각하지 않고 지금 두 분과 보내는 소중한 시간을 즐기고 있습니다.」

르네가 훈수 두듯 한마디 하고 나서 칵테일을 천천히 목으로 넘긴다.

「성경에서는 아담과 이브가 낙원에서 쫓겨났다고 하지

만…… 그게 아닐지도 몰라.」

알렉상드르가 말끝을 단다.

「우린 여전히 낙원에 있는지도 몰라. 우리 주변에 있는 이 수많은 다양한 동식물의 존재가 정말로 놀랍지 않니? 저 하늘과 태양을 한번 봐. 이 세계를 구성하는 온갖 형태와 색깔과 냄새야 말하면 뭐 하겠니. 저 새 소리 좀 들어 봐……. 우린 영원히 계속되는 동화 속에 존재하는지도 몰라. 단지 그걸 인지하지 못하고 있을 뿐이야. 당장 나부터 말이야.」

「그런 관점에서 보면 인류는 그 낙원의 존재를 인지하지 못하고 그곳을…… 지옥으로 만들고 있는 셈이네요.」

멜리사가 말을 받는다.

내가 본 미래의 지구를 떠올리면 멜리사의 말이 완전히 틀린 건 아니야.

르네가 멜리사 쪽으로 고개를 돌린다. 그녀는 빨간 수영복을 입고 눈가의 멍 자국을 가리기 위해 선글라스를 꼈다. 알렉상드르는 하와이풍 무늬가 그려진 짧은 반바지를 입고 얼굴에 선크림을 두껍게 발랐다.

바람에 일렁이는 야자수잎들 사이로 주황빛이 감도는 호텔의 황톳빛 전면이 눈에 들어온다. 르네는 미지근한 바람결을 느끼며 자신을 지금 이 순간에 이르게 한 우여곡절을 떠올린다. 그는 숨을 들이쉬었다 내뱉었다 한다.

지금, 여기, 이 순간은 내 기억에 소중한 추억으로 저장될 순수한 행복의 순간이야.

멜리사가 안이 들여다보이지 않게 미러 렌즈를 끼운 선글라스를 벗더니 똑같은 렌즈를 끼운 물안경을 쓰고 물속으로 뛰어든다. 르네는 그녀의 우아한 입수 동작을 물끄러미 쳐다본다.

알렉상드르와 르네도 물속에 몸을 담근다. 그들은 한쪽 구석으로 가 얘기를 나눈다.

「솔직히 난 이해하지 못하겠네. 극좌 성향을 가진 내 딸 멜리사가 어쩌다 극우 성향의 브뤼노와 만나게 됐는지 말이야. 아무튼 쟤를 여기로 데려와 자기 눈으로 직접 이스라엘을 보게 하길 참 잘했다는 생각이 들어. 혁명적 공산주의자 동맹에 가입한 저 아이는 늘 과격한 반시온주의자의 모습을 보였지. 팔레스타인을 지지하는 활동가들과 각종 시위에 참여했어. 때로는 정체가 뭔지 의심스러워 보이는 피켓들까지 치켜들면서 말이야.」

「반유대주의 시위 말인가요?」

「그냥 〈반시온주의〉라고 말해 두지. 그런 아이가 지금 자신이 부정하던 나라에 와 있는 걸세. 그 나라의 호텔 수영장에서 수영을 하면서 기운을 되찾는 중이야.」

「현장에서 직접 두 눈으로 확인하는 것만큼 확실한 경험은 없죠.」

멜리사가 우아하고 완벽한 동작으로 크롤 스트로크를 하며 수영장을 가로지르는 모습이 보인다.

「제 생각에 이 나라를 바라보는 따님의 관점이 쉽게 바뀔 것 같진 않아요. 폭력적인 애인과 떨어져 고급 호텔에서 시간을 보내는 게 그냥 좋은 게 아닐까요.」

르네가 보다 현실적으로 말한다.

세 사람은 물에서 나와 가운을 걸치고 의자에 앉아 몸을 말린다. 르네가 웨이터에게 종이와 볼펜을 가져다 달라고 하더니, 드보라가 살뱅에게 했듯이 종이에 동그라미 두 개를 그린 후 가운데를 반으로 접어 원이 만나게 한다. 그리고 그것을 알렉상드르에게 보여 준다.

세 사람이 심각한 표정으로 수수께끼가 그려진 종이를 내려다본다.

「어떻게 보면, 음…… 답이 너무 단순해 보이기도 해. 동그라미 두 개와 접힌 부분이 전부잖아. 다른 게 없어.」

멜리사가 운을 뗀다.

접힌 금이 수수께끼의 열쇠라도 되는 듯 르네가 종이를 계속 접었다 폈다 한다.

멜리사가 별안간 소리를 지른다.

「답을 찾은 것 같아!」

그녀가 르네에게서 종이를 낚아채더니 가운데를 접어 원두 개를 포갠다.

「이 종이가 시공간을 상징한다고 가정해 봐. 이건 아인슈타인이 주장한 원리야. 그는 한 행성의 질량이 그것의 평평한 표면을 휘게 만든다고 했어. 우주를 평평하게 펼쳐진 커다란 천…… 아니, 이 종이로 생각해도 같은 원리가 적용돼.」

우아, 양자 물리학까지 아는 걸 보니 보통이 아니야. 내가 그동안 멜리사를 과소평가했나 봐.

「자, 우리가 여기, 이 시공간에 있다고 가정해 봐요.」

그녀가 두 개의 원 중 하나를 가리킨다.

「그런데 여기로 가려고 해요.」

그녀가 이번에는 다른 원을 손으로 가리킨다. 르네는 그녀의 논리를 따라가기 위해 의자를 앞으로 바짝 당겨 종이를 들여다본다.

「서로 다른 두 개의 공간이고, 시간이죠……. 틀림없이 서로 다른 시공간인데, 어떻게 이동이 가능할 수 있을까요?」

「과학적으로 보면, 현재까지 우리가 가진 과학적 지식으로는 불가능한 일이죠.」

그녀가 다시 종이를 접어 두 원을 포갠 뒤에 설명을 계속 이어 간다.

「그런데 말이죠, 두 분은 그 퇴행 최면이라는 걸 통해 이 이동이 가능해요. 두 분의 상상력이 작동해서겠지만 어쨌든 두 분한테는 시공간의 이동이 일어난다는 거예요. 두 분의 정신은 여기, 이 다른 시공간에서 보고, 듣고, 느낀다는 거죠. 너무도 〈현실적인〉 경험이기 때문에 두 분은 정말로 그 과거에 다녀왔다는 확신을 가지고 서로 대화를 나누는 거예요. 그렇죠?」

나는 모르는 뭔가를 그녀가 이해하고 있는 것 같아.

「그렇지. 그런데 무슨 말을 하려는 거냐?」

「두 분은 정신의 힘을 통해 이 두 시공간을, 다시 말해 이 두 개의 원을 이은 거예요…….」

그녀가 종이를 접었다 폈다 하면서 원 두 개를 붙였다 떼기를 반복한다.

「이건 결국 시공간을 접어 구부림으로써 연결하는 거예요.」

상대가 논리를 따라올 수 있게 그녀가 잠시 뜸을 들인다.

「계속해 봐.」

알렉상드르가 발그스름하게 상기된 얼굴로 그녀를 재촉한다.

「두 분은 정신의 힘을 이용해 시간을 구부리는 기술을 구사하는 거예요. 한마디로 〈구부러진 시간temps plié〉을 만드는 거죠.」

제2막   **구부러진 시간**

36

구부러진 시간?

한 가지 생각이 퍼뜩 르네의 머리를 스쳐 지나간다.

거기에 숨겨진 의미를 발견한 두 남자는 흥분을 감추지 못한다. 멜리사는 여전히 학생을 가르치는 교사의 말투로 설명을 이어 나간다.

「두 분이 〈그리스도의 군대〉라는 이름의 기사단을 창설했다고 하셨죠? 아마도 그게 기사단의 최종적인 이름은 아닐 거예요.」

알렉상드르가 딸을 와락 껴안는다.

「당연하지!」

그가 얼굴이 벌겋게 달아올라 말을 쏟아 낸다.

「그래, 처음부터 그 이름들에 뭔가 있다고 생각했어! 하느님 맙소사! 위그 드 팽! 그가 누구겠어? ……성전 기사단, 즉 템플 기사단을 설립한 그 위그 드 팽이 아니면?」

르네가 얼른 스마트폰에서 기사단에 관한 정보를 찾아 읽기 시작한다. 그가 오른쪽 눈썹을 찡긋 치켜올린다.

「흠…… 제 말 좀 들어 보세요. 여기, 템플 기사단을 창립했다는 기사들의 공식 명단에 위그 드 팽과 다른 여섯 명의 이름은 나오는데 이상하게 가스파르 위멜과 살뱅 드 비엔은 없어요.」

알렉상드르도 휴대폰으로 이 사실을 확인하고는 당황해 고개를 갸웃거리더니 이내 다시 환한 표정으로 돌아온다.

「혹시 이런 설명이 가능하지 않을까? 여기 나와 있는 도르도뉴의 아르날도와 프로방스의 롤랑이 나중에 결격 사유가 생겨서 리스트에는 없는 다른 두 기사가 그들을 대체하게 된다든가…….」

「우리 둘이 말이죠?」

알렉상드르와 르네는 한껏 상기된 얼굴이다. 멜리사는 동그라미 두 개를 그려 반으로 접은 종이를 여전히 만지작거리고 있다. 그 안에 자신의 사고의 지평을 넓혀 줄 무언가가 들어 있는 것처럼 유심히 들여다본다.

「그러니까 결론은, 우리가 만든 그리스도의 군대가 나중에…… 구부러진 시간의 기사단, 다시 말해 템플 기사단이 된다는 거지.」[12]

르네가 보충 설명을 한다.

「초기에 〈그리스도의 가난한 기사들〉이라고 스스로를 명명했던 이 그리스도의 군대는 이스라엘 땅과 유대인들의 역사, 특히 솔로몬 성전의 의미에 주목해 〈그리스도와 솔로몬 성전의 기사들〉이라고 이름을 바꾸죠. 이걸 간단히 성전 기사단이라고 부르는 것이고.」

르네와 알렉상드르는 의미심장한 눈빛을 교환한다. 알렉상드르가 르네를 보며 말한다.

「우리가 시간과 장소를 제대로 찾아온 거야, 친구.」

---

12 구부러진 시간의 기사단Ordre du Temps plié의 발음 〈오르드르 뒤 탕 플리에〉는 템플 기사단Ordre des Templiers의 발음 〈오르드르 데 탕플리에〉와 유사하다.

37 므네모스: 초대 이스라엘 왕

출애굽 후 이스라엘 땅에 돌아온 히브리인들은 (야곱의 아들 르우벤, 시므온, 유다, 단, 납달리, 가드, 아셀, 이싸갈, 즈불룬, 베냐민, 그리고 요셉의 아들 므나쎄와 에브라임을 시조로 둔) 열두 지파의 대표들이 모여 나랏일을 결정하는 대의제 통치 체제를 택했다. 이들 열두 지파는 이스라엘 영토를 분할 통치했다.

외세가 침공하면 히브리인들은 민병을 조직해 전쟁을 치렀다. 평소에는 들판에서 농사일을 하던 농민들이 전시에는 군인이 되어 전투를 하는 식이었다. 당시 이스라엘은 북쪽에 살던 필리스틴[13]으로부터 빈번이 침략을 당했다. 하지만 농민병들만으로는 이 (히브리어로 〈침략자〉를 뜻하는) 필리스틴 군대의 공격을 막아 내기가 쉽지 않았다.

그러자 이스라엘의 열두 지파는 세금으로 운영되는 직업 군대를 만들기로 결정했다. 그러기 위해서는 이 군대를 관리할 행정 조직과 왕을 포함한 통치 세력이 필요해졌다.

결국 히브리인들은 대의제를 포기하고 이집트처럼 왕 한 명이 각료들을 거느리고 나라를 다스리는, 위계화되고 중앙 집권화된 통치 체제를 채택하게 된다.

그렇게 해서 기원전 1045년 사울이 이스라엘의 초대 왕이

[13] 『공동 번역 성서』에는 불레셋이라고 번역되어 있음.

된다. 사울왕의 통치 초기에 이스라엘 민족은 평화와 번영을 누렸다.

어느 날 예언가 사무엘이 사울왕을 찾아와 하느님의 뜻이라면서 베들레헴의 젊은 목동 다윗에게 왕위를 넘겨주라고 말한다.

그리고 얼마 지나지 않아 필리스틴이 다시 전쟁을 일으켜 이스라엘 땅을 침공해 온다. 이번에는 키가 여섯 규빗과 한 뼘, 즉 2미터 90센티미터 가량인 골리앗이라는 뛰어난 장수가 선봉에 서 있다. 두 나라 군대 간에 치열한 공방이 계속되는 가운데 골리앗이 자신과 결투를 벌일 히브리 장수를 내보내라며 도발해 온다. 골리앗은 40일 동안 매일 오전과 오후 각각 한 명씩 히브리 장수의 목을 날린다.

드디어 다윗이 골리앗을 상대하러 결투에 나선다. 그는 무기 없이 상대와 맞붙지만 기지를 발휘해 새총으로 골리앗의 이마에 돌을 명중시킨다. 거구의 골리앗이 바닥에 쓰러지자 다윗이 다가가 목숨을 끊어 놓는다.

이 일로 다윗이 이스라엘 백성의 영웅이 되자 사울왕은 그를 견제하기 시작한다. 사울은 다윗을 왕궁으로 불러 군대에서 교육한다. 사울은 뛰어난 전사에다 시인과 예술가의 재능까지 겸비한 다윗에게 갈수록 질투를 느낀다.

사울은 자신의 딸 미갈을 다윗과 결혼시킨다. 사위인 다윗의 명성과 인기가 높아만 가자 사울왕은 결국 아들들을 시켜 그를 제거하기로 결심한다.

하지만 다윗과 절친한 친구 사이였던 사울의 아들 요나단이 형제들의 암살 음모를 미리 알려 준 덕분에 다윗은 가까스로 도망쳐 목숨을 구한다.

또다시 필리스틴과 전쟁이 벌어져 싸우던 중 사울왕이 전사하자 다윗이 왕위를 계승한다. 다윗왕은 집권 초기인 기원전 1010년에 예루살렘으로 도읍을 옮긴다.

그의 통치하에서 이스라엘 왕국은 사울왕 때보다 훨씬 큰 번영을 누린다.

통치 말기에 이르러 다윗왕은 모리야산에 웅장한 성전을 건축하고 그곳에 모세의 십계명이 든 언약궤를 모시겠다는 장대한 계획을 수립한다. 이 성전의 설계도까지 완성됐지만 그는 결국 공사가 시작되는 걸 보지 못하고 세상을 뜬다. 죽기 전 그는 막내아들인 솔로몬에게 위업을 이어받아 실현해줄 것을 부탁한다.

38

「잘돼 가나?」

전동 휠체어에 탄 남자가 그들을 향해 다가온다. 소매가 짧은 파란색 셔츠 아래로 검은 피부의 앙상하고 긴 팔이 드러나 보인다.

길쭉한 얼굴에 콧날이 날카로운 사람이다. 머리에는 뜨개질한 청색 키파를 썼다.

「메넬리크!」

알렉상드르가 반갑게 소리친다.

「알렉스! 이렇게 다시 만나니 정말 기쁘군.」

두 사람이 서로의 뺨에 입맞춤을 한다.

「이쪽은 내 딸 멜리사, 그리고 여긴 얼마 전 내가 강사로 채용한 르네 톨레다노일세.」

르네와 멜리사가 활짝 웃으며 메넬리크에게 인사를 건넨다.

「내 절친한 친구 메넬리크 아야누를 소개하마.」

「프랑스어를 정말 잘하시네요.」

멜리사가 놀라워하며 칭찬을 한다.

「소르본 대학에서 공부했으니까. 그때는 아직 알렉스가 학장이 되기 전이었지.」

「메넬리크가 겸손해 말을 안 해서 그렇지 사실은 라틴어,

그리스어, 암하라어, 아랍어까지 못 하는 언어가 없어. 이집트 상형 문자도 만화책 읽듯 해독하지.」

「암하라어라는 건 처음 들어 봐요.」

르네가 궁금한 표정으로 메넬리크를 쳐다본다.

「피부색을 보고 짐작했겠지만 난 아프리카, 더 정확히는 에티오피아에서 태어났네. 암하라어는 에티오피아인들이 쓰는 언어일세.」

「죄송한 말씀이지만 저는 이스라엘인들 중에 흑인이 있는 줄은 몰랐어요.」

멜리사가 끼어든다.

「난 에티오피아 출신 유대인일세. 흔히 〈팔라샤〉라는 이름으로 불리는. 우리는 스스로를 성서 속에 나오는 솔로몬왕과 세바왕의 후손이라고 여기지. 난 에티오피아에서 태어났지만 열세 살에 이스라엘로 이주했네.」

「두 분은 어떻게 만나셨어요?」

르네가 알렉상드르를 쳐다본다.

「두 달 전에 미국 스탠퍼드 대학에서 열린 학장 회의에서 처음 만났어. 근엄한 행세를 하는 참가자들 중에서 유일하게 넥타이를 매지 않고 농담하길 좋아하는 친구였지. 그때부터 자주 연락을 주고받았어.」

「갑자기 자네가 온다고 해서 조금 놀랐네, 알렉스. 조금 더 일찍 알려 줬으면 키부츠에 있는 우리 집에서 묵을 수도 있었는데 그랬어.」

「난 이 호텔이 딱 좋네. 이상하게도 나이가 들수록 점점 이런 유서 깊고 호화스러운 호텔 같은 데가 좋아지는군.」

메넬리크가 전동 휠체어를 조작해 몸을 테이블 쪽으로 당겨 앉는다. 편안하게 자리를 잡고 나자 그가 요리와 음료를 주문한 뒤 진지한 얼굴로 프랑스인들에게 묻는다.

「그래, 이 급작스러우면서도 반가운 방문의 이유가 대체 뭔가?」

「여기 이 르네 톨레다노가 시간을 거슬러 여행하는 도구를 발명한 것 같아. 직접 여기 와서 몇 가지 〈요소〉를 확인해야 한다고 하더군.」

「그 도구는 어디 있어?」

메넬리크가 다시 묻는다.

알렉상드르가 집게손가락으로 관자놀이를 가리킨다.

「여기, 머릿속에 들어 있네. 천하에 이동이 간편하고 공짜기까지 하지. 누구나 사용할 수 있어. 물론 사용 절차를 알아야 하긴 하지만.」

멜리사가 비웃듯이 입을 삐죽 내밀지만 말을 자르지는 않는다.

「르네가 사용하는 기술은 〈퇴행 최면〉이라는 거야. 너무나 쉽고 간단한 방법이지. 눈을 감고 긴장을 푼 상태에서 최면사 혹은 자기 내면의 목소리가 이끄는 대로 따라가기만 하면 돼.」

「자네들이 예루살렘에 온 게 그 최면과 무슨 관계가 있는 거군?」

「르네와 내가 전생에서 처음 만난 장소가 바로 이 도시 성벽 아래야. 1099년 7월 15일이었지. 방금 말한 그 〈퇴행 최면〉을 하고 나서 우리가 생각하기로…… 아니, 느낌을 받기로…… 우리는 그날 이 도시 안으로 진격한 십자군 기사였어.」

메넬리크 아야누가 알렉상드르를 빤히 쳐다보고 나서 멜

254

리사 쪽으로 고개를 돌린다. 그녀가 딴청을 피우며 허공을 쳐다본다.

「진지하게 하는 소리야? 혹시 말이야, 혹시…… 꿈은 아니었을까?」

웨이터가 얼음을 갈아 위에 올린 토마토주스 네 잔을 테이블에 내려놓고 돌아간다. 네 사람은 시원한 음료를 마시면서 대화를 이어 간다.

「자네가 놀라는 거 난 얼마든지 이해할 수 있어.」

알렉상드르가 부드러운 어조로 친구에게 말한다.

「나 역시 처음에는 믿지 않았거든. 그런데 그게 꿈이나 단순한 상상력의 투사가 아니라는 것, 얼마든지 가능할 수도 있다고 내가 생각하게 된 것은 내 몸과 감각이 보인 생생한 반응과 개연성 있는 무수한 디테일들 때문이었어. 내가 마치 그 십자군 기사의 몸에 빙의한 것 같았거든.」

「디테일이라면 어떤 걸 말하는 거지?」

알렉상드르가 잠시 생각에 잠기는 듯하더니 말한다.

「음, 가령 이런 거 말이야. 아주 단순한데, 당시 사람들이 입었던 양모로 짠 옷은 아주 가려웠어. 기사들이 입었던 쇠사슬 갑옷도 마찬가지고. 〈거기〉 다녀온 후로 부드러운 면 티셔츠의 감촉이 얼마나 더 좋아졌는지 몰라. 예전에는 당연하게 여겨 고마운 줄도 몰랐어. 또 한 가지, 중세 시대에는 땅거미가 지는 순간부터 사람들의 활동이 딱 멈춘다는 걸 알게 됐어. 그때 사람들은 마치 도마뱀처럼 살았어. 낮에 해가 있을 때만 활동하고 해가 지면 실내에 머물렀지. 가로등이 없었으니 밤은 공포 그 자체였어. 퇴행 최면을 하지 않았다면 이런 사실들을 이토록 절절하게 체감할 수 없었을 거야.」

「제가 한 가지 더 말씀드리면…….」

르네가 끼어들며 말한다.

「옛날에는 요즘처럼 수세식 화장실이 없었잖아요. 화장실은 비교적 최근 발명된 거니까. 그때는 윙윙거리는 파리가 들끓는 노천 변소에서 후다닥 볼일을 봤어요. 그러고는 자갈이든 낙엽이든 손에 잡히는 대로 뒤를 닦았죠. 음악은 또 어땠게요. 사소한 거라 여기실지 모르지만, 녹음이 불가능하다 보니 마음에 드는 노래가 있으면 외울 때까지 멜로디와 가사를 흥얼거리는 수밖에 없었어요. 오늘날의 우리들은 상상도 할 수 없는 일이죠.」

이 말에 멜리사가 픽 웃는다.

「음식은 또 얼마나 단조롭던지.」

르네가 말끝을 잇는다.

「옛날에는 매일 똑같은 음식만, 주로 빵과 수프만 먹었죠. 운수가 대통한 날이거나 잔칫날이라야 돼지 비곗살이라도 구경할 수 있었어요. 채소와 과일에 웬 벌레는 또 그렇게 많던지! 요새는 방사선을 쪼이니까 벌레를 볼 수 없지만 옛날에는 채소와 과일에 벌레가 우글거렸어요.」

「이를 닦지 않아 입 냄새도 어지간히 심했지. 쓰레기를 길 한가운데 도랑에 쏟아 버리니 사시사철 파리가 들끓었어. 개와 고양이, 돼지, 쥐가 청소부 역할을 대신해주던 시절이지.」

알렉상드르가 거든다.

「당연히 하수구는 없었고. 어디 하수구뿐인가, 인도가 없어 사람과 탈것이 뒤엉켜 지나다녔지.」

「주인 없이 떠돌아다니는 고양이와 개도 셀 수 없이 많았어요. 떠돌이 개들이 무리를 지어 다니며 사람을 공격하기도 했죠. 집 없이 떠돌며 구걸하던 어린아이들도 많았어요. 옛날에 그렇게 고아가 많았다는 건 역사서들에도 제대로 나와 있지 않죠. 그 아이들이 마치 개들처럼 행인을 공격하기도 했어요.」

르네가 마치 이국적인 여행담을 들려주듯이 얘기를 계속한다.

「이제는 거의 보기 힘들지만 그때는 당나귀가 무척 많았어요. 거리에 말보다 당나귀가 더 많던 시대였죠.」

「마을마다 지적 장애가 있는 사람도 참 많았어. 여행에 위험이 따르다 보니 사람들이 태어난 마을을 평생 떠나지 않는 경우가 대부분이었어. 자연스럽게 친척끼리, 사촌과 육촌끼리 결혼하게 됐고…… 그런 근친혼이 원인이 돼 여러 가지 병이 생겼지. 하지만 전문 기관도 수용 시설도 없다 보니 지적 장애가 있는 사람들이 그냥 방치됐어. 아, 또 한 가지, 무료한 노인들이 온종일 발코니에서 거리를 구경하는 것도 신기하더군. 요즘처럼 여가 활동이 다양하지 않던 시절이었으니 그것 말고는 소일거리가 없었을 거야. 만약 내가 〈거기〉 갔다 오지 않았다면 이런 디테일을 어떻게 알 수 있었겠나.」

메넬리크가 흥미진진해하며 이야기에 귀를 기울이고 있다. 전혀 비웃는 표정이 아니다.

「지금까지 말한 걸 다 〈퇴행 최면〉 동안 알았단 말이지?」

「과거의 내가 느낀 걸 나도 똑같이 느꼈어.」

알렉상드르가 설명을 덧붙인다.

「그가 본 것, 들은 것, 느낀 것을 내가 똑같이 보고, 듣고, 느꼈어. 그의 흥분과 공포까지 고스란히 체험할 수 있었지. 마치 내가 그의 머릿속에 들어가 있는 것처럼…….」

「외부 관찰자의 시점을 취하는 것도 얼마든지 가능해요.」

르네가 설명을 거든다.

「전투를 하다 보니 죽음이 멀지 않다고 느껴지더군. 그때 와 비교하면 요즘 우리들은 얼마나 안전하게 살고 있는지 몰라. 그 당시 십자군 기사에게 하루하루 살아 있는 것은 기적 이었어. 다음 날에도 그 기적이 되풀이될지는 확신할 수 없 었지. 그러니 감정의 요동이 얼마나 격렬했겠나.」

알렉상드르가 흥분을 감추지 못한다.

「아니, 소르본 대학 학장인 자네도 감당하기 벅찬 감정들 이던가?」

메넬리크가 농담조로 말한다.

「물론 학장으로서 이따금 파업 중인 강사들과 불만에 찬 학생들을 대하는 일이 결코 쉽진 않아. 그래도 그건 내 생사 가 걸릴 만큼 절박한 문제는 아니지.」

「어쨌든 우리가 여기서 이렇게 만날 수 있는 건 자네의 그 신기한 경험 덕일세.」

메넬리크가 빙그레 웃으면서 말을 잇는다.

「그런데 아까 말한, 예루살렘에서 확인하고 싶다는 그 몇 가지 〈요소〉라는 게 뭔가?」

「현장에 오면 혹시 〈기시감〉이 증폭돼 뭔가 느낄 수 있지 않을까 확인해 보고 싶었던 거야.」

메넬리크가 주스 잔을 비우면서 묻는다.

「전생에서 자네들이 갔던 곳에 다시 가보고 싶은 거군. 그 렇지?」

주변 사람들이 이 대화를 들으면 틀림없이 이상하게 생각 할 거라는 걸 아는 프랑스인 세 사람이 말없이 눈빛을 교환한다.

「사실은 자네가 여기 도착하기 직전에 우리한테 어떤 〈직감〉이 왔어.」

알렉상드르가 엄청난 비밀을 털어놓는 사람처럼 목소리를 낮추며 말한다.

「전생에 우리가 누구였는지 이해하기 위한 열쇠가 성전 기사단에 있을지도 모르겠어.」

〈구부러진 시간〉에 관한 언어유희는 꺼내지 않는 게 낫겠어. 보나 마나 우리에 대한 신뢰만 떨어뜨릴 거야.

「그럼 자네들은 성전 기사단이 옛날에 솔로몬 성전이 있던 자리에 위치하고 있었다는 건 알고 있겠군. 성전 기사단이라는 이름이 거기서 유래된 것도.」

「그거야 물론 알고 있죠.」

멜리사가 고개를 끄덕인다.

「그 성전이 사라진 자리에 지금은 알아크사 모스크가 서 있지.」

「여전히 흔적은 남아 있겠지?」

알렉상드르가 묻는다.

「물론이지.」

「자네가 우릴 거기로 좀 데려다줄 수 있나?」

웨이터가 여러 가지 지역 특산 요리가 담긴 접시와 그릇을 테이블에 내려놓기 시작한다. 팔라펠, 토마토소스 가지구이, 쿠민 가루를 뿌린 삶은 당근, 후무스, 피타, 타히니소스, 그리고 자두만 한 크기의 올리브.

프랑스인들은 음식이 하나같이 매콤하다고 느끼며 맛있게 식사를 한다.

「여기서 멀지 않은 곳에서 유적 발굴이 진행 중이야. 자네들이 원하면 지금 당장이라도 데려다줄 수 있어.」

39

그 벽이 눈앞에 있다.

돌을 깎아 쌓아 올린 거대한 성벽이다. 밑돌들은 믿기지 않을 만큼 거대하고, 위로 올라갈수록 돌 크기가 점점 작아진다.

성벽 위쪽 돌 사이를 비집고 풀들이 자라나고 있다. 돌 틈에 머리카락을 한 움큼씩 끼워 놓은 것 같아 보인다.

성벽 아래쪽에는 틈새마다 돌돌 만 종이가 수천수만 장 빼곡히 끼워져 있다.

「여기가 통곡의 벽이구나…….」

감격한 멜리사가 나지막한 목소리로 말한다.

「〈통곡의 벽〉이라는 말은 서기 373년 로마의 수사 히에로니무스가 파괴된 성전을 찾아와 운다고 히브리인들을 조롱하기 위해 사용한 표현이지.」

메넬리크가 설명해 준다.

「여기 사람들은 그냥 히브리어로 〈벽〉을 뜻하는 〈코텔〉이라고 부르네. 이 벽은 길이가 5백 미터, 높이가 40미터에 이르고 지하 20미터 깊이까지 파여 있어.」

「돌들이 크기가 다 어마어마하군.」

알렉상드르가 감탄하며 말한다.

「지금 우리 눈에 보이는 돌들은 지하에 있는 것에 비하면 약과야. 우리 발밑에는 길이 14미터, 무게는 6백 톤 가까이 나가는 집채만 한 돌덩이가 있지. 더 놀라운 건 그 돌이 이집트의 피라미드처럼 아래로 내려갈수록 더 넓어진다는 사실이야.」

벽을 마주 보는 광장에서 사람들이 기도를 올리는 모습이 눈에 띈다. 검은색 옷차림에 머리니 어깨에 탈리트를 걸친 사람들이 있는가 하면, 티셔츠나 셔츠 같은 평상복 차림의 사람들도 적지 않다. 전 세계에서 온 관광객들이 벽을 배경으로 포즈를 취하고 있다.

르네는 비행기에서 내려 이스라엘 땅을 처음 밟았을 때와 똑같은 에너지를, 아니 한층 더 강해진 에너지를 느낀다. 이 벽 앞에서 자신이 지금 3천 년 전의 에너지와 이어지고 있다는 희미하지만 확실한 느낌을 받는다.

「벽 앞에서 소원을 빌 수 있네.」

메넬리크가 방법을 가르쳐 준다.

알렉상드르와 르네는 입구에서 받아 가지고 온 종이 키파를 머리에 쓴다. 그들은 멜리사와 함께 각자 소원을 적은 다음 종이를 돌돌 말아 돌 틈에 끼운다.

「무슨 소원을 비셨어요?」

르네가 알렉상드르를 쳐다보며 묻는다.

「성배를 찾게 해달라고. 모든 기사의 최종 목표가 그거 아닌가?」

알렉상드르가 씩 웃는다.

「멜리사, 자네는?」

메넬리크가 멜리사에게 묻는다.

「저요? 전 소원을 빌고 그러는 거 믿지 않지만 여기 관습이니까 그냥 따라 했는데, 사랑을 만나게 해달라고 적었어요. ……진정한 사랑을.」

멜리사가 멋쩍은 표정을 짓는다.

이번에는 알렉상드르가 르네에게 묻는다.

「자네는?」

「언젠가 이 벽 앞에 올지도 모르는 미래의 저 자신에게 한마디 남겼어요.」

「뭐라고?」

「짧게 〈안녕〉이라 쓰고 제 이니셜과 오늘 날짜를 밑에 적었어요.」

르네는 그 종이에 동그라미 두 개를 그리고 나서 반으로 접었다는 얘기는 일부러 하지 않는다.

성질 급한 알렉상드르답게 친구를 재촉한다.

「이제 자네가 말한 그 유적 발굴 현장으로 이동하세. 거기가 어딘가?」

「현장이 총 세 곳인데, 성벽 북서쪽에 위치한 첫 번째 현장이 가장 규모도 크고 오래됐지. 그런데 거긴 모스크 뜰에 가로막혀 있어. 조금 남쪽에 있는 두 번째 현장은 비교적 최근에 발굴이 시작됐는데 규모가 첫 번째보다 좀 작아. 내 생각엔 첫 번째 현장이 좋을 거야.」

「세 번째 현장은요?」

메넬리크가 문득 주저하는 기색을 보인다.

「아, 세 번째 현장……. 요르단인들이 성전 밑에서 무슨 작업을 하는 모양이야. 거기서 〈폐기물〉을 잔뜩 가지고 나와 집하장에 쌓아 놓고 있더군. 발굴 현장에도 그 집하장에도 접근이 금지돼 있기 때문에 우린 현장 인부들이 몰래 반출하

263

는 물건들을 돈 주고 사들이는 중이야.」

「모스크 아래에서 발굴이 이루어지고 있단 말이야?」

알렉상드르가 눈을 휘둥그렇게 뜬다.

메넬리크가 일행을 성벽의 좌측에 나 있는 문으로 안내한다. 안으로 들어가자 여러 개의 통로가 나오고 대부분 20대인 듯한 젊은 고고학자들이 발굴 작업을 벌이고 있는 현장이 보인다.

메넬리크가 나이가 조금 더 들어 보이는 현장 관리자들과 인사를 나눈다. 그가 플라스틱으로 만든 보호용 헬멧이 든 상자를 건네받아 일행에게 하나씩 나눠 주더니 쑥스러운 미소를 지으며 친구를 향해 말한다.

「알렉스…… 좀 민망한 부탁인데…… 혹시 날 안아서 들고 갈 수 있겠나? 내 전동 휠체어로는 진입이 힘들 것 같아 그래. 많이 무겁지 않으니 걱정 말게.」

알렉상드르가 기꺼이 그러마 하고 친구를 휠체어에서 번쩍 안아 올린다. 소르본 대학 학장 품에 아이처럼 안겨 있는 예루살렘 대학 학장은 생각보다 키가 크고 몸은 첫인상보다 훨씬 앙상하다. 그의 두 다리가 나뭇가지처럼 앞뒤로 흔들린다.

지하 통로가 갈수록 좁고 깊어진다.

「한마디로 라사냐 같은 발굴 현장이야. 서로 다른 스물여섯 개 시대의 것으로 확인된 유적층이 켜켜이 쌓여 있는 곳이지.」

「가장 최근에 발굴된 유물은 뭔가?」

「3천 년 전, 그러니까 다윗왕 시대에 만들어졌으리라 추정되는 도자기와 항아리, 무기, 조각상이 무더기로 발굴됐어.

심지어는 이보다 더 오래전 것으로 추정되는 물건들도 있는 모양이더군.」

르네가 한마디 한다.

「아케나톤 시대에 작성된 이집트 고문서에 선왕인 아멘호테프 3세가 이곳을 침공했을 때 루샬림, 즉 예루살렘의 히비루 부족이 격렬히 저항했다는 기록이 나와 있다고 어디서 읽은 적이 있어요.」

옛 제자가 선수를 치며 지식을 과시하는 모습이 못마땅한 스승이 즉각 끼어들어 설명을 덧붙인다.

「카르나크에 있는 아몬라 벽화에도 그 내용이 그림으로 그려져 있어. 당시 것으로 추정되는 점토판들에도 루샬림의 히비루 부족에 관한 내용이 적혀 있지.」

일행은 투광기들이 불을 밝히는 좁은 지하 통로를 따라 계속 걸어간다.

「지금 있는 모스크 뜰 남서쪽 시온산에 그 고대 도시의 중심부가 있었지.」

「〈시온주의〉이라는 표현도 그 산에서 유래한 거잖아요.」

멜리사가 한마디 한다.

「그렇지. 〈매트릭스〉 봤지? 그 영화에도 기계에 저항하는 인류의 최후 거점인 시온이라는 곳이 나오잖아.」

영화에서 성경적 암시를 발견하기 좋아하는 알렉상드르가 딸을 보며 말한다.

「맞아, 그랬죠.」

그들은 발굴 작업이 한창인 곳에 도착한다.

LED 램프가 현장 곳곳에 놓여 있다. 고고학 전공 학생들이 사진을 찍고 측정을 하는가 하면 긁개나 붓으로 조심스럽게 땅을 긁는 모습도 보인다.

「2020년 5월, 바위를 파서 지하에 만든 방이 여기서 세 개나 발견됐어. 2천4백 년 전 것으로 추정된다고 하더군.」

고고학도들이 칫솔을 들고 흙을 밀어내자 보존 상태가 괜찮은 바닥의 모자이크가 조금씩 드러나기 시작한다.

친구를 안아 든 알렉상드르는 힘든 내색을 하지 않으려고 안간힘을 쓴다. 알렉상드르가 일행을 현장 한쪽으로 안내한다. 바닥에 줄을 쳐 바둑판처럼 구획을 나눠 놓고 번호를 매겨 구분해 놓았다.

「방 세 개가 계단을 통해 연결돼 있었다는군.」

메넬리크가 설명한다.

「여기 이거, 이건 뭐예요?」

멜리사가 벽이 옴폭 들어간 곳을 가리킨다.

「등잔을 놔두던 곳이야.」

고고학자인 메넬리크가 금방 대답해 준다.

「뭔가 눈에 익은 느낌이 드나?」

알렉상드르가 호기심에 가득 찬 얼굴로 르네를 쳐다본다.

「아뇨, 아직은.」

무수한 통로와 긴 복도가 그들 눈앞에 나타난다. 마치 현대 예루살렘 밑에 숨겨진 지하 도시를 발견한 느낌이 든다.

메넬리크가 안내하는 터널로 들어서 조금 걸어가자 커다란 철문이 나타나 그들을 가로막는다. 문 위에 아랍어로 안내문이 적혀 있고, 그 밑에는 영어로 〈STOP(멈춤)〉과 〈NO TRESPASSING(출입 금지)〉부터 시작해 각국 언어로 번역된 경고 문구가 보인다.

「자, 더 이상 탐사하는 건 불가능하네. 우리가 이 문을 넘어가는 순간 전쟁이 일어날지도 몰라.」

메넬리크가 일행에게 설명해 준다.

「제2차 인티파다 때처럼 말인가?」

알렉상드르가 말한다.

「맞아. 2000년 9월 28일, 아리엘 샤론 총리가 우리는 〈성전 뜰〉이라고 하고 무슬림들은 〈모스크 뜰〉이라고 하는 곳을 기습 방문 한 적이 있었어. 그 일이 격렬한 시위와 연쇄 자살 테러를 불러왔지. 그때 희생된 사람만도 5천 명은 돼.」

「아무튼 이 지점부터는 유적 발굴을 금지한다는 사실이 조금 놀랍네요. 뭐가 두려워서 금지하는 걸까요?」

멜리사가 고개를 갸웃거린다.

「혹시라도 유대인들의 유물이 많이 나오면 곤란하기 때문일 거야. 그럼 예루살렘을 수도로 삼겠다는 팔레스타인의 요구가 정당성이 약해질 테니까. 2016년 여러 아랍 국가에서 압력을 가해 유네스코가 예루살렘이 지닌 유대적 기원을 부정하는 의미의 결의안을 채택하게 했던 걸 떠올려 봐.」

알렉상드르가 대답한다.

메넬리크가 친구의 생각이 다소 뜻밖이라는 얼굴로 한마디 덧붙인다.

「고고학이 이따금 정치를 배반하는 게 문제지.」

르네가 문에 손을 얹는다.

「뭔가 느껴지나?」

알렉상드르가 혹시나 하는 표정으로 묻는다.

「아뇨, 전혀. 죄송해요.」

전생에 살았던 장소에 와본다고 해서 그것이 반드시 새로운 경험으로 또 이어지는 건 아니라는 점을 인정해야 해.

「실망한 얼굴이네. 뭘 기대했던 거야? 〈과거의 자신〉이 살았던 곳에 오면 어떤 계시라도 받을 줄 알았어?」

멜리사가 쏘듯이 한마디 한다.

르네는 되받아치지 않고 고개를 돌린다.

네 사람은 발굴 현장을 나와 지상으로 올라온다.

알렉상드르가 기진맥진한 모습으로 친구를 다시 휠체어에 내려놓는다.

일행은 다음 날 오전 11시에 호텔에서 다시 만나기로 하고 인사를 나눈 뒤 헤어진다.

호텔에 도착한 르네는 혼자 있고 싶어져 얼른 들어간다.

그는 쿠션을 엉덩이에 받치고 편안한 자세로 바닥에 앉는다.

살뱅 드 비엔의 시간으로 돌아가 그에게 성전산 밑에 가보라고 암시할 생각이다. 출입이 금지된 바로 그곳에 꿀벌과 연관된 무언가가 있을 것이라는 느낌이 왔기 때문이다.

40 므네모스: 건축가 히람과
세 명의 살인자

기원전 970년 왕위에 오른 솔로몬은 열두 지파의 대표들을 불러 성전 건축을 위한 비용을 마련해야 하니 각종 세금을 올려 받을 것을 요구한다. 각 지파의 지도자들은 성전 건립이 끝나면 특별세를 폐지한다는 조건하에 왕의 요구를 받아들인다.

오늘날의 레바논 땅에 해당하는, 당시 이스라엘 왕국 북쪽에 위치해 있던 띠로의 왕 히람 1세가 성전을 지을 목재인 삼나무를 비롯해 석공과 장인을 솔로몬왕에게 보내 주었다. 특히 그는 자신과 이름이 같은 건축가 히람을 유대 왕국에 보내 성전 건축을 지휘하게 했다. 과부의 아들로 태어난 히람은 유대 부족 납달리 출신이었다.

성전 건축은 당시로서는 기하학, 건축 공학, 예술 분야의 선진적인 지식을 모두 집약한 결과물이었다.

성전은 흰 돌을 사용해 높이 15미터의 직사각형 모양으로 지어졌다.

벽 두께는 3미터에 이를 만큼 두꺼웠다.

성전 내부 바닥에는 전나무 판을, 벽에는 송백나무 판을 댔다.

벽의 나무판은 꽃과 호리병, 금박을 입힌 천사상으로 장식됐다.

성전 안쪽에는 인간과 신의 약속이라는 의미에서 언약궤라고 불리는, 모세의 율법 판 두 개가 든 상자를 모셨다. 그리고 올리브나무에 금을 입힌 거대한 천사상 둘이 날개를 펄럭이며 그 상자를 지키고 있었다.

이 대규모 공사에는 어마어마한 자재와 인력이 동원됐다. 인부 1만 명이 자른 송백나무가 레바논에서 이스라엘로 운반돼 왔다. 돌을 자르고 옮기는 일에만 15만 명의 일꾼이 투입됐다. 현장 관리 인력만 해도 3천3백 명에 이르렀다.

건축가 히람은 전체 인부들을 도제, 직공, 장인의 세 가지 등급으로 분류했다. 오직 장인들만이 전체 건축 공정의 비밀을 알 수 있었다.

성전 건축이 시작된 지 7년이 지나 거의 마무리 단계에 접어들었을 무렵, 장인들의 비밀을 알고 싶었던 직공 셋이 음모를 꾸민다. 그들은 히람에게 함정을 파 성전 건축의 비밀을 캐내려 하지만 결국 실패하고는 그를 살해한다.

친구인 히람이 살해됐다는 사실을 솔로몬왕이 접했을 때는 이미 살인자들이 시신을 유기한 뒤였다. 솔로몬은 아홉 명의 장인에게 대장인의 시신을 찾아올 것을 명한다. 마침내 시신이 매장된 지점을 가리킬 때 표지로 썼던 아카시아나무 한 그루가 발견된다.

솔로몬왕은 친구 히람의 유해를 꺼내 다시 제대로 매장한 뒤 성대한 장례식을 치러 주는 것은 물론 살해범들을 반드시 찾아낼 것을 명령한다. 아홉 명의 장인은 이웃한 나라들을 이 잡듯이 뒤진 끝에 드디어 범인들을 붙잡는다.

체포돼 재판을 받은 살인자들은 특이한 방식의 극형에 처해졌다. 형리들은 그들의 배를 갈라 그 안에 벌집을 넣었다.

41

앵앵거리는 소리에 살뱅이 잠에서 깬다.

모기 소리였어.

날이 갈수록 모기가 극성을 부린다. 그는 모기에 물린 곳을 손으로 긁는다.

옆에서 아내 드보라가 아직 곤히 자고 있다.

그는 조용히 일어나 물 항아리의 물을 마신 다음 미지근한 물로 세수를 한다. 초를 하나 켜 실내를 밝히고 나서 옷을 입는다.

해는 1121년, 이제 그의 나이 마흔여덟이다. 1099년 예루살렘 성문을 향해 진격하던 스물여섯 살 기사의 혈기왕성함은 기억에만 남아 있다.

왼쪽 팔을 절단하고 나서 오른쪽 팔만으로 생활하는 데 이제는 아무런 불편이 없다.

잠든 아내를 내려다보다가 첫 만남부터 지금에 이르기까지의 여정이 떠오르자 그는 잠시 회상에 젖는다.

벽에 걸린 옷걸이에 그의 흰색 망토가 걸려 있다. 헌신과 위용을 상징하는, 끝이 벌어진 빨간색 십자가가 눈에 들어오는 순간 그는 당연한 자부심을 느낀다.

밀리티아 크리스티.

예루살렘에 본부를 둔 그리스도의 가난한 기사들.

내가 이 기사단의 창립 멤버였다니…….

기사단은 감옥에서 서약식을 하고 6년 만인 1119년에 공식 인가를 받았다. 기사들은 성 베네딕트의 수도 규칙서에 따라 청빈, 정결, 순명을 서원했다. 이미 아내와 집이 있었던 그와 가스파르는 이 규정에서 예외를 적용받았다. 대신 그들은 예루살렘 왕궁 안에 위치한, 솔로몬왕의 성전이 있던 자리에 만들어진 기사단 영지 내에서는 생활할 수 없었다.

살뱅은 도시 남서쪽 아르메니안 구역에 위치한 성 야고보 교회 근처의 집을 나와 멀지 않은 곳에 있는 친구 가스파르 위멜의 집을 찾아간다.

그가 문을 두드리자 안에서 걸어 나오는 발소리가 들린다.

「나야, 살뱅.」

문이 빼꼼히 열린다.

「이 시간에 무슨 일이야? 한밤중에 사람 잠을 깨울 이유가 대체 뭔지 어디 한번 들어 보자.」

「조금 전 내 꿈에 또 수호천사가 나타났어. 목소리만 들렸지만 메시지는 아주 분명하더군. 나더러 솔로몬 성전 지하로 가보래. 거기에 뭔가 중요한 게 있다는 거야.」

가스파르가 한숨을 내쉰다.

「미안하지만 살뱅, 오늘은 내가 경비를 맡는 날이라서 다시 누워야 해. 우린 더 이상 스무 살 청년이 아니야. 다음 주에는 티레 항구에 도착하는 이탈리아인 순례자들을 경호해야 한다는 거, 자네 알지? 안전한 길이 아니라서 한바탕 전투를 치러야 할지도 몰라. 돕고는 싶지만 난 다시 가서 자야겠어. 잘 가.」

살뱅이 얼른 문틈에 발을 끼우고 말한다.

「꿈이 너무 선명했단 말이야.」

「그렇게 중요하면 자네 혼자 가보면 되잖아.」

「아니야, 가스파르, 우리 같이 가세. 자네도 수호천사가 꿈에 나타나 하는 말은 가볍게 넘기지 않잖아, 안 그래?」

가스파르가 입을 삐죽 내민다.

「어떤 때는 그렇고 어떤 때는 아니네. 한번은 꿈에 어떤 음성이 들리더니 나한테 나가서 오줌을 누고 오라는 거야. 그 말을 안 들었더니 그만…….」

금발 턱수염을 기른 기사가 짓궂게 말한다.

「내 얘기 좀 들어 보라니까!」

「아니, 자네야말로 내 얘길 좀 들어 봐. 한번은 또 내가 잠이 깨는 꿈을 꿨어……. 그래서 다시 잤지.」

「난 진지해, 가스파르. 수호천사의 말이 맞는지 두 눈으로 직접 확인하고 싶네. 같이 가세. 부탁이야.」

「굳이 내가 필요한 일은 아니잖나.」

「왠지 위험할 것 같아 그러네. 자네가 없으면 난 항상 약해지는 느낌이 들어.」

「그렇다면 더더욱 집에 가서 조용히 잠이나 자게. 내일 보세, 살뱅. 꿈속 천사의 목소리 말고 나처럼 잠의 목소리에 귀를 기울여 보게.」

가스파르가 문을 닫아 버린다.

살뱅이 집으로 돌아와 전투복으로 갈아입는다. 쇠사슬 갑옷을 걸치고 장화를 신은 다음 검집을 허리춤에 끼운다. 그리고 방패와 투구 대신 횃불과 부시쌈지를 준비한다.

그는 집을 나와 야심한 시각이라 인적이 끊긴 거리를 걷기 시작한다.

머리 위에 높이 떠 있는 보름달이 뽀유스름한 빛으로 예루살렘의 거리들을 내리비춘다. 느닷없이 실루엣 두 개가 나타나 앞을 가로막는다. 노상강도들. 시커먼 형체들은 그의 가슴에 박힌 빨간 십자가를 확인하더니 줄행랑을 놓는다. 다시 걸음을 옮기던 살뱅은 뒤쪽에서 인기척을 느껴 몸을 홱 돌리며 검을 빼 든다. 아비시니아고양이 한 마리가 쏜살같이 달아난다. 길모퉁이에서 검은 그림자들이 휙 눈앞을 지나간다. 이번에도 고양이들이다.

고양인 줄 모르고 괜히 가슴이 철렁했네.

그는 아르메니안 구역에서 시온 문을 통해 도시 밖으로 나간 뒤 성벽 외곽을 따라 동쪽으로 걷다 무두장이 문에 이른다. 꿈속에서 그의 수호천사가 말한 장소가 바로 여기다.

무두질이 끝난 밤인데도 근처 작업장들에서 나는 독한 냄새 때문에 목이 칼칼할 지경이다. 살뱅은 꿀벌과 관련이 있는 게 없는지 주변을 유심히 살피라던 수호천사의 말을 떠올린다.

그는 무두장이 문 주변 여기저기를 둘러본다. 같은 곤충이긴 하지만 꿀벌 대신 파리들이 새까맣게 떼를 지어 웽웽거린다. 그도 그럴 것이 성안의 온갖 쓰레기와 오물이 실려 내려오는 수로가 끝나는 지점에 위치한 이 문은 〈오물 문〉으로 불리기도 한다.

도시를 남북으로 가로지르는 실로아 수로는 성안에 깨끗한 물을 공급해 주고 오수는 밖으로 배출하는 역할을 하지. 북쪽 수원에서 내려온 식수가 수로를 타고 도시를 지나면서 더러워져 남쪽으로 흘러 내려오니까, 신체에 비유하자면 수로 북쪽은 〈예루살렘의 입〉, 남쪽은…… 〈항문〉에 해당하는 셈이야.

그가 싱겁게 피식 웃는다.

주변에 있는 돌들 중에 라틴어 문구가 새겨진 돌 하나가 보인다. 〈쿠리쿨룸 실로이Curriculum siloe〉. 라틴어 쿠리쿨룸은 〈경로〉라는 의미로도 얼마든지 해석할 수 있으니, 이곳은 로마인들이 실로이 물길을 도시와 원활히 연결하기 위해 판 지하 수로임이 틀림없어 보인다.

살뱅은 어떤 동물적 감각에 이끌려 질퍽한 수로에 한 발을 담근다.

〈파리를 따라가라〉고 해야 하는 걸 수호천사가 잘못 말한 거 아닐까…….

그가 검을 검집에 꽂고 나서 챙겨 온 부시쌈지를 꺼낸다. 부싯돌을 쳐 불을 일으킨 다음 불붙은 부싯깃을 송진을 바른 홰에 갖다 댄다. 홰에 불이 붙는 순간 시커먼 그을음과 함께 송진 타는 냄새가 뿜어져 나온다. 검은 실루엣들이 후다닥 사라진다.

쥐들이야.

지상에서는 고양이한테 쫓겨 다니기만 하지만 지하에서는 마음껏 번식할 수 있지.

한참 만에 살뱅은 바위에 꿀벌과 비슷한 형상이 새겨져 있는 것을 발견한다.

젠장, 나더러 하수구 안으로 들어가라는 거야?

그는 횃불을 하수구 가장자리 둑에 올려놓고 입고 있던 튜닉을 찢어 마스크를 만들어 입을 가린다.

하늘에서 우르릉우르릉하는 소리가 들리더니 폭우가 쏟아지기 시작한다. 횃불을 꺼뜨리지 않으려면 꿀쩍거리는 갈색 액체 속으로 걸어 들어가는 수밖에 없다. 살뱅은 돌로 만든 아치형 입구를 지나 안으로 들어간다. 금세 무릎까지 물이 올라온다. 악취 때문에 간간이 숨을 참으며 앞으로 나아간다.

그를 보자 쥐들이 겁에 질려 사방으로 흩어진다.

1백여 미터쯤 가자 별안간 천장이 높아진다. 그가 횃불을 치켜들자 박쥐들이 벽에 우글우글 매달려 있다. 떼를 지어 날아오르더니 방향을 틀어 그의 얼굴을 스치듯이 지나간다. 살뱅은 횃불을 흔들어 박쥐들을 쫓으면서 쉬지 않고 걸음을 옮긴다. 혹시 천장에도 붙어 있지 않은지 수시로 위를 올려다본다. 천장과 벽에 돋아 있는 종유석들이 마치 살아서 그에게 손을 뻗어 올 것만 같다.

난 지금 예루살렘의 내장을 거슬러 올라가고 있어.

갑자기 수위가 높아지는 게 느껴진다.

빗물이 흘러들어 실로아 지하 수로의 유량도 늘어난 모양이구나.

어느새 물이 허리춤까지 차오르지만 그는 계속 발걸음을 옮긴다. 순식간에 가슴, 그리고 어깨까지 구정물이 닿는다. 그는 횃불을 꺼뜨리지 않으려고 팔을 위로 높이 치켜든다.

되돌아 나갈까?

아니다, 더러운 진창을 헤치고 여기까지 와서 빈손으로 돌아갈 순 없다. 짓궂게 놀려 댈 가스파르의 얼굴이 떠오르는 순간 살뱅이 머리를 한번 털고 나서 다시 발걸음을 뗀다.

횃불이 타는 한 위험할 일은 없을 거야.

급기야 물이 턱까지 차오르자 그는 코를 가린 젖은 마스크 속에서 힘겹게 숨을 내쉰다. 불에 대한 공포를 떨친 모양인지 쥐들이 과감하게 접근해 오기 시작한다.

검을 휘둘러 쫓아 버리면 간단히 끝날 일이라 생각하니 팔이 하나 없는 게 어느 때보다 아쉽게 느껴진다.

그가 한 손으로 횃불을 휘휘 돌리며 나아가는 사이 수위는 계속 높아지기만 한다.

그런데 갑자기 통로가 좁아지면서 바닥이 높아지는 느낌이 들더니 수위가 다시 허리께까지 떨어진다. 그가 기회다 싶어 걷는 속도를 높인다.

박쥐들이 날개를 퍼드덕거리며 지나가자 횃불이 꺼지면서 주변이 깜깜해진다. 살뱅은 꿀쩍꿀쩍한 오수에 몸이 잠긴 채 어둠 속에 꼼짝 못 하고 서 있다. 사방에서 쥐들이 찍찍대는 소리가 들리고 박쥐들이 그의 얼굴을 스쳐 날아간다.

절대 고독의 순간.

다행히 품속에 깊이 들어 있는 부시쌈지는 아직 젖지 않았다. 살뱅이 부싯돌을 쳐 불똥을 만들어 내려고 애를 쓴다.

부싯깃에 쉽게 불이 붙지 않는다. 음산한 소리들이 어둠 속을 꽉 채운다.

날카로운 울음소리를 내는 박쥐 날개의 얇은 표피가 얼굴에 닿을 때마다 그는 몸을 소스라뜨린다. 송진이 남아 있는 곳에 드디어 불이 붙자 횃불이 다시 주변을 환하게 밝힌다.

하수로가 갈라지는 지점에서 직각으로 꺾인 통로 하나가 나타난다. 횃불을 비추자 암벽에 새겨진 꿀벌 무늬가 눈에 들어온다.

이쪽이 분명해.

그가 물에서 나와 둑으로 올라선다. 지금까지 지나온 곳보다 훨씬 높아 보인다.

천장과 벽을 횃불로 번갈아 비추면서 천천히 앞으로 나아간다. 얼마 후 천장에 새겨진 히브리어 글자가 보인다. 〈Beit HaMikdash〉.

〈Beit〉는 〈집〉, 〈HaMikdash〉는 〈성스러운〉이란 뜻이야.

하수구에는 어울리지 않는 문구 같아 보이는데?

둑이 완만한 내리막을 그리며 이어지더니 막다른 곳이 나타난다. 더 이상 꿀벌 문양이나 히브리어 문구는 보이지 않는다.

천장이 무너져 내려 막힌 게 분명해.

살뱅이 횃불을 바닥에 내려놓고 손으로 흙벽의 상태를 살핀다. 그러곤 검을 꺼내 이곳저곳을 찌르기 시작한다. 칼끝이 벽 표면에서 계속 튕겨져 나오더니 어딘가를 찌르자 갑자기 안으로 쑥 들어간다.

흙벽 뒤에 공간이 있는 게 틀림없어.

살뱅이 칼끝으로 흙을 살살 긁어내다가 손으로 파내기 시작한다. 제법 큰 구멍이 뚫리자 상체를 안으로 집어넣어 본다. 통과할 수 있겠다는 판단이 들자 그가 구멍 속으로 몸을 완전히 밀어 넣는다. 눈앞에 전혀 새로운 통로가 나타나고, 멀리 파란 불빛이 보인다.

불빛을 따라가자 원형의 커다란 방에 이른다. 개똥벌레들로 뒤덮인 아치형 천장에서 푸른빛이 흘러나온다.

마치 별이 박힌 하늘을 올려다보는 기분이야.

방 한가운데에 정육면체 모양의 작은 구조물이 하나 놓여 있다.

다가가 횃불을 내밀어 비추자 입구 위쪽에 글자가 새겨져 있다. 〈Beit Yahweh〉. 그는 금방 의미를 해석한다.

하느님의 집.

청동 기둥 두 개가 입구에 서 있다. 그는 수도사 시절 도서관에서 읽은 책에 나와 있던 이 기둥의 상징에 관한 설명을 떠올린다.

오른쪽의 이 검은색 기둥은 야긴, 그리고 왼쪽 흰색 기둥은 보아스……

솔로몬 성전 입구에 서 있었다는 두 개의 기둥이야.

그렇다면 지상의 성전을 그대로 축소해 만든 또 하나의 작은 성전이 지하에 존재했다는 뜻이 돼!

주변을 횃불로 비춰 보면서 그는 직감한다.

지상 성전이 파괴될 것에 대비해 옛사람들이 지하에 하나 더 만들어 놨던 거야.

그들의 예상이 적중해 지상 성전은 파괴돼 사라졌지.

그 후에 사람들은 실로아 수로의 지하 통로를 이용해 성전을 드나들었을 거야. 그때는 지금처럼 천장이 무너져 내리지 않았을 테니 출입이 쉬웠겠지. 벽에 새겨진 꿀벌 문양들은 이 지하 성전으로 오는 길을 일러 주는 이정표 역할을 했던 것이고.

살뱅은 두 청동 기둥 앞으로 바짝 다가간다. 미처 못 봤던 주변 풍경이 횃불에 아른댄다.

직경이 족히 1미터는 될 듯한 크고 둥그런 수반(水盤). 황소 열두 마리가 이 물그릇을 떠받치고 있다. 살뱅은 책에서 읽었던 내용을 다시 머리에 떠올린다.

이건 예전에 솔로몬 성전 입구에 있던 대형 놋쇠 그릇인 〈바다〉를 축소해 만든 모형 같아.

열두 마리 황소는 1년의 열두 달을 가리킨다고 했어.

이 둥그런 대야 주위에 아홉 명의 장인들이 모여 회의를 했겠지. 그들은 결국 대장인 히람을 살해한 자들을 찾아내고야 말았지.

살뱅이 두 청동 기둥을 지나 안쪽으로 걸음을 옮기자 벽에 식물과 꽃이 그려진 네모난 공간이 나타난다.

성전 현관.

천사상들이 서 있는 직사각형 모양의 방이 보인다.

여기가 성소.

제일 안쪽 구석, 작은 문 뒤쪽으로 작은 방이 하나 더 보인다.

여기가 지성소.

제단 위에 가지가 일곱 개 달린 대형 촛대가 놓여 있다. 높이가 2미터는 돼 보인다.

메노라.

메노라는 〈빛이 나온다〉라는 뜻이라고 했어.

육각형 별보다도 역사가 깊은 유대교의 상징이라고 했지.

아카시아나무로 만든 큰 테이블에 놓인 물건들이 살뱅의 시선을 끈다.

항아리 하나. 막대기 하나. 큼지막한 궤짝 하나.

살뱅은 이게 무슨 물건들인지 금방 알아차린다.

항아리에는 출애굽 동안 하늘에서 사막으로 쏟아져 내린 만나가 들어 있을 것이다.

조심스럽게 들여다보니 항아리 바닥에 모래가 깔려 있다.

막대기는 모세의 형 아론의 지팡이가 분명하다.

아무리 살펴봐도 그냥 평범한 막대기로 보인다.

이 물건들이 다 진품일 수도 있을까?

마지막으로 궤짝…….

혹시 언약궤? 이 안에 신께서 친히 십계명을 새겨 모세에게 주셨다는 율법의 돌판 두 개가 들어 있다면…….

살뱅은 횃불을 바닥에 내려놓은 다음 검집에서 검을 꺼내 궤짝 뚜껑 밑에 끼우고 힘을 줘 누른다. 뚜껑을 들어 올리는 순간…… 미라가 모습을 드러낸다. 이집트 미라처럼 여러 겹의 붕대가 교차하며 칭칭 감겨 있다. 머리 자리에는 얼굴 그림이 그려진 가면이 놓여 있다. 목에는 솔로몬의 인장과 똑같이 정삼각형 두 개가 별 모양으로 겹쳐진 메달이 걸려 있다. 역시 붕대가 감겨 있는 팔과 손에는 나침반과 삼각자가 들려 있다. 명치 부근에는 히브리어가 새겨진 명패 같은 게 놓여 있다. 살뱅은 명패에 써진 글자가 〈히람〉이라는 걸 금방 알아차린다. 순간 가면 속 두 눈이 그와 눈을 맞추며 자랑스럽게 말하는 것 같은 착각이 든다. 〈난 결코 세 직공의 살해 위협에 굴하지 않았네. 죽음으로써 비밀을 지켜 냈어.〉

　이럴 수가! 솔로몬왕이 아카시아나무 밑에서 찾은 위대한 건축가의 시신을 여기다 모셨구나.

　갑자기 앵 하는 소리가 들려 그가 재빨리 고개를 돌린다. 이번에는 파리가 아니다.

　꿀벌이야.

　그가 횃불을 다시 집어 들고 날아가는 꿀벌을 비추며 뒤쫓아 간다. 벌이 한두 마리가 아니다. 메노라의 청동 받침대에 파인 구멍 속에서 황금색 빛이 흘러나온다.

　횃불을 구멍 앞으로 바짝 갖다 대자 안쪽이 선명하게 눈에 보인다.

　이건 벌집이잖아.

　갑자기 일벌들이 떼를 지어 날아올라 그의 주변을 맴돌기 시작한다.

　횃불의 시커먼 그을음과 송진 타는 냄새 때문에 벌들이 아주 가까이까지 접근하지는 못한다. 구멍 안을 들여다보던 살뱅은 벌집 안에 황금색 원통이 들어 있는 것을 발견한다.

그는 이것이 메주자의 일종이라고 짐작한다. 메주자란 유대인 가정에서 현관 문설주에 매달아 놓는 길쭉한 원통으로, 그 안에는 성경 구절을 적은 양피지가 돌돌 말려 있다.

이상한 일이야……. 메주자는 보통 출입구에 매달려 있는데 이건 거대한 메노라 뒤쪽에 놓여 있으니…….

살뱅이 고리 모양으로 튀어나온 벽면에 횃불을 걸어 놓고 조심스럽게 손을 벌집 안으로 뻗는다. 전에 한번 벌에게 쏘였을 때 벌침의 독성이 자신에게는 큰 영향이 없었기 때문에 벌 떼가 달려들어도 전혀 겁을 내지 않는다.

그가 끈적끈적한 물질을 걷어 내고 나서 황금빛 원통을 밖으로 꺼낸다.

뚜껑이 생각보다 쉽게 열린다. 역시나 돌돌 말린 양피지 한 장이 통 안에 들어 있다.

살뱅이 양피지를 바닥에 펼쳐 놓고 횃불을 위에서 비춘다. 짧은 히브리어 글귀가 쓰여 있다.

죽음은 끝이 아니라 과정일 뿐이다.

죽는다는 것은 문을 지나 다른 시간으로 향하는 것에 다름 아니다.

그대는 죽지 않고도 이것을 알 수 있다.

차분히 앉아 눈을 감기만 하면 된다.

그 상태에서 다섯 칸의 계단을 올라가 정신의 문에 이르는 상상을 하는 것이다.

그 문을 지나면 번호가 매겨진 문들이 쭉 이어져 있는 복도가 보

일 것이다.

거기가 바로 궁극의 지식에 접근하는 문이다.

그것이 바로 성전의 가장 귀한 보물이다.

그대 혼자서도 얼마든지 확인할 수 있다. 수호천사의 목소리만 듣는 게 아니라 실물을 보고 싶다고, 천사와 마주 보고 얘기를 나누고 싶다고 소원을 빌기만 하면 된다.

그 소원을 비는 순간 그대에게 그 만남의 특권이 주어질 것이니.

벌에게 쏘인 손이 화끈거리자 살뱅이 앞니로 손등에 박힌 벌침들을 뽑아 뱉어 낸다.

순간 몸에 벌 독이 퍼지며 그가 환각 증세를 일으킨다. 살뱅은 자신의 피가 마치 빛이 나는 황금색 액체로 변해 온몸으로 퍼져 나가는 느낌을 받는다.

심장 박동이 느려진다.

살뱅은 바닥에 앉아 눈을 감는다.

꿀벌 독이 그의 정신을 가벼운 혼미에 빠뜨린다.

벌들이 머리 위에서 왱왱대며 맴을 돈다. 몇 마리가 그의 덮인 눈꺼풀과 입가에 내려와 앉는다.

그는 온몸의 감각이 일깨워지는 것을 느낀다.

글귀에 적힌 대로 다섯 칸짜리 계단을 올라가는 상상을 한다. 그의 앞에 정신의 문이 나타난다.

그가 문을 연다.

번호가 매겨진 문들이 있는 복도로 들어선다.

그가 수호천사를 만나고 싶다는 소원을 말한다.

문 하나가 깜빡깜빡 빛을 발한다. 112번 문.

그는 문 앞으로 다가가 선다.

잠시 망설이다 손잡이를 돌려 문을 열고 안으로 들어간다.

짙은 안개가 그를 휘감는다. 서서히 안개가 걷히면서 그의 앞에 한 남자가 모습을 드러낸다. 가장 먼저 눈에 들어오는 건 그의 손. 손톱에 때 하나 끼지 않았고 자신처럼 손톱을 물어뜯어 깨지지도 않았다. 손등에 긁힌 상처 하나, 손바닥에 티눈 하나 보이지 않는다.

평생 일을 한 적도 전투에 나가 본 적도 없는 사람 같아.

마치 어린아이 손 같아 보여.

그의 왼쪽 손목에 이상하게 생긴 물건이 묶여 있는 게 보인다.

팔찌와 비슷한데 가운데 메달 같은 게 붙어 있고 그 가장자리에 빙 둘러 숫자가 적혀 있다. 자세히 보니 가는 바늘 두 개가 원을 그리며 움직인다.

내가 그들의 성전에 들어와 있는 게 틀림없어. 지금 내 눈앞에 펼쳐지고 있는 건 유대인들이 카발라라는 이름으로 부르는 마술인 것 같아.

당장 눈을 뜨고 일어나서 도망치고 싶지만 살뱅은 어떤 알 수 없는 힘에 붙들린다.

앞에 있는 남자가 신은 검은색 신발에 눈길이 간다. 천이나 가죽은 분명히 아닌 것 같은데 반짝반짝 광택이 나는 신발의 재질이 뭔지 갑자기 궁금해진다.

그가 귀하고 비싼 염료인 파란색으로 물들인 바지를 입은 걸 보고 살뱅은 보통 부자가 아닌 모양이라고 짐작한다.

머리카락은 갈색, 눈은 밤색이고 얼굴은 매끈하게 면도돼 정결하게 보인다. 그의 입에서 목소리가 나온다.

「만나서 반갑네, 살뱅.」

「음성을 들으니 당신이 누군지 알겠어요. 내 꿈속을 찾아오는 수호천사죠, 그렇죠?」

「잠깐만, 내가 복장을 잘못 고른 것 같네. 옷차림이 바뀌면 자네가 내 얘기에 더 집중할 수 있을 거야.」

이 말이 떨어지자 신기한 일이 벌어진다. 그가 하얀 토가 차림으로 다시 나타난 것이다. 그의 등 뒤로 깃털이 달린 커다란 날개 두 개가 솟아 있다. 교회에서 그림으로 본 천사들과 똑같은 모습이다.

살뱅은 그제야 마음에 놓인다.

「보다시피 내가 자네 수호천사일세.」

「성 르네시죠?」

「맞아. 내가 성 르네일세. 자네와 더 완벽하고 직접적인 방식으로 소통할 수 있어 기쁘네. 지금부터 내 얘기를 잘 듣게. 자네한테 임무를 하나 맡기려고 해. 다름 아니라 예언서를 집필하는 일일세. 방식은 이렇네. 내가 자네 꿈속에 나타나 예언을 구술할 거야. 그러면 자네가 예언을 받아 적은 뒤 그리스도의 가난한 기사들에게 전하게. 기사단은 자네 시대부터 먼 미래까지 인류에게 벌어질 모든 일이 적히게 될 그 예언서의 수호자가 되어야 하네.」

어리둥절해하는 살뱅에게 천사가 한마디 덧붙인다.

「아, 그리고 한 가지 더, 〈그리스도의 가난한 기사들〉이라는 명칭은 너무 길고 왠지 허세가 느껴지네. 그 기사단의 본부가 과거 솔로몬 성전 자리에 있으니 〈성전 기사단〉이라고 간단히 바꿔 부르면 어떻겠나?」

살뱅이 여전히 넋이 나간 얼굴로 웅얼거린다.

「어…… 천천히 한 번만 더 말씀해 주시겠어요?」

42

르네가 현실로 돌아와 눈을 비벼 댄다. 살뱅과 직접 소통했다는 흥분과 자신의 행동이 몰고 올 막대한 파장에 대한 걱정이 뒤엉켜 머릿속이 복잡하다.

살뱅이 지하 성전을 발견해서 정말 잘됐어.

내가 갈 수 없는 곳에 그를 대신 가게 한 건 잘한 일이야.

이왕 시작한 일이니 끝을 봐야지.

르네는 지하 성전의 모습을 다시 떠올린다. 로마 제국에서 대부분 유대인이었던 초기 기독교인들이 박해를 피하기 위해 카타콤을 만들었다는 것은 널리 알려진 사실이다.

그들은 감시를 피해 지하에 예배당을 만들어 기도를 했지.

르네가 몸을 일으켜 창문가로 걸어간다. 킹 데이비드 호텔 창문 너머로 예루살렘 시가지가 펼쳐진다.

태초부터 인간이 천사, 하느님, 악마, 마귀라는 이름으로 부른 존재들은 실은 나처럼 퇴행 최면으로 자신의 전생과 얘기를 나누기 위해 미래에서 찾아온 사람들이었는지도 몰라…….

그렇다면 혹시 모세에게 율법의 판을 준 것도…… 미래에서 온 모세 자신이 아니었을까?

르네는 창문을 활짝 열어젖히고 숨을 크게 들이마신다. 정원에서 올라오는 재스민 향이 코에 물큰 끼친다.

그의 휴대폰이 울린다.

알렉상드르다.

「같이 저녁 식사를 할 생각이 있으면 지금 내려오게. 자네만 오면 돼.」

르네는 세면대로 가 얼굴에 찬물을 끼얹으면서 자신이 지금 어떤 시대에, 어떤 몸으로 살고 있는지 다시 떠올린다.

그는 반바지에 티셔츠를 입고 샌들을 신는다.

먼저 온 알렉상드르와 멜리사가 창가 테이블에 앉아 있다가 그가 식당으로 들어서는 모습을 보고 자리에서 일어나 함께 뷔페 테이블 쪽으로 향한다.

르네는 테이블에 차려진 수많은 요리와 음식을 놀란 눈으로 내려다본다.

우린 풍요의 시대를 살고 있어.

매일 잔칫상 같은 식사를 하는 게 너무도 당연하게 여겨지고 있지.

땅이 우리에게 채소와 과일을 주고 동물은 우유와 꿀과 자신의 살을 내어 주는데 우리는 고마운 줄도 몰라.

「무슨 몽상을 하는 거야? 아직 한쪽 발을 과거에 담그고 있는 거야?」

멜리사가 한마디 툭 던진다.

선글라스를 벗은 그녀의 눈 주위에 이제 멍 자국은 거의 보이지 않는다. 멜리사가 병아리콩 팔라펠과 쿠민 가루를 뿌린 삶은 당근을 집어 쟁반에 담으면서 말한다.

「나는 새로운 맛을 경험하는 걸 좋아하는데, 여기 오니까 그런 기회가 많아서 정말 좋아.」

르네도 쟁반에 음식을 담아 그녀와 함께 테이블에 와 앉는다.

「자네, 보이나? 사람들이 음식을 거의 다 남기고 있어.」

알렉상드르가 목소리를 낮추며 말한다.

「전에는 그게 당연한 줄 알았는데 1100년대 세계에 다녀온 이후로는 참을 수 없는 낭비로 느껴져. 옛날 사람들은 딱 자기가 먹을 만큼만 음식을 담았어. 저렇게 음식이 절반이나 남은 접시를 물리는 건 상상도 못 했지. 저런 모습을 봤으면 아마…… 불경하게 여겼을 거야.」

알렉상드르는 그릇을 싹 비우고 나서 학생을 가르치는 교사의 말투로 딸에게 말한다.

「어쨌든 그 시대를 살았던 우리한테는 식사가 미식가적 즐거움과는 거리가 멀었어. 일을 하거나 전쟁을 하기 위해 필요한 에너지를 충전하는 실용적인 행위였지. 요즘 우리가 자동차에 기름을 넣는 것과 똑같은 의미였단 말이야.」

멜리사는 고개를 끄덕이면서도 속으로는 아버지와 중세시대의 경험을 공유할 수 없어 소외감을 느낀다. 그녀는 어깨를 으쓱하고 나서 접시를 내려다보며 포크를 집어 든다. 레몬과 그녀가 이름을 모르는 현지산 허브가 곁들여진 닭꼬치가 먹음직스럽게 놓여 있다.

「삶에서 가장 중요한 건 아침에 우리를 깨워 밤에 다시 잠들기 전까지 활동하게 하는 것, 이 루틴을 매일 반복할 수 있게 하는 동력을 찾는 것 아닐까. 내 경우는 그 동력이, 너무 거창하게 들릴지 모르지만, 불멸성이야. 난 내 이름이 후세에 남길 바라. 멜리사, 네 삶의 동력은, 네 인생 목표는 뭐니?」

「저는, 아빠도 아시겠지만, 사랑이에요…….」

「그럼 르네, 자네는?」

「……저요?」

「얼른 빚을 갚고 유람선을 되찾는 거?」

알렉상드르가 살짝 약을 올리더니 말끝을 단다.

「아니겠지, 당연히 자네한텐 거창한 인생 목표가 있겠지.」

르네가 말없이 안경을 고쳐 쓴다.

「자네 좀 이상하군.」

알렉상드르가 고개를 갸웃한다.

「아까 전화하시기 전에 방에서 퇴행 최면을 했어요. 그 기억에서 아직 헤어나지 못해서 그래요.」

「그 얘기 좀 들어 보세.」

르네는 살뱅이 알아크사 모스크 지하에서 지상 성전과 동시에 건축됐을 것으로 추정되는 작은 솔로몬 성전을 발견한 과정을 자세히 들려준다. 그리고 자신이 살뱅에게 예언서를 쓰는 임무를 부여했다는 얘기도 해준다.

「자네가 앞으로 살뱅에게 예언을 불러 준다는 말이지? 그의 시대부터 현재까지 자네가 알고 있는 사건들을 모두 기록하게 될 테니 예언서의 정확도가 대단히 높겠군!」

알렉상드르가 흥분한 목소리로 말한다.

가스파르 위멜이 살뱅과 같이 그 현장에 있지 않았던 게 아마 무척 아쉬울 거야.

「자네 말이 사실이라면 말이야, 사라진 고대 성전 지하에 있던 그 작은 성전은 아직 그대로 남아 있을지도 모른다는 얘기가 되는데…….」

다른 두 사람이 자신의 말에 어떤 반응을 보이기도 전에 알렉상드르가 스마트폰을 꺼내 뭔가를 검색하기 시작한다. 멜리사가 몸을 일으켜 슬쩍 아버지의 휴대폰을 내려다본다. 예루살렘에 있는 한 동굴 탐사 장비 판매점의 홈페이지가 화면에 떠 있다.

「아빠, 그런 걸 들여다보기엔 좀 늦은 시간 아니에요?」

「지체할 일이 아니야. 오늘 저녁에 당장 가봐야 해.」

「어딜 말이에요?」

딸이 아버지 얼굴을 빤히 쳐다본다.

알렉상드르가 르네를 향해 눈을 찡긋하더니 묘한 표정을 지으며 마크 트웨인의 말을 인용한다.

「그게 불가능한 일이라는 걸 그들은 몰랐다. 그래서 그 일을 하게 됐다…….」

43 므네모스: 솔로몬왕

성서에는 하느님께서 솔로몬왕에게 이렇게 물으셨다고 나온다. 〈내가 너에게 무엇을 주길 바라느냐?〉 그러자 솔로몬왕이 〈선과 악을 구별하면서 통치할 수 있는 심장을 제게 주십시오〉라고 답한다. 그러자 하느님께서 그에게 이렇게 말한다. 〈네가 장수(長壽)를 바라지도, 네가 쓸 재물을 달라고 하지도, 네 적들의 죽음을 빌지도 않고 오로지 지혜롭게 통치할 수 있는 분별력을 달라고 하니, 내가 그걸 네게 주마. 그것과 더불어 네가 달라고 하지 않은 것도 함께 주마.〉

집권 초기부터 솔로몬왕은 외세의 침공에 직면한다. 파라오 시아몬이 이스라엘 도시 게젤을 공격해 함락한 것이다. 솔로몬이 도시를 되찾기 위해 군사를 일으키자 파라오가 협상을 제안해 온다. 그는 자신의 딸을 솔로몬에게 아내로 내어 주고 지참금으로 게젤을 주겠다고 한다.

이로써 이스라엘과 이집트 사이에 평화 협정이 체결된다.

솔로몬은 앞으로 있을 또 다른 침공에 대비해 군대를 신식으로 정비하고 전차를 도입하며 여러 곳에 새롭게 진지를 구축한다. 그는 동쪽에서 오는 대상들의 이동로를 안전하게 관리하고 이웃 국가들과 활발한 교역을 추진한다.

그의 재위 동안 이스라엘은 밀과 기름, 그리고 편백과 삼나무 등 천연자원 교역의 중심지가 된다. 솔로몬은 〈띠로의 왕과 손을 잡고) 해상 원정에도 나서 열대 과일과 앵무새, 원숭이, 코끼리 같은 동물을 아프리카에서 들여오기도 한다. 동쪽에서 도착하는 대상들은 향과 포도주, 향신료, 향료 등을 이스라엘에 가져온다. 남쪽에서는 향수와 금, 보석이, 키프로스섬에서는 말(馬)과 구리가 이스라엘에 도착한다. 당시 이스라엘 배들이 주석을 구하러 다녀갔다는 히브리어 기록의 흔적이 먼 스코틀랜드 땅에까지 남아 있다. 솔로몬왕은 예루살렘 성벽을 강화하고 왕궁의 건축을 지시한다. 또한 예루살렘에 관개 시설과 정화 시설을 구축하게 한다.

선친인 다윗왕 못지않게 시와 이야기 짓기에도 능했던 솔로몬왕은 「아가」의 저자로도 알려져 있다.

솔로몬왕에게는 정실부인 7백 명과 후궁 3백 명이 있었다고 한다. 「열왕기상」에도 나와 있는 세바의 왕 역시 그들 중 한 명이다. 그녀에 관해서는 다음과 같은 이야기가 전해진다. 어느 날 새 한 마리가 솔로몬왕에게 (현재의 에티오피아 땅인) 세바 왕국의 왕이 만나고 싶어 한다는 내용의 전갈을 물어다 준다. 솔로몬왕이 제안에 응하겠다고 하자 세바의 왕이 직접 배에 귀한 선물들을 싣고 예루살렘을 방문한다. 귀국한 뒤 그녀는 아들을 낳아 메넬리크라는 이름을 붙인다. 메넬리크가 성장해 이스라엘로 아버지인 자신을 찾아오자 솔로몬은 예를 갖춰 그를 환대해 준다. 솔로몬은 그에게 반지를 하사하고 대사제를 통해 적자로 인정해 준다.

기원전 931년, 죽음을 앞둔 솔로몬왕은 아들 르호보암에게 성전 건축이 끝나면 세금을 삭감해 주겠다고 했던 열두 지파 대표들과의 약속을 이행하라고 지시한다. 하지만 르호보암은 대신들의 압력에 못 이겨 결국 열두 지파 우두머리들의 요구를 거절한다. 그러자 북쪽 열 개 지파가 르호보암의 왕국에서 독립해 새로운 왕국을 세우고 솔로몬의 다른 아들인 여로보암을 왕으로 추대한다. 왕국에는 결국 두 개의 지파만 남게 되는데, 예루살렘은 여전히 이 남유대 왕국의 도읍으로 남아 있게 된다. 이로써 다윗왕과 솔로몬왕이 지켜온 이스라엘 열두 지파의 신성한 동맹은 깨지게 된다.

44

「우리가 지금 바보 같은 짓을 하는 건 아닌지 모르겠어.」

멜리사가 웅얼웅얼하며 뒤따라온다.

르네 일행은 터널 속을 걷는 중이다. 밤이 늦어 고고학자들과 예루살렘 대학 고고학 전공 학생들의 모습은 보이지 않는다. 세 프랑스인은 호텔 안내 데스크를 통해 동굴 탐사 장비 일체를 배달받았다. 그들은 탐사 전문가용 옷을 입고 라이트가 부착된 헬멧을 쓰고 있다. 손에는 피켈과 밧줄을 든 채다.

「상상만 해도 가슴이 벅차. 그곳을 목전에 두고 있다니!」

딸의 말을 못 들은 척하며 알렉상드르가 감격한 어조로 말한다.

「이건 우리 셋뿐이 아니라 소르본 대학 전체의 영광이야. 인디애나 존스가 울고 갈 정도로 대단한 일이라고.」

르네가 시큰둥한 표정을 짓는다.

하여튼, 영화 얘기가 빠지는 법이 없지. 알렉상드르는 우리 눈앞에 언약궤나 성배라도 나타날 줄 아는 모양이야. 멜리사 말이 하나도 틀리지 않아. 알렉상드르는 하는 행동이 꼭 어린애 같아. 내가 무슨 생각으로 이 밤중에 그를 따라나섰는지 모르겠네.

쳇, 모르긴 뭘 몰라. 사실은 궁금해서 따라왔으면서. 퇴행 최면 때 본 게 정말로 그 자리에 있는지 궁금해서, 궁금해 죽겠어서 따라

왔으면서…….

세 사람은 몇 시간 전에 메넬리크의 안내를 받아 왔던 곳에 다시 와 있다.

「너무 위험하니까 이제 그만 돌아가요.」

멜리사가 재차 말하지만 알렉상드르는 요지부동이다.

「난 도전을 좋아하는 사람이야.」

당연히 앞장서서 걷고 있는 알렉상드르가 뒤따라오는 딸에게 말한다.

「넌 코르테스가 길이 닦이길 기다렸다가 아메리카 원주민들이 사는 밀림 속으로 들어갔다고 생각하는 모양인데…… 천만의 말씀. 그는 배수진을 치고, 〈앞으로!〉 하고 외쳤던 거야. 중도 포기란 건 그의 사전에 없었어.」

「그렇다면 난 〈뒤로!〉 하고 외칠게요. 우리 제발 조용히 호텔로 돌아가요.」

멜리사가 아버지를 말린다.

「역사학자라는 우리 직업은 탐험가와 하나도 다를 게 없어. 탐험가들은 위험을 무릅쓰고 개척자의 길을 걷는 사람들이야. 우리도 마찬가지야. 그러지 않으면 다른 사람들에게 선수를 빼앗기고 말아.」

「그건 그런데, 아빠, 제가 하고 싶은 말은…….」

갑자기 뒤쪽에서 히브리어로 무슨 말이 들려와 그들은 논쟁을 중단한다.

이런, 경비원이 우릴 발견한 모양이야. 이 늦은 시간에 여기서 뭘 하냐고 묻고 있는 게 분명해.

또 다른 목소리가 역시 히브리어로 뭔가를 큰 소리로 묻는다. 알렉상드르 일행이 아무 대답도 하지 않자 이번에는 영어가 들려온다.

「Who are you? What are you doing here?(당신들 누구야? 여기서 뭐 하는 거야?)」

「젠장, 깨어 있었나 보네!」

알렉상드르가 짜증을 내며 뛰기 시작한다.

르네와 멜리사도 뒤따라 뛴다. 그들이 어느 나라 사람인지 모르는 이스라엘인들은 여러 가지 언어로 소리를 지르며 쫓아온다. 목소리가 갈수록 위압적으로 변해 가더니 어느 순간 프랑스어가 들린다.

「당장 거기 서요!」

르네 일행은 멈추기는커녕 죽어라 하고 도망친다.

눈 깜짝할 사이에 〈STOP〉, 〈NO TRESPASSING〉이라고 쓰인 철문 앞에 도착하자 알렉상드르가 가방에서 노루발장도리를 꺼내 르네와 멜리사가 미처 제지할 사이도 없이 잠금 장치를 부숴 버린다.

「자, 빨리 가자!」

남자 둘이 재빨리 문을 넘어가지만 멜리사는 넋이 나간 얼굴로 뒤에 남아 망설인다.

「미쳤어! 우리가 제3차 인티파다를 일으키게 될 거예요!」

「여기서 포기할 순 없어. 이미 엎질러진 물이야.」

알렉상드르가 뒤를 돌아보며 소리친다.

뒤쫓아 오는 이스라엘인들을 혼자서 상대해야 할 것 같자 그녀가 마지못해 문을 넘어 뒤따라 뛰기 시작한다.

추격자들은 차마 문을 넘어서까지 그들을 뒤쫓아 오지는 못한다.

「이 일을 두고두고 후회하게 될 거예요.」

멜리사가 안절부절못한다.

일행은 계속 앞으로 나아간다.

성소에 가까워진다는 흥분 못지않게 뒷감당에 대한 두려움을 느껴서 그런지 르네는 지금까지 아무 말이 없다. 알렉상드르를 더 부추기지도, 이 독특한 관광을 그만두자고 하지도 않는다.

「풍경이 눈에 익나?」

알렉상드르가 르네를 쳐다보며 묻는다.

「아뇨. 길이 달라요. 저는 남쪽 실로아 수로라는 곳을 통해 들어왔고, 우린 아까 서쪽을 통해 들어왔어요.」

통로가 나지막한 경사를 그리며 깊은 지하로 이어진다. 드디어 불빛이 보이며 터널은 끝난다. 드넓은 방에 불이 환하게 켜진 게 보인다.

곳곳에 굴착 장비들이 서 있고 콘크리트 믹서도 몇 대 보인다. 하지만 인부들은 없다.

한쪽 구석에 부서진 건물 파편들이 피라미드 모양으로 쌓여 있다. 높이가 족히 2미터는 돼 보인다.

무수한 잔해와 파편 사이에 기둥 두 개가 서 있다.

오른쪽 검은색 기둥은 야긴이고 왼쪽 흰색 기둥은 보아스야.

기둥머리는 공처럼 둥글게 생겼어.

오른쪽 것은 지구를, 왼쪽 것은 천구를 나타내지.

벽 장식들이 다 뜯겨 나가 부서져 가루가 됐는데도 두 기둥이 이렇게 멀쩡한 건 분쇄기에도 끄떡없는 청동으로 만들어졌기 때문일 것이다.

르네는 보아스에 손을 대는 순간 강렬한 에너지의 파동을 느낀다.

여기야.

「여긴 어때, 뭘 좀 알아 보겠어?」

알렉상드르가 눈을 동그랗게 뜨고 묻는다.

르네가 손을 야긴으로 옮긴다.

「네.」

멜리사가 드디어 양심의 가책을 벗어던진 모양이다. 그녀가 피켈을 들고 부지런히 잔해 속을 파헤친다. 찾아낸 물건들을 돋보기로 들여다보기도 한다.

「그건 뭐야?」

알렉상드르가 다가오며 묻는다.

「비문 조각 같아요.」

그녀가 자신의 전리품을 보여 주자 알렉상드르가 낚아채호주머니에 집어넣는다.

「그러시면 안 돼요! 고고학 유물을!」

그녀가 아버지에게 소리를 지른다.

「유물이라서 그러는 거야. 메넬리크한테 얘기 못 들었니?」

「그래도 달라지는 건 없어요. 대체 무슨 짓이에요, 아빠! 미안하지만 아빤 이 물건들을 가져갈 권리가 없어요.」

「우리가 구해 주지 않으면 어떤 운명이 이 물건들을 기다리는지 한번 보렴……」

알렉상드르가 분쇄기로 연결되는 무빙워크를 손으로 가리킨다.

멜리사가 영어와 아랍어로 적힌 현장 안내 표지판을 발견하고 깜짝 놀란다.

「여기가 주차장이 된다니! 요르단 기업이 모스크 지하에 주차장을 짓고 있대요. 공사에 필요한 돈은 카타르 정부에서 댄다고 여기 적혀 있어요.」

르네는 축소 성전의 지성소일 것으로 짐작되는 지점을 향해 걸음을 옮긴다.

청동으로 만들어져 분쇄기에 갈리는 운명을 피한 메노라가 보인다. 그는 살뱅이 메주자를 발견했던 촛대의 받침대 뒤쪽 구멍을 들여다본다. 흘러내린 꿀이 오렌지색 더께로 쌓여 아직도 그대로 남아 있다.

밀랍이 시간을 견뎌 냈어. 꿀벌은 9백 년의 시간을 버티는 물질을 만들어 내는구나…….

르네가 벌집을 손전등으로 가까이 비춰 본다.

그가 주머니에서 칼을 꺼내 오렌지색 밀랍층을 조심스럽게 떼어 내기 시작한다.

단단하기는 캐러멜 같고 투명하기는 유리 같아.

떼어 낸 밀랍 속을 들여다보니 꿀벌들이 그 안에 갇혀 화석이 돼 있다. 그중 한 마리는 유난히 다른 벌들보다 크고 통통해 보인다.

여왕벌인가?

르네는 여왕벌이 갇힌 밀랍 조각을 따로 떼어 내 들여다본다.

청동 촛대 안까지 달구어져 받침대 속 벌집이 다 녹아내릴 만큼 폭염이 심했던 때가 있었나 봐.

꿀벌들은 뜨거운 밀랍 속에 꼼짝없이 갇히게 됐던 거야. 호박(琥珀) 화석처럼 밀랍 화석이 만들어진 거지.

르네가 밀랍 속 여왕 꿀벌을 여러 각도로 비춰 본다.

호박처럼 단단하게 굳은 밀랍이 긴 세월을 통과해 지금 내 눈앞에 있어.

뒤쪽에서 왁자지껄 큰 목소리들이 들려온다. 이번에는 아랍어를 쓰는 경비원들이다.

르네는 망설임 없이 즉시 반투명한 오렌지색 보호막에 싸인 여왕벌을 플라스틱 용기에 담아 호주머니 속에 넣는다.

「외교 분쟁이 발생할까 봐 이스라엘인들이 저들에게 알린 모양이야.」

알렉상드르가 목소리를 낮추며 말한다.

「결국 대형 사고가 터졌네요.」

멜리사가 받아친다.

「저쪽으로!」

살뱅 드 비엔의 몸으로 왔을 때 지났던 출입문을 발견하고 르네가 소리친다.

르네 일행은 죽을힘을 다해 달린다. 정지하라고 명령하는 요르단인 경비원들의 목소리가 갈수록 위협적으로 변한다.

르네가 옆으로 보이는 통로를 손으로 가리킨다.

「이게 어디로 통하기는 하나?」

알렉상드르가 묻는다.

1121년에 살뱅이 지나갔던 통로예요.

르네가 앞장서서 달리기 시작한다. 이제 뒤에서 들리던 명령과 고함 소리는 작아져 거의 들리지 않는다.

그런데 하수구가 있어야 할 자리에 철책이 나오자 르네는 당혹감을 감추지 못한다. 마침 철책 바로 앞에서 직각으로 꺾이는 통로가 하나 보인다. 르네가 대뜸 그쪽을 가리킨다.

「이쪽으로 돌아요.」

이젠 어디로 가고 있는지도 모르겠어.

미로 같은 길들이 끝없이 이어진다.

길을 잃었다고 얘기해 봤자 스트레스만 받을 테니 그냥 입을 다물고 있자.

갑자기 통로가 좁아지면서 길이 막힌다. 두꺼운 판자를 여러 개 엇대어 박아 놓은 게 보인다.

알렉상드르가 즉시 피켈로 판자를 뜯어내 틈을 만든다. 구멍을 통해 바깥이 정원임을 확인한 그가 제일 먼저 몸을 뺀다. 상반신을 내밀면서 양손으로 바닥을 짚는 순간, 한쪽 손에 물컹하는 느낌이 온다. 얇은 층들로 이루어진 축구공만 한 잿빛 물체 속에 손이 쑥 들어가는 순간 윙 하며 벌들이 나타나 그의 손등을 찌른다. 알렉상드르가 비명을 내지르며 달아난다. 집을 망가뜨린 인간들을 향해 보복 공격을 개시한 벌 떼를 피해 르네 일행이 죽어라 하고 달아난다.

꿀벌보다 훨씬 큰 걸 보니 말벌이 분명해.

그들은 바로 앞에 보이는 건물 안으로 냅다 뛰어 들어간다. 곤충들의 공격 사정권에서 벗어나고 나서야 알렉상드르가 벌에 쏘인 손을 주무른다. 하지만 지금은 불평할 계제가 아니라고 느껴 말없이 통증을 참는다. 넓은 공간이 눈앞에 펼쳐진다. 랜턴으로 위쪽을 비추자 높다란 돔형 천정이 보인다. 중앙에는 납작하고 널찍한 돌이 하나 놓여 있다.

여기가 바위의 돔 사원이구나.

우리가 조금 전에 모스크 뜰로 나왔던 거야.

「여기서 한시도 지체해선 안 돼요! 무슬림이 아닌 사람들은 들어올 수 없는 곳이에요!」

이곳이 어딘지 파악한 멜리사가 이 뜻하지 않은 방문이 일으킬 파장을 걱정하며 안절부절못한다.

알렉상드르는 보라색으로 변하며 부풀어 오르는 손등을

내려다보며 미간을 찌푸린다.

이 와중에도 르네는 아름다운 실내 장식에 매료돼 눈을 떼지 못한다. 둥근 천장은 모자이크화와 돌, 금장식으로 화려하게 꾸며져 있다. 구리와 니켈, 금으로 만든 정교한 밧줄 문양은 천장을 휘감고 있다. 중앙에 신성한 바위가 서로 다른 색깔의 대리석 기둥들에 둘러싸여 있는 게 보인다. 금지된 장소인 줄 알면서도 공간의 매력에 끌려 차마 걸음을 떼고 싶지 않다. 그는 바위를 향해 다가가며 주체할 수 없는 감격을 느낀다.

결국 충동을 이기지 못하고 바위에 손을 얹는다.

아, 이 바위는…… 솔로몬 성전의 일부였어. 이 위에 아카시아나무로 만든 언약궤가 올려져 있었어.

갑자기 다시 발소리와 함께 경비원들의 목소리가 들리기 시작한다.

「이쪽으로!」

르네가 목소리를 낮춰 말한다.

일행은 손전등을 끄고 어둠 속을 뛰어 달아난다.

뒤통수에서 들리는 위협적인 고함 소리가 갈수록 커져만 간다.

나무들을 심은 탁 트인 공간이 나오자 세 사람은 무작정 앞으로 내달린다.

여긴 모스크 뜰의 정원이 틀림없어.

일행은 동굴 탐사 장비를 바닥에 내동댕이치고 나서 아슬아슬하게 나무 위로 몸을 피한다. 제복을 입은 사내들이 손전등을 휘저어 비추며 나무 밑을 지나간다.

개들이 없는 게 천만다행이지.

하지만 이내 경찰들까지 수색에 가세하는 게 보인다.

알렉상드르는 신음 소리를 내지 않으려고 안간힘을 쓴다.

「당장 여길 빠져나가야 해요!」

멜리사가 떨리는 목소리로 말한다.

그들은 경비원들이 다시 오기 전에 나무에서 내려온 다음 벽을 타 넘어 모스크 뜰 밖으로 나간다. 예루살렘 동쪽의 아랍 지구를 향해 숨이 차도록 달린다. 밤늦은 시간이라 다행히 거리에는 오가는 사람이 거의 없다.

검은색 벤츠 리무진 택시 한 대가 텅 빈 거리를 지나가는 걸 보고 멜리사가 손을 번쩍 들어 올리자 택시가 다가와 선다. 운전사가 흙투성이인 그들을 보고 뒷좌석이 걱정되는지 눈썹을 찡그리면서 고개를 갸웃거린다. 알렉상드르가 2백 셰켈짜리 지폐 한 장을 흔들어 보이자 그가 마지못해 태워 주면서도 투덜투덜한다.

「어디로 모실까요?」

기사가 영어로 묻는다.

「킹 데이비드 호텔로 갑시다.」

백미러로 뒷좌석을 살피는 택시 기사의 눈빛에 의심이 가득하다.

「손님들 옷차림이 참 특이하네요…….」

스트레스가 극에 달해 있는 멜리사가 완벽한 영어로 둘러 댄다.

「친구들과 코스튬 파티를 하고 돌아가는 길이에요. 고고학자 분장을 하고 사실감을 주기 위해 옷에 흙을 잔뜩 묻혔죠.」

기사가 묘한 미소를 짓더니 갑자기 차 문의 잠금장치를 누른다. 그와 뒷좌석 사이에는 2020년 코로나바이러스가 유행했을 때 택시에 설치된 아크릴 유리판이 아직 남아 있다.

택시가 전속력으로 질주하기 시작한다.

「지금 뭐 하는 거예요! 차 세워요!」

멜리사가 소리를 지른다.

그녀가 자신이 탄 쪽의 차 문을 열어 보려 하지만 소용이 없다. 알렉상드르도 아픈 손으로 어떻게든 문을 열어 보려고 애를 쓴다. 예루살렘을 가로질러 달리던 택시가 얼마 후 좁은 비포장도로에 들어선다.

이런, 젠장.

울퉁불퉁한 자갈길을 달리는 차 뒷좌석에 갇힌 일행의 몸이 이쪽저쪽으로 쏠린다.

「차 세워!」

멜리사가 악을 쓴다.

그들이 아크릴 유리판을 주먹으로 치고 차 문을 발로 차도 소용이 없다. 그들은 암흑 속에서 견고한 감옥에 갇혀 있다. 뒤흔들리는 차에서도 기사는 어딘가로 끊임없이 전화를 걸어 여러 명과 통화를 한다. 아랍어를 모르니 내용을 알 길이 없다. 한 20분쯤 달렸을까, 택시가 드디어 벌판 한가운데 멈춰 선다. 밤하늘을 배경으로 여러 개의 실루엣이 한꺼번에 등장한다. 얼굴을 케피 군모로 가린 사람들이 손에 칼라시니코프 기관총을 들고 있다. 두목인 듯한 자가 창문을 내린 택시 기사에게 다가와 얘기를 나눈다. 점잖게 시작된 대화가 갈수록 거칠어지며 고성이 오가는 걸 보니 소총을 든 사내와 택시 기사 사이에 뭔가 이견이 있는 게 분명하다. 한참 뒤에 택시 기사가 고개를 끄덕이자 사내가 호주머니에서 지폐 다

발을 꺼내 세어 보고 나서 그에게 건넨다. 둘이 악수를 하고 나서야 벤츠 차 문의 잠금장치가 풀린다.

「나와!」

두목이 르네 일행을 향해 총구를 겨누며 영어로 소리친다.

젠장. 이런 일까지 생기다니…….

세 사람은 시키는 대로 차에서 내린다.

「앞장서!」

르네 일행이 케피를 쓴 사내들의 감시를 받으며 덤불숲 사이를 걸어간다. 잠시 후, 두목이 나무판자를 들어 올리자 터널 입구가 나타난다.

「당신들이 무슨 권리로 우리한테 이런 짓을 하는 거야! 내가 경고하는데…….」

멜리사가 악을 쓴다.

한 사내가 그들의 머리에 자루를 씌우자 두목이 등 뒤로 팔을 꺾어 수갑을 채운다. 뒤집어쓴 자루에서 눅눅한 곰팡내가 난다. 시각이 차단되고 나자 상대가 시키는 대로 순순히 따를 수밖에 방법이 없다.

르네 일행이 계단을 내려가는 동안 한 사내가 넘어지지 않게 팔꿈치로 균형을 잡아 준다.

지금 우리는 이스라엘과 팔레스타인을 분리하는 장벽 밑에 파 놓은 비밀 지하 통로를 지나가고 있는 거야.

긴 터널을 걸어가는 동안 감시를 맡은 사내가 비틀거리는 그들의 몸을 수시로 잡아 준다.

시원한 바깥 공기가 몸에 느껴지는 순간 아까는 듣지 못한 새로운 목소리가 들린다. 아랍어로 대화가 오가기 시작하더니 금세 목소리가 높아지며 싸우는 소리가 들린다. 르네 일행의 신병 처리를 놓고 두 무리가 이견을 보이는 눈치다.

저들 눈에는 우리가 하나의 상품으로 보일 뿐이야.

르네는 속으로 생각한다.

공급자는 도매상과, 도매상은 또 소매상과 가격을 흥정하지. 지금 벌어지는 거래의 결과에 따라 우리가 사느냐 죽느냐가 결정될 거야.

드디어 합의가 도출된 모양이다.

갑자기 머리에 씌운 자루가 벗겨진다. 제복 차림의 경찰관 한 사람이 그들 눈앞에 서 있다. 케피를 쓴 한 사내가 옆에서 열심히 지폐를 세고 있다.

「날 따라와요.」

경찰관이 완벽한 억양의 프랑스어로 말한 뒤 그들을 차로 안내한다.

르네 일행을 태운 차는 시골길을 벗어나 도시 분위기가 물씬 나는 곳으로 들어선다.

「고맙습니다.」

르네가 말문을 연다.

「난 유세프 다우드 경위라고 합니다.」

서른 내외로 보이는 앳된 얼굴의 젊은 형사다. 턱수염이나 콧수염을 기르지도 않았다.

「지금 우리는 라말라 경찰서로 이동하는 중이에요. 거기가 가장 안전할 테니까요. 내일 예루살렘 주재 프랑스 영사관에 연락하면 데리러 올 겁니다. 귀스타브 드 몽벨리아르 영사는 내가 잘 아는 사람이에요.」

경찰서에 도착해 아담한 갈색 건물 안으로 들어서자 제복을 입은 형사들이 그들을 의심스러운 눈으로 쳐다본다.

경위의 안내를 받아 그의 사무실로 들어서자 벽에 걸린 팔레스타인 자치 정부 수반의 초상화가 가장 먼저 눈에 들어온다. 그 옆에 녹색, 흰색, 검은색 줄무늬 바탕에 빨간색 삼각형이 그려져 있고 독수리 한 마리가 위에서 날개를 펼치고 있는 국장(國章)이 나란히 늘어뜨려져 있다.

「커피 드시겠어요?」

「물론이죠.」

팔레스타인 형사가 커피와 함께 초콜릿 비스킷을 들고 돌아온다.

「어떻게 된 일입니까?」

「그건 내가 묻고 싶은 말이에요! 도대체 무슨 꿍꿍이로 모스크 뜰 지하를 뒤지고 다닌 겁니까?」

「그걸 알고 있어요?」

「당연하죠! 웬 정신 나간 놈들이 알아크사 모스크 지하를 돌아다닌다고 연락이 왔어요!」

「우린 역사를 전공한 대학교수들이에요.」

알렉상드르가 설명한다.

「솔로몬 성전에 관한 독점적인 정보를 입수하게 돼서 현장에 가서 확인해 보려고 했던 거예요.」

「당신들 제정신이 아니군요!」

「저도 그렇다고 했어요.」

멜리사가 중얼중얼한다.

「문제는 경찰 무전이 수시로 도청된다는 사실이에요.」

다우드 경위가 설명한다.

「내 말은…… 비공식적인 어떤 단체에 의해서 말이에요. 이번에 여러 무장 단체에서 당신들을 납치하기 위해 경쟁을 벌였어요.」

「아까 그 케피를 쓴 사내들 말인가요?」

르네가 묻는다.

「그들이 제일 빨리 행동에 나선 것뿐이에요. 운이 좋은 줄
아세요. 그자들은 과격한 편도 아니고 극단적인 광신주의자
들도 아니죠. 그들 말고도 당신들을 잡으려고 행동에 나선
단체가 둘 더 있다고 들었어요. 만약에 그쪽에 잡혔더라면
구출하기가 훨씬 어려웠을 거예요.」

「어떤 방법으로 우릴 구했는지 궁금하군요.」

알렉상드르가 묻는다.

「돈을 지불했어요.」

「저쪽에서 받아들였나 보죠?」

「몸값이 실제로 지급되기까지 몇 주, 심지어는 몇 달이 걸
리기도 하는데 나는 확실한 현장 거래를 제안했거든요. 기다
리는 동안 프랑스나 이스라엘 정보기관에서 특수 부대를 동
원해 인질 석방 작전을 펼칠 가능성이 있다는 걸 저들도 알
고 있고요. 실제로 그런 일이 일어난 적도 있었고.」

「결국 형사님이 설득에 성공한 거군요…….」

「설득이랄 것도 없어요. 몸값 액수에 대한 합의만 이루어
지면 되는 거니까. 아까 내가 협상하는 걸 들으셨겠죠.」

「우리 몸값이 얼만데요?」

멜리사가 궁금증을 참지 못하고 물어본다.

「2만 달러에 합의했어요. 만약 당신들이 기자였다면 5만
달러는 줘야 했을 거예요. 기자면 언론에서 많이 다뤄질 걸
아니까 저들이 몸값을 올리죠. 인질 시장에서 기자의 값어치
는 역사 교수의 두 배가 넘는다고 봐야죠……. 직업 못지않게

축구 실력도 영향을 미쳐요. 아시다시피 여기 사람들은 축구라면 죽고 못 살아요. 인질이 어느 나라 사람인지, 그 나라가 축구를 잘하는지 못하는지가 몸값에 영향을 미치죠. 이뿐이 아니에요. 그 나라의 테러 발생 현황, 히잡 관련 법률, 정교분리 여부도 인질 석방 협상에 변수로 작용할 수 있어요. 어쨌든 아까 내가 저쪽에 건넨 돈은 내일 당신들 영사가 나한테 갚을 거예요. 이전에도 당신들 나라에서 온 관광객들이 비슷한 일을 당한 적이 몇 번 있었어요. 〈불가항력〉에 속하는 일이라고 우린 생각하죠. 결국 당신들 석방을 위해 프랑스 세금이 쓰이는 셈이죠. 자, 이제 이런 얘기는 그만하죠. 지금으로써는 당신들 안전이 제일 중요하니까.」

「무슨 문제라도 있어요?」

멜리사가 미간을 모은다.

다우드가 즉답을 해주지 않고 부풀어 오른 알렉상드르의 손등을 보더니 묻는다.

「어떻게 된 거죠?」

「말벌에게 쏘였어요. 내가 벌 독에 알레르기가 있나 봐요. 혹시 항히스타민제가 있나요?」

「의무실에 가보긴 하겠지만 장담은 못 해요. 여긴 항상 의약품이 부족해서. 그렇다 보니 동료 경찰들이 슬쩍슬쩍 집으로 가져가기도 하죠. 안 그래, 알리?」

팔레스타인 형사가 동료와 말을 주고받으며 한바탕 크게 웃는다.

잠시 후 그가 캡슐 약과 물 한 잔을 손에 들고 돌아온다.

「운이 좋으시네요.」

알렉상드르가 세 알을 꺼내 물과 함께 목으로 넘긴다.

형사가 벌에 물린 자리에 소염 진통제 연고를 발라 주고 나서 붕대를 감아 준다.

다른 형사들이 멀찌감치 떨어져 이 모습을 곁눈질하고 있다. 한 형사가 벽에 떡하니 걸린 대형 TV를 켜자 축구 경기 중계방송이 흘러나온다.

유세프 형사가 르네 일행을 널찍한 수감실로 안내한다. 그가 문을 열어 두면서 말한다.

「여기서 눈 좀 붙이세요. 우린 환대를 전통으로 여기는 사람들입니다. 뭐, 대단한 시설은 없지만 이 정도라도 어딥니까. 화장실은 왼쪽에 있어요. 냉장고에 냉동 피자가 들어 있으니 배고프면 꺼내 드시고. 영사한테서 연락이 오면 알려 드리죠.」

「왜 지금 당장 나가지 못하게 하는 거죠?」

「나간다고요? 무슨 말 같지 않은 말을.」

형사가 기가 막힌다는 듯이 피식 웃고는 이내 정색하며 말한다.

「내 말 잘 들으세요. 지금 상황에선 여기가 당신들한테 가장 안전한 곳이에요.」

형사가 일행이 잠을 청할 수 있게 형광등을 꺼주고 밖으로 나간다.

유치장 내부는 생각보다 편안하게 꾸며져 있다. 속을 채운 두꺼운 깔개 세 장이 바닥에 놓여 있는 게 보인다. 벽 여기저기에 낙서가 돼 있다. 비상등이 켜져 있어 희미하지만 사물을 분간할 만은 하다.

알렉상드르가 제일 먼저 자리에 눕는다. 그는 소염 진통제가 효과를 발휘하길 기대하며 눈을 감는다.

르네는 깔개 위에 있던 쿠션을 손으로 탁탁 쳐서 평평하게 만든 다음 엉덩이 밑에 깔고 가부좌를 튼다. 그는 1121년 그의 전생에게 벌어지고 있는 일들을 계속해서 따라가 볼 생각이다.

45

기사 살뱅 드 비엔이 기사단 부단장들의 회합 장소인 정팔각형 건물 안으로 들어간다. 그들은 얼마 전부터 여기 사람들이 〈아브라함의 바위〉라고 부르는 바위 위 평평한 자리에서 모임을 하고 있다. 이 바위는 유일신을 숭배하는 유대인과 무슬림 모두가 성스럽게 여기는 장소다. 특히 유대인에게 이곳은 세상의 중심이다. 아브라함이 하느님의 명령에 따라 아들 이사악을 제물로 바치려 했던 장소이기 때문이다(나중에 하느님은 아브라함의 믿음을 시험해 보기 위해 그랬던 것이라며 염소 한 마리를 번제로 올리면 된다고 말한다).

살뱅은 이곳에 올 때마다 아름다움에 감탄해 넋을 잃는다.

여덟 명의 기사가 먼저 도착해 원탁에 둘러앉아 있다. 검아홉 자루의 칼끝이 탁자 중앙을 향해 모이게 놓인다.

끝이 벌어진 빨간 십자가가 그려진 대형 걸개가 곳곳에 걸려 있다. 단장이 앉은 의자 위쪽으로 방패와 검을 든 기사 둘이 말 한 마리를 같이 타고 가는 기사단 문장이 그려져 있다.

자신이 그 문장 속 그림의 주인공임을 떠올리는 순간 살뱅은 추억에 사로잡힌다. 예루살렘을 함락하던 날 가스파르와 겪었던 일들이 어제 일처럼 생생하게 떠오른다.

「형제들, 지금부터 회의를 시작합시다.」

단장인 위그드 팽이 말문을 연다.

「우선 몇 가지 성과와 우려부터 공유합시다. 우리 기사단의 인가 과정이 문제없이 진행되고 있소. 이 모두가 하느님의 은총 덕분이오. 예루살렘 왕 보두앵께서는 이미 작년에 나블루스 공의회를 통해 우리 밀리티아 크리스티를 인가하신 바 있소. 왕께서 우리한테 성묘 교회를 지키는 임무를 부여하셨고, 우리는 그동안 그 임무를 충실히 수행했소. 아틀리트 협로의 안전을 확보하라는 폐하의 명령 또한 우리 기사단은 충실히 받들었다고 생각하오. 이 쉽지 않은 일을 맡아서 해준 고드프루아 드 생토메르에게 직접 진행 경과를 들어보기로 합시다.」

「아틀리트 협곡은 성지 순례자들이 튀르크족과 강도로부터 빈번이 공격을 당하는 위험한 곳이었습니다. 하지만 우리가 요새를 세워 경비를 강화한 이후부터는 그런 불상사가 일어나지 않고 있습니다.」

「수고하셨소, 형제. 보두앵 2세께서 그동안 왕궁과 감옥으로 쓰시던 이 알아크사 모스크 터를 우리에게 내어 주신 것은 그런 노고를 치하하기 위함이오. 형제들 생각도 그렇겠지만 난 이것을 합당한 귀결로 여기고 있소. 우리가 기사단을 세우기로 처음 뜻을 모은 곳이 바로 여기 아니오. 오랫동안 이 뜰의 마구간에서 회합을 가졌지만 앞으로는 이 바위의 돔 사원 안에서 기사단의 일을 논의하게 될 것이오. 자, 본격적인 논의에 들어갑시다. 우리 기사단이 확고한 위상을 갖기 위해선 앞으로 무엇을 어떻게 해야 하겠소?」

잠시 침묵이 흐른다. 건너편에 앉은 동료를 물끄러미 쳐다보는 기사가 있는가 하면 검 손잡이를 손가락으로 두드리며 초조한 기색을 드러내는 기사도 있다.

「누가 먼저 발언하겠소?」

앙드레 드 몽바르가 발언권을 요청한다.

「얘기하시오.」

「얼마 전에 여기 공드마르 다마랑트와 사절단 자격으로 프랑스에 다녀왔습니다. 파리에서 루이 6세 폐하를 알현할 계획이었는데 안타깝게도 허락을 해주시지 않더군요. 대신 퐁텐레디종성에 가서 클레르보의 베르나르 수도원장을 뵙고 왔습니다. 개인적인 지지뿐 아니라 시토 수도회 전체의 지지도 약속해 주셨죠. 다음에는 더 많은 기사들이, 특히 단장님께서 직접 오셔서 기사단의 세를 한번 보여 주는 게 좋겠다는 조언도 해주셨습니다.」

「수고했소. 이번 방문은 절대 실패라고 볼 수 없소. 그건 우리 기사단이 거쳐야 할 하나의 단계요. 조만간 내가 형제 중 세 사람을 대동하고 프랑스를 찾을 생각이오. 가서 루이 6세 폐하부터 뵙고 나서 성하 갈리스토 2세를 알현할 계획이라오.」

「안 될 말씀입니다. 만약 적들이 사령관들의 부재를 눈치채면 도발을 감행해 올지도 모릅니다.」

동의를 표시하며 웅성웅성하는 소리가 들리자 단장이 즉시 정숙해 줄 것을 요청한다.

「우린 이제 예루살렘에만 머물러선 안 되오. 우리 수도사 기사단은 영향력을 더 확대할 필요가 있소. 출범한 지 8년이 지났지만 아직 성지 밖에서는 존재감이 미미하다는 걸 알아야 하오.」

장내가 다시 술렁이지만 위그 드 팽이 개의치 않고 말을 이어 간다.

「우린 조만간 프랑스와 이탈리아부터 시작해 유럽 순회에 나설 것이오. 현지에 가서 인접 국가들로도 우리의 세를 넓힐 수 있는지 가능성을 타진해 보도록 합시다. 자, 다른 안건 더 있소?」

「네, 제가 한 말씀 드리겠습니다.」

살뱅 드 비엔이 발언을 시작한다.

「우리 기사단의 명칭을 바꾸는 게 어떻겠습니까. 〈밀리티아 크리스티〉와 유사한 이름을 내세운 단체가 너무도 많습니다. 형제들, 우리 기사단은 성서에 뿌리를 둔 유서 깊은 장소인 옛 솔로몬 성전 터에 본부를 꾸렸습니다. 다른 기독교 기사단들, 특히 구호 기사단과의 차별화를 위해 더 창의적인 명칭이 필요하지 않을까요. 가령…… 성전 기사단 같은…….」

몇 사람은 고개를 끄덕이고 몇 사람은 회의적인 반응을 보인다.

「내 생각엔 그것도 우리 기사단을 더 잘 알리는 방법이 될 수 있을 것 같소.」

위그 드 팽이 지지를 표하고 나서 말한다.

「자, 당장 투표에 들어갑시다. 누가 찬성하겠소?」

기사 여섯 명이 손을 든다.

「반대는?」

손 세 개가 위로 올라온다.

「좋소. 지금부터 우리는 성전 기사단 Ordre du Temple 소속 기사들이오.」

가스파르 위멜이 손을 들고 말한다.

「줄여서 간단히 〈탕플리에 Templiers〉라고 부르면 좋지 않을까요?」

다들 고개를 끄덕이는 걸 보더니 단장이 투표 과정을 거치지 않고 제안을 수락한다.

「좋소. 그렇게 합시다.」

그가 양피지를 펼쳐 기사단의 새 이름을 적는다.

「다른 안건은 더 없소?」

아르샹보 드 생타망이 단장을 쳐다보면서 손을 든다.

「우리 기사단의 모토는 〈Non nobis domine, non nobis, sed nomini tuo da gloriam.〉, 즉 〈주여! 우리가 아닌 당신의 이름을 위해 그 영광을 주옵소서〉입니다. 다들 이 문구가 조금 모호하다고 생각하지 않으십니까? 〈기사로서 소임을 다하라, 그리스도인으로서 소임을 다하라〉를 새로운 모토로 삼으면 어떻겠습니까?」

이 제안은 세 명의 지지를 얻는 데 그친다.

「현학적인 감이 있긴 하지만 좋은 말이오. 하지만 교황청의 지지를 얻으려면 반드시 라틴어 문구라야 하오. 또한 신의 영광에 대한 언급도 들어가야 하오. 형제께서 방금 한 제안은 우리 기사단의 두 번째 모토로 삼기로 합시다. 다른 안건 또 있소?」

살뱅이 다시 손을 든다.

「간밤에 뜻밖의 손님이 찾아왔습니다.」

「서리꾼이 찾아왔던가?」

단장이 농을 던진다.

「그게 아니라, 천사가 찾아왔어요. 제 수호천사 말입니다. 그 성 르네가 저한테 무두장이 문으로 가서 꿀벌 문양을 따라가라고 했어요.」

원탁 주변이 갑자기 조용해진다. 여덟 명의 기사가 이 기이한 이야기에 귀를 기울이기 시작한다.

「가서 보니 정말 꿀벌 문양이 새겨진 돌이 있었어요. 문양을 따라 지하 통로로 들어서니 미로 같은 길들이 이어지고 있었죠. 그 길이 끝나는 지점이 바로 지금 우리가 있는 기사단 본부 밑이었어요. 거기서 깜짝 놀랄 광경을 발견했죠.」

살뱅이 잠시 뜸을 들이고 나서 말끝을 단다.

「솔로몬 성전과 똑같이 생긴 지하 성전이 있었어요. 규모만 차이가 날 뿐 형태는 똑같았어요. 한마디로 지상 성전의 축소판이었죠.」

기사들이 믿기지 않는다는 듯이 고개를 갸웃거린다.

「그렇게 확신하는 이유가 있소? 무슨 증거라도 우리한테 보여 줄 수 있나?」

살뱅이 가방에서 아론의 지팡이와 출애굽 때 사막을 지나던 히브리인들에게 하늘에서 떨어졌다는 만나가 들어 있는 항아리를 꺼내 보여 준다. 그가 이 두 물건에 대한 간략한 설명을 마치자 좌중이 경탄을 금치 못한다.

「우리도 직접 가볼 수 있겠소?」

고드프루아 드 생토메르가 흥분한 목소리로 묻는다.

「내가 책임지고 안내하리다. 바로 우리 발밑에 있소. 지금은 무두장이 문을 통해서만 접근이 가능하지만, 여기서 그 성전으로 통하는 길을 뚫는 방법도 생각해 볼 수 있지 않겠소?」

이 말이 또다시 좌중을 흥분시키자 살뱅이 한결 자신감에 차 말을 이어 간다.

「놀라움은 이게 끝이 아닙니다. 그 축소판 솔로몬 성전 안에서 이걸 발견했어요.」

그가 가방에서 길쭉한 황금색 원통을 꺼내더니 그 안에 동그랗게 말려 있는 양피지 문서를 꺼내 펼쳐 보인다.

「히브리어구먼.」

한 기사가 말한다.

「다행히 제가 히브리어를 읽고 쓸 수 있어 글귀를 해독할 수 있었어요. 이 문서에는 독특한 방식으로 명상을 하라고 쓰여 있어요.」

「기도를 하라는 말이오?」

「기도가 아니라 명상을 하랍니다. 정신을 육체에서 분리시켜 어떤 복도에 이르게 하라고.」

「카발라군! 유대식 주술 말이야!」

아르샹보 드 생타망이 놀라서 소리를 지른다.

「지하 성전에서 발견된 히브리어 문서라……. 유대인들만이 비법을 알고 있는 일종의 주술로 들리긴 하는군.」

앙드레 드 몽바르가 동조를 보낸다.

「물론 그럴 수도 있소. 하지만 내 수호천사가 권유한 일인 만큼 한번 해봐야겠다고 판단했소.」

「설마 유대교 랍비가 읽으라고 쓰인 것 같은 그 수상한 문서를 읽고 자네가 진짜로 히브리 명상에 도전했다는 얘기는 아니겠지!」

아르샹보가 펄쩍 뛴다.

「자넨 기독교인이야, 살뱅. 우리 기사단은 기독교 전통에 바탕을 두고 있다는 걸 잊지 말아야지.」

초조하게 다음 이야기를 기다리는 기사들의 시선이 살뱅에게 쏠려 있다.

「그래서…… 문서에 적힌 대로 눈을 감았습니다. 그리고 나서 문이 쭉 늘어서 있는 복도를 상상했죠. 조금 있으니 문 하나에 불이 들어와 깜빡거리기 시작했어요. 112라는 숫자가 쓰인 그 문 앞으로 다가가 조심스럽게 손잡이를 돌리자 문이 열렸고 문턱을 넘어 안으로 들어갔더니 거기에…….」

긴장감을 유발하기 위해 살뱅이 잠시 말을 끊었다 다시 잇는다.

「제 천사인 성 르네가 있었죠. 그동안은 꿈에서 음성만 들었는데 히브리 명상을 통해 그분을 직접 만날 수 있었어요. 지금 내가 여기서 형제들과 얘기를 나누듯이 마주 보고 얘기를 나누었습니다.」

다들 어이없어하는 표정으로 옆 사람과 말을 주고받는다.

「믿기 힘들다는 거 충분히 이해합니다. 하지만 나한테 실제로 일어난 일이오. 그 천사가 나한테 임무를 맡기기까지 했소. 예언을 불러 줄 테니 받아 적으라고 했단 말이오.」

좌중이 다시 수런수런한다.

「진담으로 하는 말인가, 살뱅?」

듣고만 있던 위그 드 팽이 심각한 표정으로 묻는다.

「성 르네께서 자신이 이미 알고 있는 미래를 저한테 자세히 불러 주시겠다고 했어요. 그 예언은 우리 기사단에게 독점적인 지식이 될 겁니다. 우리는 우리에게 벌어질 좋지 않은 일들도 미리 알 수 있게 되겠죠. 성 르네의 미래 예언을 제가 소상히 기록해 두겠습니다. 그 예언서는 이곳 우리 기사단 본부에 소중히 보관해야 할 것입니다.」

골똘한 상념에 잠겨 있던 단장 위그 드 팽이 한마디 한다.

「알겠네. 앞으로 왠지 우리 기사단에 엄청난 변화가 찾아올 것 같군. 자네 수호천사가 들려줄 예언이 몹시 기대되네.」

가스파르 위멜이 번쩍 손을 들어 올린다.

「형제들도 아시다시피 저와 살뱅은 절친한 친구 사이입니다. 간밤에 그가 무두장이 문으로 가서 함께 보물을 찾아보자고 했는데 제가 실없는 소리라며 거절했습니다. 어리석은 행동이었어요. 후회가 막급합니다.」

「그 실수는 눈감아 주겠네. 우리라도 그랬을 테니까. 솔직히 황당무계하게 들리는 얘기 아닌가.」

위그드 팽이 회의를 마무리하려 하자 가스파르 위멜이 황급히 발언권을 요청한다.

「잠깐만, 제가 드릴 말씀이 있습니다.」

그가 갈색 눈을 덮은 금발 머리를 손으로 쓸어 넘기며 말한다.

「사실은 살뱅 형제가 성 르네와 소통하고 있던 그 순간에 저도 꿈에서 제 성스러운 수호자를 만났습니다. 알렉상드르라는 그 수호천사도 제게 똑같은 말씀을 하셨죠. 우리 기사단의 명성을 빛내 줄 예언서를 받아쓰겠다는 다짐을 저한테 받으셨어요.」

위그드 팽이 피식 웃는다.

「이거, 갈수록 흥미진진해지는군. 아홉 기사 중 둘이 갑자기 동시에 천사의 은총을 입다니 말이야.」

이 말에 좌중이 와르르 웃음을 터뜨린다.

「솔직히 우리가 방금 들은 게 평범한 얘기는 아니라는 걸 인정합시다.」

단장의 말투에 냉소가 묻어난다.

「여기 형제 기사들 중에 수호천사의 방문을 받은 사람이 더 있소?」

아무도 그렇다고 하지 않는다.

단장이 예리한 눈빛으로 살뱅과 가스파르를 쳐다보며 말한다.

「솔직히 자네들 말이 믿기 힘든 건 사실이네. 이 성전 밑에 지하 성전이 하나 더 있다는 것만도 충격적인 발견이네. 물론 확인이 필요하겠지…… 그런데 천사들이 자네 둘한테 동시에 나타나 미래를 알려 준다고 했다니, 나 원!」

살뱅 드 비엔이 가스파르 위멜을 노려본다. 힐난이 담긴 시선이다.

「그냥 꿈이 아니었을까…… 그러니까 내 말은, 자네가 환시를 겪은 게 아니냐고.」

살뱅이 쏘듯이 가스파르에게 말한다.

「그러게, 나도 상상력의 소산이라고 간단히 치부해 버리면 좋겠네. 그런데…… 내 수호천사가 이미 예언을 불러 주기 시작했네! 그에 의하면 우리 기사단은 1129년 트루아 공의회에서 공식 인가를 받을 것이라고 하네. 1291년에 아크레가 함락당하고 나면 우리가 무슬림에 의해 이 성지에서 축출될 것이라는 예언도 하시더군.」

좌중이 찬물을 끼얹은 듯 조용해진다.

「이 예언에 대해 자네도 아는 바가 있나?」

위그 드 팽이 심각한 얼굴로 묻는다.

「저도 성 르네에게 똑같은 말씀을 들었습니다…….」

살뱅이 겸연쩍은 미소를 지으며 덧붙인다.

「제 수호천사는 아크레 함락 날짜까지 정확히 일러 주시더군요. 1291년 5월 28일이라고.」

「그 예언이 사실이라면, 그 날짜에 우리가 필사의 각오로 전투에 임하면 되지 않겠습니까.」

고드프루아 드 생토메르가 의견을 개진하자 공드마르 다마랑트가 즉각 반론을 제기한다.

「난 패배에 대한 전망이 오히려 군대의 사기를 꺾는 부작용을 초래할 수 있다고 생각하오.」

위그 드 팽이 소란을 가라앉히려고 애를 쓴다.

「지금까지의 얘기를 요약하자면, 자네들의 수호천사가 각기 예언을 구술하고 자네들이 그것을 받아 적는다는 거지. 그렇게 만들어진 예언서는 우리 성전 기사단만이 볼 수 있고. 내 말이 맞나?」

두 기사가 고개를 끄덕인다.

위그 드 팽은 갑자기 한 아이를 놓고 서로 자기가 낳은 아이라며 친권을 주장하는 두 여인에게 판결을 내려야 했던 솔로몬왕의 심정이 된다. 〈아이를 반으로 나눠 가지라〉고 말하자 한 여인이 아이를 살리기 위해 차라리 친권을 포기하겠다고 말하는 걸 보고 솔로몬왕은 그녀가 아이의 진짜 어머니라는 결론을 내렸다.

위그 드 팽이 몸을 일으키며 엄숙하게 말한다.

「형제들, 지금부터 각자의 예언서를 써서 우리에게 보여주시오. 판단은 우리가 내리겠소. 둘 중 어떤 예언서를 신뢰하고 채택할지는 우리가 결정하겠다는 말이오. 앞으로 우리에게 닥쳐올 행운과 불행을 가감 없이 모두 적으시오. 더 뛰어난 예언서가 선택을 받게 될 것이오.」

46 므네모스: 발이 진흙으로
만들어진 거인

기원전 8세기 말, 유대 왕 히즈키야는 흩어져 있는 과학과 문학, 종교, 역사 분야의 필사본을 모두 모아 예루살렘의 대형 도서관에 보관하게 했다.

그는 학교와 대학을 세우고 지역마다 도서관을 짓게 했을 뿐 아니라 예루살렘을 대대적으로 정비하기 시작했다. 그렇게 해서 만들어진 것이 실로아 수로로도 불리는 히즈키야 터널이다. 이 터널은 적의 포위에 대비해 성안에 물을 공급하고 성 밖으로 오물을 배출할 목적으로 만들어졌다.

당시 이스라엘은 여전히 북이스라엘 왕국과 남유대 왕국으로 쪼개져 국력이 약화된 상태였다. 이때 느부갓네살왕이 이끄는 바빌론 군대가 두 왕국을 침공한다. 예루살렘은 포위되었고, 유대인들은 필사적으로 저항했다.

기원전 586년, 예루살렘은 결국 바빌론에 함락되고 만다. 수많은 인명을 희생한 끝에 어렵게 성을 함락한 데 분노한 느부갓네살은 도시를 약탈하고 솔로몬 성전에 불을 지를 것을 명령한다. 그는 정치와 경제, 종교 분야의 엘리트는 물론 왕족들과 귀족들까지 모두 포로로 잡아 바빌론으로 끌고 간다. 이로써 당시 남유대 왕국 인구의 4분의 1에 해당하던 15만 명이 다시 이국땅에서 노예 생활을 시작하게 됐다.

이집트의 파라오 아케나톤이 그랬던 것처럼 느부갓네살

도 꿈자리가 뒤숭숭하자 해몽할 사람을 찾았다. 그때 바빌론 제일의 해몽가로 그의 앞에 선 사람이 바로 남유대 왕국의 젊은이 다니엘이었다.

놀랍게도 다니엘은 왕이 얘기해 주기도 전에 꿈 내용을 알고 있었다. 〈폐하의 꿈에 머리는 황금, 가슴은 은, 허리는 놋쇠, 다리는 쇠, 발은 쇠와 진흙으로 만들어진 거인이 나타났을 것입니다. 돌이 하나 날아와 부딪치는 순간 진흙으로 만들어진 거인의 발은 산산조각이 났을 겁니다. 그러자 황금과 은과 청동과 쇠로 만들어진 몸통이 와르르 무너져 내려 바람에 흩어졌을 겁니다.〉

느부갓네살이 고개를 끄덕이며 그 꿈의 의미를 묻자 유대인 다니엘이 설명한다. 〈황금으로 된 머리는 느부갓네살 폐하의 통치를 뜻합니다. 은과 놋쇠, 쇠는 각각 그 이후에 출현하게 될 왕국을 가리킵니다. 이 왕국들을 무너뜨리는 것은 진흙으로 만들어진 발에 날아오는 돌 하나입니다. 그 돌은 다름 아닌 한 사내입니다. 그 사내가 바로 메시아입니다.〉

47

유치장 창문으로 콘크리트 블록이 하나 날아든다. 다행히 유리창은 멀쩡하다.

명상에 잠겼던 르네가 깜짝 놀라 주변을 둘러본다.

알렉상드르가 옆에서 가부좌를 하고 앉아 있다.

르네가 달려들어 옷깃을 거머쥐고 소리를 지른다.

「추월하시면 어떡해요!」

알렉상드르가 얼른 몸을 빼 자리에서 일어나더니 르네와 조금 떨어져 선다.

「왜, 자네만 예언서를 쓰란 법이 있나? 나도 얼마든지 내 전생에게 미래를 구술해 줄 권리가 있네. 어느 한 사람만 미래를 독점할 순 없어.」

경찰서 밖이 별안간 소란스러워진다.

멜리사가 유리창 앞에 의자를 놓고 올라서서 바깥을 내다본다. 성난 군중이 깃발과 피켓과 작대기를 흔들어 대며 경찰서 앞으로 모여들고 있다.

「프랑스 국기를 불태우고 있어!」

놀란 멜리사가 잠시 말을 잇지 못한다.

온통 과거에 몰두해 있는 르네는 딱히 불안해하는 모습을 보이지 않는다.

「그렇게 거길 가선 안 된다고 내가 말했잖아요!」

멜리사가 의자에서 내려오며 알렉상드르를 쏘아본다.

「2000년 10월에 실수로 길을 잃었다가 우리처럼 라말라에 감금된 이스라엘인 두 명이 어떤 일을 당했는지 기억 안 나세요? 어쩌면 우리가 있는 이 경찰서였는지도 몰라요. 성난 군중이 몰려오자 경찰들은 그들을 내주고 나서 린치를 당하는 모습을 수수방관하며 지켜봤어요. 그때 린치에 가담했던 한 사내가 창가에서 피 묻은 손을 번쩍 들어 보여 주자 밖에 운집해 있던 군중이 박수갈채를 보냈었죠.」

멜리사는 이 사건을 입에 담는 것만으로도 소름이 끼치는 모양이다. 이번에도 알렉상드르가 지식을 과시하듯 한마디 덧붙인다.

「그랬지. 그때 팔레스타인 경찰이 제일 먼저 한 일이 현장에 있던 사람들의 카메라를 압수하는 거였어. 한 이탈리아 기자가 용케 카메라를 숨기고 있다가 그 장면을 찍어 공개했는데, 〈편집 방침〉에 위배되는 일을 했다는 이유로 나중에 회사에서 해고되고 말았어.」

멜리사가 경쟁적으로 설명을 추가한다.

「맞아요. 그 경찰은 결국 이스라엘 첩보 기관에 체포돼 재판에서 종신형을 선고받았죠. 인질로 잡혀 있던 이스라엘인 길라드 샬리트와 맞교환하는 형식으로 나중에 풀려나긴 했지만.」

「난 저 유세프 다우드 경위를 믿어.」

알렉상드르가 차분한 목소리로 딸에게 말한다.

와장창하며 창문이 깨지더니 사람 머리통만 한 돌이 그들 앞에 떨어진다. 유리 파편만 사방으로 튀었을 뿐 다행히 다친 사람은 아무도 없다.

시위가 갈수록 격화되고 깨진 유리창을 통해 돌이 계속 날아들어 온다.

세 명의 프랑스인은 유치장 구석으로 가 몸을 피한다.

「팔레스타인을 지지하는 전단을 내가 얼마나 많이 나눠줬는지 저 사람들이 알까요? 그런 나를 린치하려는 게 말이 돼요? 당장 나가서 내가 그들 편이라고, 그들 땅을 도둑질한 시온주의자 편이 아니라고 말해 주고 싶어요.」

「지금은 그럴 때가 아니야.」

아버지가 황급히 딸을 제지한다.

유세프 다우드 경위가 문 앞에 나타나더니 그들에게 따라오라는 손짓을 보낸다.

경위가 준비해 놓은 커피와 일회용 컵에 담은 오렌지주스, 그리고 비스킷을 그들 앞으로 내민다.

얼굴에 초조한 기색이 역력하다.

「문제가 생겼어요.」

「시위대 때문에요?」

「아니요. 당신네 영사 귀스타브 드 몽벨리아르 때문에. 오늘 아침 일찍부터 계속 전화를 해도 받질 않네요. 희한한 쪽으로 명성이 자자한 줄은 알지만…… 파티라면 환장하는 사람이거든요.」

형사 하나가 놀란 얼굴로 다우드 경위의 사무실로 뛰어 들어오더니 아랍어로 속사포처럼 말을 쏟아 낸다. 다우드가 심각하게 얘기를 듣더니 컴퓨터를 켠다. 스크린에 경찰서 외부 감시 카메라 화면들이 나타나자 그것을 들여다본다.

흥분한 시위대가 칼을 쥔 손을 치켜들고 돌을 집어 던진다. 군중이 프랑스 국기는 물론 이스라엘 국기와 성조기마저 짓밟고 불태우는 장면이 보인다.

갑자기 유리병 깨지는 소리가 들리더니 매캐한 탄내가 진동한다. 시위대가 경찰서 전면을 향해 화염병을 던지기 시작한 것이다.

형사 여럿이 다우드 경위 방으로 몰려오더니 그를 에워싸고 심각한 표정으로 얘기를 나눈다. 경위가 단호한 표정과 어조로 그들을 설득하는 것 같다. 르네 일행은 그저 심각한 상황이라는 것만 이해한 채 그들을 걱정스럽게 바라본다. 목소리 톤이 높아지는 걸 보니 부하들이 상관에게 대드는 모양이다. 다우드 경위가 고압적인 태도로 일관하자 형사들이 결국 수그러들어 밖으로 나간다.

유세프가 긴 한숨을 내쉰다.

「무슨 일인데요?」

알렉상드르가 걱정스러운 얼굴로 묻는다.

「동료 형사들이 가족이 걱정되는 모양이에요. 그래서……
군중을 달래기 위해 당신들을 내주자고 하더군요.」

「그러면 저들이 즉시 달려들어 우리를 죽일 거예요!」

멜리사가 기겁을 하며 항의한다.

「외교적인 문제도 초래될 텐데…….」

알렉상드르가 덧붙인다.

「지금부터 내 말 잘 들으세요.」

다우드 경위가 단호한 어조로 말한다.

「내가 최선을 다해 여러분을 보호하려고 애쓰긴 할 거예요. 하지만 지금의 불상사가 일어난 원인을 제공한 사람은 바로 당신들이었다는 점을 명심하세요. 당신들의 부주의하고 위험천만한 행동이 이 문제의 발단이었어요. 방금 외교적

328

문제 운운하셨는데, 당신네 영사와 연락이 닿지 않는 건 내 책임이 아니에요. 분명히 말하지만, 난 몇 시간 전부터 그 영사에게 연락하려고 최선을 다하고 있어요.」

「경찰들한테는 무기가 있잖아요!」

알렉상드르가 말한다.

「무기는 우리만 있나요. 시위대한테도 있죠. 사태를 악화시킬 빌미를 제공할 생각은 없어요.」

다우드 경위가 잔뜩 긴장한 얼굴로 커피를 더 따라 준다.

「저들이 무기를 사용하면 어쩌죠?」

멜리사가 안절부절못한다.

「군중 사이에 기자들이 섞여 있을 가능성을 시위대도 인지하고 있어요. 자신들의 대의가 퇴색되는 걸 원하진 않을 거예요. 팔레스타인 사람들 대부분은 이웃인 이스라엘과 좋은 관계를 유지하는 게 자신들을 위해서도 좋다는 걸 알고 있어요. 그게 우리 세대뿐 아니라 우리 아이들 세대를 위한 일이라는 걸요. 문제는 외부 세력이에요. 여기서 전쟁이 일어나야 이득이 되는 나라들이 있죠. 그런 나라들이 이 지역의 불안을 조장하는 온갖 과격 단체들에 돈과 무기를 대주고 있는 거예요.」

「레바논 상황도 비슷하다고 봐요.」

알렉상드르가 전문가답게 한마디 한다.

「난 수니파고, 시리아에 가족과 친척이 있어요. 시아파들이 무슨 짓을 하는지 누구보다 잘 알죠. 바샤르 알아사드가 헤즈볼라 살인자 놈들과 공모해 수많은 사람을 죽였어요. 내 가족도 놈들 손에 죽었죠! 이란과 러시아의 지지를 받는 시리아 정부가 5만 명이 넘는 수니파 시리아인들을 감옥에서 고문하고 처형했지만 세계 어느 나라도 이 일에 관심을 보이지 않아요.」

「그건 사실이 아니에요. 국제 앰네스티가 관련 통계를 발표하고 현지에 가서 증언도 수집한 걸로 알고 있어요.」

멜리사가 끼어든다.

「아무리 그래 봤자 사람들은 그 일에 관심을 보여 주지 않아요. 심지어는 아랍인들도. 우리 아랍인들 내부에조차 분열이 존재하기 때문이죠. 가장 우려스러운 건 이란의 태도예요. 이란은 팔레스타인을 지지한다는 명목으로 가자 지구의 무장 단체인 하마스에 무기를 대주고 있지만, 사실은 그곳에 평화가 정착하는 걸 바라지 않는 거예요.」

감정이 격해진 다우드 경위가 말을 쏟아 낸다.

「요르단강 서안에 사는 팔레스타인인 대부분은 당신들이 TV에서 보는 모습과 달라요. 우린 평화를 원하고 제3국이 개입하지 않는 상태에서 이스라엘과 직접 협상을 하길 원하죠.」

「당신들은 이스라엘과 평화롭게 공존할 의사가 있어요?」

다우드 경위가 어깨를 으쓱해 보이고 나서 체념한 어조로 말한다.

「이스라엘의 총리를 지낸 골다 메이어가 이런 말을 한 적이 있어요. 〈아랍인들이 우리를 증오하는 것보다 자기 자식들을 더 사랑하게 될 때 평화가 찾아올 것이다.〉 어릴 때부터 우리에게 주입되는 유대인을 향한 증오가 이젠 솔직히 지긋지긋해요. 심장 기형을 앓던 내 아들이 이스라엘 병원에서 무료로 수술을 받았어요. 그런데 이 얘기를 하면 나를 바라보는 주변의 시선이 곱지 않아져요. 이스라엘 의사들이 없었더라면 내 아들은 지금 살아 있지 못할 거예요.」

밖에서 누가 욕설이 섞인 구호를 외치자 군중이 일제히 복창하는 소리가 들린다.

「신경 쓸 가치도 없는 구호예요.」

다우드가 한숨을 내쉰다.

「우린 차분하게 귀스타브 드 몽벨리아르 영사의 연락이 오기를 기다리면 돼요.」

또다시 와장창 유리병 깨지는 소리가 들린다.

젊은 형사가 자리에서 일어나 잠겨 있던 벽장문을 열자 권총이 여러 자루 들어 있는 게 보인다. 그가 가장 두툼해 보이는 권총을 집어 든다.

「공포탄을 몇 발 쏴야 할지도 몰라요.」

그가 목소리를 낮추며 말한다.

「솔직히 내가 더 두려운 건 시위대가 아니라…… 동료 형사들이에요. 그들을 믿어도 될지 확신이 없어요. 가족의 안전이나 종교적 신념이 월급과 형사로서의 의무를 압도할 만큼 강력한 행동의 동기가 될 수도 있으니까.」

여기가 생각만큼 안전한 곳은 아니구나.

르네가 씁쓸한 표정을 짓는다.

「여러모로 정말 감사해요, 경위님.」

알렉상드르가 다우드 형사를 바라본다.

「감사 인사가 너무 이른 것 같네요. 지금부터 한 시간 내에 돌파구를 찾을 수 없으면 나도 방법이 없어요. 나한테도 가족이 있고 나도 살아야 하니까. 죄송한 말씀이지만, 사리 분별 못 하는 프랑스인 세 명을 지키자고 모든 걸 다 잃을 순 없어요.」

초조한 기다림이 계속된다. 시위대가 감시 카메라들을 깨부수는 바람에 소음과 함성, 연기 냄새로만 바깥 상황을 짐작하다 보니 불안감이 커지기만 한다.

다른 형사들이 수군거리며 불안한 눈빛을 주고받는다. 동요하는 기색이 역력하다.

이때, 다우드의 휴대폰이 울린다.

경위가 전화를 받아 떨리는 음성으로 몇 마디 하더니 금방 전화를 끊는다. 얼굴이 딱딱하게 굳어 있다.

「내 상관들한테서 온 전화예요. 이 양반들도 아침잠이 많아 조금 전에야 상황을 보고받았다는군요. 가서 당신네 영사를 깨우겠다고 하니 그건 좋은 소식이죠.」

몇 분 후 다시 전화벨이 울린다.

팔레스타인 형사가 수화기를 들고 르네 일행을 쳐다본다.

「당신들한테 온 전화예요.」

그가 스피커폰 기능 버튼을 누르자 프랑스어로 〈여보세요〉하는 또랑또랑한 목소리가 방 안에 울려 퍼진다.

알렉상드르가 전화기를 건네받는다.

「소르본 대학 학장 알렉상드르 랑주뱅입니다. 반갑습니다, 영사님……」

「사람을 이렇게 골탕 먹일 수가 있나!」

남자인 영사가 여자 목소리에 가까운 새된 고음으로 소리를 지른다.

「뭐라고요?」

「어쩌자고 날 이런 똥통으로 끌어들이는 겁니까! 내 경고하는데, 만약에 사태가 더 악화되면 나는 이 일에서 손 뗄 거예요. 당신들이 알아서 하게 놔둘 거라고. 당신들 혼자, 알아

들었어요? 아니 내가 뭘 어쨌다고 이런 일에 얽히게 된
거야!」

「우린 당신 도움이 필요해요.」

알렉상드르의 목소리가 한결 누그러져 있다.

「여기서 당신은 아무것도 아닌 사람이에요! 어디 학장이
고 뭐고 이런 거 다 소용없단 말입니다, 랑주뱅 선생! 당신들
은 우리가 팔레스타인과 맺고 있는 우호 관계를 돌이킬 수
없게 훼손했어요. 내 마음 같아선 당신들을 곧장 시위대에
넘겨주고〈그들의〉심판을 받게 하고 싶어요.」

「우린 프랑스 시민들이니 당연히 영사인 당신이…….」

「나한테 이래라저래라 하지 말아요!」

「난 교육부 장관과 개인적인 친분이 있는 사람이에요.」

알렉상드르가 상대를 압도하려고 일부러 고압적인 어조
를 사용한다.

「그렇다면 난 외교부 장관과 개인적인 친분이 있다는 말
씀을 안 드릴 수가 없겠군요. 당신들 때문에 내가 궁지에 몰
렸다는 것만 알아 둬요. 이거 아세요? 죽고 나면 고위급과의
친분 같은 건 아무 소용도 없는 거? 하긴 그때 신과 친분이 있
으면 도움이 되긴 하겠지. 친분 운운하길 좋아하는 당신이
지금 와 있는 곳에는 신과 개인적인 친분이 있다고 주장하는
사람들이 수두룩해요.」

귀스타브 드 몽벨리아르가 비아냥거리며 말을 잇는다.

「어쨌든 내가 지금 당신들 때문에 환장할 지경이에요. 막
말로, 자기가 한 짓은 자기가 책임지는 게 당연한 거 아닌가?
전화기를 진동으로 설정해 놔서 내가 제때 전화를 못 받았다
면 어떻게 됐을까……. 아까 날 찾아온 그 사람들이 조금 늦

게 도착했더라면 어땠을까⋯⋯. 만약에 그랬다면, 정말 그랬다면, 〈안타까운 일이야, 쯧쯧, 어지간히 운도 없는 사람들이군. 결국 살리지 못했어, 불쌍한 사람들⋯⋯〉하고 끝나고 말았겠죠.」

「지금 우릴 협박하는 거예요?」

알렉상드르가 격분해서 말한다.

「사태의 심각성을 인지시켜 드리는 거예요. 뉴스 안 보세요? 소르본 대학의 대역사학자께서 현재 우리 나라 외교 정책 방향도 모르신다는 말이에요? 내가 하려는 얘기는⋯⋯.」

⋯⋯혹시 십자군 때 얘기?

「⋯⋯작년 얘기, 아니, 최근 정치 상황이에요.」

「지금 이 상황과 정치가 무슨 상관이 있다는 거예요?」

알렉상드르가 눈을 동그랗게 뜬다.

「여기선 정치가 모든 걸 좌우한다고요!」

수화기 너머에서 영사가 소리를 꽥 지른다.

이때, 마치 추임새처럼 와장창 소리가 들린다. 커다란 돌 하나가 정확히 다우드의 사무실 유리창으로 날아와 부딪힌 것이다. 밖에서 누군가 조준한 게 분명하다.

지금 우리 때문에 역사의 흐름이 바뀌고 있는지도 몰라.

「어쨌든 당신은 나를 비롯한 프랑스 국민이 내는 세금으로 월급을 받고 우리를 보호하는 일을 하는 사람 아닙니까?」

알렉상드르가 집요하게 논리를 펼친다.

「난 현지인들과 척지라고 월급을 받는 게 아니라 프랑스가 팔레스타인을 지지한다는 걸 보여 주라고 월급을 받는 사람이에요. 우린 위기 상황에 처한 나라에 나와 있어요. 현지인들의 예민한 감정을 존중해 주지는 못할망정 그걸 건드려

났으니! ⟨STOP⟩이라는 글자는 읽을 줄 알 거 아니에요. 모스크 뜰 지하에 있는 문에 그렇게 쓰인 걸 봤을 거 아니냐고요!」

영사가 전화를 뚝 끊어 버린다.

갑자기 벽에서 진동이 느껴지기 시작한다. 쿵쿵하는 소리가 들린다. 다우드 경위가 미간을 모은다.

「시위대가 트럭을 충차처럼 활용해 벽을 뚫으려고 시도하나 봐요.」

「경찰서 건물이 버틸 수 있을까요?」

멜리사가 전전긍긍한다.

「이런 상황까지 다 예측해 설계가 된 건물이에요.」

경위가 그녀를 안심시킨다.

「쪽문 같은 건 없어요? 하수구로 통하는 문이라도? 우릴 밖으로 내보내 줘요, 제발 부탁이에요!」

멜리사가 애원하다시피 한다.

그사이 벽은 점점 크게 흔들리기 시작한다.

다시 휴대폰이 울리자 형사가 얼른 전화를 받는다. 굳었던 얼굴이 조금 펴지는 게 보인다.

「우리 상관들이 당신네 영사를 설득했다는군요. 곧 영사관 차량이 도착할 거래요.」

몇 시간 같은 몇 분이 흐르고 나자 외교 번호판을 단 검은색 푀조 리무진 한 대가 경찰서 뒷문에 도착한다. 다우드 경위가 프랑스인들을 차 앞까지 경호해 준다.

그는 손에서 권총을 놓지 않는다.

「고맙습니다, 형사님. 이 일로 형사님한테 곤란한 상황이 벌어지지는 않길 바라요.」

알렉상드르가 고마운 마음을 전한다.

「여기는 사람들을 열받게 하는 사건이 시시각각 터지는 곳이에요. 지금 같은 때는 그게 큰 도움이 되죠. 사람들한테 일종의 냄비 근성이 생기다 보니 한 사건에 대한 관심이 오래가지 않아요. 아무리 흥분을 잘 하고 화를 잘 내는 사람도 금방 싹 잊어버리고 또 새로운 사건에 집중하죠.」

르네 일행은 고마움을 느끼며 생명의 은인과 악수를 나눈다.

차 안에는 운전사 한 명만 타고 있다. 과묵한 기사는 이런 상황에 정확히 요구되는 운전 기술을 보여 준다. 르네 일행이 탄 차가 경찰서를 빠져나가는 걸 발견한 시위대 한 명이 수십 명을 이끌고 돌을 던지며 차를 뒤쫓기 시작한다. 돌들이 차를 때리고 굉음을 내며 튕겨 나간다.

차체가 당장 뚫릴 것 같은데도 운전사는 우박이라도 맞는 것처럼 태연한 얼굴로 차를 몬다. 골목에서 사람들이 튀어나와 차를 막아 세우려고 하자 그가 지그재그로 차를 몰아 금세 따돌리고 난 뒤 다시 전속력으로 질주한다.

차는 남쪽으로 달려 검문소를 지난 다음 이스라엘 땅으로 들어선다.

차는 킹 데이비드 호텔 바로 건너편에 있는 프랑스 영사관 정문 앞에서 멈춰 선다. 화려하고 세련된 붉은색 석조 건물에 넓은 정원이 프랑스풍으로 꾸며져 있다. 정원에서 건물 입구까지 이어지는 길에는 양옆으로 야자나무들이 서 있다.

운전사가 일행을 건물 안으로 안내한다. 로비에 들어서자 안내 문구가 제일 먼저 눈길을 끈다. 〈비상 연락처는 절도, 납치, 구금 같은 긴급 상황이 벌어졌을 때만 이용해 주시길 부탁드립니다.〉 그 밑에는 또 이렇게 적혀 있다. 〈테러 발생 혹은 로켓포 발사 시 대처 요령은 다음과 같으니 숙지하시기 바랍니다.〉

기사가 일행을 2층으로 안내하더니 영사 집무실 앞에서 문을 똑똑 두드린다.

안으로 들어서자 정신없이 어질러진 방에 남자 하나가 뒤통수를 보이고 앉아 있다. 커다란 의자에 몸을 파묻은 덩치 큰 남자는 인기척에도 아랑곳하지 않고 전화통을 붙들고 있다. 날카로운 고음의 목소리가 거구를 통해 방 안에 짜랑짜랑 울려 퍼진다.

운전사가 모습을 감추자 멜리사와 알렉상드르, 르네는 외교관의 허락이 떨어지기도 전에 그의 책상 앞에 놓인 의자들에 대충 자리를 잡는다.

영사가 한참 만에야 통화를 끝내고 나서 일행을 향해 몸을 돌린다.

「당신들은 한바탕 멋지게 휘젓고 다녔다고 동네방네 자랑할 거리가 생겼을지 모르지만, 난 솔직히 파리지앵들 밑구멍 닦아 주는 게 아주 지긋지긋해요!」

「안녕하세요, 알렉상드르 랑주뱅입니다.」

알렉상드르가 차분하고 품위 있게 인사를 건넨다.

「만나서 반가워요. 이쪽은 내 딸 멜리사, 그리고 여긴 동료 강사 르네 톨레다노예요.」

귀스타브 드 몽벨리아르가 조금 누그러들더니 사람을 시켜 르네 일행에게 따뜻한 물 세 잔을 갖다준다.

「당신들은 뭐가 뭔지 알지도 못하겠지만, 우리 정부는 현재 국익 차원에서 다소 노골적으로 친팔레스타인 정책을 취하고 있어요. 요르단강 서안의 이스라엘 불법 정착촌 건설을 맹렬히 비난하고 있죠. 2020년에 예루살렘을 이스라엘의 공식 수도로 인정해 준 걸 시발점으로 이 지역에서 우리를 앞서 나가려는 미국과 힘의 균형을 맞추려는 거예요. 하필이면 프랑스 정부가 팔레스타인에 대한 확고한 지지를 보여 주려고 애쓰는 이 시점에…… 모스크 지하 고고학 탐사 놀이가 웬 말이냐 이겁니다!」

그의 뒤쪽 벽에 예루살렘 주재 프랑스 전임 영사들이 야세르 아라파트나 팔레스타인군 지휘관들과 나란히 서서 찍은 사진들이 액자에 들어 걸려 있다.

「저희는 단지…….」

멜리사가 말문을 열자 알렉상드르가 얼른 제지한다.

영사가 서랍에서 과자를 한 봉지 꺼내 방문객들에게 내민다.

「고맙지만 우린 생각 없어요. 라말라 경찰서에서 대접을 아주 잘 받고 왔습니다.」

전화벨이 울리자 영사가 얼른 수화기를 든다.

「여보세요, 네 장관님……. 네…… 그럼요. 그래요? ……아, 알겠습니다. 네, 그렇게 하겠습니다……. 네, 무슨 뜻인지 알겠습니다……. 물론입니다, 장관님……. 네, 들어가십시오.」

영사가 손수건을 꺼내 이마의 땀방울을 대강 찍어 내고 나서 목을 훔친다.

「방금 장관님께서 직접 전화를 해 이번 사건의 해결 방향을 지시하셨어요. 팔레스타인 자치 정부에 공식 사과를 전달하라고 하시는군요.」

귀스타브 드 몽벨리아르가 과자 봉지에 손을 쑥 집어넣더니 한 움큼 꺼내 우적우적 씹어 먹는다.

「이번 일은 우리가 늘 해오던 방식대로 처리될 거예요. 소동에 대한 사과의 의미로 저쪽에 선물을 하는 것으로 마무리될 겁니다.」

「선물이라면?」

「각료 한 명에게 수표를 건넬 거예요. 그는 그걸 받아서 코트다쥐르 해변에 고급 빌라를 한 채 사겠죠. 다른 장관들도 다 그렇게 했으니까. 그 사람들, 프랑스를 엄청 좋아하거든요. 어쨌든 돈은 다시 프랑스로 돌아오는 거죠! 플로리다에 빌라를 사거나 러시아에 다차를 구입하면야 본전 생각이 나겠지만…….」

멜리사가 은근히 안도하는 눈치다.

「우린 이제 그만 호텔로 돌아가 봐도 될까요? 녹초가 될 지경이에요. 얼른 가서 샤워를 하고 싶어요.」

그녀가 영사에게 묻는다.

「그러시죠, 호텔로 돌아가도 좋아요. 가서 짐을 싸요! 그리고 당장 여길 떠나요. 당신들이 계속 예루살렘에 머무는 걸 허용하지 않겠어요. 앞으로 다시는 당신들과 마주치고 싶지도, 당신들 소식을 듣고 싶지도 않아요. 혹시 당신들한테 다른 문제가 생겨도 난 눈도 끔쩍하지 않을 테니 그리 알아요. 도움이 필요하면 텔아비브 주재 프랑스 대사한테 찾아가 봐요. 난 그 양반 딱 질색이지만, 시온주의자니까 당신들과는 쿵짝이 맞겠군요.」

「만약 우리가 못 떠나겠다면?」

알렉상드르가 매섭게 그를 노려본다.

영사가 손에 들고 있던 과자 봉지를 결국 내려놓더니 한쪽 눈썹을 찡긋 추켜올린다.

「당신들 이름을 내 현지인 친구들에게 주는 수밖에 없겠네요. 종교 문제에 있어서는 나보다 무척 속이 좁은 사람들이에요. 자신들의 모스크 지하를 휘젓고 다닌 당신들을 아마 용서하지 않을걸요.」

몇 분 뒤, 르네 일행은 천신만고 끝에 킹 데이비드 호텔로 돌아와 각자의 방으로 들어간다.

르네는 창가에 서서 성전 뜰을 내려다본다. 이곳이 자신의 깊숙한 곳에 새겨진 무언가와 연결돼 있기라도 하듯 눈을 떼지 못한다.

48 므네모스: 고레스 대왕

기원전 538년, 페르시아가 바빌론 제국을 침공한다. 군대를 이끈 고레스 2세는 바빌론의 수도는 물론이고 주변 지역들까지 함락한다. 고레스왕은 바빌론에 포로로 잡혀 와 있던 유대인들의 존재와 이들의 독특한 역사에 대해 알고 나서 포로 해방령을 내린다. 느부갓네살에 의해 끌려왔던 유대인들은 그렇게 선조들의 땅으로 돌아갈 수 있게 된다.

유대인 5만 명이 이스라엘 땅으로 돌아온다.

바빌론 곳곳에서 돌아온 이들은 파괴된 성전을 예루살렘에 다시 짓기로 한다. 그들은 건축가 히람의 설계도를 찾아내 그대로 다시 성전을 건축한다. 부속 건물 하나가 추가된 두 번째 성전은 기원전 515년에 완공된다.

히브리인들은 예루살렘 성벽을 강화하고 성안에 여러 거주지를 세운다.

고레스 대왕 사망 후 왕위를 물려받은 다리우스왕과, 그의 뒤를 이은 아하스에로스왕은 모두 선친의 정책을 계승해 조상들의 땅으로 돌아온 유대인들이 예루살렘을 재정비하도록 지원을 아끼지 않는다.

이 무렵에 유대교의 초석이 다져진다. 유대인들은 성서를 집필해 유대 민족의 이야기를 남김으로써 자신들의 민족적 정체성을 확립한다.

식사와 관련된 엄격한 유대교 규율 몇 가지(염소 고기와 우유를 함께 먹지 않고,[14] 돼지고기와 갑각류, 비늘 없는 생선을 먹지 않는 등)가 만들어진 것도 이 시기의 일이다. 안식일(샤바트로 불리는 토요일)과 각종 축제일을 비롯해 위생과 관련한 규칙(식사와 외과 수술 전에는 반드시 손을 씻어야 한다)도 이때 정해지게 된다.

유대 도시들은 선출된 원로들로 구성된 원로회에서 다스렸다.

『구약 성서』에 나오는 에스델 일화에는 아하스에로스 1세가 등장한다.

에스델의 사촌 오빠 모르드개는 아하스에로스 1세의 살해 음모를 미리 알려 주어 목숨을 구해 준 공로를 인정받아 왕궁 대신에 임명됐다.

당시 아하스에로스 1세는 와스디 왕후를 폐위하고 새 왕비를 물색 중이었다. 이걸 안 모르드개는 사촌 동생인 에스델을 왕의 하렘에 넣었다. 아하스에로스는 에스델에게 첫눈에 반해 왕비로 삼았다.

하만이라는 이름의 총리대신은 왕의 총애를 받는 인물이었다. 모르드개가 유대인이라는 걸 알았던 하만은 그가 자신에게 무릎을 꿇고 인사하지 않은 것에 분노해 페르시아 땅에 사는 유대인을 절멸하라는 명령을 내린다.

이 소식을 접한 에스델은 왕의 침소로 찾아가 총리대신이 자신의 민족을 말살하려 하니 구해 달라고 간청한다. 에스델의 아름다움에 푹 빠져 있던 아하스에로스 1세는 그녀의 청

14 「출애굽기」 23장 19절의 〈새끼 염소를 그 어미의 젖으로 삶아도 안 된다〉라는 문구에서 비롯된 관습이라고 한다.

을 들어주기로 결정한다. 하지만 하만의 명령을 이행하기 위해 이미 군사들이 전국 각지로 흩어진 상황이었다. 그러자 왕은 히브리인들에게 무기를 주어 하만의 군사들과 맞서 싸울 수 있게 한다.

결국 하만은 체포돼 교수형에 처해진다. 아하스에로스 1세는 할아버지 고레스 대왕과 아버지 다리우스 대왕을 계승해 유대 민족을 보호하겠다고 공언한다. 동족들의 목숨을 구한 에스델을 기리기 위해 훗날 부림절이라는 유대교 축일이 만들어진다. 사람들은 이날 변장을 하고 꿀이 들어간 과자를 먹었으며 교수대에 매달린 하만을 형상화한 커다란 인형을 불태우는 화형식을 거행했다.

49

「유대인들의 모든 축제는 이렇게 한마디로 요약해도 무방할 거야. 〈우리를 죽이려는 적들로부터 요행히 살아남았으니 먹고 마시면서 이를 자축하면 어떨까?〉」

예루살렘에서 서쪽으로 30킬로미터 떨어진 한 키부츠의 공동 식당에서 르네 일행이 식사를 하고 있다. 메넬리크 아야누는 이 키부츠에서 아내와 함께 살고 있다.

세 프랑스인은 모양도 맛도 다양한 과자들을 앞에 두고 뭘 집을지 몰라 행복한 고민에 빠져 있다. 흰 치즈가 든 과자는 폴란드가 원조이고 아몬드가 바삭하게 씹히는 과자는 모로코 사람들이 즐겨 먹는다는 설명을 들으며 그들은 고개를 끄덕인다. 르네 일행이 달콤한 과자와 어울리는 박하 향 녹차를 홀짝거리는 옆에서 이스라엘인들이 아침 식사를 하고 있다.

메넬리크 아야누가 사정을 듣더니 즉각 숙소를 제공하겠다고 해 르네 일행은 간밤에 이곳으로 이동해 와 자고 아침을 맞았다.

「여긴 안전한 곳이니 걱정 말게. 누가 찾아와 감히 이래라저래라 하진 못할 거야.」

아침 식사를 마친 후 르네 일행은 키부츠 구경에 나선다. 첫인상은 작은 농촌 마을 같았는데 천천히 둘러보니 각종 산업 활동이 이루어지는 데다 첨단 기술까지 갖춘 곳이다.

「올리브와 배가 우리의 주 생산 품목이지.」

메넬리크가 설명해 준다.

「젖소를 키워 우유를 마시고 직접 양봉을 해서 우리가 먹을 꿀을 생산하네. 태양광 패널과 펌프 시설, 관개 설비 같은 것도 우리가 직접 만들고 있어.」

한가로운 모습으로 키부츠 안을 걸어다니는 사람들 대부분이 하와이안 셔츠와 비슷하게 화려한 무늬가 찍힌 원색 옷을 걸치고 있다.

마치 1970년대 히피 공동체를 보는 기분이야.

르네는 속으로 생각한다.

「옛날에는 여기가 늪지대였어. 초기 정착민들은 말라리아를 옮기는 모기와 사투를 벌여야 했지. 그들 중 상당수는 유럽에서 박해를 피해 온 사람들이었어. 나치 강제수용소에서 살아남은 사람들도 꽤 있었지. 어쨌든 그 1세대는 전쟁이 없고 사적 소유와 돈이 없는 새로운 세계를 만들겠다는 야심을 품고 있었어.」

「어떻게 돈이 없는 세계가 가능해요?」

멜리사의 눈이 휘둥그레진다.

「공동 소유를 통해 얼마든지 가능해. 어느 한 사람도 소유권은 없지만, 모두가 소유권을 가졌다고 생각하는 거지. 원칙은 그렇다는 거야……. 자세히 들어가면 훨씬 복잡한 문제이긴 하지만. 아무튼 사람들은 자신에게 맞는 삶의 방식을 찾아 여기 모인 거야.」

「만약에 말이죠, 여기 사는 사람이 TV가 한 대 필요하면 어떻게 해야 하죠?」

멜리사가 호기심 가득한 눈으로 메넬리크를 쳐다본다.

「키부츠 회계 담당 부서에 필요한 물건을 얘기하면 알아서 다 사다 주네. 개인이 직접 그 물건을 사러 갈 필요가 없어. 여긴 개인 재산이라는 게 없고 모든 것이 공동체의 재산이니까 말이지.」

「그럼 상속 같은 것도 없겠군?」

알렉상드르가 묻는다.

「그렇지. 공동 재산 개념이니까. 여기선 뭐가 부족해서 생기는 결핍감 같은 건 느낄 수 없어.」

「그런 시스템을 영위하려면 당연히 모두가 노동의 의무를 다해야 하겠죠?」

듣고만 있던 르네가 끼어들어 질문한다.

「각자 공동체를 위한 일을 하면 돼. 그게 농사일일 수도 있고 사무직 업무일 수도 있고 첨단 기술을 다루는 일일 수도 있어. 여러 가지 일을 번갈아 할 수도 있고 원하는 대로 직업을 바꾸는 것도 얼마든지 가능하네.」

그들 앞에 커다란 통유리창이 달린 흰색의 현대식 건물이 나타난다.

「점적 관개 시스템의 발명자가 우리 키부츠 사람이라는 걸 우린 아주 자랑스럽게 여기네. 그 덕분에 사막에서 적은 양의 물로도 얼마든지 식물을 키울 수 있게 됐으니까.」

히피 옷차림을 한 사람들 옆에서 노인들이 체스와 카드 게임에 열중하고 있는 게 보인다.

그중 한 노인의 손목에 새겨진 숫자 문신이 르네의 눈길을 끈다.

나치 강제수용소에서 살아남은 분인 모양이구나.

나이에 비해 무척 활력이 넘쳐 보이는 노부인 하나가 메넬리크를 알아보고 다가와 반갑게 인사를 건넨다. 메넬리크가 그녀를 프랑스에서 온 친구들에게 소개한다.

「나디아 볼프 교수는 자기장을 접골에 활용하는 기술을 개발하는 데 크게 일조하신 분이야. 연세가 백둘이라네!」

소형 버스 한 대가 키부츠 안으로 들어오더니 군복 차림을 한 지친 표정의 젊은이들이 우르르 버스에서 내리는 게 보인다.

「〈peace and love(평화와 사랑)〉와 유토피아적 사회주의 이상을 실현하는 일은 결코 쉽지 않아 키부츠들은 탄생 초기부터 공격의 대상이 됐지. 그래서 3천 년 전 이스라엘 열두 지파 시절에 존재했던 농민병 체제로 돌아가지 않을 수가 없었어.」

「사울의 군주제가 확립되기 이전에 있었던 농민병 제도 말인가?」

알렉상드르가 전문가답게 되묻는다.

「맞아. 초기 키부츠들은 그 모델을 가져와 현실에 다시 접목했지. 제2차 세계 대전 종전 후 이라크와 이집트는 신생 유대 국가를 위협할 목적으로 전직 나치 장교들을 대거 군대에 영입했네. 체코슬로바키아처럼 초기 개척자들한테 무기를 판매해 준 국가들이 있어 이스라엘인들은 나라를 지키며 버틸 수 있었어.」

「방금 〈개척자〉라고 한 사람들은 원래 이곳에 살던 선주민들에게서 땅을 빼앗은 〈식민지 정착민〉을 말씀하시는 거겠죠.」

멜리사가 지적한다.

「당시에 여기는 사람이 사는 땅이 아니었어. 개척되지 않은 적대적인 땅이었지. 모기가 들끓어 말라리아가 창궐하는 늪지였다네.」

메넬리크가 멜리사를 보며 대답한다.

「그건 선생님 버전이죠. 중립적이지 않은.」

멜리사가 굳은 목소리로 되받아친다.

「팔레스타인인들이 살고 있었다면 당연히 쫓아냈겠죠.」

「아랍 사람들은 지금도 여전히 이스라엘에서 살고 있네. 그들도 온전한 자격을 가진 이스라엘 시민들이야. 우리 의회인 크네세트에는 그들을 대변하는 국회 의원들도 있네.」

「이스라엘 내에서 그들은 하위 시민이라고 들었어요.」

멜리사가 물러서지 않는다.

「백문이 불여일견이라고 하니 정말 그런지 자네 눈으로 직접 확인해 보게.」

메넬리크가 차분한 목소리로 대답한다.

그가 전동 휠체어를 움직여 자신의 집으로 손님들을 안내한다. 지붕에 테라스가 있는, 육면체 모양의 아담한 흰색 집이다.

실내로 들어서자 시원한 에어컨 바람이 손님들을 맞는다. 양쪽에 손잡이가 달린 항아리와 양피지 두루마리, 크고 작은 조각상이 집안 곳곳에 놓여 있다. 이 땅에서 흥망성쇠를 겪은 다양한 문명들의 유물로 꾸며진 실내는 마치 하나의 작은 박물관을 연상시킨다.

메넬리크가 손님들을 위해 차가운 녹차를 내온다.

「자, 이제 자세한 내막을 좀 들어 보세.」

알렉상드르가 과장스러운 몸짓으로 호주머니에서 천 주

머니를 꺼내더니 내용물을 늘어놓기 시작한다. 그림이 그려지거나 무늬가 새겨진 도자기 조각들이다. 더러 글씨가 새겨진 조각들도 있다.

메넬리크가 미간을 찌푸린다.

「내가 그렇게 가지 말라고 주의를 줬건만!」

「우린 청개구리 제자들 아닌가.」

알렉상드르가 한쪽 눈을 찡긋해 보인다.

메넬리크가 돋보기를 들고 도자기 조각들을 자세히 살펴보기 시작한다.

「한눈에 봐도 제1성전 시대의 도자기들같이 생겼어. 기원전 1000년 전후에 만들어진 게 분명해.」

짧고 단정한 백발에 몸매가 갸름한 여성이 급히 뛰어들어오며 큰 소리로 〈안녕하세요〉 하고 외친다.

「내 아내 오델리아를 소개하겠네. 여기 주민들 상당수가 그렇듯 프랑스어를 불편함 없이 하지.」

오델리아는 외모만 보면 메넬리크의 어머니뻘로 보인다.

손님들이 속으로 놀라는 것을 감지한 메넬리크가 설명을 덧붙인다.

「오델리아는 내가 이스라엘로 오게 도와준 구호 네트워크의 일원이었어. 이미 말했다시피 난 에티오피아 출생인데 1991년에 이스라엘 정부의 이른바 솔로몬 작전을 통해 이스라엘 땅을 밟게 됐네. 내전을 피해 아디스아바바로 도망친 유대계 에티오피아인들을 구출한 그 작전에 오델리아도 참가했었지. 당시 이스라엘 정부는 공중 수송을 통해 우리를 여기로 데려왔어. 이스라엘 국적 항공사 엘 알의 대형 수송기가 서른네 번을 왕복한 끝에 1만 4천 명을 모두 내전의 지옥에서 꺼내 올 수 있었지. 난 마지막 비행기에 탑승해 이스라엘에 도착했어.」

「이스라엘에서는 이들을 흔히 〈팔라샤〉라고 부르죠. 암하라어로 〈떠돌이〉를 뜻하는 말이에요. 하지만 정작 이들은 자신들을 떠돌이라 생각하지 않고 솔로몬왕과 세바왕의 후손이라고 여기죠.」

오델리아가 그들과 합석하며 설명해 준다.

「사실이야. 물론 하나의 신화에 불과한 얘기일 수도 있지만, 우리 부모님은 유대 왕과 에티오피아 왕 사이에서 태어났다는 아들의 이름을 따서 내 이름을 지었지. 난 그 구출 작전을 통해 이스라엘에 와서 나중에 오델리아와 결혼을 하게 됐네.」

「열여덟 살이던 메넬리크를 에티오피아에서 여기로 데려오는 걸로 일이 끝나는 게 아니었어요. 정착을 도와줘야 했죠. 그 당시에도 난 이 키부츠에서 살고 있었는데, 메넬리크가 도착한 지 얼마 후에 그만 사고를 당하고 말았죠…….」

「무슨 사고였는데요?」

멜리사가 묻는다.

「열네 살짜리 소년이 버스에서 자살 폭탄 테러를 감행했어요…….」

무겁고 긴 침묵이 흐른다.

「다행히 목숨은 건졌지만 볼트 하나가 날아와 박혀 척추가 손상되는 바람에 다리를 쓸 수 없게 됐죠.」

메넬리크가 옅은 미소를 지으며 말을 받는다.

「그런 게 바로 삶의 아이러니지. 내전 중인 에티오피아에서 벗어나 이젠 살았나 싶었는데 여기서 생면부지의 소년 때문에 장애를 얻게 됐으니……」

메넬리크의 덤덤한 반응이 르네 일행을 살짝 당혹스럽게 한다. 하지만 멜리사는 끝까지 자기 생각을 굽히지 않는다.

「이스라엘이 점령지에 정착촌을 건설하는 정책을 포기하면 그런 일은 일어나지 않을 거예요.」

「그렇겠죠.」

오델리아는 논쟁을 피하고 싶어 하는 눈치다.

대화가 조금 더 이어지고 나서 메넬리크와 오델리아가 손님들에게 다리 근육도 풀어 줄 겸 집 뒤쪽에 있는 정원으로 나가자고 한다.

부부는 프랑스에서 온 손님들에게 자신들의 아담한 정원을 구경시켜 준다.

「난 이 키부츠에서 꿀을 생산하는 일을 맡아 하고 있지만 본업은 곤충학자예요. 특히 꿀벌의 생태를 연구하고 있죠.」

일행은 말없이 서서 꿀벌들의 비행을 한동안 지켜본다. 오델리아가 말문을 연다.

「꿀벌의 수명은 평균 40일이에요. 그 기간에 꽃 1천 송이에 날아가 앉아 수프 스푼으로 한 스푼이 조금 못 되는 꿀을 만들고 삶을 마감하죠. 우리한테는 그저 꿀 한 스푼이지만 꿀벌한테는 평생을 바쳐 이룬 과업이에요.」

그녀가 가방에서 조그만 병을 꺼내 손님들에게 꿀을 맛보게 해준다. 르네는 눈을 지그시 감고 감미로운 액체의 분자 하나하나를 음미한다.

「우리 키부츠는 벌통 8백 개에서 연간 10톤의 꿀을 생산하고 있어요.」

멜리사와 르네가 놀라워하며 오델리아의 얘기를 듣는 사

이 알렉상드르는 거리를 두고 서 있다. 오델리아가 꿀을 내밀자 그가 고개를 가로젓는다.

「꿀을 좋아하지 않으시나 보군요?」

오델리아가 묻는다.

「벌에 쏘여 곤욕을 치렀어요.」

알렉상드르가 붕대가 감긴 손을 내밀어 보여 준다.

오델리아가 가까이 다가온다.

「제가 좀 봐도 될까요?」

알렉상드르가 붕대를 풀면서 인상을 찡그린다. 그의 손은 아직 빨갛게 부어올라 있다.

「어, 이건 꿀벌이 쏜 게 아니에요! 적을 오인하지 마세요.」

「그럼 말벌인가요?」

알렉상드르가 궁금해하며 그녀를 쳐다본다.

「아뇨, 이건…… 등검은말벌이에요.」

다섯 글자를 내뱉는 오델리아의 목소리에서 음산함마저 느껴진다.

르네 63도 등검은말벌 얘기를 했었지.

오델리아가 부은 손등을 들여다보더니 안도하는 표정을 짓는다.

「이만하길 다행이에요. 매해 전 세계에서 등검은말벌에 쏘여 죽는 사람들이 1천 명은 되거든요.」

「그 벌에 쏘이면 사람이 죽는다고요?」

르네가 깜짝 놀란다.

「보통 개나 고양이는 두 군데, 말이나 소는 여섯 군데 쏘이면 즉사해요. 사람은 네 군데 쏘이면 생명이 위독해지죠. 당신은 두 군데 쏘인 것 같은데 다행히 부풀어 오르기만 했지

혈관 부종은 아니에요. 손이라서 그나마 다행이지 목이나 입, 얼굴을 물렸더라면 큰일 날 뻔했어요.」

「라말라에서 즉시 항히스타민제를 구해 먹었어요. 그것 때문에 벌 독 효과가 감소했을 거예요.」

「맞아요. 이번에는 제가 좀 다른 방법으로 통증을 완화해 드릴게요.」

그녀가 손님들을 다시 집 안으로 데리고 들어간다.

오델리아가 꿀을 조금 따라 알렉상드르의 손등에 펴 바르기 시작한다.

「뭐 하시는 거죠?」

멜리사가 눈을 동그랗게 뜬다.

「고대 이집트에서부터 내려오는 민간요법이에요. 꿀을 발라 상처를 아물게 하는 거죠. 꿀이 염증과 충혈을 줄여 주는 작용을 하죠.」

알렉상드르도 놀란 눈치지만 손을 내밀고 가만히 있는다. 오델리아가 꿀을 얇게 몇 번 펴 발라 주고 나서 욕실에서 붕대를 가지고 와 알렉상드르의 손에 새로 감아 준다.

「아빠 손이 꼭 미라 같아 보여요.」

멜리사가 킥킥거리며 웃는다.

오델리아는 다시 정원으로 나가며 손님들에게 따라오라는 손짓을 보낸다.

「여기도 등검은말벌 때문에 막대한 피해를 입었어요. 키부츠 벌통 8백 개 중에 지금 멀쩡한 게 630개뿐이에요.」

그녀가 꿀벌 사체가 쌓여 있는 빈 벌통들을 손으로 가리킨다.

꿀벌의 유령 도시를 마주하는 순간 르네는 가슴이 저릿해진다.

살뱅의 몸으로 예루살렘 공성전에서 무수한 죽음을 목도했고 현재의 세계에서도 뉴스를 통해 시시각각 죽음을 접하지만, 공동 묘지로 변한 벌집들을 보고 있자니 가슴이 아파 견딜 수가 없어.

「꿀벌들이 방어에 나서지 않고 속수무책으로 당하기만 하나요?」

알렉상드르 역시 놀란 얼굴을 하고 묻는다.

「그럴 리가요. 단독 기습 작전, 소규모 특공 작전, 대규모 군사 작전 등등 할 수 있는 방법을 다 쓰지만 역부족이에요. 그들보다 덩치가 크고 힘이 세며 검처럼 날카로운 아래턱을 가진 등검은말벌을 대적하는 건 불가능에 가깝죠. 게다가 침을 박아 넣는 순간 수명을 다하는 꿀벌과 달리 등검은말벌은 침을 다시 뺄 수 있다는 점도 결정적으로 작용해요. 벌침의 독성도 등검은말벌이 훨씬 강하죠. 적을 막아 낼 방법이 없다는 판단이 들면 꿀벌들은 전의를 상실한 채 죽음이 오길 기다려요.」

「아…… 사람이 해줄 수 있는 일은 아무것도 없어요?」

르네가 묻는다.

「물론 우리도 안 해 본 게 없어요. 벌집이 공격당하면 라켓을 휘두르면서 쫓아도 봤지만 크게 효과가 없었어요. 유일한 방법은 마분지로 만든 공처럼 생긴 놈들의 벌집을 찾아내 제거하는 건데, 그것도 1백 퍼센트 확실한 방법은 못 돼요. 벌집이 공격을 당하면 등검은말벌 여왕벌이 아래쪽에 있는 일종의 비상 탈출구를 통해 땅으로 떨어져 몸을 숨기죠. 여왕벌은 땅속에 숨어 위험이 지나갈 기다렸다가 알을 낳아요. 그 유충들이 자라 사람의 손이 닿기 힘든 곳에 다시 둥지를 짓죠.」

프랑스인 손님들은 초토화된 벌통들 앞에서 할 말을 잃는다.

「멀쩡한 벌통들이 있다는 건 어쨌든 방법을 찾아냈다는 얘기잖아요.」

르네가 오델리아를 쳐다본다.

「말벌 둥지를 찾으려고 안 써본 방법이 없어요! 등검은말벌들은 나무 위 높은 곳이나 나뭇잎으로 가려진 곳에 둥지를 틀거든요!」

오델리아가 조그만 삽으로 꿀벌들의 사체를 퍼 비닐봉지에 담으면서 말끝을 단다.

「화염 방사기가 장착된 드론을 사용하기도 해요. 그렇게 해야 말벌 둥지를 완전히 제거할 수 있어요.」

「땅으로 떨어지는 여왕벌은요?」

「묘안을 찾아냈죠. 양동이에 물을 담아 둥지 밑에 놓아 여왕벌이 빠지게 했어요. 꿀벌 대학살을 막을 방법을 찾는 게 쉽진 않았어요. 시간도 많이 걸렸고. 하지만 우리 키부츠는 그럭저럭 성공한 셈이에요. 문제는 기후 온난화예요. 예전에는 겨울 강추위에 등검은말벌 여왕벌들이 폐사하는 경우가 많았는데 요즘은 겨울이 따뜻하니 살아남아 왕성하게 번식을 해요. 프랑스도 등검은말벌 때문에 비슷한 문제를 겪고 있다고 들었어요. 피해를 입은 양봉업자들이 둥지를 찾아내 제거하는 데 어려움이 많다고.」

「지구 온난화……」

2053년의 파리와 숨 막히는 무더위를 떠올리며 르네가 혼잣말처럼 중얼거린다.

지구 온난화가 꿀벌 실종의 간접적인 원인이라는 얘기야.

밖으로 나와 메넬리크 부부의 안내를 받으며 키부츠 구석구석을 돌아보던 일행이 아담한 건물 앞에서 걸음을 멈춘다. 오델리아가 과학 연구 센터라고 알려준다. 건물 안에는 많은 연구원들과 연구 보조원들이 여러 개의 실험실에서 일하고 있다.

「양봉하는 사람들의 안전을 고려해 인류는 오래전부터 공격성이 약한 꿀벌 종만 골라 사육해 왔어요. 그 결과 오늘날의 꿀벌들은 천적에 저항하는 능력이 사라지게 됐죠. 이 센터에 있는 한 연구소에서 우리는 꿀벌에 변이를 일으켜 원시 꿀벌이 지녔던 공격성과 전투성을 되찾아 줄 방법을 연구 중이에요.」

르네가 호주머니에서 작은 플라스틱 통을 꺼내 보인다.

「그 연구에 이게 도움이 될지도 모르겠네요…….」

「이게 뭐죠?」

오델리아가 관심을 보이며 다가든다.

「모스크 뜰 지하를 모험하다 발견한 거예요. 흘러내린 밀랍에 갇혀 화석이 된 여왕 꿀벌 같아요.」

오델리아가 탄성을 지른다.

「맞아요. 고대 여왕 꿀벌이네! 이거 여간 흥미로운 게 아니네요!」

그녀가 얼른 돋보기를 꺼내 벌을 들여다본다.

「어느 시대에 살았던 벌인지 혹시 알아요?」

1121년 4월. 이렇게까지 정확하게 말하면 날 이상한 눈으로 볼지 모르니 대략적으로만 말하자.

「12세기나 13세기에 살았던 꿀벌로 짐작돼요.」

오델리아가 다양한 각도에서 벌을 들여다보고 나서 말한다.

「지금은 사라진 토종 야생 꿀벌 종이 확실해 보여요. 라시오글로숨 도르키니Lasioglossum dorchini라는 학명을 가진 오늘날 꿀벌들의 선조 같아요. 인간으로 치면 호모 네안데르탈렌시스, 흔히 네안데르탈인이라고 불리는 종과 비슷하다고 생각하면 돼요. 네안데르탈인들도 불쌍한 우리 호모 사피엔스 사피엔스들보다 훨씬 건강했었죠⋯⋯.」

메넬리크도 다가와 단단한 반투명 오렌지색 결정에 갇혀 있는 라시오글로숨 여왕벌을 관찰한다.

「잘 보면 벌침이 요새 꿀벌보다 훨씬 큰 걸 알 수 있어요. 가슴 부분도 더 단단하고 아래턱도 크고 강해 보여요. 몸집도 몸집이지만 배가 이렇게 큰 걸 보면 알도 많이 낳았을 거예요.」

「이 여왕벌이면 등검은말벌의 공격에 살아남았을까요?」

「그랬으리라 확신해요.」

오델리아는 대답을 하면서도 여왕벌에게서 눈을 떼지 않는다.

오델리아가 흰 가운을 입은 동료 둘을 손짓해 부르더니 함께 벌을 들여다보면서 히브리어로 한참 대화를 나눈다. 그녀가 르네에게 자신들의 대화 내용을 얘기해 준다.

「이 여왕벌의 DNA를 채취해 등검은말벌에 대한 저항력을 갖춘 꿀벌 종을 복원하는 게 가능한지 연구해 보기로 했어요. 우리가 이 화석을 맡아 가지고 있어도 될까요?」

르네는 기쁜 마음으로 통을 키부츠 과학자들에게 건넨다.

르네 일행은 과학 연구 센터를 나와 짐을 놔둔 방갈로로 향한다. 메넬리크가 방갈로까지 동행해 주고 나서 돌아가기 전에 몇 가지 주의 사항을 일러 준다.

「기온이 내려갈 때까지 각자의 방갈로에 들어가 낮잠을 즐기게. 문에 자물쇠가 달려 있지 않은 게 생경하게 느껴질 걸세. 사유 재산이 없으니 도둑도 없지. 접시나 병따개를 빌리러 온 사람이 밖에서 문을 두드릴 수도 있으니 놀라지 말게.」

프랑스인들은 각자의 방갈로로 들어간다.

르네는 시원하게 샤워를 하고 옷을 갈아입은 뒤 밖으로 나와 알렉상드르의 방갈로로 향한다. 라말라 경찰서에서 했던 퇴행 최면과 관련해 그와 분명히 해둘 일이 있어서다.

「가스파르에게 예언을 불러 주실 거죠, 그렇죠?」

르네가 다짜고짜 쏘아붙인다.

「자네도 살뱅한테 그럴 거잖아, 아니야? 어떤 게 더 나은 예언서인지는 우리 형제 기사들이 읽고 판단하면 되네.」

〈내〉 아이디어를 도둑질해 갔어.

르네는 따지고 싶은 마음을 억지로 누르느라 애를 쓴다.

퇴행 최면을 가르쳐 주지 않았으면 이런 일도 일어나지 않았을 텐데…….

「자네가 속으로 무슨 생각을 하는지 알아. 나한테 그 세계를 보여 준 걸 후회하고 있는 거야, 그렇지?」

「이렇게 불공정한 경쟁을 벌이지 말고 제 방식을 존중해 주실 순 없었나요.」

「그게 무슨 말인가, 이거야말로 건전한 경쟁이지. 난 검투를 벌여 자넬 소르본 대학에 채용했어. 앞으로 우린 지능의 대결을 펼쳐 성전 기사단의 유일한 공식 예언서로 채택될 필사본을 쓰면 되는 거야.」

이 일에 진심인 사람의 마음을 바꾸게 하는 건 불가능한 일이야.

「좋습니다. 도전을 받아들이죠.」

르네는 자신의 방갈로로 돌아와 에어컨의 세기부터 낮춘다. 소음을 줄여 실내를 조용하게 만들어 놓고 침대에 앉아 엉덩이에 쿠션을 받친 다음 가부좌를 튼다. 숨을 깊이 들이마시고 나서 눈을 감고 현재의 시간을 떠난다.

50

1121년 6월 14일, 예루살렘. 기사 살뱅 드 비엔이 대형 촛대에 꽂힌 초 세 개가 환히 불을 밝히는 방에서 열심히 펜을 놀리고 있다.

아내 드보라가 호기심 어린 표정으로 다가온다.

「밤이 늦었는데, 잠은 안 잘 거예요, 살뱅?」

「성 르네가 꿈에서 불러 준 내용을 잊어버리기 전에 얼른 양피지에 기록해 놔야 해요.」

그녀가 어깨 너머로 양피지를 슬쩍 내려다보고 나서 말한다.

「얼핏만 봐도 참…… 〈재밌는〉 내용이네요.」

「그건 적당한 표현 같지 않아요. 이건 아주…… 〈놀라운〉 내용이에요.」

「당신 수호천사는 대단한 상상력의 소유자인 것 같아요. 아니면 당신이 그렇거나.」

살뱅이 펜을 내려놓더니 하나밖에 없는 팔로 아내의 허리를 감싸며 키스를 한다. 드보라가 더 열렬한 키스로 그에게 응답한다.

「이거 알아요? 난 내 남편이 예언가가 될 줄은 꿈에도 몰랐어요. 그런데 어디 가서 그렇다고 자랑을 못 하니 답답한 일이죠……. 친구들이 알면 다들 부러워할 텐데.」

피식 웃는 아내에게 살뱅이 진지한 표정으로 말한다.

「이건 직업이 아니라 소명이에요. 성 르네는 고결한 사고의 소유자예요. 그분은 모든 걸 알고, 모든 걸 이해하고 계세요. 하늘에 떠서 아래를 내려다보는 새의 시선으로 시공간을 뛰어넘으면서 세상을 바라보는 분이에요.」

「물론 당신 수호천사도 존경하지만 난 당신도 대단한 사람이라고 생각해요.」

「예언가의 아내라는 사회적 지위가 사실 괜찮긴 하지.」

살뱅이 흐뭇한 미소를 짓는다.

드보라가 머리를 털자 길게 기른 검은 머리가 등 뒤에서 찰랑인다.

「이 땅은 이미 걸출한 예언가를 여러 명 배출했어요. 이사야, 에녹, 예레미야, 에제키엘, 요나, 즈가리야, 말라기…….물론 내가 가장 좋아하는 다니엘도 빼놓을 수 없죠. 곰곰이 생각해 보니까 그분들 대부분이 기혼자였어요. 그런데 우린 그분들의 아내 이름을 하나도 몰라요. 부당한 일이죠. 그 아내들이 분명히 중요한 조력자 역할을 했을 텐데.」

「이런 고결한 주제에 비교라는 게 가당치 않겠지만, 내가 느끼기엔 내 수호천사의 예언이 선지자 다니엘의 예언보다 더 정확하고 구체적인 것 같아요.」

드보라가 남편에게 다시 다정하게 키스를 한다.

「나한텐 당신이 최고의 예언가예요.」

「내가 잘해 낼 수 있을지 확신이 없어요. 경쟁자가 나타났거든.」

「당신의 절친한 친구 가스파르 말인가요?」

「이젠 절친한 친구라는 표현이 무색할 지경이에요…….」

드보라가 살뱅의 턱을 간지럽히듯 만진다.

「기사단의 상징 문양인 말 한 마리에 함께 탄 두 기사는 당신들의 만남을 표현한 거죠?」

「그렇지. 우리가 그 문양의 모델이 됐죠.」

「그 그림이 결국 모든 걸 말해 주고 있네요. 말 한 마리를 같이 타고 적진을 향해 달려가는 두 기사. 그들이 올라탄 말은 다름 아닌 미래에 대한 비전이 아닐까요.」

살뱅은 아내의 날카로운 해석을 들으면서 당혹감에 휩싸인다.

그럴 리 없어, 그건 순전히 우연일 거야. 지금 일어나고 있는 일은 미리 예견됐을 리 없어.

「처음에는 솔직히 짜증스럽기만 했어요. 비가시 세계가 수호천사라는 매개를 통해 선택한 사람이 나라고, 나 하나뿐이라고 믿고 있었으니까……. 하지만 이젠 도전으로 받아들이기로 했어요. 성 르네께서도 나한테 차별성을 무기 삼아 두각을 나타내라고 하셨어요.」

「예언가의 입장에서 두각을 나타낸다는 건 어떤 의미일까요?」

「내 예언서가 가스파르 것보다 더 흥미진진하게 읽혀야 한다는 뜻이겠죠.」

드보라가 다시 그의 어깨 너머로 양피지에 적힌 글들을 내려다본다.

「당신의 성 르네께서 무슨 말씀을 들려주시는지 어디 한 번 봐요…….」

51 므네모스: 아리스토텔레스의 지혜

알렉산드로스는 기원전 356년 7월 21일, 그리스 영토이던 마케도니아에서 태어난다.

아버지인 마케도니아의 왕 필리포스 2세와 어머니인 올림피아스는 아들을 훗날 성군으로 만들어 줄 가정 교사를 찾다가 당시 지혜로운 인물로 평이 자자했던 이에게 교육을 맡기기로 한다. 바로 아리스토텔레스였다.

아리스토텔레스는 꿀벌의 생태에 남다른 관심을 보였다. 그는 벌집을 관찰하면 인간 사회의 작동 원리를 이해할 수 있다고 말했다. 벌집을 들여다보면 완벽하고 이상적인 인간 도시에 대한 밑그림이 그려진다는 것이었다.

아리스토텔레스는 『동물의 역사』에서 인간들의 우두머리 격인 왕은 완벽한 체제를 갖춘 벌집에서 통치의 영감을 얻어야 한다고 주장한다. 벌집에는 일꾼, 병사, 탐험가, 보육사 등등으로 세분된 구성원들이 존재하며, 이들은 공동체의 이익에 가장 부합하는 방식으로 분업을 수행한다는 것이다.

아리스토텔레스는 오랜 시간 벌집을 관찰하며 벌들의 행동을 꼼꼼히 기록했다. 그가 꿀벌들의 세계에서 감탄한 점은 한둘이 아니었다. 기하학적 감각, (꿀, 밀랍, 프로폴리스, 로열 젤리 같은) 화학 물질 생산 능력, 사회적 결속력, 연대 의식, (도시를 방어하기 위해 적에게 침을 박아 넣으며 자신은 죽는) 희생정신까지. 꿀벌들에 대한 관찰을 통해 아리스토 텔레스의 그 유명한 〈목적 지향성〉 철학이 탄생했다. 〈자연이 하는 행위에 무의미한 것은 없다. 모든 행위에는 고유의 목적이 숨겨져 있기 때문에 우리는 그것을 발견하기 위해 노력해야 한다〉라고 그는 주장한다.

아리스토텔레스는 어린 제자 알렉산드로스 왕자에게 철학과 수학, 정치와 전략을 가르쳤다. 덕분에 알렉산드로스는 어린 나이에도 불구하고 뛰어난 사령관의 면모를 보였다.

스승은 제자에게 행동의 효율성과 민첩성을 강조했다. 알렉산드로스가 아버지 필리포스 2세를 살해했다는 설도 있는 걸 보면 과유불급이라는 표현이 떠오르기도 한다. 이렇게 젊은 나이에 왕좌에 오른 그는 인접한 그리스 도시들의 군대와 연합군을 결성해 페르시아로 원정을 떠난다. 334년, 그는 그라니코스강에서 페르시아 다리우스왕의 군대를 격파함으로써 대회전의 첫 번째 승리를 거둔다. 페르시아 영토가 그에게 문을 여는 순간이었다.

알렉산드로스왕은 전투 때마다 수적 열세를 전략으로 만회한 뛰어난 지략가였다. 그의 군대에는 호플리테스라는 용맹한 보병들이 있었다. 이들은 달려오는 적군의 말들에 긴 창을 던져 순식간에 전투의 흐름을 바꿔 놓았다. 그는 외교술 또한 남달랐다. 패퇴시킨 적군의 왕을 죽이지 않고 살려두어 자신의 신하로 삼았다. 그가 다리우스왕의 딸과 혼약을 맺은 것도 이런 전략의 일환이었다. 알렉산드로스왕은 동쪽으로는 (오늘날의 파키스탄 영토인) 인더스강까지 진격했고, 남쪽으로는 페니키아와 이스라엘까지 공략해 이집트 땅에 입성하고 나서 스스로를 파라오라 칭하기도 했다. 위대한 건설자이기도 했던 그의 이름을 딴 도시가 스무 개 넘게 생겨나게 되었다.

　알렉산드로스 대왕은 323년 6월 11일, 아라비아반도 침공을 준비하던 중 바빌론에서 병에 걸려 세상을 떠났다. 그의 나이 서른둘이었다.

제2권에서 계속

옮긴이 **전미연** 서울대학교 불어불문학과와 한국외국어대학교 통번역대학원 한불과를 졸업했다. 파리 제3대학 통번역대학원 번역 과정과 오타와 통번역대학원 번역학 박사 과정을 마쳤다. 한국외국어대학교 통번역대학원 겸임 교수를 지냈으며 현재 전문 번역가로 활동 중이다. 옮긴 책으로는 베르나르 베르베르의 『베르베르 씨, 오늘은 뭘 쓰세요?』, 『상대적이며 절대적인 고양이 백과사전』, 『행성』, 『문명』, 『심판』, 『기억』, 『죽음』, 『고양이』, 『잠』, 『제3인류』(공역), 『파피용』, 『상대적이며 절대적인 지식의 백과사전』(공역), 『만화 타나토노트』, 에마뉘엘 카레르의 『리모노프』, 『나 아닌 다른 삶』, 『콧수염』, 『겨울 아이』, 카롤 마르티네즈의 『페맨 심장』, 아멜리 노통브의 『두려움과 떨림』, 『배고픔의 자서전』, 『이토록 아름다운 세 살』, 기욤 뮈소의 『당신, 거기 있어 줄래요?』, 『사랑하기 때문에』, 『그 후에』, 『천사의 부름』, 『종이 여자』, 발렝탕 뮈소의 『완벽한 계획』, 다비드 카라의 『새벽의 흔적』, 로맹 사르두의 『최후의 알리바이』, 『크리스마스 1초 전』, 『크리스마스를 구해 줘』, 알렉시 제니 외의 『22세기 세계』(공역) 등이 있다. 〈작은 철학자 시리즈〉를 비롯한 어린이책도 여러 권 번역했다.

꿀벌의 예언 1

발행일 2023년 6월 20일 초판 1쇄
     2023년 12월 30일 초판 22쇄

지은이 **베르나르 베르베르**
옮긴이 **전미연**
발행인 **홍예빈 · 홍유진**
발행처 **주식회사 열린책들**

경기도 파주시 문발로 253 파주출판도시
전화 031-955-4000 팩스 031-955-4004
www.openbooks.co.kr